國族迷思

現代中國的道德理想與文學命運

符杰祥——著

目次 │ CONTENTS

緒論

　　日本學者柄谷行人（Karatani Kojin，1941- ）在1970年代後期
注意到，日本的「『現代文學』正在走向末路，換句話說，賦
予文學以深刻意義的時代就要過去了。」[1]而在1980年代之後的
中國大陸，逐漸擺脫了為意識形態服務的當代文學同樣也「似
乎已經失去了昔日那種特權地位」[2]。不過，似乎也沒有必要為
此惋惜，因為當「這個現代文學已經喪失了其否定性的破壞力
量，成了國家欽定教科書中選定的教材，這無疑已是文學的僵屍
了」[3]。如果文學的「末路」是從這個方面說的，就意味著文學
本身不會走向消亡。在一百多年前，對於「不攖人心」的傳統詩
學早已失望的魯迅在西方的摩羅詩人那裡，發現了詩歌具有一種
反抗挑戰、爭天拒俗的精神力量，因而寄希望於「摩羅詩力」，
「來破中國之蕭條」[4]。在此後的五四新文化運動中，文學革命
也正是在一種質疑舊文學語言道統與「重新估定一切價值」的基
調中確立了現代中國文學的新傳統。在這樣承載著啟蒙使命與道
德理想的變革語境中，中國新文學比之後來的文學，在道德理想
方面顯得更為自覺與沉重。

　　美國學者詹姆遜（Fredric Jameson，1934- ）曾提出一個備受
爭議的假說：「所有第三世界的文學均帶有寓言性與特殊性：我
們應該把這些本文當作民族寓言來閱讀」，「甚至那些看起來好
像是關於個人和力比多趨力的本文，總是以民族寓言的形式來投

---

[1]　柄谷行人：《中文版作者序》，《日本現代文學的起源》，趙京華譯，
　　第1頁，北京：三聯書店2003年。

[2]　柄谷行人：《中文版作者序》，《日本現代文學的起源》，趙京華譯，
　　第1頁。

[3]　柄谷行人：《中文版作者序》，《日本現代文學的起源》，趙京華譯，
　　第3頁。

[4]　魯迅：《墳・摩羅詩力說》，《魯迅全集》第1卷，第100頁，北京：人
　　民文學出版社1981年。

射一種政治：關於個人命運的故事包含著第三世界的大眾文化和社會受到衝擊的寓言。」[5]這種虛構第三世界文學的假說自然不難找到反證，其中所隱含的第一世界霸權腔調也自然會遭到反殖民主義者的強烈反彈。不過，反顧近現代中國文學史，在危機重重的年代，無論是「為人生」，還是「為藝術」；是「人的文學」，還是「性靈文學」；是啟蒙為旨，還是革命為綱，總是無法擺脫一種國族主義的文化政治。儘管在1930年代，左翼陣營和右翼文人在民族主義問題上曾交戰不休，但反抗也好，迎合也好，都表露出一種中華文化傳統血脈中過於深沉的家國情懷與骨子裡過於沉重的道德使命感。可見，「總是以民族寓言的形式來投射一種政治」，雖然語氣絕對，但如果沒有「總是」一類的措辭，西人／胡人的假說其實也並非一派胡言，一無是處。

自晚清以來，中國頻頻遭遇東西帝國主義的殖民侵略，在危機時代中孕育發生的現代文學，自然格外有一種夏志清（1921-2013）教授所說的「感時憂國」[6]精神。不過，夏先生也指出，現代中國文學雖然蘊含著與西方現代文學一樣的民主與科學嚮往，但中國現代作家不像陀思妥耶夫斯基、康拉德、托爾斯泰、湯瑪斯·曼等人，是「熱切地去探索現代文明的病源」，而是「非常感懷中國的問題，無情地刻畫國內的黑暗和腐敗」。因此，中國作家的展望很少逾越國家範疇，從未把中國的特殊困境視為一種現代世界的普遍病症。這種流於「狹窄的愛國主義」限制了現代作家的世界視野與探索勇氣[7]。愛國主義當然無可厚

5　詹姆遜：《處於跨國資本主義時代中的第三世界文學》，張京媛主編：《新歷史主義與文學批評》，第234-235頁，北京：北京大學出版社1997年。
6　夏志清：《中國現代小說史》，第459頁，香港：香港中文大學出版社2001年。
7　夏志清：《中國現代小說史》，第461-462頁，

非，但愛國主義流於狹隘，就會陷入一種國族主義的迷魅。從二十世紀中國文學的整體視野來看，國族迷魅不僅規定著現代中國的文學精神與視野，而且困擾著現代中國的詩學選擇與命運。現代文學回應國族主義的徵召參與強國救種、救亡圖存的現代化議程，其道德勇氣與愛國熱忱無論如何都需要高度肯定，吊詭的是，不同的詩學選擇往往殊途同歸，如同魯迅所感歎的「彷彿思想裡有鬼似的」[8]，最終在與國族政治的糾纏中陷入一種同樣沉重的命運。對現代作家來說，國族主義釋放了他們的道義情懷，也壓抑了他們的文學才華。在發揚一種愛國熱情的同時，現代中國的詩學精神也滿涵著一種道德焦慮，乃至背負著一種道德陰影。本書選擇性別與國族、啟蒙與救亡、左翼與革命、新詩與現代等幾種不同議題，探討不同派別的文學選擇在國族政治中的命運浮沉。從晚清時期的秋瑾（1875-1907），到五四時期的丁玲（1904-1986），從留日時期的魯迅（1881-1936），到抗日時期的周作人（1885-1967），從青春時期的左翼文人，到歷經生死的九葉詩派，他們的悲壯與艱辛，苦澀與掙扎，理想與困頓，沉潛與昂揚，牽扯著近現代史上一條曲折動盪的文學線索，也折射出國族政治背後豐富複雜的詩學寓言。

與前現代的中國傳統文人、後現代的中國當代作家相比，現代中國的文學者是一群身份、角色認同更為複雜，責任、使命意識更為強烈的知識份子。他們不僅僅從事文學活動，而且也不願意僅僅以文學創作為滿足，他們在寫作之外，教書辦報，走上街頭，到民間去，組織社團，參加政黨，與啟蒙、革命、救亡等不同時代的文化思潮發生了種種衝撞，摩擦出了種種火花。在道術

---

[8] 魯迅：《吶喊·阿Q正傳》，《魯迅全集》第1卷，第487頁。

為天下裂的現代中國，他們視「倫理的覺悟，為最後覺悟之最後覺悟」[9]，賦予了自己的文學創作一種強烈的道德使命感，一種濃厚的理想主義色彩。也因此，他們在各自的詩學選擇中，追尋著不同的文學理念，也遭遇了不同的人生命運。

在社會角色與責任意識上，知識份子無論是知識的創造者還是傳播者，無論是道德的立法者還是闡釋者，也無論思想信仰發生了怎樣的變化，之間又有怎樣的分歧，文學與道德作為精神生活的一體兩面，始終是他們關注的基本問題。從魯迅在1908年提出「立人」主張，周作人在1918年提出「人的文學」以來，現代文學者的寫作理念就一直閃耀著著道德理想的光芒，而他們的文學創作就是一種道德理想的具體實踐。魯迅從留日時期就在呼喚中國的「摩羅詩人」與「精神界之戰士」，而「五四」新文化運動則在某種意義上回應了魯迅孤獨的吶喊。「五四」的最大成就，是造就了一大批以思想啟蒙為使命的現代文藝青年。這是一群在漆黑漫長的暗夜中開始獨自覺醒、並試圖喚醒其他沉睡者的人，一群飽受暴風雨的無情打擊卻始終在仰望星空的人，一群流浪於荒原之上卻始終沒有放棄行走的人。在現代中國，滿懷新文學道德理想的正是這樣一群新生的人，所遭遇的也正是這樣一種險惡的環境。他們為此做出了自覺的選擇，也為此判決了自己的命運。在權力的迫害中輾轉流徙的魯迅所描繪的那位走在茫茫荒原上的「過客」是現代中國文學者的普遍象徵：聽從心中的命令，卻無法看到前途；但無論現實如何讓人絕望，卻依然心存嚮往。也因此，反抗絕望的現實體驗讓魯迅真切地感受到了「真的知識階級」在中國不可避免的悲劇命運。在經歷了清黨運動的白

---

[9]　陳獨秀：《吾人最後之覺悟》，《獨秀文存》，第41頁，合肥：安徽人民出版社1987年。

色恐怖後，他在1927年發表演講說：「真的知識階級是不顧厲害的」，「他們對於社會永不會滿意的，所感受的永遠是痛苦，所看到的永遠是缺點，他們預備著將來的犧牲」[10]。這是一個堅持自由思想與批判精神的文學者對於現實政治的敏感與自身命運的殘酷預言。而魯迅同時代的文學者及其後來者，以良知的堅持與命運的磨難，見證了魯迅身後比預言更為殘酷的現實。

　　二十世紀中國文學史上一個引人深思的問題是：不同立場的中國新文學者為什麼會在不同時期、不同年代懷念曾經經歷或未曾經歷的「五四」，為什麼都有一種化解不開的「五四」情結？而「五四」又為什麼會成為張愛玲（1920-1995）所說的一種「民族回憶」的東西，一種時間也無法湮沒的「思想背景」[11]？這大概是因為，「五四」被新文學者賦予了一種普遍而神聖的意義，對以「新青年」為象徵的知識人來說，「五四」就是以自由思想、批判精神為基本價值的現代知識份子的降生日，是以民主觀念、科學精神為基本內涵的現代思想的耶誕節。「五四」新文化運動是一段極為短暫的歷史，但卻是中國歷史上思想最為自由與個性最為解放的時期。它的歷史是短命的，影響卻是長久的。不論什麼樣的意識形態來排斥它，改造它，扭曲它，篡改它，其所宣導與張揚的自由精神、人權意識、科學觀念、民主思想都無法被遮蔽與掩蓋。而所謂的愛國觀念，如果缺乏獨立、自由、民主、人道的現代思想基礎，就會走向極權與奴役的反面，成為周氏兄弟在留日時期就極力駁斥的「獸性的愛國」。這一點，陳獨

---

[10] 魯迅：《集外集拾遺補編・關於知識階級》，《魯迅全集》第8卷，第190、191頁。

[11] 張愛玲：《憶胡適之》，《張愛玲散文全編》，第309頁，杭州：浙江文藝出版社1992年。

秀（1879-1942）在《新青年》時期的文章〈我們究竟應當不應當愛國？〉中也有過相當清楚的辨析，他對這個問題的回答是：「我們愛的是人民拿出愛國心抵抗被人壓迫的國家，不是政府利用人民愛國心壓迫別人的國家。我們愛的是國家為人民謀幸福的國家，不是人民為國家做犧牲的國家。」這樣的愛是具體的和理性的，不是抽象的和狂熱的；是寬廣的人類情懷，不是狹隘的族群利益。

　　「五四」成為中國知識份子內心縈繞不已的共同情結，同時也還有著一種現實的追懷與受難意識。中國現代文學界並不缺乏優秀的思想者，只要有一點陽光，他們的思想同樣會燦爛地綻放。可惜的是，他們生存的空氣過於潮濕與陰暗。在有著幾千年封建帝制傳統的中國，權力的形式在翻雲覆雨的鬥爭中不斷更迭，權力的性質沒有發生任何改變，因此，思想可以自由爭鳴的黃金時代在中國歷史上只有兩個：一個是先秦的諸子百家爭鳴，一個就是「五四」的新文化運動。它們的歷史都很短暫，生長在權力鬥爭夾縫間的思想運動註定不會長久，一旦天下一統，王官之學恢復，自由思想就會被權力所絞殺，思想的百家爭鳴就會重回定於一尊的中世紀傳統。也因此，西方思想界在自由爭鳴與持續批判中，出現了從柏拉圖、亞里斯多德到康德、黑格爾、尼采的群星璀璨、大家輩出的景象，在中國則永遠只有一位孔子配吃皇帝的冷豬肉，是只許一家獨尊，不容二日並出的。從這個意義上說，中國知識份子是最為不幸的一群。他們經歷著世界上最為漫長與黑暗的中世紀歷史，雖然也創造出了燦爛的思想文化與文學經典，可那需要為正義與尊嚴付出怎樣沉重的代價。從屈原的自沉汨羅，到司馬遷的慘遭宮刑；從魏晉名士嵇康的廣陵散絕，到明清兩代多如牛毛的文字獄；從陳獨秀「幸有艱難能煉骨，依

然白髮老書生」的獄中賦詩，到後來反右運動、文革時期更大規模的思想冤獄……一部中國文學史，實際上也是一部詩人的精神史與受難史。早在1940年代，在中國生活了很長時間的美國學者費正清（John King Fairbank，1907-1991）就預感到中國知識界不太樂觀的命運。他在1943年致柯里博士的信中說：中國文化人「正在極其耐心地等待著中國歷史上曾經有過的那種百家爭鳴、自由講學的好時光的再次來臨。事實上這種好時光可能永不再現了」[12]。從這一方面說，詩人懷念「五四」時代，是因為他們永遠地失去了這個可以自由思想的時代，也是因為他們在失樂園後仍然沒有放棄告別中世紀的永恆夢想。

　　與「五四」相關的一個問題是，中國的新文學者為什麼會在不同時期、不同年代提到魯迅，為什麼會被稱作現代中國文學的教父？魯迅是中國現代文學史上最有爭議的人物，也是後來的歷史無法繞過的人物。人們提及他，無論是認同，還是不認同，是讚美，還是貶斥，都要把他和「五四」時期的啟蒙主義掛起鈎來，把他與左聯時期的革命文學掛起鈎來。他會成為革命文學首當其衝的祭旗對象，也會成為左翼文學首當一面的精神旗幟。他欣然遵從啟蒙運動主將的命令，不惜為自己絕望的文學裝點希望的花環；也堅決反對左聯元帥、革命工頭的話語霸權，即使他已經獲得一種旗幟的尊奉與榮寵。無論是親近還是疏遠，是攻擊還是拉攏，他似乎都永遠是風暴的中心，都是最不合時宜、又最合乎不同需要的人物。他的思想貫穿了一個時代，也影響了一個時代。有爭議的人物不是最完美的，卻也是最真實的。魯迅扭曲的文字是那個扭曲時代的產物，用這扭曲的文字，他最大程度地挖

---

[12] 費正清：《費正清對華回憶錄》，第306頁，北京：知識出版社1991年。

掘出了時代的精神真相，最大限度地表達了自由思想的要求。即使在晚年屢屢受到蘇俄革命宣傳的欺騙，我們也能從那被騙的文字中感受到一種寧願自己受騙、也不放棄人類理想的善良與真誠。他的文字至今還有人願讀，我想就在於其中有真實，也還有我們當代人實際的生活感受：「夜正長，路也正長。」竹內好（Takeuchi Yoshimi，1908-1977）說：在魯迅那裡，可以找到「解決問題的線索」[13]，對所有通過閱讀魯迅來閱讀自己的人來說，這是一種普遍的內心感受。

現代中國文學史上另一個讓人倍感沉重的問題是，除了個別善於變化的「聰明人」外，為什麼堅守自己文學理想的作家所遭遇的都是一種悲劇命運？在他們當中，有堅持啟蒙的獨立思想者，有呼籲民主的激進思想者，有讚美革命理想的左翼文人，有將人性作為神廟的自由文人，卻無一例外地以理想開始，以悲劇告終。魯迅把中國歷史看作是中國人做奴隸是否安穩的宿命迴圈，周作人則在中國的現實中常常感到一種歷史「重來」的鬼影，是有著自己深刻的現實體驗的。魯迅在《醉眼中的朦朧》一文中將文人的思想交鋒稱為「紙戰鬥」，是一個形象的說法。文人的思想表達離不開紙頁，也是以紙頁文字來發揮道德影響力的。在民主意識完全真空的年代，他們的思想權利沒有權杖可以保護，也沒有刀槍可以依靠。在紙頁上，他們擁有思想之內的力量，在紙頁下，他們無法擁有思想之外的力量。尤其在迷信權力與尊崇正統的中國思想語境中，自由思想不會擁有真正的生存空間，知識不會得到真正的尊重，詩人也不可能擁有真正屬於自己的位置。魯迅在1933年曾為自己的小說集《吶喊》題詩云：

---

[13] 竹內好：《近代的超克》，李冬木等譯，第190頁，北京：三聯書店2005年。

「弄文罹文網，抗世違世情。積毀可銷骨，空留紙上聲。」大約半個多世紀後，魯迅的一位經歷了政治運動災難的青年朋友聶紺弩（1903-1986）也留下了同樣感慨萬千的詩句：「多文為富更多情，心上英雄紙上兵」。寥寥數語，道盡了文學者在希望與絕望間的無數艱難與辛酸。經歷了《新青年》同人李大釗（1889-1927）被軍閥絞殺的事件與血腥恐怖的清黨運動後，周作人從西哲帕斯卡（Blaise Pascal，1623-1662）那裡所借用的「思想的蘆葦」的說法，是中國文學者實際位置與命運的最好寫照。然而，思想者不掌握可怕的權力，卻會揭露出可怕的事實。他們的肉身會被悲劇時代的戰車瞬間碾碎，他們的思想卻會讓經歷了悲劇時代的人永遠刻骨銘心。

　　薩特（Jean-Paul Sartre，1905-1980）在《存在與虛無》一書中指出，悲劇與史詩是一體化時代的產物。在現代中國威權統治的一體化時代，鮮有史詩性的文學，卻多有史詩性的悲劇。在法國大革命走向混亂與恐怖的時候，啟蒙主義的批評者「從過時的杞人憂天者轉變為有遠見的先知」[14]。很多年後，我們在魯迅的雜文裡，在穆旦的詩歌裡，在沈從文的憂慮裡，在食指的「相信未來」中，在張中曉的「無夢樓隨筆」中，在無數個民間傳抄與秘密收藏的地下文學中，處處可以找尋到一種在當時看來幾乎是杞人憂天的語言。康德（Immanuel Kant，1724-1804）曾警告極權主義者說，「當一個更高的權威可以剝奪我們言論或寫作的自由時，它不可能剝奪我們思想的自由。」[15]正因為這樣，即便在魯迅所感歎的「無聲的中國」，我們仍能感到一種自由思想的

---

[14] 詹姆斯・施密特編：《啟蒙運動與現代性・導言》，第12頁，上海：上海人民出版社2005年。

[15] 詹姆斯・施密特編：《啟蒙運動與現代性・導言》，第30頁。

力量在地層深處潛伏與流動，即便它所生存的空氣如此壓抑與難以忍受，即便它所生存的世界遍佈思想的異化與扭曲。暗夜中的中國產生了許多魯迅所憎惡的聰明人，也產生了一些像穆旦那樣不凋的智慧樹。聰明人為謀取現實利益，不惜放棄良知而順應時代，智慧者為堅持自己的獨立思想，則不惜受難而反抗時代。也因此，近現代中國文學史上出現了由秋瑾、丁玲、魯迅、胡風（1902-1986）、聞一多（1899-1946）、穆旦（1918-1977）這些思想受難者和殉道者所延續的精神譜系，而他們也以自由乃至生命的犧牲，見證了一個時代在「方生未死」之間的前進與掙扎，腐敗與墮落。

馬克思（Karl Heinrich Marx，1818-1883）在著名的《關於費爾巴哈的提綱》中說：「哲學家們只是用不同的方式解釋世界，而問題在於改變世界。」這是一個革命家的理想，文學者並沒有如此旋轉乾坤的力量。文學的意義不在於解決什麼問題，它只是以自己的方式解釋問題；文學也不負責提供答案，解答問題從來都不是文學能夠擔負的職責。但是，它至少可以為我們揭示一種文學世界的真實，開啟一扇走向精神永生的窄門。

在現代中國的文藝運動中，我們不能要求新文學者絕對正確，他們義無反顧地追求真理，並不意味著他們就是真理的化身。羅素（Bertrand Russell，1872-1970）說得好：「人們同世界的接觸是短暫的、個別的和有限的，然而他們怎麼能夠懂得那麼多的東西？」[16]魯迅的文學影響了無數的知識青年，但對有著強烈的中間物意識的魯迅來說，「肩住黑暗的閘門」和供人踏越的「梯子」是他有意選擇的角色，「導師」、「偶像」之類都不過

---

[16] 引自保羅・約翰遜：《知識份子》，楊正潤等譯，第463頁，南京：江蘇人民出版社1999年。

是「紙糊的假冠」。在有限的人類世界中，有限的人類只能產生有限的思想，當有限的思想一旦放置於無限誇大的時空，接受上帝般的信仰與崇拜，這樣的思想就會走向死亡與僵化，直至成為壓迫思想自由的教條與鎖鏈，或者淪為意識形態的清算與鬥爭工具。當知識者一旦把自己視為絕對真理與正統權威的化身，即使他們曾經擁有自由思想，也註定會成為壓迫思想自由的幫兇。對於這一點，晚年胡適（1891-1962）在經歷了自由主義在中國的失敗命運後有著痛心疾首的認識，他在為雷震（1897-1979）所辦的《自由中國》所專門撰寫的《容忍與自由》一文中指出：「一切對異端的迫害，一切對『異己』的摧殘，一切宗教自由的禁止，一切思想言論的被壓迫，都由於這一點深信自己不會錯的心理。因為深信自己是不會錯的，所以不能容忍任何和自己不同的思想信仰了。」而絕對真理的思想方式一旦與絕對的權力相結合，就會發生絕對可怕的後果，給人類文明帶來極大的災難。遠如孔子（西元前551-西元前479）的儒學，講求忠孝節義的倫理道德本身沒有什麼錯，可一旦被皇權利用，成為定於一尊的儒教，就異化為一頭吞噬人性的禮教怪獸了。而西方普及公平正義與道德理想的基督教信仰一旦被尊為一種官方宗教，出現教皇的時候，迫害思想自由與科學精神的火刑柱與宗教裁判所也就隨之出現了。近如盧梭（Jean Jacques Rousseau，1712-1778）的人生而自由的思想與天賦人權的觀念，在法國大革命那裡卻演變為斷頭臺遍佈、血流成河的大混亂與大崩潰局面；尼采（Friedrich Wilhelm Nietzsche，1844-1900）的超人學說與強力意志，是希望人類獲得一種精神進化與提升，但在希特勒（Adolf Hitler，1889-1945）的德國那裡，卻淪為一種釀造極權意識與種族滅絕的法西斯主義；馬克思的人類解放學說與自由平等理想，在史達林

（Иосиф Виссарио́нович Ста́лин，1878-1953）的蘇聯那裡卻演變為
一種殘害異己的大清洗與大屠殺。這播下龍種、獲得跳蚤的教訓
在中西歷史上都是極為殘酷與沉痛的。正因為這樣，在史達林時
期的大清洗曝光後，波普爾（Karl Popper，1902-1994）從知識份
子的責任出發，對知識份子從柏拉圖以來的哲人王夢想提出了質
疑，他指出：知識份子應該明白自己也有「一無所知」的地方，
「我們應當像蟑螂一樣，謹慎地探索前進的道路，努力獲知最本
質的真理。我們應當停止扮演無所不知的預言家」[17]。保羅・約
翰遜則從「千百萬無辜的生命犧牲於改善全部人性的那些計畫」
中看到了知識份子的信仰狂熱與「理性的逃亡」，他提醒說，知
識份子要「同權力槓桿隔離開來」，製造「正統思想」的意圖使
知識份子變得十分危險，「其本身常常導致非理性的和破壞性的
行為」。他因此告誡人們說：「任何時候我們必須首先記住知識
份子慣常忘記的東西：人比概念更重要，人必須處於第一位，一
切專制主義中最壞的就是殘酷的思想專制」[18]。在現代中國文學
者那裡，左翼文人的獻身精神足以讓人欽敬，其革命的非理性狂
熱也足以讓人深思。其實，任何壟斷真理的思想都會帶來惡果，
對於啟蒙運動也同樣如此。美國學者施密特（Schmidt. J.）告誡
說：「如果啟蒙的夢想只是看到一個沒有陰影、把一切東西都沐
浴在理性的光芒之中的世界，那麼這個夢想實際上就蘊含著一些
不健康的東西：因為想看到一切東西就是想站在上帝的立場上，
或者想站在圓形監獄的瞭望塔中衛兵的立場上。也許啟蒙運動教
會我們最重要的東西就是：我們既不是神又不是從外面來巡視世

---

[17] 大衛・米勒編：《開放的思想和社會：波普爾思想精粹》，第493頁，張
之滄譯，南京：江蘇人民出版社2000年。
[18] 保羅・約翰遜：《知識份子》，楊正潤等譯，第470頁。

界的衛兵，我們是從世界當中來說話的男男女女，必須鼓起勇氣來爭辯什麼是真的，什麼是假的，什麼是正確的，什麼是錯誤的。」[19]魯迅與其時代的中國文人沒有寫出像雨果（Victor Marie Hugo，1802-1885）的《九三年》那樣的文學巨著，但他們所參與的文學運動，本身即留下了一幅類似「九三年」的歷史場景：革命與人道、理性與狂熱、自由與流血……道德理想的複雜糾葛與思想之間的衝突交鋒，在中國歷史上從來沒有以這種方式發生過，也從來沒有如此尖銳而激烈過。

魯迅的英雄夢碎也許不應只是惋惜，在失敗體驗中魯迅更真切地認識了自己與社會的本相，也讓後來的我們能夠更真切地看到歷史與現實的本來面目。日本學者伊藤虎丸（1927-2003）在談到重寫文學史的必要性時指出：「書寫文學史的起點必須置於現在，尤其當置於對現在的不滿。歷史，不是從過去的『事實』中翻找出來的，而必須是在與『對現在的不滿』鬥爭中表現出來的。不是有了過去才有現在，而是有了現在才有過去」[20]。歷史考證只是思想探尋的知識基礎。對於現代中國知識者的詩學選擇與命運的思考，還原歷史僅是一種手段，反觀「現在」才是真正的目的。

1989年學生運動之後，中國知識份子在1980年代重新積聚的「回歸五四」的啟蒙熱情與幻想再次以失敗而告終，宿命迴圈的中國文學界又一次進入了魯迅所感歎的那種或高升、或退隱、或前進的分化處境與歷史怪圈。《新青年》團體解散後，在空蕩蕩的戰場上，成為散兵游勇的魯迅感到無比孤獨與悲涼。對於「只

---

[19] 詹姆斯・施密特編：《啟蒙運動與現代性・導言》，第31頁。

[20] 伊藤虎丸：《魯迅、創造社與日本文學》，第5-6頁，北京：北京大學出版社2005年。

落得一個『作家』的頭銜」，他並不稀罕，他的傷心在於，「同一戰陣中夥伴還是會這麼變化」，剛剛被「熱情者們的同感」溫暖與激動起來的心，又不得不再次冰冷下去，重回「依然在沙漠中走來走去」的那種大孤獨與大寂寞[21]。魯迅的文字意氣此後無比寒冷，多半還是因為對《新青年》與啟蒙運動心太熱或太熱心的緣故。如今，寫下這種感歎的人遠去了，連同他的時代。而「現在」，人們熱心的種種「頭銜」不一定是魯迅所在意的，魯迅所在意的啟蒙理想也不一定是人們所熱心的。對於當代文學從烏托邦主義走向世俗享樂主義，這樣的憂慮並不是情緒化的：「當代文化生活的重要標誌之一，卻是魯迅式的『有機知識份子』逐漸分化和退場，並最終把知識份子的文化活動改造為一種職業活動。職業化的進程實際上消滅或改造了作為一個階層的知識份子。」[22]我不希望如此，但又疑心這是真的。

　　整整一百前，魯迅對現代中國的詩學精神發出了這樣的召喚：「今索諸中國，為精神界之戰士者安在？有作至誠之聲，致吾人於善美剛健者乎？有作溫煦之聲，援吾人出於荒寒者乎？」[23]整整一百年後，魯迅的召喚能否讓現代文學走出迷魅，魂兮歸來，這需要每一個「現在」的人做出自己的回答。

---

[21] 魯迅：《南腔北調集‧〈自選集〉自序》，《魯迅全集》第4卷，第456頁，北京：人民文學出版社1981年。
[22] 汪暉：《死火重溫》，第430頁，北京：人民文學出版社2000年。
[23] 魯迅：《墳‧摩羅詩力說》，《魯迅全集》第1卷，第100頁。

第一章
當性別遭遇國族

——近代中國的「西方美人」與文學寓言

一、前言：歷史交匯中的「昨天文小姐，今日武將軍」

　　1936年底，當奔赴前線的丁玲（1904-1986）收到毛澤東（1893-1976）發來《臨江仙》的電文時，她也許感受到了其中熱情洋溢的詩意，卻未必領略其中文武之道的韜略。丁玲當時大概不會意識到，在以軍中電報的方式接受「革命領袖」所饋贈的文學詩詞時，她自己也正處在近現代中國文武興替思潮中的一個新的歷史交匯口。沒有這個歷史交匯口，抗戰前夕的軍事前線與逃離南京的著名女作家發生一種時空聯繫，無論如何都是無法想像的。在這樣的歷史交匯口，政治家致女作家的贈詞包含著大量豐富而複雜的象徵意義與時代資訊。「昨天文小姐，今日武將軍」，短短十言，包羅萬象，排列著諸如「昨天」／「今日」、「文」／「武」、「小姐」／「將軍」等一系列二元對立項，其中涉及傳統與現代、文學與政治、啟蒙與革命、尚文與尚武、女性與男權等關乎進化史觀、文學思潮、文化演變、性別政治諸多領域錯綜複雜的現代性問題。從文學史的視野來看，一部二十世紀中國文學史，不就是借助古／今、文／武、男／女、小姐／將軍（美人／英雄）等一系列結構主義的二元對立項構建起來的嗎？所以，以二元對立項來建構對世界的認知，並進而搭建認知世界的方法體系，未嘗不是一種合乎辯證法的現代思想與觀念方法。不過，在晚清以來文武興替、危機重重的近現代歷史語境中，這些二元對立項所形成的內在張力結構亦常常發生扭曲與變異，並不對等，甚至對抗。借用德里達（Derrida，1930-2004）所謂中心主義的說法，二者之間有主次之分，有階位高低，乃至有正反對立，因此也埋伏著一條近代以來不同意識形態之間塑造與

規訓、壓抑與克服、衝突與鬥爭的複雜線索。

　　詩詞語言既是字面意義的實指，同時也以豐富含混的象徵意義超越實指。「文小姐」字面上可以指女作家或文藝女青年，同時也隱含著一切文學相對於軍事／革命政治的陰性位置與服從角色。「武將軍」字面上可以指政治家或軍事將領，同時也暗示軍事／革命政治相對於一切文學的父權身份與領導角色。這種對文學藝術與革命政治的彼此位置與角色規劃的詩意表達，在1942年毛澤東發表《在延安文藝座談會上的講話》後，在政策與方針上都加以明確與落實了。從「昨天」的歷史意義來說，「昨天文小姐」所代表的是一種旨在與中國文學／文弱的傳統形象告別的革命意識形態，為晚清以來救亡圖存的危機時代所孕育。從「今日」的現實意義來說，「今日武將軍」所訴求的性別再造，是晚清以來「文小姐」在國族主義召喚之下走向革命政治的危機選擇。

　　在既往一種由排他性機制所主導的闡釋視野中，人們已經習慣了從「今日」來看「昨天」，從「武將軍」來看「文小姐」。這樣的「看」其實也是「不看」，「洞見」中也有「不見」。在一種否定、輕視、破壞式的解讀中，「昨天」的一切特點都可能成為不屑一顧的缺點，因此也會成為視而不見的死角與盲點。在現代女性作家與中國革命的研究中，顏海平曾提出「非真的蘊律（unreal rhythms）」之說。在她看來，文學寫作以虛構的非真方式創造了一種真實的人性，女性的人生與寫作在此辯證運動過程中互為構成要素並相互轉化，因此，「並不能完全通過話語中心和文本主導的方式去探尋」[1]。進而言之，文學與人生在「文小姐」那裡構成了一種相互塑造、不可分割的精神姐妹的關係，倘

---

[1]　參見顏海平：《中國現代女性作家與中國革命（1905-1948）》，第16-21頁，北京：北京大學出版社2011年。

若完全依賴文本而忽視人生，我們就無法在可見的文字中探尋那些文字深處不可見的生命故事。在方法論的意義上，本文提出「回到昨天」，「回到文小姐」，就是希望回到充滿矛盾、分裂、爭辯與不平之聲的歷史發生地，回到充滿掙扎、抵抗、委屈與緊張不安的個體生命世界，來探尋那些被歷史決定論與大一統話語所壓抑與埋沒、無法呈現而又真實存在的文學／女性聲音。

為了更清楚地揭示新女性的自我塑造在近現代中國思潮演變中交錯紛雜的深遠景象，我們有必要從丁玲的個案探源溯流，回到秋瑾（1875-1907）那裡去。在丁玲的回憶中，作為母親余曼貞（1878-1953）同代人的秋瑾被描述為丁母「最崇拜」的女英雄，「我母親最喜歡講秋瑾，我常常倚在母親膝前聽她對我講秋瑾。」[2]在聆聽母教的意義上，秋瑾成為丁玲所自覺追溯的革命源頭與精神教母。作為成名於晚清與五四兩個時代、並因此成為這兩個時代著名代表的女性人物，秋瑾與丁玲一個經歷了短暫的傳奇，一個經歷了漫長的磨難，一個將生命定格於辛亥革命前夕的晚清，另一個則穿越了五四新文化運動之後的不同時代。各自的文學與生命故事背後，串聯著近代以來文武興替的思潮演變與波詭雲譎的歷史風雲。

從細讀秋瑾、丁玲兩代女性的文學與生命故事出發，本文主要探討三個方面的問題：首先，在晚清以來文武興替的思潮演變中，秋瑾以迄丁玲的文學出現了兩類「西方美人」鏡像交錯的現象，這背後所折射的是怎樣一種跨文化的性別政治？其次，兩位「文小姐」與素不相識的「西方美人」在閱讀與寫作中發生了千絲萬縷的精神聯繫，對新女性的自我認同又產生了怎樣的影響？

---

[2] 丁玲：《死之歌》，《丁玲全集》第6卷，第314頁，石家莊：河北人民出版社2001年。

最後，文武興替在近現代中國的演變思潮如何塑造了兩種不同的
文化規範與文學風氣，對新女性的典型塑造與歷史書寫具有怎樣
的影響與意義？

二、蘇菲亞／茶花女的鏡像倒錯與「西方美人」的文化政治

　　丁玲作為文小姐／女作家為人所知，無疑是從她在1927年發
表第一篇小說《夢珂》開始的。相較於成名作《莎菲女士的日
記》，這篇不算成熟的小說對解讀丁玲及其時代的特殊重要性過
去很少為人重視。如果不瞭解作為莎菲前身的夢珂，其實也無法
更深入地理解以後的莎菲。對這兩位文學姐妹來說，沒有夢珂，
何來莎菲？也許正是因為不太成熟，這篇結構有些散亂的小說反
而得以容納極為龐雜與豐富的時代資訊。不成熟的女主人公由此
在種種不確定的境遇中表現出種種不穩定的幻想，成為丁玲藉以
分析自己與社會的一面鏡子[3]。這其中，最引人注目的莫過於兩
位異國女郎在上海的跨文化「相遇」：一個是法國小說中為情犧
牲的風塵女郎茶花女（Marguerite Gautier，現通譯瑪格麗特・戈
蒂耶，林紓譯本譯作「馬克格尼爾」），一個是刺殺俄皇被捕殉
難的虛無黨女傑蘇菲亞（Sophia Perovskaya，1854-1881，現通譯索
菲亞・彼羅夫斯卡婭）。這兩個完全不同、毫不相干的人物，因
為上海某美術學校女學生夢珂的個人奇遇，竟然在同一部小說中

---

[3] 丁玲在《我的創作生活》中說：「我那時為什麼去寫小說，我以為是因
　　為寂寞。對社會不滿，自己生活無出路，有許多話需要說出來，卻找不
　　到人聽，很想做些事，又找不到機會，於是便提起了筆，要代替自己給
　　這社會一個分析。」《丁玲全集》第7卷，第15頁。

發生了奇妙的對照與牽連。

夢珂是一個現代氣息十足的文藝女青年，從法文名字就可以看出她對西方文藝的傾慕與迷戀。為了自己小說中的女主角，丁玲不惜挪用了瞿秋白（1899-1935）送給女友王劍虹（1901-1924）的一個最心愛的法國名字（「夢珂」意為「我的心」，「魂」）[4]，來寫女學生尋魂／追夢的精神之旅。丁玲自己在夢珂的年齡也確實做過遊學巴黎的文藝夢。可見，小說女主人公的敘述視焦和女作者之間是高度認同的。這位「文小姐」離校後寄居姑媽家的日常生活就是讀外國書、學西洋畫。「為了想去巴黎的夢」，還向剛從法國留學回來、翻譯過幾本文藝書的表哥曉淞學習法文。夢珂性情獨立自尊，然亦多愁善感，曾為閱讀小說《茶花女》「撒過幾次可笑的眼淚」。一次和表哥去卡爾登電影院看心儀已久的《茶花女》，夢珂亦不由自主地「化身其中」，與銀幕上的女伶——扮演茶花女的另一「化身」——一起「分擔悲痛」，「像自己也是陷在同一命運中似的」。法國的「她者」由此折射為中國文藝女青年觀照自我的一面鏡像。在這之後不久，一位朋友雅南又介紹夢珂去見「兩個頂有趣的女朋友」——兩名「中國無政府黨黨員」，結果是對革命者的一點敬仰與好奇心也完全幻滅。「中國的蘇菲亞女士」和她的「同志」似乎是「愛國美人」蘇菲亞在中國拙劣而又惡劣的模仿者，個個面目醜陋，黃毛、麻臉、斜眼，骯髒，或是男女摟抱在一起吞雲吐霧，或是女「短褲黨」騎在男子身上放歌，粗魯而又淺薄，放蕩而又無恥。「革命家」形象如此不佳，夢珂自然對其開會、演講、運動之類的革命活動不屑一顧，偷偷溜出後，「頭也不回」地走

---

[4]　丁玲：《我所認識的瞿秋白同志》，《丁玲全集》第6卷，第45頁。

了。反諷的是，夢珂這位東方「茶花女」在對革命失望之餘，也沒有獲得理想的愛情。表哥曉淞雖是法國留學回來的，在巴黎卻只學會了風流浪蕩，可謂《茶花女》中男主角「亞猛」在中國的一個破碎幻像。即便如此，憤而出走的夢珂也沒有因感情夢碎而去投奔革命「同志」，去做「那些應做的事」。她最後還是決定像電影《茶花女》中的女伶一樣去做演員。即便女性的人格尊嚴在「純肉感」的社會中備受羞辱，夢珂也不願意再見到那些「中國的蘇菲亞女士」，可見是厭惡之極。相反的，對小說與電影故事中的茶花女，她倒有一種你儂我儂、同命相憐的自我認同感。

　　無論是故事中的女郎茶花女，還是歷史中的女傑蘇菲亞，自晚清以來都可謂風靡一時的偶像人物。這兩位「西方美人」一文一武，前者多愁多病、孤傲高潔，後者壯懷激烈、捨生取義，可謂文藝女性與革命女性在近現代文學中當之無愧的兩位典型／原型。按理說，這兩位風馬牛不相及的「西方美人」可以和平共處，相安無事，但文武興替思潮在近現代語境中的激烈演變，使得展示「西方美人」形象的文藝舞臺，也變成了爭奪讀者的思想戰場。在同是多事之秋的1927年之秋，丁玲就在自己的小說中安排兩位「西方美人」同時登場，為自己的女主人公夢珂上演了一場關公戰秦瓊的好戲。誰勝誰敗，全由夢珂個人的好惡來決定。更奇的是，「文小姐」居然戰勝了「武將軍」，茶花女打敗了蘇菲亞。小說中的「西方美人」之爭，看似荒誕不經，其實也在情理之中。夢珂自己就是一個文小姐，在她那裡，自然是茶花女大受青睞，蘇菲亞飽受白眼。不過，從丁玲的小說故事之外回看晚清歷史，蘇菲亞和茶花女受歡迎的情形，可能正好相反。茶花女的個人魅力僅在文藝領域，蘇菲亞的思想光芒則不僅閃耀文壇，更是民族革命的靈感來源。秋瑾的英雄譜中排列了諸多西方女傑

的大名，獨獨沒有茶花女的芳名。在早於《夢珂》二十餘年的彈詞《精衛石》中，秋瑾熱情鼓吹「歐風美雨返精魂」，蘇菲亞等西方女傑如救國女神，是「二萬萬女同胞」未來「都成女傑雌英」的完美典範。因此，秋瑾可以在遙遠的想像中毫不遲疑地高呼：「余日頂香拜祝女子之脫奴隸之範圍，作自由舞臺之女傑、女英雄、女豪傑，其速繼羅蘭、馬尼他、蘇菲亞、批茶、如安而興起焉。」[5]秋瑾不曾想到，在她懷著蘇菲亞的革命理想就義二十年後，蘇菲亞的形象並未轉世為又一條「好漢」。到了1927年的丁玲這裡，早已是時過境遷。兩位美人的命運如此倒錯逆轉，風光完全兩樣，其中的象徵意義實在是大可玩味。

　　1927年既是新文化運動徐徐落潮的五四後期，也是北伐戰事相繼發生的革命前期。這意味著，丁玲在創作伊始，亦即收到「昨天文小姐，今日武將軍」這一贈詞的前十年，就已經處在了另一個文武興替的歷史交匯口。在這樣風雲變幻的歷史交匯時刻，丁玲寫出《夢珂》這樣一篇拒絕蘇菲亞而認同茶花女的小說，要塑造一種什麼樣的文學形象，要呈現一種什麼樣的自我認同，都具有豐富的個人與時代資訊。在最後之作《死之歌》中，丁玲曾念念不忘，將秋瑾這位「中國的蘇菲亞」追認為自己的革命前輩／母輩，並納入自己重構革命起源神話的精神譜系／母系。在晚年描述自己童年時期的革命英雄主義教育時，丁玲不知是否想到，她的開篇之作，恰恰是反蘇菲亞的，對「中國的蘇菲亞女士」有著非常厭惡的醜陋描寫。她同時也遺漏了幾個問題：既然從小崇拜「中國的蘇菲亞」，為何在長大後卻以莎菲女士的形象出現在現代文壇？既然以武將軍／革命家為榜樣，為何又以

---

[5]　秋瑾：《精衛石》，《秋瑾集》，第122頁，上海：上海古籍出版社1979年。

文小姐／女作家自居？像筆下兩位「西方美人」的不同命運一樣，作者態度前後不一，也著實令人費解。僅從《夢珂》這一篇小說，我們已足以見到文武興替之際思潮激蕩的波詭雲譎、複雜多變。丁玲寫作的用意心機暫且不論，從夢珂眼中蘇菲亞與茶花女的鏡像倒錯就可以發現，近現代中國對「西方美人」的接受與再造，並非是直線式的，也並非一成不變。在這背後，實際上牽扯著一條晚清以來文武思潮反復演變、曲折動盪的複雜線索。在這個意義上，茶花女與蘇菲亞一文一武兩位「西方美人」，就成為觀察文武興替思潮博弈中女性自我塑造的歷史鏡像。由此而來的，還有寫情小說與政治小說兩種文類在近現代中國此消彼長的時代景象。

　　考察《夢珂》時期的丁玲小說，幾乎都帶有強烈的自我意識與自傳色彩。馮雪峰（1903-1976）曾以《莎菲女士的日記》為例，指出丁玲是「和莎菲十分同感而且是非常濃重地把自己的影子投入其中去」，「在這上面，建立了自己的藝術的基礎」[6]。夏志清在概括丁玲開始寫作第一階段的特點時也指出：「丁玲最感興趣的是大膽地以女性觀點及自傳的手法來探索生命的意義。」[7]對丁玲以文學表現自我的主觀性與自傳性風格，梅儀慈亦有專章論述[8]。丁玲將自我書寫帶入小說創作，並非個例。新女性藉由文學方式表現自我，重塑自我，既是個性解放的一種現代產物，也是五四文學的一種普遍表徵。從本土源流看，女性

---

[6]　馮雪峰：《〈丁玲文集〉後記》，袁良駿編：《丁玲研究資料》，第295頁，天津：天津人民出版社1982年。

[7]　夏志清：《中國現代小說史》，第225-226頁，香港：香港中文大學出版社2001年。

[8]　參見梅儀慈：《丁玲的小說》，沈昭鏗、嚴鏘譯，第35-80頁，廈門：廈門大學出版社1992年。

的自我書寫傳統還可以追溯到明清時期江南才女的詩詞與彈詞創作。秋瑾的《精衛石》以彈詞形式重塑自我形象，就是這一傳統的近代延伸[9]。因此，女性自傳性創作中的「西方美人」，是女主角發生自我認同的鏡像，同時也是女作者藉以認知自我的鏡像。

在拉康（Jacques Lacan，1901-1981）看來，人在成長過程中會持續不斷地與種種物件進行想像性的認同，而自我就是這樣逐步建立起來的。人們藉由一種自戀心理去發現某種認同的東西，就可以建構一個虛構出來的統一的自我感。這樣的自我認同，在主體與鏡像之間是一種動態、辯證的過程[10]。所以，鏡像認同也可以說是一種向他者學習的自我成長過程。對中國女學生夢珂來說，「西方美人」的鏡像意義就在於：通過茶花女與蘇菲亞兩類形象的相互對照，她得以在與外部世界的交往過程中學習與成長，建構個人的自我認知，塑造自我的主體性。所以，這兩個不一樣的「她」，其實就是為了創生一個統一的「我」——儘管初次從學校走向社會，內心彷徨不安，夢珂的人格塑造並無分裂，反而有更完整的呈現。對作者丁玲來說，她對「中國的蘇菲亞女士」的反感，和後來對秋瑾的承認，看似矛盾，其實正說明了自我認知過程中的動態性、複雜性與辯證性。至於小說中的西方美人之爭，也不是兩位美人短兵相接，當面抗辯，不過是小說人物在成長過程中藉由他者鏡像來實現自我認知的一種動態顯現。我們由

9　參見陳素貞：《性別、變裝與英雄夢：從明清女詩人的寫作傳統看秋瑾詩詞中的自我表述》，《東海中文學報》2002年第14期；王玲珍：《女性、書寫和國家：二十世紀初秋瑾自傳性作品研究》，張巨集生主編：《明清文學與性別研究》，第904-915頁，南京：江蘇古籍出版社2002年。

10　參見伊格爾頓（Terry Eagleton）：《二十世紀西方文學理論》，伍曉明譯，第163頁，北京：北京大學出版社2007年；拉康：《拉康選集》，褚孝泉譯，第89-96頁，上海：上海三聯書店2001年。

此也可以理解，為什麼《精衛石》中秋瑾化身的黃鞠瑞，丁玲的文學姐妹夢珂、莎菲等人都是以女學生的身份出現在小說中的。

對自傳性的女性小說來說，鏡像的意義還在於可以療救創傷，重塑自我。在過去數千年的文化傳統中，文、武兩種資源為男性所獨佔，無論是科考還是從軍，女性都不允許進入社會生活與公共空間[11]。在這樣的傳統之下，自傳性的文學書寫為女性提供了一種表達自我、實現自我的方式。一位西方學者注意到：「女性的自傳總是包含著一個全球性、深層的病理治療過程：組創女性的主體。」[12]在這個意義上看晚清以來秋瑾的舊文學創作與五四以來丁玲的新文學創作，無論是愛戀茶花女，還是效仿蘇菲亞，她們的文學書寫都有一個共同的衝動，這就是：在參與世界的不滿與不幸、苦悶與創傷中尋求新的自我認同，重塑女性的生命故事。如果說自傳性書寫包含著一種「深層的病理治療」，那麼文學鏡像的功能之一就是充當撫慰傷痛的精神醫師。秋瑾的自我覺醒與精神昇華，源於個人婚姻生活的不幸。發誓要像男子一樣建功立業、青史留名的《滿江紅》，就是在與丈夫決裂的中秋之夜寫出的。其中有云：「身不得，男兒列，心卻比，男兒烈。算平生肝膽，因人常熱。俗子胸襟誰識我？英雄末路當磨折。」懷著這樣的心理創傷，秋瑾對同樣是離家出走、投奔革命的蘇菲亞有著一種自戀般的模仿。蘇菲亞經常易裝，被稱為「穿褲子的小姐」，是因為躲避偵探的地下工作需要。秋瑾的男性裝扮不僅毫無必要，而且常常招搖過市，反而為她惹來被罵為「死

---

[11] 雷金慶：《男性特質論：中國的社會與性別》，劉婷譯，第23頁，南京：江蘇人民出版社2012年。

[12] 胡曉真：《才女徹夜未眠：近代中國女性敘事文學的興起》，第93頁，臺北：麥田出版公司2003年。

有餘辜」[13]的殺身之禍。秋瑾的異裝癖除了對生為女身的痛恨，只能說是對模仿蘇菲亞過於迷醉了。同樣，秋瑾在詩文中大量提到流血與犧牲，對死亡表現出一種自殺般的迷戀，也包含著以蘇菲亞之死為典範模式來重塑自我的意願。如其演說詞中吐露心聲的比喻：「我還望我們姐妹們，把從前事情，一概擱開，把以後事情，盡力做去，譬如從前死了，現在又轉世為人了。」[14]再來看丁玲的莎菲系列小說，莎菲的文學姐妹無不具有多愁善感的茶花女性情。夢珂寄居姑母家，缺乏真正的知己朋友，與周圍的環境格格不入，她的寂寞、孤獨與感傷，很自然地在茶花女那裡找到共鳴。藉由同命相憐的鏡像認同，夢珂壓抑已久的苦悶如同她流下的眼淚一樣得以宣洩與釋放。就像秋瑾對流血的迷戀一樣，丁玲筆下的莎菲、伊薩等文小姐，常常有一種自殺衝動。儘管自殺不無頹廢，但文學性的自殺也並非全是頹廢。如丁玲所說：莎菲叫喊「我要死啊，我要死，其實她不一定死，這是一種反抗。」[15]書寫文學想像中的死亡，其實也是女作家告別過往、重塑自我的一種表達方式。

那麼，秋瑾與丁玲文學中女性成長的鏡像，為何都是「西方美人」？簡言之，鏡像中所顯現的，為何「西方」，而且「美人」？對「西方美人」在晚清的隱喻意義及其後縱橫交錯的帝國欲望與權力關係，臺灣學者劉人鵬曾做過精彩的專文解析。在她

---

[13] 據周建人回憶，陳叔通老先生告訴他，浙江巡撫對殺不殺秋瑾決定不下，曾問當地豪紳湯壽潛，湯認為秋瑾經常穿日本學生裝騎馬在街上跑，「太隨便，不正派」，因此說了一句：「這個女人死有餘辜。」參見周建人：《秋瑾的犧牲》，《秋瑾研究資料》，第241頁，濟南：山東教育出版社1987年。
[14] 秋瑾：《敬告中國二萬萬女同胞》，《秋瑾集》，第6頁。
[15] 丁玲：《答〈開卷〉記者問》，《丁玲全集》第8卷，第8-9頁。

看來，「『西方美人』與『二萬萬女子』是在國族欲望成為長生帝國的現代化進程中被生產出來的比喻。」[16]在上世紀之交，「正當中國對於『西方』帝國主義意亂情迷、同時又力圖擺脫的時刻」[17]，梁啟超（1873-1929）寫於1902年的文章無比溫情又無比曖昧：「二十世紀則兩大文明結婚之時代也，欲我同胞張燈置酒，迓輪俟門，三揖三讓，以行親迎之大典，彼西方美人必為我育寧馨兒，以亢我宗。」[18]維新人士一方面對西方帝國主義的強暴有「意亂情迷」的認同，一方面又力圖讓晚清帝國擺脫被殖民強暴的弱勢地位。梁氏的救國方案，是希望以兩大文明結合的方式，讓古老衰落的中華文明恢復青春活力，重振國族雄風。但衰老頑固的父權／帝國意識，又使他不願承認祖國的衰弱落後，所以，只好藉由「香草美人」的抒情藝術，將西方帝國女性化為「西方美人」，幻想西方文明「用她年輕美麗的身體，盡其為中華文明再生產的終極任務。」[19]這樣的婚姻想像天真而又認真，處處流露出一種愛恨交織的複雜欲望。婚姻想像當然不可能是事實婚姻，在晚清時期強國救種的議程上，「西方美人」的比喻意義最終落實為蘇菲亞等「愛國美人」的具體形象，並成為動員中國女性奮然自振、參與救亡運動的有效力量。事實上，「西方美人」也並非一夜塑就。西方女性在晚清的接受經歷了一個從「番婦」到「美人」、從負面到典範的轉變過程[20]，相對應的是，其

---

[16] 劉人鵬：《近代中國女權論述》，第187頁，臺北：臺灣學生書局2000年。

[17] 劉人鵬：《近代中國女權論述》，第130頁。

[18] 梁啟超：《論中國學術思想變遷之大勢》，《飲冰室文集點校》第1集，第217頁，昆明：雲南教育出版社2001年。

[19] 參見劉人鵬：《近代中國女權論述》，第129-197頁。

[20] 唐欣玉：《被建構的西方女傑》，第26-32頁，成都：四川大學出版社2013年。

後有一個「老大帝國」對西方文明從鄙夷、抵抗到承認、學習的曲折演變過程。當強大的西方帝國在晚清的衰落中打破了文化保守主義夷夏之辯的觀念幻像後，西方文明在一種強弱失衡的等級結構中展現出了一副充滿誘惑而又不無想像的現代性圖景。在追求現代性的潮流之下，西方女性的形象塑造乘此「西風」，迅速上升為中國「二萬萬女同胞」競相仿效的「西方美人」，乃至頂禮膜拜的「西方女神」。從國族主義的邏輯來看，晚清審美觀的改變其實是文明觀的改變，其眼中的「西方美人」，其實是一位帶著美麗想像與豔羨心理的西方強人。瞿秋白曾有一個「大煞風景」的比喻：「本來帝國主義的戰神強姦了東方文明的公主，這是世界史上的大事變，誰還能夠否認？」[21]不很溫情，卻也是實情。

劉人鵬的「西方美人」關注國族與性別背後的權力結構與霸權對抗問題，不過也因此可能忽視中國女性在學習與成長中重塑自我的主體需要，同樣也無法說明五四以後何以發生西方美人的鏡像倒錯問題。有意思的是，梁啟超的「西方美人」雖然指向傾慕不已的「泰西文明」，但出典卻是《詩經》中的《邶風・簡兮》，詩中有云：「云誰之思？西方美人。彼美人兮，西方之人兮。」無獨有偶，因甲午戰敗曾上書光緒皇帝的晚清名士吳保初（1869-1913）當時也寫有一首致兩位女兒的詩：「女勿學而父，而父徒空言。西方有美女，貞德與羅蘭。」[22]晚清以來，即便不發生「適用於今，通行於俗」的詩界革命，「西方」與「美人」的所指、內涵在時空、意境上也已完全不同了。維新人士

21　瞿秋白：《〈魯迅雜感選集〉序言》，孫郁、黃喬生主編：《紅色光環下的魯迅》，第9頁，石家莊：河北教育出版社2000年。

22　吳保初：《北山樓集》，第62頁，合肥：黃山書社1990年。

「中體西用」，用古老的詩經語言表達走向世界的現代訴求，本身就是一個不同文化之間彼此交融與混合的創造性象徵。從另外一方面說，「西方美人」從來就不是一個抽象自足的象徵符號，「二萬萬女子」對此也從來不是毫無主體意識的全盤接受。向「西方美人」學習，首先就是一個自我覺醒的過程。何種西方，學習什麼？美人之美，美在何處？這些都是需要經過自我思考與主體選擇的。比如離家出走、東渡日本的秋瑾，她顯然不可能接受青山實踐女校與其身世、理想背道而馳的「賢妻良母」教育，在幾番衝突之後，她最終從蘇菲亞等西方女傑那裡獲得了革命動力。再如丁玲筆下的夢珂，雖然身份是一位中國女學生，卻可以自己主動選擇西方老師，是認同蘇菲亞，還是認同茶花女？在重塑自我的成長過程中，「西方美人」塑造其理想模式中的中國新女性，中國新女性同時也在塑造合乎自我理想的「西方美人」。換言之，在「西方美人」與「二萬萬女同胞」之間，有後殖民主義視野中的帝國霸權與反抗霸權的對抗關係，也有跨文化視野中的混血交融與互動創造的對話關係。我們可以看到，從晚清到五四，「西方美人」所呈現的是一種多元共生、鏡像交錯的豐富景觀，其中有文藝女性的文美人，也有革命女性的武美人。而且，「西方美人」在不同時期都有不同典範，從秋瑾的蘇菲亞到丁玲的茶花女，就經歷了一個由武而文的嬗變過程。從重塑自我的需要出發，中國文學在再度創作中甚至可以反復改造、重寫西方美人，晚清以來的「新茶花」現象便是如此。進而言之，對「西方美人」的態度也隨著時代潮流的變化在不斷發生變化。從秋瑾晚清時期的狂熱崇拜到丁玲五四時期的懷疑批判，「西方美人」就經歷了一個從神話走向人間的過程。在秋瑾那裡，俄羅斯的革命女神蘇菲亞切近而遙遠，在丁玲那裡，上海弄堂裡的「中國的蘇

菲亞女士」遙遠而切近。如果說，視「西方美人」如救國女神的晚清文學充滿了一切可以由此得救的神話想像與簡單樂觀，那麼，丁玲所代表的「後五四」文學則在與「西方美人」的相遇中呈現出一種成長過程中的迷茫、懷疑與掙扎。因此，正如上帝創造了人，人也創造了上帝一樣，新女性在以「西方美人」為鏡像的自我成長過程中，作為他者鏡像的「西方美人」也是新女性塑造的結果。在中華文明與外來文明數千年碰撞交融的歷史長河中，從來沒有「純粹」的西方，也從來沒有「純粹」的西方美人。晚清如此，五四亦然。

三、「舉國徵兵之世」與晚清的蘇菲亞傳奇

甲午以來，一敗再敗的晚清帝國經歷「三千年未有之大變局」[23]，又走向了一個文武興替的歷史交匯口。國勢的文弱不振直接刺激了民族主義與尚武思潮的興起。楊蔭杭（1878-1945）總結說：「中國右文而賤武，故成文弱之國，自與歐人接觸，始自覺其文弱。自為日本所敗，始欲矯其文弱之弊。於是愛國之士，乃大聲疾呼曰：『尚武！尚武！』」[24]由此，中國幾千年「文主宰武」的傳統被打破，文武之間的從屬關係發生了大幅逆轉。康有為（1858-1927）在1898年上光緒皇帝的奏疏中，疾呼當時為前所未有的「今當舉國徵兵之世」[25]。梁啟超則借「鐵血宰

[23] 李鴻章：《覆議製造輪船未可裁撤折》。
[24] 楊蔭杭：《老圃遺文輯》，引自羅志田：《亂世潛流：民族主義與民國政治》，第158頁，上海：上海古籍出版社2001年。
[25] 康有為：《請禁婦女裹足折》，引自中華全國婦女聯合會婦女運動歷史研究室編：《中國近代婦女運動歷史資料（1840-1918）》，第66頁，北京：中國婦女出版社1991年。

相」俾斯麥（Otto Eduard Leopold von Bismarck，1815-1898）之言公開宣揚：「天下所可恃者非公法，黑鐵而已，赤血而已。寧獨公法之無足恃，立國者苟無尚武之國民，鐵血之主義，則雖有文明，雖有智識，雖有眾民，雖有廣土，必無以自立於競爭劇烈之舞臺。」[26]在尚武救國的邏輯之下，如何跨越「野蠻人尚力，文明人尚智」的文野之分難題？梁氏的回答斬釘截鐵、不容商議：「然柔弱之文明，卒不能抵野蠻之武力」。既然文不勝武，便不惜將「尚武」抬高到「國家所恃以成立，而文明所賴以維持」[27]的層面，甚至直呼「中國魂者何？兵魂是也。」[28]在鼓吹「兵魂」與「鐵血主義」的風氣之下，晚清文壇出現了許多像南社文人的《軍國民歌》、《女軍人傳》這樣的創作。秋瑾則寫下了多篇以刀劍為題的諸如《劍歌》、《寶劍歌》、《寶刀歌》、《紅毛刀歌》等詩作。即便是與秋瑾意見相左的魯迅，也在當時寫下了「我以我血薦軒轅」的激烈詩句和讚美武士精神的《斯巴達之魂》。不過，一味崇尚迷信強權與武力的思想，也很容易發出讚美殖民與侵略的「惡聲」。在歐風美雨之外文化落後而軍事強大的沙俄帝國，時常出現在「西方美人」的行列中，就是拜強權思想所賜。對於「今日佳兵之士」的「豔羨強暴之心」，魯迅敏銳地感受到其中的危險性，他斥責「自屈於強暴久，因漸成奴子之性，忘本來而崇侵略者」為「獸性之愛國」：「烏乎，吾華土亦一受侵略之國也，而不自省也乎。」[29]不過，在眾人皆醉的尚武迷夢與崇拜強權的滾滾大潮中，有誰會聽取一個青年留學生的警

---

[26] 梁啟超：《新民說‧論尚武》，《飲冰室文集點校》第1集，第615頁。
[27] 梁啟超：《新民說‧論尚武》，《飲冰室文集點校》第1集，第615頁。
[28] 梁啟超：《自由書》，《飲冰室文集點校》第4集，第2274頁。
[29] 魯迅：《墳‧破惡聲論》，《魯迅全集》第1卷，第34頁，北京：人民文學出版社1981年。

告之聲呢？魯迅的聲音是微弱和寂寞的，卻也表明，任何一種時代大潮可能會淹沒反撥的聲音，卻終究無法淹沒它的存在。

當尚武強兵成為新的時代風流，中國「二萬萬女子」的性別典範不僅發生了轉移，而且典範準則也被完全顛覆。從梁啟超所豔羨的「西方美人」眼裡回頭來看中國的東方美人，傳統女學典籍《女誡》所規定的「男以強為貴，女以弱為美」就失去了合法性。中國女性「以弱為美」的古典風流一方面被維新志士視為亡國滅種的萬惡之源，一方面又要為回應強國保種的現代訴求承擔重要責任。秋瑾的革命黨同志陳天華（1875-1905）在《猛回頭》、《警世鐘》中就如此呼籲：「今日的世界，什麼世界？是弱肉強食的世界，你看如今各國，那國不重武備？」「婦女救國的責任，這樣兒大」，「你看法蘭西革命，不有那位羅蘭夫人嗎？俄羅斯虛無黨的女傑，不是那位蘇菲尼亞嗎？」[30]在救亡圖存的質詢之下，美人之美恰恰是晚清之危的不幸映照。東西美人之爭不是比拼容貌，不是競賽詩文，而是「婦女救國的責任」。楚南女子（陳擷芬，1883-1923）在1903年曾計畫用白話演義《世界十女傑》，為的就是讓女同胞「可以學他也做一個女豪傑出來」[31]。而所謂「理想的女豪傑」，就是以蘇菲亞為模型的：「爆彈鋼刀在手邊……朝刺將軍暮皇帝，誰能無價買民權」[32]，「自由購就文明血，炸彈驚回專制魂。」[33]由此看來，

---

[30] 饒懷民等編選：《陳天華集》，第38、87頁，北京：人民文學出版社2011年。

[31] 楚南女子：《世界十女傑演義：西方美人》，《女學報》，1903年第4期。

[32] 一塵：《理想的女豪傑》，《國民日日報》1903年，轉引自劉納：《嬗變》，第99頁。

[33] 悲秋：《誰之罪》，《江西》第2、3號合刊，轉引自劉納：《嬗變》，第88頁。

晚清的美人之美不是比美，而是比武。在這樣的情勢下，被梁啟超斥為「批風抹月，拈花弄草」的才女文學及其薰陶下的「不商不兵」的東方美人[34]，非但失去了昨日文雅風流的所有優勢，而且還要為國勢文弱承擔不可原諒的文化罪責。那麼，當古典美淪為一種現代病時，如何療救「東亞病婦」文弱不振的「惡疾」呢？《女子世界》主筆丁初我的良方是：「軍人之體格，實救療脆弱病之方針，遊俠之意氣，實施治恇怯病」[35]。在培養軍國民的新女學理念中，來自野史傳說的花木蘭故事被重新發掘，以重塑中國女性雄強尚武的形象譜系。儘管金一（金天翮，字松岑，1874-1947）等人也希望「東西女傑並駕馳」[36]，被賦予救國意義的「西方美人」還是佔據了壓倒性的優勢，成為中國女性師法效仿的完美典範與理想榜樣。秋瑾在《贈女弟子徐小淑和韻》一詩中有言：「我欲期君為女傑，莫拋心力苦吟詩。」秋瑾這首棄文從武的詩是寫給女弟子的，也是寫給自己的。從以「女傑」自認的詩文創作中，我們可以看到，秋瑾自己也正是晚清尚武時代響應國族主義徵召的一個最為自覺的女弟子。

　　女性在各自的「昨天」塑造自我，其自我建構也為各自的「昨天」所塑造。在晚清的「徵兵之世」，各種女報、新女性讀本所譯介的「西方美人」儘管呈現出一副多元景觀，但捨身救國的革命女傑無疑占盡風光。比如，在晚清出版的眾多女性新讀本中，陳壽彭、薛紹徽編譯的《外國列女傳》更為全面，其中也編

---

[34] 梁啟超：《變法通議‧論女學》，《飲冰室文集點校》第1集，第42-47頁。

[35] 初我：《女子世界之頌詞》，《女子世界》，1904年第1期。參見柯慧玲：《近代中國革命運動中的婦女（1900-1920）》，第44頁，太原：山西教育出版社2012年。

[36] 金一：《女學生入學歌》，《女子世界》第10期，原刊無出版年份。

有《文苑列傳》，但並不如《世界十女傑》、《世界十二女傑》
這類頌美革命女傑的編譯著作更受歡迎。所以，能成為晚清中國
最有影響的文化偶像與女性典範的，自然是蘇菲亞與貞德、羅蘭
夫人這樣一批「以身許國」的「愛國美人」。有意思的是，女性
新讀物與新偶像也是中國男性無論老少都曾大為喜歡的。姑且不
提始作俑者梁啟超等人，以周氏兄弟為例，魯迅在1903年購買、
閱讀過《世界十女傑》，並寄送周作人（1885-1967）[37]。他自己
也回憶說：「那時較為革命的青年，誰不知道俄國青年是革命
的，暗殺的好手？尤其忘不掉的是蘇菲亞，雖然大半也因為她是
一位漂亮的姑娘。現在的國貨的作品中，還常有『蘇菲』一類的
名字，那淵源就在此。」[38]周作人的日記顯示，他至少讀過兩遍
《世界十女傑》，所譯藹理斯的《蘇菲亞》一詩，直到1930年巴
金（1904-2005）出版《俄羅斯十女傑》時還在被引用[39]。在1904
年到1907年間，周作人還化名吳萍雲或會稽萍雲女士，在《女子
世界》等刊大寫鼓吹女性革命的文章。在他看來，二十世紀的理
想女性就是蘇菲亞式的尚武任俠，而非茶花女式的多愁多病：
「十九世紀之女子，執其帚，供井臼而已。二十世紀，則將易陌
頭楊柳，夢裡刀環之感情，而嘗彈雨槍林，胡地玄冰之滋味」，
「故二十世紀之女子，不尚妍麗，尚豪俠；不憂粗豪，而憂文
弱」[40]。可見，崇拜蘇菲亞，乃至讚美「彈雨槍林」，正是晚清
民族主義思潮之下的一種普遍風氣。

---

[37] 唐欣玉：《被建構的西方女傑》，第53頁。

[38] 魯迅：《南腔北調集・祝中俄文字之交》，《魯迅全集》第4卷，第459頁。

[39] 巴金：《巴金全集》第21卷，第301頁，北京：人民文學出版社1993年。

[40] 吳萍雲：《論不宜以花字為女子之代名詞》，《女子世界》1904年5月15
日第5期。

　　值得注意的是，無論是周氏兄弟，還是秋瑾，使用的都是
「蘇菲亞」這一譯名。蘇菲亞在晚清各類報刊流傳的文字甚多
甚廣，譯名也多種多樣。其進入中國視野，始自1902年馬君武
（1881-1940）所譯英人克喀伯的《俄羅斯大風潮》一書，譯名
作薜非亞培婁屋司加牙，任克在1903年的《浙江潮》發表蘇菲亞
的傳記，題為《俄國虛無黨女傑沙勃羅克傳》，公權在1907年
的《天義報》上發表的傳記題為《露國革命之祖母婆利蕭斯楷
傳》，巴金在1920年代的《蘇菲亞之死》一文中則譯其全名為蘇
菲亞・柏羅夫斯加亞，此外還有索菲亞、梭菲亞之類的簡稱。巴
金為此提到一個很有意思的誤讀問題：「在外國，人都稱她為
柏羅夫斯加亞；只有在中國，她才被稱為『蘇菲亞』，而且中
國人還只知她為『蘇菲亞』呢。」[41]相較而言，馬君武與任克、
公權的譯名更符合外國習慣，但「蘇菲亞」卻更為流行，以致
無首（廖仲愷，1877-1925）的《蘇菲亞傳》、金一編譯的《自
由血》都沿用了這一譯名。最有趣的是巴金自己，明知「蘇菲
亞」是「只有中國人」才如此稱呼的誤讀，也親自做了訂正與說
明，但仍將錯就錯，沿用舊名，可見這一中國化的譯名影響之
深。那麼，造成這種誤讀的，又是何方神聖呢？非他，乃是1902
年開始在梁啟超創辦的《新小說》上連載的一部章回小說《東
歐女豪傑》。作者嶺南羽衣女士據考是康有為弟子羅普（1876-
1949）的化名。作為梁啟超的同門加同志，羅普的創作正是梁氏
宣導「政治小說」或「新小說」理念的一種實驗或實踐之作。如
果梁氏影響了羅普小說理念的《譯印政治小說序》等文章來自日
本文壇的啟發，那麼羅普的蘇菲亞也同樣來自日本課堂的啟蒙。

[41] 巴金：《俄羅斯十女傑》，《巴金全集》第21卷，第301頁。

假如沒有日本老師煙山專太郎在早稻田大學講授《近世無政府主義》，羅普創作蘇菲亞的靈感大概也無由發生。同樣，作為小說讀者的秋瑾在其後能否以「中國的蘇菲亞」形象被歷史辨識與銘記，也未可知。

　　離奇的是，讓秋瑾、周氏兄弟、以致後來的巴金等人都大為著迷的《東歐女豪傑》，竟是一部僅有前五回的未完之作。小說雖未完成，卻足以使已為人母的秋瑾在故事之外繼續上演蘇菲亞拋家捨身的中國革命故事，也足以使十一二歲的少年巴金「為了一個異國女郎流下不少的眼淚了」[42]。以致在此之後，蘇菲亞熱又在中國本土繁衍出更多傳記與傳奇文本。這半部小說，與半部「紅樓」在藝術成就上自然無法相比，卻何以有如此迷人的魅力？除了得「政治小說」風氣之先，我想主要還在於它借晚清「政治小說」之風適時塑造出了一位傾國傾城的「愛國美人」蘇菲亞。小說最成功、也最可笑的就是對蘇菲亞的中國化塑造與改造。藉由中國志怪、俠義小說筆法的誇張渲染，這位出身貴族的俄羅斯女郎從出生到成長都充滿了神秘的傳奇色彩，儼然成為集美貌與智慧、膽略與勇氣於一身的革命女神。更奇特的是，蘇菲亞的中文譯音在小說中被想當然地讀解／拆解為中國女子的姓名，「菲亞」成了表示親密與親近的稱呼，「蘇」則成了「菲亞」之前的一個普通姓氏[43]。其母與有榮焉，也分享了「母親李氏」這一中國稱呼。同樣，像蘇菲亞的父親用「女子無才便是德」的中國女德來教訓女兒，俄報主筆用「任教三絕，難繪其神；嫁與子都，猶嫌非偶」的中國詩句來描寫「菲亞」風采等

---

[42] 巴金：《俄羅斯十女傑》，《巴金全集》第21卷，第301頁。

[43] 參見胡纓：《翻譯的傳說：中國新女性的形成（1898-1918）》，第138頁，龍瑜宬、彭珊珊譯，南京：江蘇人民出版社2009年。

等，都是欲在中外文化之間化解矛盾、結果卻矛盾百出的例子。不過，未能消化矛盾的中國化是小說突出的癥結所在，也是突出的成功所在。在小說中，留學日內瓦的中國姑娘華明卿結識了一些「滿腦子激進觀念」的俄國女同學，對所聽說的蘇菲亞故事傾慕不已。雖然未曾謀面，但中國革命的現實需要足以讓兩個小說人物之間發生跨越時空的精神聯繫。華明卿固然是蘇菲亞進入中國的橋樑人物，但搭橋的主體卻是中國「文弱不振」所激發的救亡意識：「可恨我國二百兆同胞姊妹，無人有此學識，有此心事，有此魄力。又不但女子為然，那號稱男子的，也是卑濕重遲，文弱不振，甘做外國人的奴隸，忍受異族的憑陵，視國恥如鴻毛，棄人權若敝屣，屈首民賊，搖尾勢家，重受壓抑而不辭，不知自由為何物。倘使若輩得聞俄國女子任俠之風，能不愧死麼？」華明卿開口閉口「菲亞姊」，內心顯然已自居為蘇菲亞的精神姐妹。在傾聽蘇菲亞的成長故事中，中國好學生華明卿也和故事中的精神導師蘇菲亞一起茁壯成長[44]。假如小說完篇，這位聽故事的邊緣人物，必當成長為「新中國未來記」的女主角與女英雄。作為《新小說》和《新民叢報》的狂熱讀者，我們有理由相信，從《羅蘭夫人傳》與《東歐女豪傑》等女英雄故事中獲得啟示的秋瑾就是華明卿這樣的傾聽者和崇拜者。秋瑾在短暫的革命傳奇中留下了《某宮人傳》、《精衛石》等大量詩詞文章，她編寫明末宮女刺殺李自成賊將的中國蘇菲亞式的故事，鼓吹「衣冠文弱難辭責，但恃鐵血主義報祖國」[45]，既是對小說中「倘使若輩得聞俄國女子任俠之風，能不愧死」之問作答與回應，也是對蘇菲亞傳奇的自行搬演與自我複製。

---

[44] 胡纓：《翻譯的傳說：中國新女性的形成（1898-1918）》，第138頁。
[45] 秋瑾：《寶劍歌》，《秋瑾集》，第82頁。

正像《東歐女豪傑》中華明卿與蘇菲亞亦師亦友的精神聯繫一樣，對秋瑾來說，蘇菲亞既是拯救她走向革命的啟蒙導師，也是撫慰她內心傷痛的精神姐妹。走進蘇菲亞的故事之內，又走出蘇菲亞的故事之外，秋瑾將女英雄為革命流血犧牲的傳奇轟轟烈烈地搬上近代中國的歷史舞臺。以文學故事中的蘇菲亞形象為典範，秋瑾最終也以蘇菲亞一樣的典範形象進入新的文學故事。秋瑾被害後，時人有詩讚其「制就虛無新活劇，天教紅粉占千秋」[46]，「獻身甘做蘇菲亞，愛國群推瑪利儂」[47]，或有挽聯稱頌「俠骨雄風，爭與蘇菲應並壽」[48]。好友吳芝瑛、徐自華為其所作小傳中亦有云：「甚或舉蘇菲亞、羅蘭夫人以相擬，女士亦漫應之，自號曰鑒湖女俠云。」「雖俄之蘇菲亞、法之瑪利儂，有過之無不及。」[49]圍繞著秋瑾之死，晚清文壇以無法想像的速度與熱情創作出了《軒亭冤》、《軒亭血》、《軒亭秋》、《六月霜》、《碧血碑》、《秋海棠》、《俠女魂》等大量小說、雜劇、傳奇，而發表在報刊上的各種悼詩與挽聯則更是不計其數。其中，《軒亭冤》公開讚頌秋瑾為「蘇菲亞的後身」，而《誰之罪》可能受《東歐女豪傑》中「菲亞姊」稱呼的啟發，還精心設計了蘇菲亞來中國訪「義妹」秋瑾的情節[50]，秋瑾生前未遇蘇菲亞的憾恨終於在身後的文學想像中一一圓滿實現。對於「所經意

[46] 韞玉女士：《挽吊秋女士 七絕五章》，《神州女報》第1號，郭延禮編：《秋瑾研究資料》，第584頁。
[47] 李鐸：《哭秋女士》，《時報》1907年8月19日。
[48] 天梅：《挽秋女士》，《神州女報》第2號，郭延禮編：《秋瑾研究資料》，第594頁。
[49] 吳芝瑛：《秋女士傳》，徐自華：《秋女士歷史》，郭延禮編：《秋瑾研究資料》，第68、60頁。
[50] 劉納：《嬗變：辛亥革命時期至五四時期的中國文學》，第278頁，北京：中國社會科學出版社1998年。

者，身後萬世名」[51]的秋瑾來說，能以蘇菲亞的名字被文學與歷
史銘記，也可謂求仁得仁。

　　蘇菲亞的故事在晚清大受歡迎，不在於其女英雄的神話是否
合乎歷史真實，而在於它滿足了危機時代國族主義塑造女英雄神
話的歷史需要。在這個意義上，蘇菲亞及其中國學生／姐妹秋瑾
的故事，都是晚清民族革命與尚武思潮的產物。也可以說，她們
一個共同的創作者就是晚清的精神領袖梁啟超。梁氏不僅以「新
小說」的理念引導羅普創作了蘇菲亞的故事，而且以「女英雄」
的理念引導秋瑾再創作了中國蘇菲亞的故事。秋瑾居京時期喜歡
閱讀梁氏所編的《新民叢報》與《新小說》，對《近世第一女傑
羅蘭夫人傳》、《東歐女豪傑》更是愛不釋手。在寫給妹妹秋珵
的信中，秋瑾談到：「任公主編《新民叢報》，一反以往腐儒之
氣。……此間女胞，無不以一讀為快，蓋為吾女界楷模也。」[52]
事實上，秋瑾不僅是梁氏書刊的熱心閱讀者，她的許多詩文在語
言和思想上也都留有梁氏的影子。以尚武言論為例，「世界和平
賴武裝」一詩，就有從「今日之世界，固所謂『武裝和平』之世
界也」[53]演化而來的痕跡。

　　與蘇菲亞的神采飛揚相比，茶花女這位在晚清文壇上曾和
福爾摩斯並駕齊驅、「最走紅的外國小說人物」[54]則顯得極為落
寞。她在秋瑾的創作與回憶中從未被提及。秋瑾性喜讀書，《讀
書口號》一詩中亦有「儂亦癡心成脈望，畫樓長蠹等身書」的自
白，卻隻字不提著名的茶花女，是不平常的、也是不正常的。如

---

[51]　秋瑾：《致秋譽章書》，《秋瑾集》，第34頁。
[52]　郭延禮編：《秋瑾研究資料》，第24-25頁。
[53]　梁啟超《論尚武》，《飲冰室文集》第一集，第621頁。
[54]　陳平原：《中國小說敘事模式的轉變》，第47頁，北京：北京大學出版
　　　社2003年。

所周知，發行最早、最為經典的《茶花女》譯本是林紓（字琴南，1852-1924）的《巴黎茶花女遺事》，該書自1899年刻印以來多次再版。林紓自詡「尤淒婉有情致」[55]，陳寅恪（1890-1969）也曾贊評「其文淒麗，為世所重。」[56]無論是藝術成就，還是社會影響，1902年才開始連載的《東歐女豪傑》都無法與之媲美。秋瑾隻字不提曾經更為流行的茶花女故事，原因只有一個，就是茶花女這個人物，無法療救她個人的內心傷痛，也無法解決愛國救亡的時代難題。秋瑾個人婚姻不幸，詩文中常有「俗子胸襟誰識我」、「如何卻將才女配庸人」、「才女婚姻歸俗子」、「彩鳳隨鴉」之歎。所遇非偶，秋瑾當然不可能為愛犧牲，再做中國的茶花女。有意味的是，經古文學家譯筆「潤色」過的茶花女在晚清中國風行一時，作詩崇拜與歌頌者以男性居多[57]，女性讀者幾乎是沉默與缺席的。嚴複（1854-1921）的「可憐一卷茶花女，斷盡支那蕩子腸」就頗有象徵意義。為什麼茶花女在當時沒有引起女同胞的「可憐」，「斷盡」的卻是「支那蕩子腸」呢？這背後有著與中國傳統「忠貞」觀念相契合的父權文化因素，也是林紓改寫最為成功或最有爭議之處。「蕩子」為守貞的茶花女感動，卻從不會想到自己也要為對方忠誠。林紓為舒緩喪妻之痛與王壽昌（1864-1926）合譯《茶花女》，據說譯書到動情處，兩男子的哭聲窗外可聞[58]。但對自歎「俗奴浪子配才女」的秋瑾

---

[55] 阿英：《關於〈巴黎茶花女遺事〉》，薛綏之、張俊才編：《林紓研究資料》，第241頁，北京：智慧財產權出版社2010年。

[56] 張曉編著：《近代漢譯西學書目提要：明末至1919》，第303頁，北京：北京大學出版社2012年。

[57] 阿英：《關於〈巴黎茶花女遺事〉》，薛綏之、張俊才編：《林紓研究資料》，第241-245頁，

[58] 左舜生：《中國現代名人軼事》，引自李歐梵：《現代中國作家的浪漫一代》，第43頁，北京：新星出版社2005年。

而言，閱讀《茶花女》，非但不能療治內心傷痛，反而會徒增悲憤吧。

從尚武強兵的時代風氣來說，《茶花女》出現在甲午海戰後，雖風靡一時卻又處境尷尬，很快便不合時宜。被譽為「女界之盧梭」的金一是名著《女界鐘》的作者，也是鐵血主義的狂熱鼓吹者。他在1905年撰文，稱讚《東歐女豪傑》等新小說讀後「而更崇拜焉」，認為「使吾國民而皆如蘇菲亞、亞宴德之奔走黨事，次安、絳靈之運動革命，漢族之光復，其在拉丁、斯拉夫族之上也。」同時也嚴厲斥責林譯小說《茶花女遺事》與《迦因小傳》，「使男子而狎妓」，「女子而懷春」，「歐化風行，如醒如寐」[59]。在這個意義上，蘇菲亞形象的出現，及時化解了在危機時代書寫「兒女私情」的難題，也及時將陷於個人苦悶生活中的秋瑾解救出來。在革命女神蘇菲亞的點化之下，秋瑾由「兒女」而「英雄」，實現了超越個人痛苦的精神昇華，在獻身革命的捨家衛國中，寫下了「祖國淪亡已若斯，家庭苦戀太情癡」[60]的如許詩句。反諷的是，當時許多鼓吹女權的男性先驅如高旭（1877-1925）、柳亞子（1887-1958）、金一卻留下了「娶妻當娶蘇菲亞」、「娶妻當娶韋露碧」這樣一類詩句。其實，像蘇菲亞這樣捨身殉國的「虛無美人」並不是傳統男性宜室宜家的最佳選擇，但正如《兒女英雄傳》中安公子與俠女十三妹的大團圓結局一樣，東方男性表達對西方女傑崇敬之情的最高想像，似乎也只有「娶妻」這種最古老的夫權方式。這些思想看似激進的先

---

[59]　松岑：《論寫情小說於新社會之關係》，原載《新小說》1905年第17號，陳平原、夏曉虹編：《二十世紀中國小說理論資料》第1卷，第170-172頁，北京：北京大學出版社1997年。
[60]　秋瑾：《東徐寄塵　二章》，《秋瑾集》，第90頁。

驅，當然也不會在狂熱的文學想像中為東方女性留任何餘地。

　　「多愁多病」的茶花女要在「徵兵之世」獲得新的生命，也需要和秋瑾一樣，通過效仿蘇菲亞來改寫自己的命運。也許不僅僅是巧合，在「中國的蘇菲亞」秋瑾就義的1907年，第一部由中國人改寫的《茶花女》問世了，這就是鐘心青的《新茶花》。與《茶花女》最大的不同是，《新茶花》被改造為一部梁啟超式的政治小說。秋瑾的革命黨同志吳樾暗殺五大臣等蘇菲亞式的時事大量穿插在「新茶花」武林林的愛情故事中，以致愛情本身幾乎淪為愛國情節可有可無的裝點。在這樣的改寫邏輯下，「愛美人」方能「愛國家」、「愛情」即是「愛國」的理由就顯得格外理直氣壯了[61]。小說從開頭的題詩《題茶花第二樓　武林林小影》中就直言：「茶花不是巴黎種，淨土移根到武林」，處處表現出欲與茶花女一爭高下的心理。在小說中，之所以東風壓倒西風，新茶花戰勝舊茶花，就在於武林林雖在風塵之中，竟然也是一位目光遠大的「愛國美人」。中國新茶花如同蘇菲亞附體，開口便可說出「英雄造時勢」一類梁啟超式的大氣磅礴的救國話語。這樣的小說對法國的茶花女處處是模仿與搬用，也處處是顛覆與挑戰。如果說武林林這位中國新茶花的慷慨陳詞還停留在言語階段，後來的改編則更進一步，如1908年王鐘聲（1880-1911）截取《巴黎茶花女遺事》改編的文明戲《新茶花》（又名《二十世紀新茶花》），以及1909年馮子河在文明戲腳本上改編的同名京劇，女主人公辛耐冬「墮劫俠嫁，忍辱屈身」，智盜俄帥地圖，則真真是另類的「捨身救國」、「為國捐軀」了。據說王鐘聲改編的《新茶花》原劇僅兩本，演出的「新舞臺」劇社猶嫌不

---

[61]　參見趙稀方：《翻譯現代性：晚清到五四的翻譯研究》，第108-113頁，天津：南開大學出版社2012年。

足，又竊用汪笑儂所編的《武士魂》再度改編補充[62]，似乎執意要將茶花女打造成俠女救國的故事。《新茶花》談風月也談風雲，也可算是尚武時代的一種「準風月談」了。不難發現，晚清所有的新茶花多少都帶有蘇菲亞的精神魅影。在救亡圖存的「徵兵之世」，蘇菲亞可以不文，茶花女不能不武。「愛情」可以不談，「愛國」不能不講。即便是《茶花女》的譯者林紓，此時也翻譯了英國作家哈葛德（H. Rider Haggard，1856-1925）的大量探險小說，雖然明知其中「多椎埋攻剽之事，於文明軌轍，相去至遠」，但為了讓「老憊不能任兵」的中華古老文明重振「陽剛」之氣[63]，也像梁啟超一樣急病亂投醫，顧不得什麼文野之分了。

　　王德威教授在描述晚清以來的小說流變時說：「《東歐女豪傑》未竟而終，僅僅描述了蘇菲亞早年的生平事蹟，但它為秋瑾、曾樸、丁玲、巴金等作家創作的俄羅斯女英雄的現代敘事，開闢了道路。」[64]這種說法不盡準確。僅就丁玲而言，她從未創作過蘇菲亞式的現代女英雄，茶花女與蘇菲亞的命運在其小說中也已發生了戲劇性的倒轉。以《夢珂》為例，茶花女重新回歸文藝故事，讓夢珂動落淚，而中國蘇菲亞的革命故事則變得淺薄可疑。《夢珂》的場景看似個案，卻非偶然。和秋瑾相反，丁玲曾多次回憶自己閱讀林譯小說《茶花女》的感動情景，對《東歐女豪傑》則從未提及，似乎毫無興趣。記憶的風景背後，是文武興替之間一種時代風氣的深刻變化。

---

[62] 朱雙雲：《新劇史》，新劇小說社1914年，轉引自徐紅：《西文東漸與中國早期電影的跨文化改編》，第39頁，北京：中國電影出版社2011年。
[63] 林紓：《林琴南書話》，轉引自李歐梵：《林紓與哈葛德：翻譯的文化政治》，《東嶽論叢》2013年第10期。
[64] 王德威：《被壓抑的現代性：晚清小說新論》，第184-185頁，北京：北京大學出版社2005年。

四、「中國的文藝復興」與五四的茶花女故事

　　辛亥革命之後，文壇上出現了「虛無美人款款西去」的現象。阿英（錢杏邨，1900-1977）認為，「虛無黨人主張推翻帝制，實行暗殺，與中國的革命黨行動，是有不少契合之點」，但隨著「中國知識階級理解的成長和辛亥革命的完成，這類作品不久就消失了他的地位，或成為一種史跡。虛無小姐或虛無美人和彗星一般，放閃了短時間的光輝，就飄然而西逝。」[65]的確，蘇菲亞「西逝」是晚清民初的一個現象片段，不過並非歷史全貌。「西逝」論者可能沒有意識到，辛亥之後的中國又進入了一個文武興替的新的歷史交匯口。蘇菲亞西去，茶花女東來，只是晚清民初暗潮洶湧的一個外在表徵。而且，當新的尚武思潮再度來臨時，西逝的蘇菲亞還會魂兮歸來，重新復活。

　　辛亥革命之後的軍閥混戰與政治亂象，是鼓吹尚武強兵的晚清一代人絕對沒有想到過的。楊蔭杭在1920年的《申報》撰文評說：「共和為文明之美稱，初不料共和之結果，一變而為五代之割據。無端而有督軍，無端而有巡閱，使國人惡之如蛇蠍，外人亦匿笑不置。」晚清的尚武之說在五四遭到戲劇性顛覆：「今而知右文之說，尚無可厚非」，「愛國之士，又大聲疾呼曰：『文治！文治！』」[66]對武人亂政的憎惡與革命幻想的破滅，導致革命「成功」之後，反而出現了一種厭惡軍閥政治的新思潮，

---

[65] 阿英：《翻譯史話》，《小說四談》，第238、239頁，上海：上海古籍出版社1981年。

[66] 楊蔭杭：《老圃遺文輯》，引自羅志田：《亂世潛流：民族主義與民國政治》，第159頁。

並直接推動了五四新文化運動的發生與發展。五四的兩位風雲人物胡適（1891-1962）、陳獨秀（1879-1942）都是晚清民初文武關係弔詭演變的親歷者。胡適在1908年寫過《嗚呼鑒湖女俠秋瑾之墓》、《軍人美談》等一系列鼓吹尚武、讚美女俠的文章，還效仿梁啟超的《世界第一女傑羅蘭夫人傳》編譯過一篇《世界第一女傑貞德傳》，文末表示要跟隨「娘子軍」來「救國」，「我又天天巴望我們中國快些多出幾個貞德，幾十個貞德，幾千百個貞德，等到那時候，在下便拋下筆硯，放下書本，趕去做一個馬前卒，也情願的，極情願的。」[67]但此後卻難掩失望，痛斥軍閥假借「革命」製造「紛亂」，「用武力來替代武力，用這一班軍人來推倒那一班軍人」，只是「造成一個兵匪世界而已」[68]。就此而論，胡適的「不談政治」，並不是不關心政治，不過是厭惡政治的黑暗，憤而不談罷了。至於陳獨秀，則是和秋瑾一樣的老革命黨人，之所以發動「文學革命」，是因為看到「政治界雖經三次革命，而黑暗未嘗稍減」，「今欲革新政治，勢不得不革新盤踞於運用此政治者精神界之文學。」[69]不過，聲援「首舉義旗之急先鋒」的陳獨秀自己大概也沒有意識到，在文武興替的新的歷史交匯口，他從一開始就與「我的朋友胡適之」處在一個不同的出發點。同是宣導「文學革命」，對老革命黨人陳獨秀來說，其旨在於借「文學」來「革命」，「欲革新政治」；對推行國語文學建設的學者胡適來說，其旨在於以文學本體的革命來實現思想啟蒙，「不談政治」。他在《文學改良芻議》中提出「八事」

---

[67] 胡適：《世界第一女傑貞德傳》，《胡適全集》第19卷，第607頁，合肥：安徽教育出版社2003年。
[68] 胡適：《我們走那條路》，《胡適全集》第4卷，第465頁。
[69] 陳獨秀：《文學革命論》，《獨秀文存》，第95、98頁，合肥：安徽人民出版社1987年。

說，在《建設的文學革命論》中提出「國語的文學，文學的國
語」，都是從文學形式與語言入手的。一文一武兩種思路大不相
同，甚至可以說是貌合神離、南轅北轍。所以，困擾《新青年》
團體的一個核心問題，就是「專管學術文藝」，還是完全倒向革
命政治[70]？亦即：是要文藝哲學意義上的文，還是要革命政治意
義上的武？魯迅雖以為「聲明不談政治」大可不必，但也希望
「學術思想藝文的氣息濃厚起來」[71]，在尊重文藝學術獨立性的
基礎上保持文武均衡。在文武興替反復演變的民國亂局之下，這
樣的想法其實也過於理想。《新青年》最終分裂，就是文武關係
均衡格局打破的分裂，亦即魯迅所說的「文藝與政治的歧途」。
所以，五四新文化運動即使以思想啟蒙為主流，同時也隱伏著文
武關係的交錯衝突。從陳獨秀以文學革命來革新政治的眼光來
看，五四的文學革命亦是政治革命，其主張和梁啟超在晚清宣導
的「政治小說」一脈相承，同時也更為激進。從胡適以思想文
化解決問題的視野來看，他則更願意將五四的「文學革命」稱作
「中國的文藝復興」。同時，蔡元培、周氏兄弟等人亦都在各自
的文章中提到「文藝復興」的問題[72]，與胡適遙相呼應。然而，
隨著此後陳獨秀重返政治運動的革命戰場，《新青年》風流雲
散，給魯迅留下了「寂寞新文苑」，也留下了「平安舊戰場」，
在熱情過去之後中，魯迅的「彷徨」與《彷徨》，成為五四之後
一種典型的時代情緒與文藝創作。

---

[70] 參見陳平原：《觸摸歷史與進入五四》，第61-67頁，北京：北京大學出
版社2005年。

[71] 魯迅：《210103　致胡適》，《魯迅全集》第11卷，第371頁。

[72] 參見趙家璧主編：《中國新文學大系・建設理論集》，上海：良友圖書
公司，1935年。

　　從「文藝復興」視野來看五四新文化運動，如胡適所說：這是「一場理性反對傳統，自由反對權威，以及頌揚生活與人的價值與反抗對它們的壓制的運動。」[73]其中最重要的意義就是在對尚武文化的反撥中，培養了一種現代文藝精神，並培養了一批在這種文藝精神薰陶之下的現代文藝青年。郁達夫（1896-1945）在1922年的文章中寫道：「目下的中國，是強盜竊賊的天下。打來打去，卻是為分贓不平的緣故。人心厭亂，大家都知道做小小的文官是不能發財，做平常的武官是不能保命了。一般青年男女都受西洋民主思想的感化，漸漸兒的生出了厭談政治厭說武事的傾向來；於是乎文藝的世界，與思想的王國就變成了他們的理想之鄉；大約晉代的竹林七賢，同法國的高蹈派詩人的心理，也是如此，我之所謂時代精神，就是指著這一種心理而言。」[74]「厭談政治厭說武事」的時代精神，最直接的結果就是出現了丁玲這樣熱愛文藝的新女性與新青年，而非秋瑾那樣熱衷革命的女豪傑與女英雄。文藝女青年既是新文學風氣培育出來的一個重要成果，也是醞造新文學風氣的一個重要部分。她們熱衷現代文藝，厭惡軍閥政治，追求個性解放與思想自由，批判一切有悖人性的蒙昧與黑暗，性情上憂鬱敏感而又驕傲自尊。她們有熱情，有理想，然而也因此有脆弱，有失望。隨著自我意識的覺醒，關注人的精神存在與生活的悲劇性感受成為現代文藝的一個重要特徵[75]。在這個意義上，五四文學可以說開啟了一個新的抒情時

[73] 引自：格里德：《胡適與中國的文藝復興》，第346頁，魯奇譯，南京：江蘇人民出版社1996年。
[74] 郁達夫：《夕陽樓日記》，原載1922年8月25日《創造》季刊第1卷第2期，《郁達夫全集》第10卷，第2頁，杭州：浙江大學出版社2007年。
[75] 亞羅斯拉夫・普實克：《抒情與史詩：現代中國文學論集》，郭建玲譯，上海：三聯書店2010年，第2頁。

代。與尚武思潮一致，晚清文學主流在召喚英雄、救亡圖存的風氣之下，無不是慷慨激昂、高亢悲壯的，美學情調偏向男性化的陽剛與高邁。而在「中國的文藝復興」時期，五四文學的精神氣質是由「人的發現」而來的一種苦悶與憂鬱，美學情調則趨向女性化的陰柔與低沉。即便如魯迅、郁達夫這樣的男性作家亦是如此。冰心、盧隱、石評梅、丁玲等一批出色的女作家多在新文學的第一個十年出現，與這種時代精神的薰陶不無關係。

　　從晚清到五四的文學演變中，魯迅的態度值得注意。魯迅的「棄醫從文」早已為人所知，但很少有人去探究其個人選擇背後所折射的時代風雲。魯迅的學醫，除了因「父親的病」背負沉重的精神陰影[76]，還有一個更重大的理由就是「戰爭時候便去當軍醫」[77]，這和秋瑾翻譯《看護學教程》的用意是一致的。秋瑾在開首的「譯者識」中有云：「曩歲在東，與同志數人創立共愛會，後聞滬上女界，亦有對俄同志會之設，今雖皆未有所成，要之吾國女界團體之慈善事業，則不能不以此為嚆矢。他日者，東大陸有事，扶創恤痍，吾知我一般之姊妹，不能辭其責矣。」[78]魯迅的「棄醫從文」，因此也可以說是「棄武從文」。有意味的是，在秋瑾就義的1907年，魯迅完成了《摩羅詩力說》等文章，公開質疑「金鐵主義」，認為「兵刃炮火，無不腐蝕，而但丁之聲依然」，最後結論則是「精神界之戰士貴矣。」與魯迅早期編譯《斯巴達之魂》時頌揚「武德」，讚美「女丈夫」相比，態度已有所變化。不過，魯迅將維新希望由「斯達巴之武德」轉

---

76 參見符杰祥：《魯迅文學的起源與文學魯迅的發生》，《文學評論》2010年第2期。
77 魯迅：《吶喊・自序》，《魯迅全集》第1卷，第416頁。
78 秋瑾：《看護學教程》，《秋瑾集》，第167頁。

向「介紹新文化之士人」，其中仍延續著一種英雄救世的情懷
與情結：「有作至誠之聲，致吾人於善美剛健者乎？有作溫煦之
聲，援吾人出於荒寒者乎？」[79]直到經歷「十年沉默」，在辛亥
次年發表痛心疾首的《軍界痛言》，魯迅才在「無端的悲哀」與
「反省」中逐漸意識到自己「決不是一個振臂一呼應者雲集的英
雄」，「再沒有青年時候的慷慨激昂的意思了。」[80]因此，魯迅
五四時期的小說創作並非走向自己在晚清時期所構建的「善美剛
健」的詩學理想，而是走向了「病態社會的不幸的人們中」[81]，
精神格調陰鬱荒涼，比五四文壇普遍的感傷空氣尤多了一層幽暗
與沉重。

　　從新文學的代表人物魯迅可以看出，由剛健轉向沉鬱，
是五四時代一種普遍的文藝風氣。捷克漢學家普實克（Jaroslav
Prŭšek，1906-1980）為此曾總結說：「主觀主義、個人主義、悲
觀主義、生命的悲劇感以及叛逆心理，甚至是自我毀滅的傾向，
無疑是一九一九年五四運動至一九三七年抗日戰爭爆發這段時期
中國文學最顯著的特點。《少年維特之煩惱》被青年一代奉為聖
經，這一事實無疑也代表了當時典型的時代情緒。」[82]普實克沒
有提到《茶花女遺事》，其實它也是「代表了當時典型的時代情
緒」，與《少年維特之煩惱》一樣成為青年一代閱讀的西方經
典。也許是「男女有別」，同為愛情悲劇，以男青年為主人公的
《少年維特之煩惱》更容易從男青年那裡獲得共鳴，比如茅盾的
《子夜》中，雷參謀就珍藏著這樣一本學生時代的愛情信物；以

79　魯迅：《墳‧摩羅詩力說》，《魯迅全集》第1卷，第100頁。
80　魯迅：《吶喊‧自序》，《魯迅全集》第1卷，第417、418頁。
81　魯迅：《南腔北調集‧我怎麼做起小說來》，《魯迅全集》第4卷，第
　　512頁。
82　亞羅斯拉夫‧普實克：《抒情與史詩：現代中國文學論集》，第3頁。

女青年為主人公的《茶花女遺事》則更為女青年所歡迎，除了《夢珂》，廬隱的《海濱故人》也有女學生露莎閱讀《茶花女遺事》的情節。

　　兩位現代女作家的小說中都有閱讀《茶花女》的細節，可見茶花女在五四時期的女學生那裡的確頗受歡迎。不過，在承認「一時代有一時代之文學」的普遍性的同時，也不可為歷史決定論所蒙蔽，忽視個人際遇與性情志趣的特殊重要性。個人為時代所決定，也不完全為時代所決定。否則，如何理解同在日本留學、又同是紹興人的魯迅與秋瑾，為何最終會做出暴力革命與文學啟蒙兩種不同的文武選擇？丁玲對茶花女確有太多偏愛。她自言從小讀過很多舊小說，包括商務印書館的《說部叢書》，「林譯的外國小說也看了不少」[83]。因為喜歡故事裡面的「悲歡離合」，古典的《紅樓夢》、《西廂記》，甚至唱本《再生緣》、《再造天》等，「或還讀不太懂的駢體文鴛鴦蝴蝶派的《玉梨魂》都比《阿Q正傳》更能迷住我。」丁玲當時也「知道新派的浪漫主義的郭沫若，閨秀作家謝冰心，乃至包天笑，周瘦鵑，而林琴南給我印象更深」。[84]丁玲對其他新派作家僅是「知道」，對林譯小說則是「喜歡」，所舉外國小說中，《茶花女》則名列榜首。這些小說多愁善感，格調相似。《茶花女》有「外國的紅樓夢」[85]之稱，而丁玲最心儀的古典小說非《紅樓夢》莫屬，不僅自己常常哭紅雙眼，後來在不同時期還多次向文學青年推薦。丁玲自云：《母親》是有意識「按《紅樓夢》的手法去

---

[83]　丁玲：《我的創作生活》，《丁玲全集》第7卷，第15頁。

[84]　丁玲：《魯迅先生于我》，《丁玲全集》第6卷，第107頁。

[85]　孔立：《風行一時的「林譯小說」》，薛綏之、張俊才編：《林紓研究資料》，第247頁。

寫」，「而且是寫自己」[86]。能讓她感動掉淚的小說人物，當然
是林黛玉和茶花女，雖然二者之間身份地位反差甚大，但為愛含
恨、風塵飄零的身世命運，孤傲高潔、憂鬱感傷的小姐性情，賞
花吟誦、絲竹管弦的文藝情趣則不無相通之處。在這個意義上，
「外國紅樓夢」中的茶花女不妨看作西方的林黛玉，而中國的林
黛玉也不妨看作東方的茶花女。如果說文藝女青年在小說中讀一
本西洋小說《茶花女》才顯得足夠「現代」，那麼古典小說《紅
樓夢》出現在回憶文章中，也足以表明丁玲內心深處的林黛玉情
結。或者說，如果沒有少女時代的林黛玉情結，文藝女青年能
否在茶花女那裡找到新的共鳴呢？細讀丁玲小說中的文小姐們，
不難發現東西兩位茶花女的原型影響。由此而論，莎菲及其精神
姐妹，都可謂新舊／中外文化混血交融與互動創造的典型產物。
「西方美人」與中國姐妹在文學中相遇的跨文化景象，再次讓我
們看到，他者文化與自我文化在動態連接、對話、融合、滲透
中，也會帶來一種新的轉化與創新。

　　丁玲自小寄人籬下、讀書時又四處漂流，東西兩位茶花女
通過夢珂的閱讀而發生超越時空的精神相遇，其中也有個人際
遇的碰觸。至於讀不太懂的《玉梨魂》何以比《阿Q正傳》還要
迷人，也是因為自稱「東方仲馬」的徐枕亞對《茶花女》進行了
成功移植。儘管丁玲在獲得「今日武將軍」的地位之後也試圖對
「昨天」做出諸如「閱世不深」的辯解，但矛盾的是，丁玲在後
來的回憶中仍念念不忘當年閱讀的情形，可見「昨天文小姐」
的影響並非「不深」。據沈從文（1902-1988）回憶，丁玲在北
京讀書時書架上常有三本特殊的英文書，其中一本就是小仲馬的

---

[86] 丁玲：《答〈開卷〉記者問》，《丁玲全集》第8卷，第5頁。

《茶花女》，「還常常預備著手來翻譯。」更離奇的是，在某一天，丁玲看完《茶花女》後，竟想獨自到上海演電影去[87]。文藝女青年天真浪漫的小姐性情可見一斑。這樣的故事在現實生活中固然失敗，卻為丁玲創作小說《夢珂》帶來成功經驗。茶花女的鏡像認同，讓丁玲發現了自己的文藝氣質，並建構了一個文藝女青年真實的自我。

　　丁玲筆下的夢珂親近茶花女而疏遠蘇菲亞，是一種時代風氣，也是一種個人性情。和晚清時期的新茶花相比，五四時期的茶花女終於不用再背負國族主義的救亡重擔，可以回歸愛情故事本來的文藝面目了。在晚清文明戲的基礎上，天一影片公司曾於1927年重新改編了一部電影《新茶花》，由裘芑香導演、蝴蝶主演，「尤為轟動一時」[88]。巧合的是，丁玲在同年創作的小說中，也寫到女學生夢珂為電影中的茶花女頻頻掉淚的事。她所看的是這部國產片《新茶花》，還是西洋片《茶花女》？從幾處細節可以發現，夢珂所讀的小說是《茶花女》的翻譯本，所看的影片亦和小說同名。而且，電影是在西方人常去的卡爾登影院看的（小說中，一位義大利女郎和幾位有須的男性在包廂裡大聲說笑），女伶「拖著的黑色長裙」也是西方裝束。可見，感動夢珂的不是東方新茶花的愛國傳奇，而是西方茶花女的愛情悲劇。沈從文也提到，丁玲的初期寫作深受《茶花女》與《馬丹波娃利》（李劼人1925年譯本譯名，現通譯《包法利夫人》）、《人心》三本西洋書的影響，「她跟那些書上的女人學會了自己分析自己

[87]　沈從文：《記丁玲》，《沈從文全集》第13卷，第69、85-86頁，太原：北岳文藝出版社2002年。

[88]　天一公司：《天一公司十年經歷史》，第173頁，丁亞平主編：《百年中國電影理論文選》（上），北京：文化藝術出版社2002年。

的方法，也跟那作書的男人學會了描寫女人的方法。」這三本書中的三個女性，「各自用一種動人的風韻，佔據到這個未來女作家的感情全部」[89]。沈從文為了反擊錢杏邨等人從「書中表現」來「胡亂推論」作者為人的批評方式，他的說法是丁玲熱衷閱讀這三部西方小說，不過是為了學習「分析自己」與創作方法而已。如果真是這樣，在大量西方文學名著中，丁玲何以只青睞這三本書？顯然，除了文藝上的「學習」，更重要的，還有一種能夠打動丁玲的精神上相互牽連的東西。

　　「學習」，並不一定就是沈從文所說的「歡喜」。比如據說至少看過十遍的《馬丹波娃利》，正因為對「那女人面影與靈魂，她彷彿皆十分熟習」，丁玲對包法利夫人瘋狂追逐一種想像的生活方式而不惜毀滅自己的悲劇不能不心生警惕。西方有學者曾這樣評論包法利夫人之死：「福樓拜將包法利夫人送進死亡的時候，也將某部分的自己一併送進了死亡，他在小說中描寫自己多愁善感的過往，並藉由書寫戰勝它。」[90]同樣，丁玲借《阿毛姑娘》來寫阿毛幸福追求的幻滅與包法利夫人式的死亡，也何嘗不是一種分離，一種反思。胡也頻的小說《到莫斯科去》中有一個細節，當施洵白問素裳，在「各種名著」中最喜歡或最不喜歡哪一個女人？「最不喜歡」的回答是「馬丹波娃利」。小說中男女二人對談的情形多少有現實生活的痕跡。丁玲為這篇小說在1929年的《紅黑》雜誌同期上寫過《介紹「到M城去」》，是熟悉小說內容的。可見，丁玲「熟習」包法利夫人，卻也「最不喜歡」。

---

[89]　沈從文：《記丁玲》，《沈從文全集》第13卷，第82、86頁。
[90]　斯提凡・博爾曼（Stefan Bollmann）：《寫作的女人》，張蓓瑜譯，第47頁，臺北：五南圖書出版公司2009年。

　　與包法利夫人相反，茶花女在丁玲那裡獲得了更多的同情與共鳴。這很大程度上是因為茶花女能夠表達丁玲這一代文藝女青年的心聲。丁玲的文小姐聲譽是在五四後期的莎菲系列小說建立起來的，這是無論誰都承認的。作為一名文小姐／文藝女青年，具有自我投影的文小姐／文藝女青年無疑是丁玲小說人物中塑造得最成功、也最打動人心的。從夢珂、莎菲，到野草、伊薩，丁玲的這些文學姐妹，身份或是女學生，或是女作家，年齡都在二十歲左右，富有強烈的文藝氣質，一方面多愁善感、耽於幻想、浪漫單純，一方面卻又無不敏銳犀利、執著理想、獨立自尊。用丁玲的話來說，她們無不是「充滿了對社會的鄙視和個人孤獨的靈魂的倔強掙扎。」[91]文小姐未必都是丁玲自己的「化身」，但的確是丁玲及同時代人的「分身」。借助所塑造的「她」，作者之「我」得以在與女主人公深密的精神聯繫中反身書寫、攬鏡自照[92]。那麼，茶花女何以成為一種鏡像，讓文小姐借助一個非我的「她者」，來獲得一種想像性的認同與統一的自我感呢？首先是一種命運上的同病相憐。丁玲屬於「雖然沒有趕上五四運動，但『五四』給了我很大影響」[93]的一代人，她們的成長帶有深刻的五四印痕，同時也錯過了最精彩的高潮期。她們是五四的女兒，也是五四的遺孤。用孟悅、戴錦華的話來說：「『五四』新女性是從神話中產生出來的一代，也是沒有神話庇護的一代。」[94]在被啟蒙思潮喚醒之後，面對更為清醒而痛苦的現實，

[91] 丁玲：《一個真實人的一生：記胡也頻》，《丁玲全集》第9卷，第67頁。
[92] 符杰祥、王伊薇：《「內書寫」的分身術與「新女性」的自我觀》，《上海交通大學學報》2014年第2期。
[93] 丁玲：《生活、思想與人物》，《丁玲全集》第7卷，第431頁。
[94] 孟悅、戴錦華：《浮出歷史地表：現代婦女文學研究》，第43頁，北京：中國人民大學出版社2004年。

她們尋找自我與光明的道路無比艱難。丁玲最初寫小說時，是在
京滬兩地漂流，她給自己的第一部小說集命名為「在黑暗中」，
是有個人早年與現實的生活投影的。其筆下的夢珂、莎菲們，無
一不是生活中的平民與精神上的貴族。她們或寄居於親戚家，或
暫棲於公寓房，流浪飄泊，無依無靠，在「純肉感的社會裡」，
求職如夢珂所痛恨的「等於賣身賣靈魂似的」，無法忍受卻必須
忍受。這樣的漂泊境遇，在現實感觸上很容易和淪落風塵的茶
花女發生精神上的共鳴，產生像夢珂這樣「化身其中」的認知：
「像自己也是陷在同一命運中似的」。在深夜的輾轉難眠中，夢
珂為茶花女寫下這樣傷感的詩句：「我淡漠一切榮華，卻無能安
睡，在這深夜，是為細想到她那可傷的身世。」「我」為「她」
的故事深深打動，乃至顧影自憐，是因為茶花女的鏡像就是拉康
所說的「可見世界的門檻」，從「她那可傷的身世」，文小姐可
以窺見自己的命運。在五四的娜拉熱中，丁玲從未提及這位五四
女神，而是寫下了諸如《他走後》、《慶雲里中的一間小房裡》
這樣一類中國式的茶花女的故事。這種不尋常的題材曾讓許多學
者大費周章。其實，丁玲關注這些女性內心微末的悲歡離合，
何嘗不是關注自己這一代人的身世命運？畢竟，馮沅君（1900-
1974）在《隔絕》中為絕對愛情高呼「身命可以犧牲，意志自由
不可犧牲，不自由我寧死」的激情歲月已過去了，丁玲她們所面
臨的是「娜拉走後怎樣」的更為糾結的生存問題與精神困境。

除了文學閱讀中所建立的想像中的命運共同體，茶花女的
文藝性情也是和文藝女青年能夠惺惺相惜的地方。在林譯小說
中，經由中國古文筆法「潤色」的茶花女更為純潔，也更為文
藝。馬克「身非閨秀」，雖不幸為「勾欄中人」，卻自有雅好
文藝的高潔氣質。除了「性嗜劇」，愛茶花，茶花女還喜歡讀

書、寫日記,更有鄙棄世俗的「人間至情」,嘗言:「愛人不重在物,君誠愛我,即亂頭粗服,愛何嘗忘,豈賴此車馬衣飾,始堅其愛。」[95]這種排斥世俗物化的「至真至潔」,以及最後為愛犧牲,莫不閃耀著一種人性的高貴與尊嚴。這樣的「外國紅樓夢」,這樣的西方林黛玉,在文學閱讀中焉能不打動文藝女青年的內心呢?

　　如果文藝氣質相投僅僅是因為愛好文藝與「至真至潔」,這似乎和晚清的「斷盡支那蕩子腸」沒有什麼區別。其實,最重要的是,文學閱讀同時也將五四文藝女青年特有的一種自尊、倔強、乃至孤傲的抗爭氣質帶入到林譯小說中,從而實現了茶花女的再書寫與再創造。拉康的鏡像理論認為,主體對所認同的鏡像總有一種「以格式塔方式獲得的格式塔完滿傾向」[96]。所以,即使鏡像人物存在不足與缺陷,尋求理想認同的自我也總會在格式塔心理下將其彌補、完善與修飾完整。在文學閱讀與創作中,鏡像認同亦有同樣的精神軌跡。丁玲之所以在五四之後依然認同《紅樓夢》中的東方茶花女,喜歡的就是「林黛玉的好處」,她眼中的林黛玉「是一個真實的人,是一個深刻的人,是一個反抗傳統的人」,並不注意其「弱不禁風」、「肺病」與「小心眼」的另一面[97]。如此「反抗封建舊傳統」的林黛玉形象,不啻是一種五四式的再創造。丁玲的許多文學姐妹都帶有東西茶花女的性情,而這些茶花女同時也都帶有五四時代的精神特質,就是這個道理。比如《莎菲女士的日記》,因為沒有像《夢珂》那樣直接

[95] 小仲馬:《巴黎茶花女遺事》,施蟄存主編:《中國近代文學大系》第26卷,翻譯文學卷1,第186頁,上海:上海書店1990年。

[96] 拉康:《拉康選集》,第91頁。

[97] 丁玲:《在前進的道路上》,《丁玲全集》第7卷,第121頁。

提到《茶花女》，過去很少注意到莎菲與茶花女之間的鏡像認同
與精神交融。在小說中，莎菲的故事與性情似乎處處是茶花女在
五四中國的鏡像折射：女主人公漂泊在京，身患肺病，咳嗽咯
血，仍然堅持寫日記，喜歡讀書與看戲，看似頹廢墮落，實則孤
傲高潔，與世俗社會格格不入。與法國茶花女相比，五四茶花女
莎菲鄙視世俗社會的「金錢」、「家庭」、「地位」，對男性有
著更大膽的欲望表露，也有著更強烈的叛逆心與自尊心。茶花女
可以為愛犧牲，壓抑自己，鬱鬱而終，莎菲則絕不可能這樣。對
五四文藝女青年來說，封建禮教從來不是最大的問題，儘管也可
能承受世俗壓力，但其意義就在於無視道德說教，發出「叛逆的
絕叫」[98]。莎菲有時頗為孤獨與苦悶，感歎生活「多無意義啊，
倒不如早死了乾淨」，其實，這也正說明文小姐的哲學病或文藝
病是有意義追求的，與摩登女郎消解意義的物化拜金完全不同。
莎菲雖然「有肺病，無錢」，但精神上絕對是驕傲與勝利的。
即使身處底層，流浪漂泊，也絕不會放棄精神追求中的獨立與
自尊。流風所及，丁玲即使在描寫那些真正墮入風塵的青年女郎
時，如阿英、麗嫻，也都富有倔強的自尊心，甚至是自足而快
樂的，不完全依附男性，也不需要任何同情。這和曹禺（1910-
1996）、老舍（1899-1966）等人筆下的同類形象形成了鮮明區別。

　　有意思的是，莎菲和蘇菲亞在英文中為同一個單詞Sophia，
卻代表了晚清與五四兩種性別典範與文學風氣。也許不無巧合，
莎菲也是五四第一代女作家陳衡哲（1890-1976）在美國留學時
所用的英文名字（Sophia H.Z.Chen）和發表文章時的筆名。更巧
合的是，就在丁玲發表《莎菲女士的日記》的1928年，胡適為

---

[98] 茅盾：《女作家丁玲》，袁良駿編：《丁玲研究資料》，第253頁。

陳衡哲的小說集《小雨點》作序時，也用了「莎菲」之名來評價「莎菲的這幾篇小說在新文學運動史上的地位」[99]。程靖宇在1968年因誤傳陳衡哲「已於兩三年前在上海作古」而寫的懷念文章中，更是直呼其為「莎菲女士」[100]。那麼，丁玲為何用「莎菲」這樣更歐美化的西洋名字，是否與俄羅斯化的「蘇菲亞」在做有意無意的區隔？在接受斯諾夫人的訪談時，丁玲說過：「莎菲是一個取了外國名字的姑娘，取外國名字是當時中國的風尚。」[101]她曾喜歡無政府主義追求自由的理想，也曾和好友王劍虹參加過無政府黨的辦報活動，但沒有細說自己不願做蘇菲亞的原因。我想，奧地利作家羅伯·穆齊爾（Robert Musil，1880-1942）在1929年所寫《明日的女性》一文，對思考這個問題很有啟發：「女人已經疲於扮演男人心目中的理想形象，而男人已沒有足夠力量將女人理想化，於是她們接手這份工作，自己想像了自己的理想形象……她根本不想再成為什麼理想形象，她想製造對自身形成有所裨益的理想形象，就和男人一樣。」[102]蘇菲亞固然是「男人心目中的理想形象」，有茶花女性情的莎菲形象也並不完美，但卻是文藝女青年最真實的自我。她們自己扮演自己，自己創造自己，佔據屬於自己的主體位置，拒絕他者為自己分配的任何角色。就如莎菲在感情生活中，不想遷就任何人，即使老實善良如葦弟者；也不想被任何人戲弄，即使高貴漂亮如凌起士者。在這個意義上，莎菲是丁玲小說中的文學典型，其實也是五

[99] 胡適：《小雨點序》，《胡適全集》第3卷，第784-787頁。
[100] 程靖宇：《敬懷「莎菲女士」陳衡哲教授》，《傳記文學》1968年6月第205期，引自夏志清：《新文學的傳統》，第89頁，北京：新星出版社2010年。
[101] 海倫·福斯特·斯諾編著：《中國新女性》，第217、233-234頁，北京：中國新聞出版社1985年。
[102] 斯提凡·博爾曼（Stefan Bollmann）：《寫作的女人》，第17頁。

四文小姐一幅典型的精神圖像。事實上，斯諾夫人在1939年的訪談中也感受到了丁玲身上強烈的莎菲氣質：「我感到丁玲是一個只有一個人的黨，在一切方面都非常獨立不羈。她在中國是獨一無二的，是一個完全屬於她自己的個性。她不怕成為她自己，不怕孤獨。」所謂性格即命運，丁玲在延安時期的談話中流露出一種獨立不羈的文藝氣質與強烈個性，在強調服從與紀律的革命組織中顯得格外突出。

由丁玲「不怕成為她自己」的文藝氣質，我們可以理解丁玲何以崇敬秋瑾，而筆下的夢珂卻拒絕做「中國的蘇菲亞」。值得注意的是，茶花女與蘇菲亞在小說《夢珂》中，都不是以真身出場，而是以化身形式出現的。前者是上海租界卡爾登電影院中的女伶，後者則是上海弄堂裡的無政府黨員。她們皆非理想女性的典範自身，而是以典範面目出現的扮演者或模仿者。換言之，這兩類人物都是「西方美人」在中國的一種鏡像表演，並非真的「西方美人」現身上海。夢珂的認同與厭惡，個中之因就在於茶花女與蘇菲亞的扮演者前者感人、後者拙劣罷了。茶花女的為愛犧牲固然讓人感動，蘇菲亞的為國犧牲又何嘗不讓人崇敬呢？從丁玲對秋瑾的崇敬可以看出，她筆下的夢珂厭惡的其實是「中國的蘇菲亞女士」這一遭到扭曲的鏡像，而非其心目中所塑造的「蘇菲亞」的「真實」形象。所以，夢珂的厭倦與其說是因為蘇菲亞，不如說是因為「中國的蘇菲亞女士」破壞了其對蘇菲亞的美好想像。這正反映出文藝女青年內心的孤傲與不屑。在一眼看穿「中國的蘇菲亞女士」的革命假面時，夢珂或許自認為比這些人更懂蘇菲亞，更懂革命吧？事實上，丁玲的回憶也證實了自己這一不快的回憶與不屑的心態。出於追求自由的夢想，像同時代的許多文藝青年一樣，她也曾一度迷戀新村的烏托邦理想，甚至

在1922年加入過無政府組織，還在集會中一起讀過巴枯寧和克魯泡特金的著作。這本來可以使她無比接近秋瑾，更有可能成為中國的蘇菲亞。但她發現身邊的這些人誇誇其談，都「不做實際工作」，很快就「對無政府主義失去興趣了。」同時，丁玲在學校裡認識的一些馬克思主義者，自稱「惟一正確」，唯我獨尊，不容討論，簡單粗暴，也沒有給她留下什麼好印象[103]。夢珂在小說中對誇誇其談、自以為是的革命人物深感厭惡，頭也不回地轉身而去，其實也是丁玲當時遠離政治而親近文藝的內心陰影的真實流露。再如，儘管對母親的結拜姐妹「九姨」向警予（1895-1928）表示「只有無限敬佩的，認為她是一個真正革命的女性，是女性的楷模」，但也承認：「那時我對某些漂浮在上層、喜歡誇誇其談的少數時髦的女共產黨員中的熟人有些意見」，「我看不慣當時我接觸到的個別共產黨員的浮誇言行，我還不願意加入共產黨。自然就會有人在她面前說我是什麼無政府主義思想，說我孤傲。」[104]耐人尋味的是，即使在所謂「左轉」之後，丁玲仍在《一九三零年春上海》描寫了另一個像茶花女一般任性驕傲的瑪麗小姐，她是很有機會進入革命隊伍的，但在被男友帶去參觀了一次不無革命幼稚病的地下活動之後，同樣像夢珂一樣帶著鄙夷的心態傲然離去。與夢珂相比，丁玲的敘述視角對瑪麗沒有高度的認同，但也並未完全否定。這意味著無論什麼主義，何種政治，丁玲在五四文化中所薰陶出來的文藝青年的獨立個性與反抗心態，註定使她無法完全放棄自我，做一個並非屬於自己的蘇菲亞。

---

[103] 尼姆·威爾斯：《續西行漫記》，陶宜、徐復譯，第254頁，北京：解放軍文藝出版社2002年。

[104] 丁玲：《向警予同志留給我的影響》，《丁玲全集》第6卷，第29頁。

五、文武興替中的女性典型與歷史塑造

　　陳思和教授在研究中國當代文學的戰爭文化心理時曾富有啟發性地提出兩種文化規範的問題，亦即五四與抗戰兩種不同價值追求的文化規範，對不同時期的文學觀念造成了深刻影響[105]。不過，如果以此來考察茶花女與蘇菲亞在晚清以來文學中鏡像交錯的弔詭現象，五四與抗戰兩種文化規範的劃分在適用性上就顯得不夠了。從文武關係在近現代中國的複雜演變來看，五四與抗戰不過是其中兩個最重要的階段，並不是歷史的全部。反過來說，即使再重要，僅以五四與抗戰兩個階段也無法從歷史縱深解釋文武關係的複雜演變。

　　其一，尚武思潮是比抗戰年代更為漫長的歷史，可以發生在戰爭爆發之前，也可以延續在戰爭結束之後。尚武文化並不自抗戰時期始，也不自抗戰時期終。尚武文化規範下的戰爭文學讚美英雄、歌頌軍人，注重文學宣傳與實用功能，這些文學觀念，梁啟超在晚清的《論尚武》、《譯印政治小說序》、《論小說與群治之關係》等系列文章就已經提出過。在抗日救亡時期，毛澤東發表了《在延安文藝座談會上的講話》，表現出一種從民族解放戰爭的高度重新整合文武關係的雄圖大略。他不僅高屋建瓴地提出建設「文武兩個戰線」的問題，而且很辯證務實地指出，文武關係在相互結合中有一個何者為先、何者為主的「輕重緩急第一第二之分」的問題[106]。無論從主題還是高度，《講話》都可謂是

---

[105] 參見陳思和：《中國新文學整體觀》，上海：上海文藝出版社2001年，第90-111頁。

[106] 毛澤東：《在延安文藝座談會上的講話》，《解放日報》（延安）1943

抗戰文藝理論的集大成者。但同時要看到，這也是近現代尚武思潮中一個里程碑式的重要階段。無論是晚清時期的政治小說，還是抗戰時期的國防文學，都是尚武思潮在不同階段的文學呈現，都具有相同程度的美學傾向。

其二，文武興替意味著尚武與尚文兩種文化思潮是隨著時勢相互反撥與推動演進的，並非絕然對立與衝突的關係。蘇菲亞與茶花女在晚清以來的中國文壇上交錯出現，在文壇中心與邊緣的位置不斷滑動與互換，說明了她們之間有對話，有互動，可以互相影響，互相牽動。比如晚清的「新茶花」，雖然沒有像蘇菲亞一樣懷揣爆裂彈，刺殺皇帝，或像秋瑾一樣袖藏利刃，密謀革命，卻也同樣有「英雄造時勢」的愛國言論與思想。「新茶花」之「新」，就在於她可以和蘇菲亞一樣深明大義，承擔救國責任。至於晚清的文明戲《新茶花》，俠女救國的故事更是在吸納蘇菲亞革命精神的基礎上再度改編的。

其三，文武興替中尚文與尚武兩大文化思潮交錯上演，並不能涵蓋現代中國複雜語境下所有的文學現象，也無法形成非常清晰分明的疆域劃界。在時代的主旋律之下，亦有多種不同聲音之間互相激蕩的亂彈與變奏。比如林譯《茶花女》，就出現在甲午海戰之後，雖不合時宜，卻也轟動一時，其後連貫的是一種寫情文學的傳統。劉吶鷗（1905-1939）在1938年為光明影院製作電影《茶花女》，連接的是抗戰背景之下上海孤島的一種商業文化傳統。頗有象徵意義的是，這位身份與立場都顯得曖昧模糊的台籍留日作家，在拍攝《茶花女》一年之後，就在上海遭遇了一場蘇菲亞式的刺殺事件。如同幕後殺手身份的眾說紛紜[107]，無法自證

年10月19日。

[107] 史書美：《現代的誘惑：書寫半殖民地中國的現代主義（1917-

清白的文人之死遮掩不住近現代中國文化政治在文武興替交錯中的複雜詭變。

　　回到秋瑾和丁玲，她們在各自的青年時代，在文學閱讀中遇到了與各自精神發生共鳴的蘇菲亞與茶花女，一個成長為革命女性，一個成長為文藝青年。她們為自己青年時代的文學形象所塑造，她們也塑造了自己青年時代的文學形象。晚清與五四兩個一文一武的時代，對秋瑾、丁玲這兩代女性來說，是她們思想骨骼的生成期，她們所認同的文學形象與她們的內在氣質相互碰觸，形成了一種原質性的類似精神原理的東西，註定無法完全改變，也無法完全蛻變。不過，從另外一方面來說，即便是最具有時代意義的女性典型，文武興替思潮的複雜演變，也在她們的文學與人生中留下了斑駁複雜的痕跡。然而，典型的悖論就在於，當秋瑾與丁玲被作為某一時代的典型寫入歷史記憶的時候，她們是作為一個時代的符號而不是一個完整的個人被塑造的。她們的形象看起來是完整的，而這種高度的完整是以割裂自身的豐富性與複雜性為代價的。因此，典型形象在合乎時代需要的某一重要方面被高度重視的同時，不合乎時代需要的其他方面則顯得無關緊要被完全忽視。

　　在晚清的尚武思潮中，秋瑾效仿蘇菲亞獻身革命，也以中國蘇菲亞的名聲成為「國民女傑」的典範人物。秋瑾在贈女弟子徐小淑詩中所言：「我欲期君為女傑，莫拋心力苦吟詩。」棄文從武是秋瑾的個人心志，也是時代的主流聲音。不過，正如胡纓在研究晚清的歷史書寫與新女性形象問題時所說：「雖然『新女界』、『新女傑』一類的詞彙在晚清文章中屢見不鮮，似乎被賦

予很重要的涵意，但是這類詞彙的歷史可釋性是建築在對真正生活中女子的遺忘上的」[108]。秋瑾作為女俠的革命形象在被紀念碑高度堆砌的同時，其文學性情的「才女」底座就被尚武浪潮悄悄吞沒了。如果說歷史書寫在刻意記憶與刻意遺忘之間充滿了一種扭曲與悖論，秋瑾為自己塑造的女傑典範在文武興替之際何嘗不是一種自相矛盾的產物。儘管綿延數千年的文學風流在晚清的歷史劇變中失去了意義，秋瑾也從尚武思潮中的「愛國美人」那裡重塑自我，但又如何能夠脫離一個身在其中的更為悠久深遠的文學傳統呢？事實上，秋瑾前期詩歌中的自我認同亦有像左芬、謝道韞、魚玄機這樣的文學才女們。秋瑾一方面勸女弟子「莫拋心力苦吟詩」，一方面奔波之餘仍吟誦不絕。在自傳性的彈詞《精衛石》中，秋瑾化身的黃鞠瑞在以愛國女傑為志時，也時時不忘以「才女」自命，除了思想激進，胸懷遠大，其吟詩作詞的日常生活和閨閣中的文小姐也並無什麼差別。這樣的性情流露，在不自覺的偏離中，又鬼使神差地回到了尚武時代所指責的「批風抹月，拈花弄草」的才女文學傳統。儘管因為感情傷痛隱忍不提茶花女，秋瑾所深深隱藏的個人內心世界也不時吐露出與茶花女性情相通的一面。比如，《水仙花》詩中的「餘生有花癖，對此日徘徊」，與東西兩位茶花女的癖好又有何異？至於就義前的「秋雨秋風愁煞人」，已做過無數慷慨悲壯的宏大解釋，也自有道理，不過，聯繫其《秋雨》、《秋風》、《秋雁》、《秋聲》、《秋風曲》、《秋日感別》、《秋風獨坐》等諸多以秋為題的詩詞，如「昨夜風風雨雨秋，秋霜秋露盡含愁」之類，悲壯之外，

---

[108] 胡纓：《歷史書寫與新女性形象的初立：從梁啟超〈記江西康女士〉一文談起》，姚平主編：《當代西方漢學研究集萃》（婦女史卷），第290-291頁，上海：上海古籍出版社2012年。

不難覺出其中亦有一種東方茶花林黛玉式的「秋窗風雨夕」的感傷氣息。秋瑾寫下了許多以「秋」為題的詩詞，正如她也寫下了許多以刀劍為題的詩詞一樣，是她文學與人生中的無法分割、統一完整的兩面。這種豐富與複雜，是因為秋瑾的文學同時承載著少女時代尚文與青年時代尚武兩種混雜交融的文化修養。當「吟詩」在尚武時代被視為文弱的一面遭到分割時，兩種混合交融在一起的文化修養就會在一個人身上發生分扯與撕裂。所以，秋瑾在為自己蘇菲亞式的英雄夢寫下大量風格豪放的詩詞時，又無意之間留下了茶花女式的「天涯飄泊我無家」的哀怨與感傷。她生命中的很多痛苦，有一大部分是像「俠骨前身悔寄身」[109]這樣一種無法跳出性別陷阱的自我分裂造成的。為了給自己塑造一個「身後萬世名」的英雄像，被魯迅感慨是「拍手拍死」[110]的秋瑾不惜切斷自己無法切斷的文學性的一面，最終不得不以自相矛盾的精神分裂為代價。不過，歷史的弔詭就在於，秋瑾身首分離的悲壯犧牲恰恰彌合了其文武分裂造成的精神痛苦。當中國蘇菲亞的英靈進入忠烈祠供人憑弔時，她模糊不全的文學身份與肉身則一起被深埋於地下。

　　秋瑾的文學形象，與其說是被歷史事件所塑造的，不如說是被歷史記憶所剪裁的。人們寧願相信自己所寧願相信的形象，選擇自己所想像的方式來想像對方。作為尚武時代的革命典範，秋瑾的尷尬在於，她被認同的始終是俠女的尚武一面，而非才女的文學一面。即使是丁玲，她所認同的也不是文學／茶花女的秋瑾，而是革命／蘇菲亞的秋瑾。一個耐人尋味的現象是，秋瑾在辛亥之後，儘管獲得了被紀念的先烈名義，反而不復有犧牲時的

---

[109] 秋瑾：《自題小照男裝》，《秋瑾集》，第78頁。
[110] 魯迅：《而已集‧通信》，《魯迅全集》第3卷，第446頁。

文學盛景，很少再出現在文學故事中。如果說秋瑾的形象在殉難後的《六月霜》、《軒亭冤》等傳奇雜劇中還存在著委屈、辯解，乃至「哭訴」，那麼隨著辛亥革命勝利，革命語義由造反叛亂的曖昧不明已走向神聖廟堂的崇高祭祀，秋瑾所創造的中國蘇菲亞傳奇理應以不同版本與文學形式繼續上演。但奇怪的是，只有到了此後抗日熱情高漲的新的危機時期，冷落已久的中國蘇菲亞傳奇才重新火熱起來。隨著夏衍（1900-1995）、郭沫若等人的《秋瑾傳》、《娜拉的答案》等文學創作的出現，秋瑾又變身為「國防文學」的新典範。中國蘇菲亞被遺忘的英靈在救亡年代被重新啟動，也再次說明：造就秋瑾女傑典範的是國族主義而非女性主義，造就秋瑾形象的是「感時憂國」[111]的革命精神而非新女性的文學才情。正像秋瑾身著男裝而欲跨越性別的矛盾與困惑一樣，從被歷史所接受與認可的程度上來說，她不是一個女性典範，而是國族主義以解放女性為旗幟，在危機時代用來鼓動、召喚女性參與救亡事業的國族典範。她的「文學」，在國族主義眼裡，永遠是一部詩文形式的「武學」。

　　文武興替的複雜演變在丁玲那裡則是另一番景象。丁玲母親和秋瑾一樣，也是尚武精神的崇拜者，熱衷參與辦女學、興體育的強國保種活動[112]。余曼貞當時易名「蔣勝眉」，字「慕唐」，和「秋閨瑾」易名「秋瑾」，並改字「競雄」、別署「鑑湖女俠」一樣，都是尚武時代女性重塑自我的一種風氣。流風所及，為女兒命名也成為上一代人尚武強國夢的寄託。丁玲摯友王劍虹原來的名字「王淑璠」可能是過於淑女氣了，王父後為其改名「劍虹」，據說是取自龔自珍（1792-1841）所作《夜坐》一詩

[111] 夏志清：《中國現代小說史》，第459頁。
[112] 丁玲：《我母親的生平》，《丁玲全集》第6卷，第63-75頁。

中的「美人如玉劍如虹」[113]。其實，秋瑾當時亦有「氣吞胡虜劍
如虹」的詩句，取自誰的詩句並不重要，重要的是「望女為傑」
的時代風氣。同樣，余曼貞給年幼的女兒講秋瑾的詩文與故事，
為其取名男性化的「蔣偉」，也是希望丁玲日後能夠成為像秋瑾
一樣的女英雄。如向警予對丁玲所說的：「你母親是一個非凡的
人，是一個有理想、有毅力的婦女」，「她是把希望寄託在你身
上的。」[114]不過，錯位的是，晚清母親所撫育的後輩最終卻成為
五四的女兒。丁玲一代是在五四時期長大的。文武興替之際的成
長年代帶來陰差陽錯的結果是，女兒們沒有如母輩所願成為熱衷
並且參與政治的革命女青年，而成為厭倦乃至批判政治的文藝女
青年。五四的女兒喜歡閱讀的也不是革命傳奇《東歐女豪傑》，
而是愛情悲劇《茶花女遺事》。文小姐之間氣息相通的，當然不
是身份與地位，而是性情與命運。有趣的是，丁玲在回憶早年的
閱讀經驗時說過，自己曾為東方茶花女林黛玉痛哭，每次閱讀，
流下的淚水甚至比林黛玉還要多[115]。這和其小說中的夢珂為茶花
女數次慟哭是同一情形。對於秋瑾詩文，她所能記得的乃是一句
不無林黛玉氣息的「秋雨秋風愁煞人」。在文藝女青年那裡，女
英雄秋瑾及其更富有象徵意義的《滿江紅》一類壯懷激烈的詩文
故事，顯得如此遙遠而陌生。

　　更為複雜的是，在五四之後，被現代文藝思潮所孕育的「文
小姐」又要連番迎來從北伐革命到全民抗戰等各種尚武思潮的數
度淘洗。在五四後期文武興替的新一波浪潮中，不用說重新投入
政治革命的陳獨秀，文人郭沫若、茅盾等人也都先後參加了北伐

[113] 潘劍冰：《豪客丁玲》，第25-26頁，北京：團結出版社2012年。
[114] 丁玲：《向警予同志留給我的影響》，《丁玲全集》第6卷，第29頁。
[115] 丁玲：《死之歌》，《丁玲全集》第6卷，第314頁。

隊伍。面對革命熱潮之下新文化運動的退潮，魯迅在《新青年》
團體解散之後寫下了「荷戟獨彷徨，兩間餘一卒」的詩句，朱自
清的《那裡走》也揭示出了這一時期一種普遍的惶惑與矛盾心
理。在他看來，新文學的第一個十年經歷了從「解放」到「革
命」的兩個時期、三個步驟。解放時期是「文學，哲學全盛的日
子」，「我們要的是解放，有的是自由，做的是學理的研究」，
而到了1928年的革命時期，「我們要的是革命，有的是專制的
黨，做的是軍事行動及黨綱，主義的宣傳。」國民黨當時以革命
名義推行「一切權力屬於黨」的黨治運動，要求完全犧牲個人自
由，「軍士們的槍，宣傳部的筆和舌，做了兩個急先鋒。」[116]朱
自清深深感受到兩種文化精神在理想與實際之間的巨大差異。在
這樣文武興替的十字路口，丁玲又往「那裡走」呢？她沒有像謝
冰瑩（1906-2000）那樣緊隨時代去做「急先鋒」，去寫宣傳革
命的《女兵日記》，而是創作了像《夢珂》、《莎菲女士的日
記》這樣表現自我的系列小說。雖然這為她很快贏得了女作家的
名聲，也使她很快遭遇了創作危機。不過，在文武興替的矛盾彷
徨中，卻也可以由此反觀丁玲被革命政治壓抑與釋放的文小姐性
情。對文藝女青年來說，轉折性的1928年不是一個革命時期的開
始，而是一個「後五四」時期的延伸。夢珂親近文學中的茶花女
而反感「中國的蘇菲亞」，寧願從事演藝而拒絕革命；莎菲日記
裡多是一些「小女子」的「小閒事」與「小動作」，這些都很容
易遭到當時以致現在所謂「不革命」或「不夠革命」的批評。其
實，作為五四文小姐化身的夢珂與莎菲無不是外表柔弱、內心
強悍的文藝女青年，她們遠離政治的高潔孤傲是如郁達夫所說的

---

[116] 朱自清：《那裡走》，《朱自清全集》第4卷，第230-231頁，南京：江
蘇教育出版社1990年。

「厭談政治厭說武事」，不是不關心新興的革命運動，而是厭惡軍閥的黨化政治。否則，如何理解夢珂解救女模特而憤然離校的正義舉動，如何理解莎菲輕蔑無聊地翻閱宣傳黨化教育的官辦報紙，又如何理解丁玲此後加入左聯與奔赴延安的決定？

與受到無限讚美的蘇菲亞傳奇相比，帶有茶花女影子的莎菲只是五四文藝女青年的文學典型。典型不是典範，典型真實卻未必合乎理想，典範理想卻未必合乎真實。丁玲後來在檢討自己為何寫了《在醫院中》的陸萍這樣一個女孩子時也說過，陸萍並不是一個「模範」，自己寫作「只注意在一點，就是主人公典型的完成。而這個典型又脫離原來的理想，只是就我的趣味而完成的。」[117]在這裡，「理想」就是對典範人物的規劃，「趣味」就是對典型法則的遵從。從丁玲最早的創作可以看出，莎菲的文學姐妹從來就不是蘇菲亞式的革命女神，也從來不會創造革命神話。以《莎菲女士的日記》中「酒」與「血」的意象及象徵為例，在丁玲這裡，是一種茶花女式的憤世嫉俗、憂鬱感傷；在秋瑾那裡，則是一種蘇菲亞式的慷慨悲歌、壯心不已。馮雪峰曾為《莎菲女士的日記》感動落淚，為莎菲背後的「這個時代而哭」，同時卻批評這樣的小說「是要不得的」，「有不好傾向」[118]，就是因為「莎菲」足夠真實，卻不夠理想，不是一個革命者「理想中的人物」。因此，夢珂與莎菲追求愛情自由的熱情與純潔雖然被肯定有「革命的意義」，但空虛與絕望又被視為是「戀愛至上主義」的產物，必須「跨到革命上去」，「把她們的

---

[117] 王增如：《關於〈在醫院中〉草稿的整理與說明》，《新氣象　新開拓：第十次丁玲國際學術研討會文集》，第311頁，上海：同濟大學出版社2009年。

[118] 丁玲：《我與雪峰的交往》，《丁玲全集》第6卷，第268頁。

解放與前進的要求和當時人民大眾的解放要求連在一起，把她們的熱情向著當時另一些青年的革命熱情的方向發展，」她們才能「更明瞭她們自己」，熱情才能「更明確和更強大」。在詩人朋友兼革命導師馮雪峰的規勸之下，這位閃耀著「不平凡的文藝才分」的文藝女青年，能否化危機為轉機，「在長期艱苦而曲折的鬥爭中，改造和生長」呢？[119]

在1929年的小說《到莫斯科去》中，有丁玲影子的素裳在回答喜歡西方名著中哪位女性的問題時說：「沒有一個新女性的典型，並且存在於小說中的女人差不多都是缺陷的，我覺得我還喜歡《夜未央》中的安娜，但是也只是她的一部分。」這是一個典型的文藝女青年的回答。事實上，丁玲自己也說過喜歡《夜未央》的話[120]。《夜未央》是波蘭作家廖抗夫（Leopold Kampf，1881-1913）的一部描寫俄國虛無黨人刺殺總督、獻身革命的三幕劇，1907年在巴黎上演引起轟動後，次年就由李石曾譯出了中文本，此後多次再版，1930年又有巴金的譯本問世。在劇中，蘇菲亞的肖像出現在虛無黨人所辦的一本雜誌上，從中學生沙夏流淚抽泣的閱讀反應來看，她已是擁有眾多青年崇拜者的革命導師了。女主人公安娜就是其中一位高唱「敲血鐘而放歌兮」的蘇菲亞式的「虛無美人」[121]。丁玲「喜歡」安娜，但「只是她的一部分」，這與秋瑾的態度形成了鮮明對比。蘇菲亞對秋瑾來說，是新女性的完美典範，對丁玲來說，則是不無缺陷的文學典型。秋瑾以絕對崇拜獻出自己的全部信仰與熱情，丁玲則以部分認同為

---

[119] 馮雪峰：《從〈夢珂〉到〈夜〉》，袁良駿編：《丁玲研究資料》，第292-299頁，天津：天津人民出版社1982年。

[120] 尼姆・威爾斯：《續西行漫記》，第254-255頁。

[121] 參見巴金譯：《夜未央》，《巴金譯文全集》第7卷，第197-280頁，北京：人民文學出版社1997年。

自己保留了一些獨立思想的空間；秋瑾欲超越平庸而不想成為現實中的自己，丁玲則在追求夢想中不想失去現實中的自己。這也是晚清與五四兩類／代新女性在文武興替之際的一個基本區別。丁玲其實在上海讀書時期就參與虛無黨的活動，但卻從來沒有崇拜過虛無黨的女英雄蘇菲亞。這當然不是出於無政府主義已過時的考慮。在很多人急於與無政府主義劃清界限的時候，丁玲倒是仍把它視為革命經歷中不太成熟的一部分。對五四時期的丁玲來說，她一度喜歡無政府主義的是其烏托邦理想中的自由精神與人類愛，而非秋瑾在尚武時代所迷戀的鐵血主義與暴動暗殺。丁玲不喜歡蘇菲亞式人物的「一部分」，可能就在這裡。因此，丁玲雖然在早年活動中比其他人有更多機會接近蘇菲亞式的人物，卻始終無法在精神上親近蘇菲亞。另一方面，五四文藝女青年在以「重新估定一切價值」的批判態度推倒舊偶像之後，也不可能再去為自己重新塑造新偶像。在秋瑾的詩文中，因為將「西方美人」視作拯救國家的聖徒，其美學想像在熱血澎拜的鼓動與慷慨悲壯的呼號之外就不留任何餘地了。秋瑾取自神話原型的《精衛石》在就義前雖未完成故事情節，但完美的英雄神話可以說是已早早完成了的。與之相反，丁玲筆下的「西方美人」則是文小姐在成長中藉以審視自我的一面鏡像。典範訴求的是理想中的超我，鏡像顯示的則是成長中的自我。在莎菲系列小說中，敘事者是與文小姐在故事空間中一同成長的。丁玲更關注人的內心生活與情感世界，不注重小說的情節鋪排與故事佈局，敘事過程與結局因而都帶有無法預測的不穩定性。在這類小說中，故事情節在匆匆結尾中好像完成了，但人物仍處在尚未完成的成長過程中。比如，《夢珂》中蘇菲亞與茶花女這兩類西方鏡像，是文小姐在相互比照的同情或反感中藉以認知自我的，並不是用來學習或效

仿的。再如，丁玲在初期喜歡用像《莎菲女士的日記》、《自殺
日記》這樣一類更為主觀性的日記體或日記形式的小說，也是因
為這樣更適合表現文藝女青年有太多情感而沒有太多故事的內心
世界。

　　值得注意的是，丁玲即使「一天天地往左走」，她在小說
中也從未寫過蘇菲亞式的女英雄，或者讓其充當自己小說的主人
公。馮雪峰當時不無敏銳、也不無憂慮地發現：莎菲有虛無主義
的傾向，卻沒有蘇菲亞式的革命熱情。和胡也頻的快速轉變相
比，丁玲一直想保持文小姐的「自由寫作」，不願接受任何集體
與紀律的束縛[122]。儘管她很早就與陳獨秀、瞿秋白、施存統等人
交往，卻始終在革命門外「自由飛翔」，最初也是想「只做黨的
同路人」，「只要革命就可以了」，「做一個左翼作家也就夠
了」[123]。及至加入左聯之後接受革命文學的規訓，丁玲也開始在
《一九三零年春上海》中，借若泉之口對過去為青年學生創作的
文學理想進行自我批評。但微妙的是，在使用新學習的階級論的
語詞之下，她的態度仍延續著魯迅式的喚醒鐵屋子裡的人卻無法
提供出路的啟蒙憂慮，而且也從未真正否定自己創造的莎菲形
象。丁玲在革命年代也試圖為自己重建革命譜系，秋瑾與向警
予因而重新回到文小姐的記憶中，成為一種精神意義上的革命教
母。丁玲在這一時期寫《母親》，既是對母輩革命精神的致敬，
也是回歸英雄母親革命理想的懺悔[124]。小說中出現了「有絕大雄

[122] 丁玲：《我與雪峰的交往》，《丁玲全集》第6卷，第268-269頁。
[123] 丁玲：《我所認識的瞿秋白同志》，《丁玲全集》第6卷，第53頁。
[124] 丁玲曾談及自己當年在外讀書飄泊的心情：「十九年的韶華，五年來多
變的學院生活，我究竟得到了什麼呢？我只朦朧地體會到人生的艱辛，
感受到心靈的創傷。我是無所成就的，我怎能對得起我那英雄的、深情
的母親對我的殷切厚望啊！」參見《我所認識的瞿秋白同志》，《丁玲

心要挽救中國」的夏真仁，就是以向警予為原型的。不過，這樣
最有蘇菲亞氣質的人物並不是主角，小說中也沒有出現蘇菲亞式
的暴動暗殺情節。對文藝女青年來說，致敬並不是模仿，把自己
改造為他人，或者把他人想像為自己。丁玲在理念上極力要順應
革命文藝的方向，內心深處卻始終無法放棄屬於自己的那種文藝
情結。除了寫像《水》一類「新的小說的一點萌芽」[125]之外，丁
玲同時也繼續創作了《韋護》、《一天》、《田家沖》等其他一
類以文藝青年為主人公的小說。我們從中可以發現：丁玲對人物
「克服自我」的革命塑造就是讓文藝青年穿上普羅階級的粗布衣
服走上街頭。這些革命人物更像是一種角色扮演，骨子裡的文藝
氣質始終無法為粗布外套所遮掩。最有趣的是，《韋護》這部被
文學史普遍稱為「革命加戀愛」的小說，全篇寫的竟然都是革命
者的愛情故事，愛情的媒介也不是什麼政治與主義，而是古典詩
詞與西方文藝。在女主角麗嘉小姐身上，依然能感受到一種茶花
女式的多情善懷、憂鬱感傷。由此可見，在努力改變寫作題材以
適應革命需要的同時，丁玲仍然在堅持自己的創作原則。為了革
命文藝，她可以犧牲個人的寫作風格，卻無法泯滅屬於自我的文
藝性格。

　　隨後的抗戰時期，「文章下鄉，文章入伍」的尚武思潮更
是席捲全國。毛澤東為丁玲寫下「昨天文小姐，今日武將軍」的
詩句，希望「纖筆一支」勝於「三千毛瑟精兵」，就是危機時代
重新定義女性與文學的一種意識形態訴求。在新的危機時代，文

　　　全集》第6卷，第43頁。
[125] 馮雪峰在肯定《水》是「新的小說」同時，也批評沒有寫革命的組織者
　　　與領導者。何丹仁：《關於新的小說的誕生──評丁玲的〈水〉》，載
　　　《北斗》第2卷第1期，1932年1月20日。

學與女性被再次徵召，已做了先烈的秋瑾也因此再獲新生。中國的蘇菲亞故事在全面抗戰爆發前就已被「國防文學」所發現與徵用，以話劇等方式重新活躍在文藝／歷史舞臺上。在遭國民黨特務綁架的事件之後，民族解放戰爭再次為丁玲提供了一生中與秋瑾故事最為接近的機會。丁玲身著戎裝，並受命組織了西北戰地服務團。她嘗試寫了一些自己並不擅長的劇本，並在大量的通訊報導中熱情歌頌工農兵英雄。在1940年3月，丁玲還作為文協代表當選了「邊區模範婦女」。不過，倘若因此把丁玲僅僅視為「一個狂熱的宣傳家」[126]，也同樣陷入了一種解讀陷阱。正如丁玲從茅盾小說中看到的一樣，「《虹》裡的女孩子還是《腐蝕》、《子夜》裡寫的女孩子，他想不寫不行」，因為作家「要寫自己最熟悉的人」[127]。丁玲自己其實也是這樣。細讀這一時期的小說就會發現，丁玲仍然偏愛自己熟悉的那些具有文藝氣質的女孩子。《我在霞村的時候》寫了一個名叫貞貞的女孩子往返日本軍營，為我軍送情報而遭鄉民非議的故事。貞貞雖是農村女孩子，但喜歡和文中的作家「我」接近，最後也要赴延安「學習」，這又是一個別樣的文藝女青年。從故事情節上看，它又回到了晚清《新茶花》的獻身盜圖模式；從人物性格上看，貞貞孤傲、倔強、自尊，完全是一個紅色版的新莎菲。由此看來，丁玲的文藝性情即使發生轉變，也是「進步」為一個革命的茶花女，而非另一個中國的蘇菲亞。讓人深思的是，當丁玲的延安文學在新的危機時代又重回晚清「新茶花」的救國模式時，她獲得的不再是晚清時期的好評，而是革命陣營的嚴肅批評。延安的「新茶花」不僅要在故事中遭受鄉民們的議論，而且還要在故事之外接

---

[126] 夏志清：《中國現代小說史》，第225頁。
[127] 丁玲：《談談寫人物》，《丁玲全集》第7卷，第447頁。

受同志們的批評。吊詭的是，滿腦子封建禮教的鄉民們和反封建
禮教的批評家的眼光竟是一致的。他們絕不能容忍貞貞這個「喪
失了民族氣節，背叛了祖國和人民的寡廉鮮恥的女人」[128]，來
「冒充」蘇菲亞式的「復仇女神」。

　　再看《在醫院中》的另一個文藝女青年陸萍，她對醫院中
黑暗現象的尖銳批評與毫不妥協的抗爭，也流露出一種五四文小
姐特有的反觀／反抗心態。聯想秋瑾當年編譯《看護學教程》、
效仿南丁格爾的夙願，陸萍不甘心做一名護士，要像魯迅一樣
「棄醫從文」，不啻是晚清母輩的一個叛逆的女兒。丁玲似乎從
不願意讓筆下的文藝女青年充當不屬於自己的英雄。所以，在和
《霞村》題材相近的另一篇小說《新的信念》（原題是《淚眼模
糊中的信念》，不無茶花女的傷感氣息，改題後更適合表現女性
的英雄氣質）中，丁玲把屬於英雄的「新的信念」送給了一位遭
日寇強暴的老婦人，而不是與「新的信念」更為匹配的年輕女孩
子貞貞。在一份未發表、幾經塗改的檢討書中，丁玲承認：「陸
萍與我是分不開的。她是我的代言人，我以我的思想給她以生
命」。「陸萍正是在我的邏輯裡生長出來的人物。她還殘留著我
的初期小說裡女主人公的纖細而熱烈的情感，對生活的憧憬與執
著。是的，她已經比過去的人物更進了一步。」丁玲同時也表示
自己「更喜歡貞貞」，「因為貞貞比陸萍更寂寞，更傲岸，更強
悍。」雖然陸萍「在小說裡的任務」亦即「感動同一時代的青年
女性」沒有完成，也不是「一個模範的青年的共產黨員」，丁玲
還是為「她」的熱情、負責、實際、堅強等「做人的法則」做了
辯護。丁玲堅持認為，自己不能「憑空創作」，去寫「我完全不

---

[128] 華夫：《丁玲的復仇女神：評〈我在霞村的時候〉》，文藝報編輯部
　　編：《再批判》，第86頁，北京：作家出版社1958年。

熟悉的，精神上不通來往的人」，或者「在一個階段上還不能成為我的人」，否則人物必然是「一定會流於偽裝的英雄，可佩服不可親近」，「人物一定是死」。儘管承認寫作的「失敗」，丁玲內心反而更不願放棄創作原則，去做「空頭的作家」[129]。必須承認，丁玲的部分小說在重武輕文的時代也發生了一種文武分裂，這表現在以革命者或士兵的眼光來嘲諷文人或讀書人，如《一九三零年春上海》中「寫文章」的子彬，《入伍》中的三位「新聞記」，《太陽照在桑乾河上》中名字頗有象徵意義的「文采」等等。但同時，丁玲仍創作了像《我在霞村的時候》、《在醫院中》這樣的小說，在歌頌光明與批判黑暗之間保持了必要的思想張力，成為魯迅意義上的真正的「革命文學」[130]。和秋瑾一樣，丁玲豐富坎坷的革命經歷使她無愧於「革命女性」的稱號，和秋瑾不一樣的是，她從未隱藏自己的文學氣質，放棄自己的作家身份。丁玲在1950年代曾公開發言：「我是作家，我的氣質就是作家的氣質，我不喜歡趕浪頭。」[131]「不喜歡趕浪頭」並不就是「不趕浪頭」。身處風暴的漩渦，為了不致被時代風潮完全吞沒，有時不得不趕，甚至還要更急進，更趨時。不過，也正因為經歷大浪淘沙的抵抗與掙扎，丁玲的文藝氣質才會在時代交錯中格外清楚地顯露出來。

在近代以來文武興替的多個不同的歷史交匯口，秋瑾和丁玲以各自塑造的文學與生命故事，成為晚清與五四一文一武兩個

---

[129] 參見王增如：《關於〈在醫院中〉草稿的整理與說明》，第301-316頁。

[130] 在魯迅看來，不能正視現實，一味稱頌革命的文學，不是革命的擴張，而是革命的危機。魯迅對「革命文學」的理解，參見其《革命時代的文學》、《文藝與政治的歧途》、《文藝與革命》、《現今的新文學的概觀》、《非革命的急進革命論者》、《對於左翼作家聯盟的意見》等系列文章。

[131] 轉引自潘劍冰：《豪客丁玲》，第213頁。

時代、兩種新女性中最為耀眼的人物。風雲變幻的歷史在她們身上投下無比駁雜的光影，她們在歷史書寫中留下的身影卻無比單一。正如胡纓在研究梁啟超的女性傳記與歷史書寫時所總結的：「任何歷史敘述本身必然是建築在對另外一些沒有被寫入的歷史的事實的否定和遺忘上的，換句話說，一個歷史故事之所以講得圓，就是因為有些其他的故事被掩埋了。」[132]歷史書寫尚且如此，允許想像與虛構的文學故事又會掩埋多少看似零碎、偶然與無關緊要的細節？

六、結語：秋瑾與丁玲「母女」兩代的文學寓言

蘇菲亞與茶花女兩位形象迥異的「西方美人」在晚清以來的文學中交錯出現，說明差異並非對立，交錯也是交匯。正是這種交錯與交匯，如兩面相互對照的鏡像，在時風與文風流轉中折射出秋瑾與丁玲「母女」兩代人複雜的精神聯繫，也折射出性別政治複雜的文學寓言。秋瑾是單純的，也是複雜的。當滿清帝國的屠刀揮向秋瑾的時候，民族主義的熱血染紅了其身後鮮明的烈士身份，也斬斷了其生前隱秘的文學追求。我們無法設想，如果秋瑾當年琴瑟和鳴，得遇知音，而非「俗奴浪子配才女」，其充滿個人痛苦的英雄夢是否就無從發生，是否會成為《閨塾師》所舉的那些專心治學的江南才女中的一員呢？在1905年自東京寫給長兄秋譽章的信中，秋瑾就曾吐露過這樣的心跡：「嗚呼！妹如得佳耦，互相切磋（此亦古今紅顏薄命之遺憾，至情所共歎），此七八年豈不能精進學業？名譽當不致如今日，必當出人頭地，以

---

[132] 胡纓：《歷史書寫與新女性形象的初立：從梁啟超〈記江西康女士〉一文談起》，第269頁。

為我宗父母兄弟光；奈何遇此比匪無受益，而反以終日之氣惱傷此腦筋，今日雖稍負時譽，能不問心自愧耶？」[133]我們也無法設想，如果秋瑾的生命延續到辛亥革命之後，她是否也會感受到一種尚武理想的幻滅，是否會從《藥》的故事中走出來，和魯迅一樣成為批判軍閥政治的文學者呢？丁玲是複雜的，也是單純的。她不無精彩而又充滿磨難的人生可謂波瀾壯闊、起伏跌宕，之所以如此，是因為始終沒有泯滅文藝女青年的一種追求自由而蔑視世俗的單純氣質。當她帶著一種無法放棄自我的五四個性與文學夢想，去接受北伐以來不同時期尚武思潮的輪番沖洗時，她無法馴服的文藝氣質註定要與無法欺瞞的黑暗現實發生碰撞和衝突。我們同樣無法設想，如果丁玲能夠像她的莎菲一樣「悄悄的活下來，悄悄的死去」，能夠聽從李達的勸告，「以後老老實實寫文章，別再搞政治活動了，」[134]她的人生是否會變得更簡單、更直線一些，不會再遭遇「魑魅世界」與「風雪人間」的故事？或者如母輩所願，「莫拋心力苦吟詩」，放棄文小姐的夢想去做一個秋瑾那樣的革命者，她是否會成為一個被紀念的女英雄而非被議論的女作家呢？事實上，丁玲在1979年春結束流放後回到北京，就對當年發現自己文學才華的葉聖陶如此傾吐心聲：「當時苟無此舉，或不治文藝，整個生活將是另外一個樣子。」[135]

面對近現代中國不同時代國族主義的歷史召喚，蘇菲亞與茶花女所承受的不同評價，秋瑾與丁玲所承載的不同命運，以典型的個案揭示出新女性在現代性追求中所遭遇的壓抑與解放，失

---

[133] 秋瑾：《致秋譽章書》（其四），《秋瑾集》，第36頁。
[134] 丁玲：《我與雪峰的交往》，《丁玲全集》第6卷，第271頁。
[135] 陳次園、葉至善、王湜華編注：《葉聖陶詩詞選注》，北京：開明出版社1991年，第299頁。

去與獲得。從近代以來中國文學發展的整體景象來說，兩位「西方美人」對當代中國不同時期的女性解放與自我塑造仍具有原型意義與深遠影響。如十七年時期的「鐵姑娘」、新時期的「女詩人」等形象，其中所包含的愛國與愛情、奉獻精神與自由意志等多面交織的象徵意義，在交錯發展中仍有脈絡可循。同時，兩位「西方美人」的無數中國姐妹如其中最典型的秋瑾與丁玲等新女性，她們在文武興替思潮中浮沉起落的自我塑造與生命故事，也留下了太多耐人尋味的沉默與空白、失落與遺忘、含混與欠缺、矛盾與爭議。對「西方美人」遺留下來的歷史價值與問題，自然只能做出歷史性的總結與反思。不過，倘若以面向世界的博大視野和立足中國的問題意識回顧既往，也自然能超越歷史，對新女性書寫的種種問題做出更為深入的開掘與更為辯證的探索。

第二章
當詩學碰觸實學
——教父魯迅的現代思想與文學態度

一、由「富強」而「立人」：魯迅現代思想的發生

現代文學教父魯迅（周樹人，1881-1936）的世界觀念與現代意識，應該說在南京新式學堂開始接觸西學的時候就有所孕育了，但真正眼界大開，開始以一種世界眼光和現代意識來思考中國問題的，應該是在他留學日本的時期。以對魯迅的現代意識產生決定性影響的進化論為例，周作人回憶說，魯迅在南京讀書的時候雖然也「看了赫胥黎的《天演論》」，「但是一直到了東京，學了日本文之後，這才懂得了達爾文的進化論」，「明白進化學說到底是怎麼一回事」[1]。魯迅從1903年寫作《斯巴達之魂》、《說鈤》、《中國地質略論》，到1907、1908年相繼發表《人之歷史》、《摩羅詩力說》、《科學史教篇》、《文化偏至論》、《破惡聲論》（未完），篇篇可謂大文章，個個皆是大題目。在這一系列長文中，魯迅對於現代中國問題的思考雖然還不能說非常成熟，但確乎已經成形了。在這個意義上，日本學者伊藤虎丸的觀點是有道理的：「把魯迅的留學時期單單看作『習作』時代是不夠的，勿寧說是已經基本上形成了以後魯迅思想的筋骨時期」[2]。無論在回國後的現實挫折中思想發生了怎樣的轉變，內心產生了多大的動盪，魯迅在這些文章中所建構的基本命題卻從來沒有改變過。這些命題，在他後來所汲取的新的思想學說那裡，是更加豐富了，而不是削弱了；是更加穩固了，而不是

---

[1] 周作人：《魯迅的青年時代》，止庵編：《關於魯迅》，第431頁，烏魯木齊：新疆人民出版社1997年。

[2] 伊藤虎丸：《明治30年代文學與魯迅》，《魯迅、創造社與日本文學》，第223頁，北京：北京大學出版社2005年。

動搖了。反過來說，魯迅留學時期的理論構想雖然沒有經歷過後來那樣血肉交融的現實碰撞，但也正因為沒有遭遇過像回國後的十年沉默與最後十年那樣的左右衝突，魯迅才會有相對集中的時間與相對從容的心態，對中國的現代性問題形成一種比較完整的理論構想吧。從這方面說，魯迅留日時期的「現代」思想，對魯迅思想的形成與文學活動的發生是有著一種原點意義的。

1、「今之中國」與「世界大勢」：魯迅思想的「現在」發生

　　對於魯迅留日時期的「現代」思想，長期以來形成了兩種似乎已成定論的說法。其一是從階級論的政治意識形態出發，認為魯迅對富國強兵、立憲民主的現代化學說持絕對否定的態度，因為其代表了地主階級、資產階級的「反動」與「虛偽」云云。其二是隨著新時期啟蒙主義思潮的高漲，魯迅的「立人」思想被重新發現，並被視為「超越」富強學說的一種現代性思想的明確表達。「立人」思想的重新闡釋是對既往意識形態論的反撥，也更合乎魯迅思想的實際，因而獲得了當代更多學者的認同。但人們似乎沒有注意到，這兩種看似截然相反的話語系統在判斷上有一點是一致的，亦即：魯迅是反對富強學說的。不同之處只在於，前者著眼於階級問題，後者著眼於物化問題。這就帶來了新的疑問：首先，在魯迅所處的「今之中國」，「現代」意味著什麼，而魯迅自己又是如何理解「現代」的，並賦予了其怎樣的思想意義與文化意涵？其次，魯迅的現代性批判是建立在一種什麼態度上的，是否意味著對現代化學說的否定？而富強民主的現代化學說何錯之有？再次，「立人」思想與富強學說在魯迅那裡究竟是一種怎樣的關係，是否如人們所想像的那樣是相互否定與排斥

的？遺憾的是，這些問題的思考在許多方面至今仍是空白和模糊的，魯迅現代意識的真正內涵及其發生的內在理路自然也就無從展現。

早在1904年發表的《尼采氏之教育觀》一文中，王國維（1877-1927）就提出過「現代文化」的概念；但「現代」意義的真正凸顯，始自「五四」新文化運動時期。在隨後的1927年，柳克述在所著《新土耳其》一書中偶爾將「現代化」與「西方化」並提，到了1930年代初，「現代化」一詞就公開出現在天津《大公報》的文章標題上。蔣廷黻（1895-1965）在1933年5月的《獨立評論》上發表《知識階級與政治》一文，明確提出了「知識階級的人應該努力作現代人，造現代人」，則被史家視為現代化問題討論的端始[3]。這種從詞語概念來梳理歷史的方法有自己的道理，但立論也顯得過於拘牽。沒有出現「現代」一詞，並不意味著缺乏對現代化問題的關注與思考；而即使出現了「現代」一詞，也並不意味著對現代化問題的關注與討論就由此開始了。根據英國學者雷蒙・威廉斯（Raymond Henry Williams，1921-1988）的詞源考察，「現代」首先是一種「此刻」、「現在」的時間觀念，其次才是「改善」之類的現代化含義[4]。在留日時期的文章中，魯迅大量使用的是這樣一些著眼於「現在」的概念：「居今之世」、「於今之世」、「今日之文明」、「近世文明」、「為今立計」、「中國在今」、「今之中國」、「生存於二十世紀」、「二十世紀之新精神」、「二十世紀之國民」，

---

[3]　蔡樂蘇主編：《中國思想史參考資料集・晚清至民國卷》（下編），第434、436頁，北京：清華大學出版社2005年。

[4]　雷蒙・威廉斯：《關鍵字：文化與社會的詞彙》，第308、309頁，北京：三聯書店2005年。

諸如此類，立足「現在」的現代性意識和救亡圖強的現代化意圖都非常顯著，這和魯迅在「五四」後的《在現代中國的孔夫子》、《現代史》等文章中所使用的「現代」概念，在含義和用意上也都是相同的。實際上，直到「五四」時期，學人還喜歡沿用「今」、「古」這樣的概念來討論「現代」問題。李大釗（1889-1927）在這一時期由講義、講演輯錄而成的《史學要論》中，同時收有《「今」與「古」》和《唯物史觀在現代史學上的價值》這樣的文章，就是一個明顯的例子。

就像雷蒙・威廉斯在詞源意義上所揭示的那樣，西方國家現代意識的悄然而生，也是從18世紀法國著名的「古今之爭」開始的[5]。在「現代」的時間觀念的基礎上，後來相繼派生出「現代化」、「現代性」這樣一些語詞。在一般意義上，「現代化」常用來指稱政治、經濟、工業、社會發展等各項技術指標，富強民主是其基本目標；「現代性」則是用來解釋啟蒙運動以來的理性主義、自由思想與批判精神，反思批判是其基本特性。不過，正像「現代化」與「現代性」在詞源意義上的互相牽扯，相對清楚的分析方式也只是為了理論闡述的方便，不可能有一個截然清楚的劃分。基於國勢蕭條的危亡現實，魯迅對「今之中國」所面臨的「世界之大勢」的現代化訴求是認同的，但對於其中的種種「惡聲」又是持批判態度的，這同時表現出了一種現代性思想的萌芽。魯迅態度的複雜性，意味著僅以「現代化」或「現代性」的一面來分析其現代意識是不夠的，而包含多重意義的「現代」觀念，也許才可以充分容納或完整說明魯迅現代思想的複雜意涵。

---

[5]　周憲：《審美現代性批判》，第70頁，北京：商務印書館2005年。

　　「今」、「今日」、「近世」、「二十世紀」這樣強調「現在」的概念，並不必然顯示一種思考「現代」問題的結果，但至少表明了魯迅著眼於「現在」的一種態度。伊藤虎丸曾對魯迅「既不依靠過去的一切（現成的主義、體系、制度等等），同時也不依靠未來的一切（綱領、藍圖、『黃金世界』之類），只依靠現在」的「自覺的態度」給予了高度的讚賞，認為這正是一種真正的「近代」精神[6]。所謂「風雨如磐暗故園」，魯迅所處的「今之中國」內憂外患，積弱積貧，「現代化」自然無從談起，但在現代化成果與問題俱為顯著的異域日本，卻不妨獲得一種「洞達世界之大勢」的現代性體驗。當身處異域的現代性體驗、民族憂患的現代化焦慮一經與深具詩性氣質的思想者個體相互碰觸，屬於魯迅的一種獨特的「現代性態度」就逐漸萌生了。從這方面說，魯迅在現代化還處於民族國家的想像時期便能注意到西方世界諸多的現代性問題，具備一種「反求諸己」的現代性態度，看似超前，但也絕非偶然。因為在福柯（Michel Foucault，1926-1984）看來，「現代性」不是一個「歷史時期」，而是一種對待「現在」的「態度」。所謂「態度」，福柯將其視為「與當代現實聯繫的一種關係模式，一些人所做出的自願選擇，歸根到底，它指一種思想和感覺的方式，也指一種行為方式，這種行為方式同時標誌著一種歸屬關係並將自己顯示為一種任務，無疑，它有點像希臘人所稱的社會的精神氣質（ethos）。」也就是說，現代性是一種認知「現在」的「思想和感覺的方式」，一種從「精神

────────────

[6]　伊藤虎丸指出：「在日本，一般是把『近代』這個詞作為具有人類解放、光明的、肯定的意義加以接受的，而且認為『近代』與『現代』是連續的，較少有人意識到或主張將其作明確的區別。」參見伊藤虎丸：《魯迅、創造社與日本文學》，第7、122頁，北京：北京大學出版社2005年。

氣質」出發的意志選擇。而「現代性態度」（attitude of modernity）
的內涵就在於：「關注現在」，「自由批判現在」，「對改變現在
負有責任」[7]。顯然，魯迅留日時期的文章具備了這一思想特質。

2、「新學」與「新精神」：魯迅現代批判的獨特指向

　　文章中大量出現與「今」相關的詞彙，並不能完全說明魯
迅屬於一種怎樣的「現代性態度」，真正的問題是：魯迅與自己
所處的「今之中國」，建立的是一種怎樣的「聯繫」，體現的是
一種怎樣的「精神氣質」與「態度」？同是面對「今之中國」與
「世界之大勢」，當時的思想界就產生了各種不同的主張，有
「抱守殘闕」而堅持復古的，有「言非同西方之理弗道，事非
合西方之術弗行」而要求西化的；同樣是主張向西方學習，有
「競言武事」的，也有「製造商佔立憲國會之說」的[8]。魯迅注
意到，在當時主張向西方學習的各種「新學」中，無論是革命的
還是調和的，是著眼於政治還是經濟的，即使存在不同的分歧，
其用意都是一樣的，這就是「革前繆而圖富強」。正是因為這一
點，魯迅初來日本時和這些人並沒有什麼分別，對這些現代化學
說也都是認同的。用斷辮髮、易服飾和「我以我血薦軒轅」的自
題詩句來表明心志的青年魯迅，最早寫的幾篇文章所張揚的就是
這一時期非常普遍的民族救亡精神。《斯巴達之魂》的直接背景
是留學生組織義勇隊抗俄侵華事件，悲歌慷慨，血氣昂揚。該文
主旨是以斯巴達武士的「復仇」、「血戰」、「決死」精神砥礪

---

[7]　福柯：《什麼是啟蒙》，汪暉、陳燕谷主編《文化與公共性》，第430
　　頁，北京：三聯書店1998年；譯文同時參照余虹：《藝術與歸家》，第
　　205、206頁，北京：中國人民大學出版社2005年。
[8]　魯迅：《墳・文化偏至論》，《魯迅全集》第1卷，第44、45頁，北京：
　　人民文學出版社1981年。

094 ▎國族迷思──現代中國的道德理想與文學命運

國民，「貽我青年」，屬於「競言武事」的一種。《中國地質略
論》痛心中國「失敗迭來，日趨貧弱」，西方列國「強種鱗鱗，
蔓我四周，伸手如箕，垂涎成雨」，而發出「救之奈何」的錐心
呼告。文中說，文弱的科學家「實涵有無量剛勁善戰之軍隊」，
而煤炭「與國家經濟消長有密切之關係，而足以決盛衰生死之大
問題者也。」這樣期待「工業繁興，機械為用」的思路可以歸為
科學救國、實業救國一路，也正是魯迅後來在《文化偏至論》中
所批判的「以富有為文明」、「以路礦為文明」。而在留日後期
的《破惡聲論》中，魯迅更是將「革新武備，振起工商，則國之
富強，計日可待」視為一種需要批判的「惡聲」，這多少讓人困
惑與不解，也帶來了一連串的疑問：其一，魯迅雖沒有「計日可
待」的樂觀，但「國之富強」的現代化夢想，不正是他一直所期
冀的嗎，又有何「惡」可言呢？其二，魯迅對於現代化學說的不
滿究竟是為了什麼，所不滿的到底又是什麼？其三，從1903年開
始寫作的《斯巴達之魂》，到1908年未能完篇的《破惡聲論》，
這五年期間到底發生了什麼，又是什麼讓魯迅的思想發生了看起
來如此之大的轉折？而這一切，對魯迅來說又意味著什麼？

　　也許是魯迅後來卓越的文學成就影響了思考問題的方式，
人們總是急於從他的早期文本裡尋找所謂「超前」的理論結果，
而對制約這一結果如何發生的主體態度及其中的複雜性缺乏必要
的梳理與耐心的分析。從表面上看，魯迅前後幾年的態度近乎一
種自我否定，似乎完全拋棄了自己過去所宣揚的富國強兵學說。
但問題絕沒有這麼簡單。魯迅在棄醫從文後，《摩羅詩力說》已
被學界視為態度「轉變」的一篇標誌性的文章，但就是在這篇文
章中，魯迅特別稱頌了摩羅詩宗拜倫的「圖強」精神，對匈牙
利的愛國詩人裴多菲「為愛而歌，為國而死」同樣進行了熱烈

的讚美。據日本學者北岡正子（Kitaoka Masako，1936- ）考證，在魯迅所介紹的幾位摩羅詩人當中，「與魯迅後來關係最密切的」就是裴多菲，而魯迅在選取材料時捨棄了別的部分，特別突出了其「為榮譽的死去戰鬥」的報國精神和「民族戰士」的形象[9]。魯迅在文中引用裴多菲的自白說：「吾今得聞角聲召戰，吾魂幾欲驟前，不及待令矣」，不正是魯迅在1903年所極力頌揚的「斯巴達之魂」嗎？在《科學史教篇》一文中，魯迅一開始就大力讚揚「科學之進步」帶來「人間生活之幸福，悉以增進」的景象：「自然之力，既聽命於人間，發縱指揮，如使其馬，束以器械而用之；交通貿遷，利於前時，雖高山大川，無足沮核；饑癘之害減；教育之功全；較以百祀前之社會，改革蓋無烈於是也。」魯迅在這裡所描繪的，不正是國人的一種普遍的「富強」夢嗎？而在最後的《破惡聲論》中，魯迅所批判的「崇侵略」等思想，不也是以富國強兵為設想的基本前提嗎？在魯迅留學後期的文章中，《文化偏至論》對「以富有為文明」、「以路礦為文明」、「以眾治為文明」之類的現代化學說批判可謂是最激烈的了，但事實上，魯迅指出的全是這樣的問題：其一，「有學於殊域者」，「假力圖富強之名，博志士之譽」，或「借新文明之名以大遂其私欲」，「志行汙下」；其二，「未識其所以然」，對「所謂新文明者，舉而納之中國」，「馨香頂禮」而盲目「橫取」；其三，「曰惟物質為文化之基也」，「曰惟多數得是非之正也」，由「惟」而「偏」。從肯定與否定的兩方面看，魯迅並沒有斷然否定現代化學說的意思，其中的富強思想仍為魯迅所堅持，他所列舉與批判的不過是人的主體精神與態度問題。

9　北岡正子：《摩羅詩力說材源考》，第181、192頁，北京：北京師範大學出版社1983年。

這就是說，魯迅並不認為富強學說自身有什麼問題，而是認為推行這些學說的人在精神態度上出現了嚴重的問題。因此，富強學說之「惡」亦不在「國之富強」的訴求本身，而在於發出「惡聲」者的主體精神與思想態度[10]。在這些意圖正確的新學背後，魯迅發現新學的主張者「其術其心，違戾亦已甚矣」：要麼貪圖名利，自私虛偽；要麼缺乏主體的能動精神，「心奪於人，信不由己」；要麼「惟」一種觀念為是，出現「至偽而偏」的惡果。換言之，這些「稍稍耳新學之語」者仰慕「新學」，卻毫不具備相應的「新精神」。正是出於這樣的問題考慮，魯迅意識到了精神問題的「根本」重要性，指出「內部之生活強，則人生之意義亦愈邃，個人尊嚴之旨趣亦愈明，二十世紀之新精神，殆將立狂風怒浪之間，恃意力以辟生路者也」[11]，繼而提出了「根柢在人」、「首在立人」、「尊個性而張精神」的系列觀念與主張。

3、「立人」與「圖富強」：魯迅現代思想的複雜意涵

學界目前比較流行的看法是，魯迅提出自己的立人思想是為了取代富強學說。立人思想在魯迅那裡的確具有一種特殊意義，但如果就此把它誇大為對於富強學說取而代之的「超越」意義，我不能同意這樣的看法。首先，魯迅曾明確批評「皇皇焉欲進歐西之物而代之」的取代性思維，即使立人思想與富強觀念因為各自相對的獨立性而存在著相互衝突的地方，在基本目標等方面也同時存在著許多一致性，魯迅不可能陷入要立人還是要富強

[10] 對於這一點，日本學者伊藤虎丸在如何理解「偽士當去，迷信可存」的問題上有精彩的發揮，可參看其所著論文集《魯迅、創造社與日本文學》，第83頁。
[11] 魯迅：《墳·文化偏至論》，《魯迅全集》第1卷，第55-56頁。

之類二選一的假命題，重新回到自己所批評的那種「簡陋」的思維模式中。事實上，魯迅留日後期的文章仍堅持了富國強兵的思想，並沒有因為提出「立人」思想而放棄民族富強的基本目標。直到三十年後，魯迅對「老新黨們」當年的「圖富強」理想仍然充滿了敬意，他讚賞說：「『老新黨們』的見識雖然淺陋，但是有一個目的：圖富強。所以他們堅決，切實；學洋話雖然怪聲怪氣，但是有一個目的：圖富強之術。所以他們認真，熱心。」[12] 其次，魯迅提出「立人」觀念時寥寥數語，既沒有做出完整而詳細的說明，也沒有構建任何相關的理論闡釋體系，其用意顯然也不在於構建新的學說。更為重要的是，「立人」思想與富強學說在魯迅那裡不是互相否定與排斥的關係，而是孰為根本與枝葉的問題。「立人」思想與富強學說往往被現在的學人視為兩種絕然對立、互不相容的話語系統，而忽略了它們同屬「現代」觀念的一面。對魯迅的「今之中國」來說，富國強兵的現代化觀念是一種從民族危機出發的迫切要求，置身於其中的魯迅即使認識到立人的問題具有怎樣的重要性，也不可能不顧現實，完全忽視富強學說的歷史合理性。魯迅之所以對「興業振兵之說」表示不滿，用他自己的說，問題只在於此二事「亦非本柢而特菌葉」，而所謂的英雄志士「則僅眩於當前之物，而未得其真諦」。所以，魯迅的憂慮是，「舉國惟枝葉之求，而無一二士尋其本，則有源者日長，逐末者仍立拔耳。」在魯迅這裡，「尊實利可，摹方術亦可」，他並無反對之意，所真心期望的，只在於「能播將來之佳果於今茲，移有根之福祉於宗國者」[13]。事實上，魯迅此後與尼采等西方哲學家的個人主義、意志論相遇，不是由此消泯了自己

---

[12]　魯迅：《準風月談・重三感舊》，《魯迅全集》第5卷，第325頁。
[13]　魯迅：《墳・科學史教篇》，《魯迅全集》第1卷，第33、34頁。

的民族救亡思想，而是在新的精神文化層次上強化了自己的民族危機感。伊藤虎丸將魯迅這一時期的思想稱為「文化民族主義」，就是注意到了看似相互衝突的個人主義與民族主義在魯迅思想中的融合性，也更合乎魯迅思想的實際。

富強學說與立人思想的本末關係，在魯迅這裡已經很明確地指出來了。在此基礎上，魯迅認識到二者在「今之中國」所存在的「倒果為因」、本末倒置的嚴重問題。在他看來，物質與制度方面的文明成就與現代化學說是一種顯而易見的成果，而培養這一成果的主體精神與現代性思想則如深埋於地下的根，意義重要而難以見識，亦即：「歐美之強，莫不以是炫天下者，則根柢在人，而此特現象之末，本原深而難見，榮華昭而易識也。」[14]因此，作為成果的現代化學說容易眩人耳目，作為根本的現代性思想則容易被人忽略；而如果忽視精神基礎的問題，現代化學說再怎麼動人，也不可能得以真正的實現。所謂「根本且動搖矣，其枝葉又何侂焉」[15]，魯迅的真實意圖即在於此。基於正反兩方面的認識，魯迅所得出的基本結論是：「蓋末雖亦能燦爛於一時，而所宅不堅，頃刻可以蕉萃，儲能於初，始長久耳。」[16]由此可知，魯迅提出「立人」的目的並不是要拒絕富強民主的現代化學說，而是認為新學「所宅不堅」，要為其「儲能於初」。遵循魯迅「儲能於初」的運思邏輯，「其首在立人，人立而後凡事舉」便是一個順理成章的理論結果。

從另一方面講，魯迅的「立人」思想畢竟不是在一種抽象而孤立的語境中發生的，它不可能脫離民族救亡的現實語境與

14　魯迅：《墳・文化偏至論》，《魯迅全集》第1卷，第56-57頁。
15　魯迅：《集外集拾遺補編・破惡聲論》，《魯迅全集》第8卷，第26頁。
16　魯迅：《墳・科學史教篇》，《魯迅全集》第1卷，第35頁。

「圖富強」的時代主題，也不可能放棄「生存兩間，角逐列國是務」的救亡動機與強國意圖；而「立人」之後「人國既建」的宏大構想，也是以中國「乃始雄厲無前，屹然獨見於天下」[17]為基本目標的，終究沒有跳出現代化的思想視野與觀念範疇。顯然，在「圖富強」方面，魯迅和自己同時代的人並沒有什麼區別，不同之處只在於，他注意到了被時代普遍忽略或嚴重忽視的人的精神問題，並對其「根本」意義給與了特別的強調。概言之，魯迅所發現的真正問題是，「今之中國」有現代化學說，而無現代性思想；有「新學」，而無「新精神」。在這個意義上，魯迅批判湧入國內的種種現代化思潮，與其說是在否定富強民主的現代化觀念，不如說是在揭露種種現代化思潮中現代性思想的普遍缺失；魯迅提出「立人」的主旨，與其說是與富國強兵的現代化學說劃清界限，不如說是為現代化學說建立合乎現代需要的精神根基。也因此，在同代人為西方世界已顯現出的耀眼的現代化成果而激動於富強的「新夢」時，魯迅以自己個人在日本的現代性體驗發現了西方世界發達的物質文明帶來的「精神漸失」、「性靈黯淡」的現代性問題，並以此來反觀中國的國民精神，從而走上了一條追求「個人尊嚴」與追問「人生意義」的啟蒙之路。在這裡，「求古源盡者」的魯迅所汲取的是西方思想家立足於二十世紀「世界之大勢」的「方來之泉」，所關注的是「個人意志」、「內部之生活」與「人生之意義」的問題。所以，「立人」雖是出自《論語》的最古老的漢語詞彙，卻被魯迅創造性地賦予了審美現代性的意涵，從而避免了像梁啟超那樣在西方文明的「新夢」破滅後，轉而退回到精神文明優越論的國粹主義的「舊夢」中來。

---

[17]　魯迅：《墳·文化偏至論》，《魯迅全集》第1卷，第56、57頁。

　　近代中國在救亡圖存的壓力下，並不乏形形色色的現代化理論，也不乏種種矚目於高端形式的現代化設計，但最欠缺的恐怕還是像魯迅這樣的一種自覺關注精神基礎問題的現代性思想，以及反復強調「內省諸己」、「反觀諸己」的自我反思的現代性態度。誠如有學者所指出的，「長期以來，中國知識界總是喜歡在現代性的側面問題上來回兜圈子，而遺忘其地面或基礎問題。也就是說，知識界關注的焦點總是在於現代性的看起來最急迫的方式問題上，而忽略了更基本的地面層次的問題。」[18]他還引用《文心雕龍》「振葉以尋根，觀瀾而索源」的語句說，「應當透過表面的枝葉去尋找深埋於地底的根子，或者從波瀾的微妙起伏直探其原初的源頭活水」[19]。其實，魯迅早在留日時期就開始意識到基礎問題的重要性，此後也一直在做著「尋根」與「索源」的思想啟蒙工作。不是要「超前」，而是要「尋根」；不是要「超越」富強民主的現代化觀念，而是要「回歸」立人為本的現代性精神；不是要創造一種新的觀念學說，而是要建構一種新的精神態度。我以為，這才是魯迅思考「今之中國」問題的獨特之處與真正價值。

二、由「心聲」而「立人」：魯迅啟蒙思想的詩學原理

　　面對西方帝國的堅船利炮，亞洲國家在以富國強兵為目標的現代化過程中，宣導實學而輕視文學似乎就成為維新人士的一種普遍選擇。日本明治時期維新思想的代表人物福澤諭吉在其著名

---

[18]　王一川：《中國現代性體驗的發生》，第21頁，北京：北京師範大學出版社2001年。

[19]　王一川：《中國現代性體驗的發生》，第21頁。

的《勸學篇》就表達了這樣一種主張。在他看來，傳統的儒學和國學都是「社會上華而不實的文學」，應將「不切實際的學問視為次要，而專心致力於接近世間一般日用的實學」[20]。中國的維新人士在日本的刺激之下思想路徑也是亦步亦趨。在「實學」大熱而文藝空氣極為「冷淡」的維新年代，青年魯迅提出「立人」的啟蒙命題，是深刻的，也如他說，是「幼稚」的；是熱切的，也如他說，是「寂寞」的[21]。在滿懷熱情創辦《新生》雜誌失敗後，魯迅為「立人」的啟蒙理想大聲疾呼，召喚中國的「摩羅詩人」與「精神界之戰士」，與其說是意氣風發，不如說是慷慨悲涼。因為思想敏銳而不被容納，因為觀念超前而不合時宜，這大概是所有先驅者不得不面對的命運吧。

　　無論如何，「立人」的啟蒙理想讓百年中國新文學獲得了它的生命根基，也因此延續著自己的精神血脈。然而，在負載著數千年封建歷史的傳統中國，「辟人荒」的艱難是魯迅始料未及的。當魯迅帶著一種在日本留學時期獲得的「立人」理想和「精神界之戰士」的英雄夢想回國，他大概不曾想到日後會有S會館的十年沉默。相對於他在國內所遭遇的無休止的「華蓋運」來說，在日本的冷遇不過是啟蒙危機的一個小小的預言。為「人的文學」大聲疾呼的啟蒙思想者，不得不面臨自由與生存的「主權」隨時被剝奪的威脅與恐懼，這是籠罩著中世紀陰影的國度所特有的悖論。對魯迅身邊與身後那些汲取了「立人」精神資源的文人來說，他們延續的不僅是魯迅的命題，還有魯迅的命運。而當荒謬與抗爭在歷史上不斷迴圈上演時，一個無論如何莊重的命題，也註定會淪為一種無法擺脫的沉重宿命。

---

[20] 福澤諭吉：《勸學篇》，北京：商務印書館1984年，第3頁。
[21] 魯迅：《吶喊·自序》，《魯迅全集》第1卷，第416、417頁。

1、何為「主體」：立人思想的現代語義

「主體」一詞在漢語文化語境中雖然「古已有之」，但主體論進入中國近代思想界，絕對是一個離經叛道的現代性事件。從詞源學意義上講，古漢語中的「主體」是特指封建君主的，《漢書‧東方朔傳》中所謂「上以安主體，下以便萬民，則五帝三王之道可幾而見也」，便是「明王聖主」的典型用語，和現代意義上的「主體」同名異質，完全相悖。「主體」的現代語義與封建文化的格格不入，意味著中國傳統文化語境不可能從內部生長出主體的現代價值，也意味著國人對其外來語義的理解與接受需要一個漫長的過程。這種情形即使在思想先覺者那裡也不例外。魯迅留日時期的1903年，其師章太炎（1869-1936）先生在《駁康有為論革命書》一文中有語云：「今日廣西會黨，則知己為主體，而西人為客體矣。」用詞雖已接近「西人」，但還是作為「主要部分」來理解，並無現代主體的精神實質。直到五四時期，「隻手打孔家店」的老英雄吳虞在批判家族專制的文章中，有所謂「去其主石，則主體墮地」之語[22]，仍然延續了章太炎的用法。現代主體精神排異性的緩慢滲入及其在中國本土語境帶來的思想緊張，其實也正是啟蒙文學所面臨的問題背景與命運寫照。

「主體」在用詞上的名實難符，說明了其固有意義及背後文化傳統的強大，但並不能否認西方的現代主體哲學與文化精神開始進入中國思想界的事實。晚近以來，「自我」、「自性」、「個體」、「心力」等概念在章太炎等人的文章中頻頻出現，其中雖不免有誤讀與偏見之處，但也從另一個方面說明了主體問題

---

[22] 吳虞：《家族制度為專制主義之根據論》，《吳虞集》，第171頁，成都：四川人民出版社1985年。

的備受關注與尊崇。其實，為中國思想革命提供精神資源的主體哲學在西方發源地也同樣經歷了克服傳統的現代演變過程。據雷蒙・威廉斯考察，「主體」最早的英文意義是「政治統治下被動的臣民」，經由德國古典哲學的轉折，才產生了「主動的心靈或思考的原動力」這一完全相反的現代意涵[23]；而主體性也由泛指「實體」的事物屬性，最後發展為人的特有屬性。主體概念自古希臘時期以來，先後經蘇格拉底、亞里斯多德、笛卡爾、康德、黑格爾、尼采等哲人的反復辯難與不斷闡發，其意涵得以逐步與豐富，其原則也得以完善與確立。

　　從啟蒙的現代意義上講，「主體」其名在中國雖古已有之，但其實是一個不折不扣的「外來詞」，其基本原則主要表現為思想與價值的一體兩面：在認知方面強調思想自覺與理性力量，在價值方面張揚自我意識與自由意志[24]。前者的經典語言是笛卡爾（René Descartes，1596-1650）的「我思故我在」，後者的典型表述是黑格爾（Georg Wilhelm Friedrich Hegel，1770-1831）的「人之所以為人的本質——是自由的」[25]。魯迅能夠在留學時期率先發出「立人」之聲，就是受當時日本流行的尼采主義等西方文化思潮的直接影響。當新鮮而異質的域外精神開始湧入帶有強烈饑渴感的求知視界，並與個體自身敏感多思的詩學氣質相碰觸的時候，一種「獨具我見」的主體性思想也就在魯迅那裡發生了。這「不合眾囂」的「獨具我見」是從兩個方面表現出來的：其一，對自題詩句「我以我血薦軒轅」來表明民族憂患之心的青年魯迅來說，他擇取的思想資源是來自西方的，所思考的問題卻是指向

---

[23] 雷蒙・威廉斯：《關鍵字》，第476頁，北京：三聯書店2005年。
[24] 參見吳興明：《文藝研究如何走向主體間性》，《文藝研究》2009年第1期。
[25] 黑格爾：《歷史哲學》，第56頁，北京：三聯書店1956年。

「今之中國」的。以西學為鑒，魯迅深切地認知到國人在主體性上的缺失問題，也更深切地意識到「內部之生活強」的重要性。其二，在迷信僅憑「金鐵國會立憲之云」就可以救中國的年代，魯迅直指人之「神思」、「精神」的詩學思想是那些滿腦子「黃金黑鐵」的「崇實之士」所不屑一顧的，其詩學思路也是那些「稍稍耳新學之語」的「近世人士」所未能觸及的。

在討論魯迅的啟蒙思想時，人們多把注意力放在明確提出「立人」主張的《文化偏至論》一文上。這種立論思路本身也許沒有錯，不過需要注意的是，魯迅意識到主體問題的重要性是從寫作《摩羅詩力說》一文開始的，其後才是闡發相應理念的《科學史教篇》與《文化偏至論》、《破惡聲論》諸篇目。如果不注意這些文章發表的實際順序，魯迅主體論思想的發生邏輯與基本原理就很難被發現，其中真正核心和獨特的問題也很難被觸及。

《摩羅詩力說》是魯迅棄醫從文後決意從事文學運動的奠基之作，其所表現出的特殊的文學敏感，使得魯迅的主體論思想從一開始就顯示出了一種與眾不同的詩學眼光。有意味的是，魯迅意識到人的主體性問題的重要性，是從討論文學的重要性入手的。文章開篇即說：「蓋人文之留遺後世者，最有力莫若心聲。古民神思，接天然之閟宮，冥契萬有，與之靈會，道其能道，爰為詩歌。其聲度時劫而入人心，不與緘口同絕；且益蔓延，視其種人。」[26]在這裡，魯迅將詩歌視為一種「度時劫而入人心」的超越時空的力量，其間的思路是：在人類文明的發展進程中，「蓋人文之留遺後世者，最有力莫若心聲」，而表達「心聲」最有力者，則莫若詩歌。同樣有意味的是，魯迅很少像同時代人那

---

[26] 魯迅：《墳‧摩羅詩力說》，《魯迅全集》第1卷，第63頁。

樣直接取用主體一類的西方哲學概念，而更喜歡選用「心聲」、「人心」、「神思」這樣具有東方智慧的文學語詞來表達自己的主體理念，這也使得魯迅的主體理論避免了一種生搬硬套的「耳食」習氣，而融入了自己的特殊體驗與文學氣質。在主體論上顯示出融合個人體驗與舊學新知的主體性，這是比空談任何主體概念更為重要的，也是魯迅主體論思想的鋒芒所在。

2、何為「心聲」：立人思想的詩學邏輯

在魯迅的主體論思想中，「心」字尤為關鍵。郜元寶先生的《魯迅六講》對此有精彩的發現與發揮，不過在根脈深厚的心學傳統與創造性的現代轉換之間，魯迅的思想突破恐怕是更值得注意的。在魯迅的語彙裡，「心」以其所希望的「與世界識見之廣博有所屬」[27]的世界眼光與其他古老的漢字相互組合，衍生出「人心」、「白心」、「心意」、「心神」、「心弦」、「心聲」諸類的現代語詞，指向「神思」、「精神」、「自覺」、「理性」、「意力」、「信仰」諸層面的主體問題，從而成為一種類似元話語性質的東西。在這其中，「心聲」是魯迅文內一個獨具慧心的核心語詞。所謂「心生而言立，言立而文明」，聲源自心，發言為詩，心與詩在這個意義上結合為一體，其指向是雙重性的，既是源自內心的主體性需求（「心」），也是言為心聲的文學性表達（「聲」）。「心」（主體）與「聲」（文學）的交合，在此意義上構成了一種奇異而微妙的話語邏輯。在這樣的話語邏輯中，談主體不可能離開文學，談文學同樣不可能離開主體，主體要求與文學要求不可分割。只有在這樣的話語邏輯中，

---

[27]　魯迅：《墳‧摩羅詩力說》，《魯迅全集》第1卷，第65頁。

文學的重要性與主體的重要性才可能同時表現出來，文學的重要性表現為主體的重要性，主體的重要性也表現為文學的重要性；也只有在這樣的話語邏輯中，魯迅由文學而主體、由「心聲」而「立人」的啟蒙思路才得以成為可能。換言之，沒有「心聲」這一統攝性的精神前提，後來著名的「立人」命題就無從發生，其具體的思想內涵也就無從實現。

　　「心聲」的詩學本性，意味著魯迅的《摩羅詩力說》在本質上既是一種現代詩學，也是一種主體理論。出於對「心」這一主體問題重要性的認知，魯迅在詩學問題上也同樣將「心」置於重要地位。無論是討論詩歌何為的內涵還是討論詩人何為的使命問題，都是以「心」為重心來展開的。與「篤守功利，擯斥詩歌」的實學時尚相反，魯迅認為「無聲」亦即「心」的主體性匱乏才是最可怕的，並援引卡萊爾的話說：「得昭明之聲，洋洋乎歌心意而生者，為國民之首義」，從而將「得昭明之聲」的啟蒙理想置於「揚宗邦之真大」的首要位置。從發揚「心聲」的啟蒙理想出發，魯迅這樣界定詩歌的職責與詩人的責任：「蓋詩人者，攖人心者也。凡人之心，無不有詩，如詩人作詩，詩不為詩人獨有，凡一讀其詩，心即會解者，即無不自有詩人之詩。」[28]在魯迅這裡，詩的意義所在，即是一個「心」字，而「凡人之心，無不有詩」之說，真正的目的並不只是為了破解詩「為詩人獨有」的貴族性與神秘性，而是以一種「凡一讀其詩，心即會解」的心解方式，指向「凡人之心」普遍覺醒與啟蒙意義的可能性。由詩而文，魯迅提出「涵養人之神思，即文章之職與用也」，也正是這一詩學原理的自然延展與體現。

---

[28]　魯迅：《墳・摩羅詩力說》，《魯迅全集》第1卷，第68頁。

　　「攖人心」是一種詩學理想，也是一種啟蒙理想。與此相應，以文學喚起「人心」亦即促成人的主體性「自覺」既是一種啟蒙機制，也是一種啟蒙效果。用魯迅的話來說就是：「自覺之聲發，每響必中於人心，清晰昭明，不同凡響。」[29]在由「心」而「覺」這個意義上，魯迅把那些發出「真之心聲」的摩羅詩人稱為「聆熱誠之聲而頓覺」的「先覺」[30]，將文學啟蒙理想描述為「復以妙音，喻一切未覺，使知人類曼衍之大故，暨人生價值之所存，揚同情之精神，而張其上征渴仰之思想，使懷大希以奮進，與時劫同其無窮。」[31]對於「自覺」一詞，高遠東認為其在魯迅的立人思想中具有方法論的意義：「魯迅的『自覺』——這一使人主體化的方法，在訴諸人的有限理性的同時，更多地卻指向人的情感、意志、直覺等非理性部分，其『個人』的『自立』即『自覺』的過程往往是內證的、天啟的、帶神秘意味的，對它的表述也往往不是概念邏輯的，而是形象詩性的，更多依據人的主觀心理體驗來確認。」[32]除了將魯迅的「自覺」有些神秘化之外，這種概括大體可謂精當深刻，它不僅指出了魯迅主體論的「形象詩性」，也指出了其內涵的豐富性與複雜性。不過，其認為「自覺」一詞首見於《文化偏至論》的說法則明顯忽視了「自覺」在《摩羅詩力說》一文中的重要存在，從而在發現魯迅主體思想的詩性特徵的同時，未能對詩性表像後面的詩學原理問題給予充分重視。

　　如前所論，魯迅的主體思想是以「心」為根基的，但與講

29　魯迅：《墳・摩羅詩力說》，《魯迅全集》第1卷，第65頁。
30　魯迅：《墳・摩羅詩力說》，《魯迅全集》第1卷，第100頁。
31　魯迅：《墳・摩羅詩力說》，《魯迅全集》第1卷，第85頁。
32　高遠東：《現代如何「拿來」：魯迅的思想與文學論集》，第66頁，上海：復旦大學出版社2009年。

求天理人心之辨的傳統心學不同，它在本質上是一種現代詩學。
在魯迅那裡，心是主體精神之源，詩是文學藝術之源，二者互為
表裡、相互為援：心的發揚即是詩的發揚，詩的表達即是心的表
達；心的需求即是詩的需求，詩的理想即是心的理想。心與詩之
所以發生如此緊密聯繫，其中的關節點便是魯迅獨具文學氣質的
啟蒙理想。正因為如此，旨在發揚主體性精神的心與詩在魯迅眼
裡顯得異常重要，成為其建構與實踐啟蒙理想的一體兩面。顯
然，無論是從發生機制，還是實現方式來看，魯迅的啟蒙主體論
不能僅僅用詩性特徵來說明。同時，啟蒙主體論與傳統心學相異
的「心」的現代性，也意味著魯迅詩學的現代性。魯迅的詩學理
想是建立在「比較既周，爰生自覺」[33]的主體意識上的，有著他
所希望的「能與世界大勢相接」的「廣博」的「世界識見」。
魯迅對中西文明的考察立足於「首在審己，亦必知人」的反思
意識，這使他的詩學選擇在顯示廣闊的世界眼光的同時，又有
著深刻的中國問題背景，此即謂「別求新聲於異邦，而其因即動
於懷古」[34]。以進化學說為援，魯迅發現中國文化與帝王政治都
是以「不攖人心」，亦即精神的「寧蜷伏墮落而惡進取」為代價
的，他由此質疑中國儒家詩學「強以無邪，即非人志」，其實質
乃是「許自繇於鞭策羈縻之下，」即或心有感發，「亦多拘於無
形之囹圄，不能舒兩間之真美」[35]。以這樣的詩學眼光看來，魯
迅發現即使是「放言無憚」的屈原，其詩「皆著意外形，不涉內
質」，「感動後世，為力非強」[36]，也不合乎「攖人心」的現代

---

[33]　魯迅：《墳‧摩羅詩力說》，《魯迅全集》第1卷，第65頁。
[34]　魯迅：《墳‧摩羅詩力說》，《魯迅全集》第1卷，第65頁。
[35]　魯迅：《墳‧摩羅詩力說》，《魯迅全集》第1卷，第68頁。
[36]　魯迅：《墳‧摩羅詩力說》，《魯迅全集》第1卷，第69頁。

詩學理想。而對於西方詩學，魯迅認為其「外形」，「亦非吾邦所可活剝」，而注意「示其內質」[37]，從中國的「得失」出發，選擇「聲之最雄傑偉美」的摩羅詩派。

　　「別求新聲於異邦」的世界眼光與「攖人心」的詩學理想，也顯示出「新聲」所蘊含的豐富的現代性。而「聲」的現代性表達，也同樣是以「心」的現代性為前提的。對於魯迅所尊崇的摩羅詩人，學人常以「立意在反抗，指歸在動作」[38]做結，其實，這尚屬於「外形」，而非「內質」，不是其原理所在。仔細辨別魯迅的話就可以明白：反抗挑戰只是「舉一切偽飾陋習，悉與蕩滌」的「動作」，「為獨立自由人道」的自由意志、「剛健不撓，抱誠守真」的品性思維、「精神復深感後世人心」的啟蒙理想、「發為雄聲，以起其國人之新生，而大其國於天下」的救亡熱忱、「能宣彼妙音，傳其靈覺，以美善吾人之性情，崇大吾人之思理」[39]的審美精神才是摩羅詩力說的「立意」所在。魯迅的「立意」豐富駁雜，而核心仍是一個直指現代主體精神的「心」字。從魯迅所頌揚的摩羅詩學精神看，魯迅的「心」字包容了多個層面與指向的主體性思想。其一，從「以詩移人性情」的詩學思路出發，魯迅的啟蒙邏輯是由「心聲」而「自覺」，促成人的主體性覺醒其意圖在於「使即於誠善美偉強力敢為之域」[40]，其理想在於追求真善美的統一。由此可見，魯迅所召喚的「摩羅詩力」不僅僅是我們通常所理解的「爭天拒俗」的反抗挑戰精神，同時還包含著涵養神思、美善性情的審美精神，僅理解其中一

---

[37]　魯迅：《墳·摩羅詩力說》，《魯迅全集》第1卷，第71頁。
[38]　魯迅：《墳·摩羅詩力說》，《魯迅全集》第1卷，第66頁。
[39]　魯迅：《墳·摩羅詩力說》，《魯迅全集》第1卷，第66、69、81、99頁。
[40]　魯迅：《墳·摩羅詩力說》，《魯迅全集》第1卷，第69頁。

端，都是有失偏頗的。其二，從「美善吾人之性情，崇大吾人之思理」的詩學理想看，魯迅的啟蒙主體論尊崇思想與理性的力量，也推重情感之於人生的意義；同時，他也給情理之外的意志與信仰留下了空間，承認「無量希望信仰，暨無窮之愛」[41]對人類精神需求的必要性與正當性。其三，反抗奴性的自由意志既是一種要求「獨立」與「自尊」的個性精神，也是一種「欲揚宗邦之真大」的國家情懷與為弱國「爭自由」的人道精神。所以，魯迅文中的「人」字內涵是極豐富的，既有「個」的屬性，也有「國民」和「世界人」的類的屬性。魯迅在隨後的《破惡聲論》一文中對「國民」和「世界人」的「類」說提出嚴屬質疑，是這一原理的進一步辨正，是為了反對「滅人之自我」的「個人」本位立場，並不是為了否定「國民」和「世界人」屬性本身。這樣的人論，指向啟蒙，也指向救亡，並沒有李澤厚所說的那種互不相容、難以並立的緊張與衝突；頌美「愛國」，也批評「惟武力之恃而狼籍人之自由」為「獸愛」[42]，這種尊重他者的主體間性意識，閃耀著「自由在是，人道亦在是」[43]的人性光芒。其四，在「詩力」與「實利」之辨中，魯迅的詩學思路突出了「精神」的至上性。在魯迅留日時期，實學之說已經大盛而文學無用論遍佈華夏，王韜（1828-1897）、嚴複這一批老維新人士普遍認為，歐美之富強在於重視聲光電化一類的「實說」而「弗尚詩賦詞章」，要想棄貧弱而謀富強，就必須棄詩學而興實學[44]。在這樣的流行風氣中，魯迅偏要為詩正名，提出以發揚人的主體

---

41 魯迅：《墳・摩羅詩力說》，《魯迅全集》第1卷，第84頁。
42 魯迅：《墳・摩羅詩力說》，《魯迅全集》第1卷，第88-89頁。
43 魯迅：《墳・摩羅詩力說》，《魯迅全集》第1卷，第79頁。
44 劉納：《嬗變：辛亥革命時期至五四時期的中國文學》，第3頁，北京：中國社會科學出版社1998年。

　　精神為旨要的「詩力說」，是不合時宜的，勢必要與追逐「實利」的主流學說發生辯難。魯迅之所以有「僅譬詩力於米鹽」之舉，目的就在於「聊震崇實之士，使知黃金黑鐵，斷不足以興國家。」[45]在人類文明史的比較中，魯迅從沙俄的「無聲」中看到「為大也喑」的可怕，也從德國的「詩人之聲」中看到「國民皆詩」的精神力量。他因此痛斥實學迷夢「終至墮落而之實利」，使人「心不受攖，非槁死則縮朒耳」，以至「精神淪亡」[46]。在他看來，這是「呼維新既二十年，而新聲迄不起於中國」的真正原因。魯迅由此感慨道：「夫如是，則精神界之戰士貴矣」[47]。正是出於這樣一種原理性認知，魯迅大聲呼喚中國的精神界之戰士，並為之奉獻了終生的熱情與力量。

　　從魯迅啟蒙主體論的詩學原理看，「立人」的命題即使還沒有明確提出，其思想早已全部包孕於「心聲」的表達之中。在由「心」而「聲」、由「心聲」而「立人」的啟蒙邏輯中，「心聲」是「立人」內蘊豐富的前提，「立人」是「心聲」更為鮮明的主題；如果說「心聲」顯示出「精神界之戰士貴矣」的崇高地位，「立人」則明確了精神界之戰士再舉「第二維新之聲」的光榮使命。在這樣的意義上，魯迅的詩學思想構成了啟蒙主體論的基本原理，而啟蒙主體論也同時構成了魯迅詩學思想的基本原理，從而以一種相互原理性的方式存在於魯迅的文學中。面對「家國荒矣」的憂患，魯迅發出這樣的召喚：「今索諸中國，為精神界之戰士者安在？有作至誠之聲，致吾人於善美剛健者乎？有作溫

---

[45] 魯迅：《墳・摩羅詩力說》，《魯迅全集》第1卷，第71頁。
[46] 魯迅：《墳・摩羅詩力說》，《魯迅全集》第1卷，第99頁。
[47] 魯迅：《墳・摩羅詩力說》，《魯迅全集》第1卷，第99頁。

煦之聲，援吾人出於荒寒者乎？」[48]這種發自「誠與愛」的「沉痛著大之聲」正是魯迅希望用來「破中國之蕭條」的「先覺之聲」，也正是其啟蒙主體論的詩學原理淋漓盡致的發揮與表達。

3、一種命運：啟蒙詩學的理論譜系

召喚中國的「精神界之戰士」是魯迅在經歷了棄醫從文的自我覺醒後發出的第一聲吶喊，也奠定了魯迅終其一生的啟蒙與詩學理想。作為一種基本原理，魯迅的啟蒙主體論與詩學視野貫穿於《摩羅詩力說》全篇，也貫穿於此後的其他各篇。《科學史教篇》與《文化偏至論》、《破惡聲論》等篇所論科學、文化、思潮諸事，皆是這一原理在不同方面的具體闡釋與延伸。《科學史教篇》的題目別有意味，其主旨不是讚美「科學之進步」而是總結趨於「實利」而「偏倚」的教訓，以突出「精神漸失」的問題與文藝的重要性。在魯迅看來，「尊實利可，摹方術亦可」，但如果僅眩目於實業結果而忽視「精神」這一「本根之要」，則會發生「蓋末雖亦能燦爛於一時，而所宅不堅，頃刻可以蕉萃」的問題。他警告說：「蓋使舉世惟知識之崇，人生必大歸於枯寂，如是既久，則美上之感情漓，明敏之思想失。所謂科學，亦同趣於無有矣。」[49]魯迅由此提出的「致人性於全」的理想，其實正發端於《摩羅詩力說》中「目奪於實利，智力集於科學」之論；而其中的枝葉與本根、科學與精神之辨，也正來源於其詩學原理中的外形與內質、實利與詩力之辨。

《文化偏至論》與《破惡聲論》對「以富有為文明」、「以路礦為文明」、「以眾治為文明」之類的新學說批判最為激烈，

---

[48] 魯迅：《墳・摩羅詩力說》，《魯迅全集》第1卷，第100頁。

[49] 魯迅：《墳・科學史教篇》，《魯迅全集》第1卷，第35頁。

稱之為必須破除的「惡聲」，人們也因此多以為魯迅是反對新學的。其實，魯迅自己也是主張新學說的，何嘗對新學說本身發生反感？仔細辨別，我們就會發現一個富有意味的現象：魯迅在用詞上讚美「新聲」而厭惡「新學」。「新聲」與「新學」二語之間用意微妙而深刻，「新聲」出自「心聲」的需求，有著主體的精神自覺，而「新學」往往是「引文明之語」的「耳食」之說，「近不知中國之情，遠復不察歐美之實，」[50]缺乏主體的比較意識。出於一種詩性敏感，魯迅在「競言」富強的「擾攘」中所覺察的是中國「依然寂寞而無聲」的問題，所憂慮的是國人面對新學毫無「比較」與「自覺」意識的主體性缺失，即所謂：「本根剝喪，神氣旁皇」，「心聲內曜，兩不可期」[51]。如前所述，如果主張「新學」的人仰慕「新學」卻不具備相應的「新精神」，就難以發出「新聲」，結果不僅無助於解決舊問題，反而會增添新病症，亦即：「往者為本體自發之偏枯，今則獲以交通傳來之新疫，二患交伐，而中國之沉淪遂以意速矣。」[52]從這個意義上講，魯迅的批評重心不是「新學」而是主張「新學者」，其落腳點還是一個直指人之主體精神的「心」字，仍不脫啟蒙主體論的詩學原理範圍。由此觀之，魯迅在留日時期相繼提出「根柢在人」、「首在立人」、「主觀與自覺之生活」、「掊物質以張靈明，尊個性而張精神」、「偽士當去，迷信可存」、「人各有己，不隨風波」等諸多富有啟蒙意義的命題，看似石破天驚，實為題中之義。在這其中，「立人」是魯迅詩學思路的最大發現，也是魯迅詩學的核心主題。

---

[50] 魯迅：《墳・文化偏至論》，《魯迅全集》第1卷，第45頁。
[51] 魯迅：《墳・破惡聲論》，《魯迅全集》第8卷，第23、26頁。
[52] 魯迅：《墳・文化偏至論》，《魯迅全集》第1卷，第57頁。

　　啟蒙詩學在魯迅思想中的原理性存在，意味著詩學視野構成了其思想表達的一種基本方式，啟蒙主體論也成為貫穿其文學始終的一條基本線索。在這個意義上，由「心聲」而「立人」的啟蒙主體論為魯迅的文學奠定了思想基石，也為中國新文學的啟蒙傳統奠定了思想基石。在魯迅留日時期所發生的詩學思想中，我們可以找到五四文學革命遙遠的發端。揭開五四文學創作序幕的《狂人日記》之所以在開端就顯示出一種成熟，「頗激動了一部分青年讀者的心」[53]，不正是「攖人心」的詩學理想與中國現實的一種碰撞嗎？而在早已深入人心的「狂人」形象與「吃人」寓言那裡，不正也可以感受到「摩羅詩人」的精神投影與「立人」的思想回聲嗎？沒有孕育已久的啟蒙詩學原理，很難想像魯迅一開筆就會有「表現的深切和格式的特別」。然而值得深思的是，儘管魯迅的文學創作以其對現代中國的深刻影響而具有了普遍的文學史意義，其後的啟蒙詩學原理並沒有得到充分而全面的重視。縱觀魯迅身前身後的文學史，張揚主體精神的啟蒙詩學可謂飽受磨難，命運多舛，其理論譜系儘管有所延續而始終難以連貫，並未形成一種相對穩固的詩學傳統和理論譜系。魯迅發出「立人」的詩學之聲在競言富強的年代是「寂寞」的，回國後又在「無聲」中經歷了十年沉默，直到五四文學革命運動時期，周作人發表《人的文學》、《新文學的要求》等系列文論，對魯迅的啟蒙詩學開始有了一種新的承揚。而到了革命文學時期，儘管魯迅始終堅持自己的詩學思想，諸如不做「大眾的戲子」的說法，在左聯成立大會上發表「應當造出大群的新的戰士」[54]的講

---

[53]　魯迅：《且介亭雜文二集・〈中國新文學大系〉小說二集序》，《魯迅全集》第6卷，第243頁。
[54]　魯迅：《二心集・對於左翼作家聯盟的意見》，《魯迅全集》第4卷，第

話，以「革命人」的主體論反對「先掛出一個題目」的題材論：
「我以為根本問題在作者可是一個『革命人』，倘是的，無論寫
的是什麼事件，用的是什麼材料，即都是『革命文學』。從噴泉
裡出來的都是水，從血管裡出來的都是血。」[55]但是，在連啟蒙
詩學中的人道主義、個性精神、自由意志都要被清算的革命詩學
那裡，這種始終被排斥的「詩人之聲」又如何能為那些自居正
統的「革命工頭」們聽取與接受呢？在魯迅之後，胡風又相繼提
出「主觀戰鬥精神」、「精神奴役底創傷」、「哪裡有生活，
哪裡就有鬥爭，有生活有鬥爭的地方，就應該也能夠有詩」等論
說，以一種近於偏執的精神發揚了魯迅啟蒙詩學原理中的部分命
題，儘管其視野相比魯迅要褊狹許多，仍遭遇正統派對待異端式
的清算，直至釀成全國性的思想冤獄。他在上呈中共中央的三
十萬言書中開首一句「不準討論」[56]，道盡了一種阿Q式的「不
准革命」的辛酸。儘管「主體」與「主觀」在其西學語境中本
來就是同一個詞，但在純粹的詩學探討已經被意識形態之爭所替
代的中國語境裡，主體論及其相關的人性論、人情論仍是帶有高
度危險性的題目。在經歷了人性普遍貧困的種種運動後，新時期
文學以一種悲劇迴圈的宿命重新張揚主體精神與人道主義，魯迅
備受忽視與歪曲的「立人」思想才被當代的學者們乃至當年的論
敵們重新發現，並成為「新」的精神資源。在李澤厚、劉再復、
高爾泰、魯樞元等學者的文論中，我們依稀可以看出一條魯迅詩
學譜系的精神線索。當然，這條常常遭遇外力打擊、扭曲而被迫
中斷、變化的理論線索不可能是清晰的，也不可能是單純的。一

236頁。
[55] 魯迅：《而已集·革命文學》，《魯迅全集》第3卷，第544頁。
[56] 胡風：《胡風三十萬言書》，第44頁，武漢：湖北人民出版社2003年。

百年前，魯迅感慨「先覺之聲，乃又不來破中國之蕭條也」，在《摩羅詩力說》一文的結尾中歎息說：「然則吾人，其亦沉思而已夫，其亦惟沉思而已夫！」這樣沉重的結尾，對於魯迅詩學譜系的未來命運來說，還只是一個漫長的開始。

三、「棄醫從文」：魯迅文學的內部起源

　　「棄醫從文」是魯迅留日時期開始走向文學啟蒙之路的一種經典說法，這一「文學常識」在被納入國家教育體制後廣為普及與傳播，早已深入人心。但是，正像日本學者柄谷行人在《日本現代文學的起源》一書中所指出的，當某種觀念一經確立，成為不證自明的東西，其「起源」便會被忘卻，真相便會被遮蔽，理解也隨之會發生「顛倒」。這並不是說，「棄醫從文」的結論有什麼問題，而是說，當「棄醫從文」越來越成為一種無需分辨的普遍前提時，它可能會離魯迅文學發生的歷史現場越來越遠，逐漸成為一種抽象而模糊的東西。也許，越是習而不見的問題，「顛倒」的錯覺現象才會更為嚴重吧。

1、1903到1907：棄礦學醫的「沉默」

　　對於魯迅留日時期的文學活動，人們普遍看重他在1907年前後的文章。一般的看法是，魯迅在棄醫從文後思想已經發生了重大轉變，1903年前後的初期文章已不具有代表性了。魯迅留學後期的文章幾乎集合了青年魯迅的思想精華，也充分展現了其獨特的思想個性與精神氣質，但這並不意味著1907年的魯迅與1903年的魯迅就此切斷了聯繫。青年留學生的思想總會發生這樣或那樣的變化，問題是，這種變化是在什麼意義層面上完成的？是一種

捨棄，還是一種揚棄？是一種告別，還是一種繼續？儘管期間所發生的幻燈片事件已被人們無限放大，但其意義同時也被高度簡化了。

　　在閱讀魯迅留學前後期的文章時，我並沒有獲得人們常說的那種截然分裂的感覺，恰恰相反，我覺得它們在思想精神方面存在著某種深刻的一致性與延續性。這可以從幾個方面來說明。其一，不管前後具體主張發生了怎樣的變化，救亡精神與富強思想一直為魯迅所堅持。魯迅批判現代化學說，並沒有否定富強觀念，而是要為其建構相應的現代精神。事實上，魯迅在1903年的《斯巴達之魂》、《中國地質略論》中極力張揚的救亡精神與富強思想在1907年後的文章中仍然存在，並未放棄，也不可能放棄。其二，人的內面精神是魯迅始終關注的基本問題，並不是從1907年後才開始的。儘管在1903年提筆寫作的時候，魯迅的文章主題也無非是富國強兵，但魯迅的目光始終沒有離開人的精神問題。《斯巴達之魂》頌揚「武士之魂」，其實就是一種「精神」鼓動：「激戰告終，例行國葬，烈士之毅魄，化無量微塵分子。隨軍歌激越間，而磅礴戟刺於國民腦筋裡。而國民乃大呼曰，『為國民死！為國民死！』」。這樣激情飛揚的文字貫穿於全文的始終。即使在介紹中國地質分佈概況的《中國地質略論》中，魯迅仍「不覺生敬愛憂懼種種心，擲筆大歎」，提出了「因迷信以弱國」，以及「斬絕妄念，文明乃興」的問題；而在《說鈤》這樣的純科學論文中，魯迅首先所稱讚的也是科學發現背後的「懷疑」精神，並期望「思想界大革命之風潮，得日益磅礴」，這與後來從思想精神方面來反思科學史教訓的《科學史教篇》是同樣的邏輯。其三，魯迅對於自己的「少年之作」，並無否定與「後悔」之意，相反，是極為珍愛的。直到1934年末，他在楊霽

雲為自己所編的《集外集》作序時，特意為編入的1903年的《斯巴達之魂》與《說鉀》兩篇文言文解釋說：「我慚愧我的少年之作，卻並不後悔，甚而至於還有些愛，這真好像是『乳犢不怕虎』，亂攻一通，雖然無謀，但自有天真存在。」[57]誠然，像更多學者所指出的，魯迅的文章在1907年後也發生了許多變化，比如，錢理群（1939- ）先生指出魯迅文章的中心詞出現了從「國民」到「個人」的概念轉移[58]，基本態度也從單純頌揚走向了反思批判。但我們同時也應看到，魯迅思想在變化中也存在著一種內在聯繫，對一些基本問題繼續保持著自己一以貫之的關注。魯迅留學後期的問題重心雖然出現了向「個性」、「神思」方面的深刻轉移，但「張精神」的基本觀念仍然以一種新的方式與態度存在和延續著。在這個意義上，與其說魯迅的思想發生了一種根本轉變，不如說是從「天真」走向了成熟。

袁可嘉（1921-2008）在談到新詩必須現代化的問題時指出：「正如一件有機生長的事物已接近某一蛻變的自然程式，是向前發展而非連根拔起。」[59]其實，不獨詩歌發展，人的思想成長亦是一種「蛻變」過程：一方面，一些不合乎自身需要的外殼性的東西會脫落；一方面，一些內在基因性的東西也會在機體的更新中得到延續。而在這一去殼化的過程中，隨著外殼性東西的不斷脫落，真正屬於自己的原質性的東西才會逐漸顯露出來，並獲得一種新的生長。所以，思想走向成熟應該是一種複雜的雙向運動，既包含著對舊我的一種前進性的告別，也包含著對原我的一種回溯性的尋根；而思想成熟的內涵也在於能夠獲得自覺，尋

---

57 魯迅：《集外集·序言》，《魯迅全集》第7卷，第5頁。
58 錢理群：《與魯迅相遇》，第69頁，北京：三聯書店2003年。
59 袁可嘉：《新詩戲劇化》，載1948年6月《詩創造》第12期。

找到真正屬於自己的一種原質性、根本性的東西。在這樣的意義上，我反對把魯迅思想的發展理解為一種瞿秋白式的「從……到……」的不斷拋棄舊我、一味前行的過程，而認同許壽裳（1883-1948）更接近魯迅思想實際的解釋：「思想只管向前邁進，而主義卻是始終一貫的」[60]。有所變化，也有所堅持；有所放棄，也有所承揚，這才是思想成熟的完整含義。

　　如果說思想成熟意味著某種基因性的東西會得以保存與延續，那麼這種思想基因就必然是某種具有決定意義的東西。竹內好（Takeuchi Yoshimi，1908-1977）以自己細膩敏銳的文學直感，覺察到魯迅在北京S會館的蟄伏時期，「在沉默中抓到了對他的一生來說都具有決定意義，可以叫做『回心』的那種東西。」他認為，憑藉一種近乎宗教懺悔體驗的「回心」，魯迅找到了「成為其根幹的魯迅本身，一種生命的、原理的魯迅」[61]。至於「『回心』的那種東西」是什麼，竹內好不願意把精神問題實體化，所以語焉不詳，只模糊地稱其為魯迅一生所背負的「一個影子」。同時，竹內好也固執地認為，魯迅思想的「決定性時機」只能在S會館，「我想像不出魯迅的骨骼會在別的時期裡形成。」這樣的「想像」性描述未免有些武斷。因為對具有強烈的自我反思意識的魯迅來說，思想是一個不斷成長的過程，而非可以一次完結的目標，這意味著魯迅一生中會經歷不止一次的「決定性時機」，「回心」也會在不同階段的「決定性時機」

[60] 日本學者北岡正子在《我對〈我所認識的魯迅〉的異議》一文中指出，這句話在大陸出版的《我所認識的魯迅》一書中被刪掉了。在李新宇看來，刪掉的一個原因就是它與瞿秋白的從進化論轉向階級論、從個人主義轉向集體主義的權威政治解釋是不一致的。參見李新宇：《魯迅的選擇》，第53頁，鄭州：河南人民出版社2003年。

[61] 竹內好：《近代的超克》，李冬木等譯，第45頁，北京：三聯書店2005年。

發生[62]。實際上，早在1903年到1907年間，魯迅就經歷過一段不算短暫的寫作沉默期，其直接結果便是棄醫從文的發生。如果說「回心」的意義是伊藤虎丸所理解的一種「類似於宗教信仰者宗教性自覺的文學性自覺」[63]，那麼這一事實在魯迅留日時期早已發生。至於後來的S會館，不過是「回心」現象的再一次發生。而且，如果沒有棄醫從文的上一次，大概也不會有S會館抄古碑的下一次。因此，與其說S會館時期的沉默對魯迅思想的形成具有一種「原點」或「原理」意義，還不如說棄醫從文之前的中斷寫作更值得人們「索源」與「尋根」。

從1903年後停止寫文章，再到1907年重新開始寫作，魯迅前後經歷了四年左右的沉默時期。在此期間魯迅除了翻譯《地底旅行》、《造人術》等一些科幻小說，與顧琅合編《中國礦產志》外，基本停止了個人的文章寫作。剛剛滿懷激情為《浙江潮》寫出系列時論文章，就突然中止了自己興趣正濃的寫作，不也是很奇怪的事情嗎？我不否認，魯迅在1904年去仙台學醫是停止寫作的直接原因，但我不認為，這種表像的東西能成為魯迅中止寫作的內在根據。一個奇怪的事實是，礦路學堂出身的魯迅在1903年的《中國地質略論》中，曾將中國的衰弱歸為「地質學不發達故」，並為此大聲疾呼，極力鼓吹地質學家的重要性，所以有這樣的感歎：「嗚呼，今竟何如？毋曰一文弱之地質家，而眼光足跡間，實涵有無量剛勁善戰之軍隊。」而且，魯迅按規定也應該在弘文學院畢業後升入東京帝國大學工科所屬的採礦冶金科學

---

[62] 參見汪衛東：《魯迅的又一個「原點」：1923年的魯迅》，《文學評論》2005年第1期。

[63] 伊藤虎丸：《魯迅、創造社與日本文學》，李冬木等譯，第138頁，北京：北京大學出版社2005年。

習，但在第二年，魯迅就放棄了自己極為看重且成績優異的礦學專業而改選了相對陌生的醫學專業。這其中，想必也隱伏著一種精神的衝突與掙扎吧。

魯迅當時大概沒有向人提及自己學醫的動機，因為他此時關係最密切的朋友許壽裳和二弟周作人的看法，也都是通過魯迅後來的回憶文章來轉述的。直到1922年末，魯迅在為自己的第一部小說集《吶喊》寫序時才首度提及這個問題。對於自己的學醫，魯迅的回憶從個人情感敘事出發，由寫「父親的病」被中醫所誤帶來的內心傷痛，最終上升到一種救治國家的責任，其中既張揚著「救治像我父親似的被誤的病人的疾苦，戰爭時候便去當軍醫」的報國志願，同時也隱含著「促進了國人對於維新的信仰」的啟蒙意圖[64]。在這兩種敘事中，救亡與啟蒙的宏偉敘事最容易引起共鳴，也成了一種最獲認同的權威解釋。但這樣的解釋仍然不能讓人信服。醫學與礦學同屬現代科學，在魯迅的觀念中，所有的科學不都是有助於「維新的信仰」嗎？如果說學醫是為了救國的話，魯迅不也同樣表達過礦學救國的熱情嗎？而如果是為了救國的話，魯迅又何必放棄自己更為熟悉、成績也更為出色的礦學專業呢？不可否認，救國是魯迅學醫的一個最崇高的理由，但它顯然不能成為魯迅放棄礦學的內在根據。有意味的是，魯迅在自序只談到了自己學醫的目的，卻一點也沒有說明自己放棄礦學的動機。當一個中年人隔著二十年的歲月風塵回憶自己「在年青時候曾經做過的許多夢」時，留下的文字也一定是「偏苦於不能全忘卻」而最刻骨銘心的部分。對於魯迅來說，纏繞於記憶中的始終是「父親的病」，談礦路學堂卻是這樣突兀的一句：「生理

---

[64] 魯迅：《吶喊・自序》，《魯迅全集》第1卷，第416頁。

學並不教，但我們卻看到些木板的《全體新論》和《化學衛生學》之類了」[65]。所記住的竟然是課堂上並不講授的生理學與相關書籍，這說明，修習了三年之久的礦學專業在他心中沒有留下什麼痕跡，而由「父親的病」帶來的長久的心靈創痛，使得課堂之餘自修的生理學知識，反而能夠產生巨大的震驚體驗，並由此「悟得」許多東西。魯迅後來決心學醫，是希望「救治像我父親似的被誤的病人的疾苦」，同時也是希望療救自己受傷的心吧。所以，同屬於科學救國，真正觸動魯迅內心並有所感悟的，是醫學；至於礦學，還只是停留在理論主張的層面，未能深入魯迅的內心。用魯迅的話來說，自己的學醫，是很早以來就在內心醞釀的一個「夢」，不是到日本後才突然做出的決定。從這方面說，決定魯迅取捨的根本之處不在於何種學科對中國的維新與富強更為重要，我們也無法判斷何種學科更能滿足魯迅內心的渴求。從「回心」的意義來說，尊重自己的願望，而非外界需求，更非世俗名利，這還不能說是思想成熟的結果，但至少是思想開始走向成熟的一種表現。正因為如此，在那些只為鍍金做官的留學生同胞「咚咚咚」的跳舞聲中，魯迅毅然遠離了繁華熱鬧的東京，隻身去了地處東北的偏僻小城仙台。當一個人甘願孤獨，不惜將自己邊緣化，除了有一顆堅強而自覺的內心，也必定有一個堅強而自覺的理由吧。

2、棄醫從文：「寂寞」中的「自覺」

當我們明白了這一點，魯迅在棄礦從醫後再棄醫從文也就不難理解了。魯迅在回憶中說：「在東京的留學生很有學法政理

[65] 魯迅：《吶喊・自序》，《魯迅全集》第1卷，第416頁。

化以至員警工業的，但沒有人治文學和美術」，文藝的空氣是極為「冷淡」的[66]。從冬天極為寒冷的偏僻小城，再到周邊氣氛更為冷淡的文藝運動，這樣的選擇在外人看來完全不合常理，更何況魯迅自己也時時感覺到一種「如置身毫無邊際的荒原」之上的「寂寞」與「悲哀」[67]。對於棄醫從文這一顯得多少有些突然的決定，魯迅解釋說，是講堂中的幻燈片事件讓自己改變了看法。在後來的《藤野先生》一文中，魯迅又重複了這種說法。看來，幻燈片事件的確給他帶來了強烈的精神衝擊。但幻燈片事件無論對魯迅產生多大的影響，這種宏偉的民族國家敘事都屬於一種外部刺激，難以說明魯迅如何獲得文學性自覺的內部問題。而且，經歷了「五四」啟蒙運動之後的魯迅在此時思想也發生了新的變化，幻燈片事件作為一種歷史回顧的高度性提煉，其間隔了二十多年，不可避免地帶有現在的思想痕跡，也不可避免地遺漏了其他一些重要的事實與細節。

　　最原初的東西不一定是最成熟的，但一定是最真實的，也最可能揭示出魯迅思想中的一種根本性、原理性的東西。幸運的是，魯迅沉默時期由別人保存下來的書信可以提供這方面的線索。魯迅在留日時期留下的唯一一封書信是致友人蔣抑卮的，寫於1904年10月8日，距魯迅入仙台學醫正好一個月的時間。因為是私人寫作，魯迅的文字嬉笑怒罵，毫無遮掩，其中也非常直率地談到學醫的感受：「校中功課，只求記憶，不須思索，修習未久，腦力頓錮。四年而後，恐如木偶人矣。」信末又再次感歎說，譯書之事「竟中止，不暇握管。而今而後，只能修死學問，

---

[66] 魯迅：《吶喊‧自序》，《魯迅全集》第1卷，第417頁。
[67] 魯迅：《吶喊‧自序》，《魯迅全集》第1卷，第417頁。

不能旁及矣，恨事！恨事！」[68]由此看來，魯迅對學醫的不滿與抱恨態度從一入學就開始了，幻燈片事件不過是這種態度在長期積累後的總爆發。魯迅的不滿與失望當然不是因為醫學這門學科，而是因為學醫的方式。如果說魯迅所期望的學醫是「只求記憶，不須思索」，「只能修死學問，不能旁及」，他所擔心的「修習未久，腦力頓錮。四年而後，恐如木偶人矣」，就絕不僅僅是一時情緒和牢騷的發洩。學醫的正業是魯迅在父親病故後內心鬱積日久的夢想，而「旁及」的翻譯卻是魯迅自己真正感興趣的事情，當魯迅發現學醫本身並不符合自己當初「完美」的設想與預期，甚至背道而馳的時候，內在的精神衝突一定會來得更為強烈。儘管魯迅一直在勉力用功，但當學習本身的興趣與意義早已喪失的時候，最初由「父親的病」而來的學醫動力恐怕不會再有往日那樣非如此不可的執著與強烈了。更深層的問題是，學醫雖然是出自魯迅的一種願望，但未必適合自己的天性。魯迅將自己的學醫稱為「我的夢」，但實際上，這樣的夢一直籠罩著父親的影子。多年之後，魯迅在回憶父親去世前不斷喘氣的痛苦景象時仍滿懷愧疚與自責地說，「我很愛我的父親」[69]。可以想見，魯迅當年毅然棄礦從醫，遠走仙台，也是帶著一種「贖罪的自覺」的，而「救治像我父親似的被誤的病人的疾苦」便是最基本的精神支撐。這樣的意願看起來似乎是出自魯迅的本心，其實質不過是來自一種被中醫耽誤的父親在九泉之下由此可以得到安慰的想像性期待。當來自他人的期望與自己的本性發生格格不入的衝突時，魯迅所背負的外殼性的東西一面會讓他煩惱，內屬於自己的本源性的東西一面也會逐漸覺醒。從這個方面說，假如沒有

---

[68] 魯迅：《041008致蔣抑卮》，《魯迅全集》第11卷，第322頁。
[69] 魯迅：《朝花夕拾‧父親的病》，《魯迅全集》第2卷，第288頁。

幻燈片事件，棄醫從文或遲或早也會發生，而幻燈片事件在這一過程中所扮演的角色，不過是促使魯迅在猶豫與矛盾中做出了屬於自己的最後選擇或最終決定。正如許壽裳指出的：「這電影不過是一種刺激，並不是惟一的刺激」[70]。

魯迅在仙台時最敬重的老師藤野先生（藤野嚴九郎，Fujino Genkuro，1874-1945）多年後對魯迅讀書的勤奮與用功仍留有非常深刻的印象：「在教室裡十分認真地記著筆記」，「在聽講義的時候是非常努力的」。但也似乎覺察到魯迅內心的勉強與不快樂。他在回憶中說：「現在想起來，無論如何，研究醫學總不是他由衷的目的罷」[71]。對於在老師眼中如此「認真」、「努力」的魯迅來說，退學的決定就像他當初入學的決定一樣，態度也一定是認真的，所以也只能從魯迅的內心需求來尋找他棄醫從文的理由。而當魯迅決定要放棄學醫的時候，這也意味著他可能找到了一種可以安身立命、真正屬於自己的原理性的東西；否則，此前的棄醫從文就沒有必要發生，此後的棄文選擇也可能會延續下去，但顯然，類似棄醫從文的新的矛盾與衝突並沒有像過去那樣頻繁發生。

「提倡文藝運動」儘管是在一種冷淡的空氣中進行的，但魯迅顯然走出了內心的困擾，他給自己計畫創辦的雜誌取名「新生」，其中也間接表達出了棄醫從文後如獲「新生」的心情。有意味的是，魯迅即使在此後屢屢遭遇挫折與打擊，創辦文學雜誌「創始時候已背時，失敗時候當然無可告語」，翻譯《域外小說

---

[70] 許壽裳：《我所認識的魯迅》，《魯迅回憶錄·專著》（上冊），第457頁，北京：北京出版社1999年。

[71] 藤野嚴九郎：《謹憶周樹人先生》，《魯迅回憶錄·散篇》（下冊），第1509、1510頁，北京：北京出版社1999年。

集》僅售二十餘本，回國後「為各自的運命所驅策」，更是經歷了漫長的十年沉默，他似乎從未想過放棄。在1926年，經歷了兄弟失和與「五四」落潮的魯迅心情更為暗淡，他在寫於深夜的回憶文字中說：寫作「讓我的生命的一部分，就這樣地用去了」，「逝去，逝去，一切一切，和光陰一同早逝去，在逝去，要逝去了。──不過如此，但也為我所十分甘願的。」[72]儘管魯迅已切實體驗到「如置身毫無邊際的荒原，無可措手」的荒原感，但他還是甘願讓「寂寞」的文學命運去伴隨自己的一生：「這寂寞又一天一天的長大起來，如大毒蛇，纏住了我的靈魂了。」當一種選擇「如大毒蛇」般纏住人的靈魂，而這人寧願忍受失敗的痛苦也不願意放棄，這一定是他終生擺脫不掉的原質性的東西了。魯迅承認自己的學醫夢想是「幼稚」的，這「幼稚」，從思想成長的意義來說，就在於他還沒有走出父親的病亡給自己帶來的心理陰影，還停留在一種要為別人做什麼而非自己能做什麼的思想階段，還不能獨立應對真正屬於自己的問題。這也正是康德所說的一種自我意識缺失的「不成熟」狀態[73]。與此形成鮮明對照的是，魯迅一直在反省文學命運的失敗與寂寞，卻從來沒有覺得自己選擇文學是「幼稚」的。魯迅在內心反復咀嚼「自以為苦的寂寞」，結果不是在文學之外做出新的選擇，而是在文學之內獲得了一種自我的覺醒：「雖然自有無端的悲哀，卻也並不憤懣，因為這經驗使我反省，看見自己了」[74]。這說明，在文學那裡，魯迅找到了真正屬於自己的一種「生命」、「原理」性的東西。

---

[72] 魯迅：《墳·寫在〈墳〉後面》，《魯迅全集》第1卷，第283頁。

[73] 康得：《對這個問題的一個回答：什麼是啟蒙？》，詹姆斯·施密特編：《啟蒙運動與現代性》，第61頁。

[74] 魯迅：《吶喊·自序》，《魯迅全集》第1卷，第417頁。

　　從學礦到學醫，再從學醫到學文，魯迅的選擇越來越冷門，越來越脫離實用，也越來越形而上，不要說現在的實利化時代，就是當時看來也不可思議。周作人回憶說：「其時留學界的空氣是偏重實用，什九學法政，其次是理工，對於文學都很輕視，《新生》的消息傳出去時大家頗以為奇」[75]。這和魯迅的描述是一致的。「大家頗以為奇」，是因為人們一般都從實際利益的角度考慮問題，所以他們向魯迅提出的問題就是：「你弄文學做甚，這有什麼用處？」對於這種直指「用處」的質疑，魯迅也不得不用「好處」來回答：「學文科的人知道學理工也有用處，這便是好處」[76]。對於滿腦子實學觀念的人來說，他們當然不會明白「不用之用」的詩學選擇究竟是為了什麼，更不會明白文學在魯迅生命中的原理性意義。但在魯迅這裡，詩學選擇卻是一個思想走向成熟的精神提升過程，通過不斷的去殼化，魯迅終於做出了完全屬於自己的決定，也終於獲得了他自己。

　　魯迅在回憶中將中國人體格健壯與神情麻木相對照的描述方式，賦予了棄醫從文一種無可置疑的正當性與合法性。在啟蒙敘事的邏輯中，「改變精神」當然是「第一要著」，「覺得醫學並非一件緊要事」也是一種誠實的說法。但人們似乎因此忽略了一個事實：這種異常清晰的啟蒙邏輯是魯迅在時隔二十年後思想更為成熟的情境下概括出來的，是一種理性認知的結果。按理說，魯迅最初的思想反應，應該是情感居多和相對模糊的。就像竹內好所指出的，幻燈片事件給魯迅的精神刺激和此前的漏題事件一樣，首先應該是一種「中國是弱國」之類的民族屈辱感。否則，魯迅也不會在幻燈片事件過後將近一年的時間才下定決心，放棄學醫。

[75]　周作人：《關於魯迅之二》，止庵編：《關於魯迅》，第501頁。
[76]　周作人：《關於魯迅之二》，止庵編：《關於魯迅》，第502頁。

　　無論如何，啟蒙與救亡都是一種為國為民的宏大敘事，是那一時代青年所熱議的共同話題，這也許能夠說明魯迅對於時代使命的一種普遍承擔，卻不能說明魯迅如何獲得自己的個性問題。當魯迅指出「我們的第一要著，是在改變他們的精神」時，這樣的啟蒙表述是魯迅作為啟蒙者（「我們」）與啟蒙物件（「他們」）建立的一種指向外部世界的聯繫，而魯迅的「自序」在某種意義上也是一種面向啟蒙大眾的有選擇性的表述，不可能觸及魯迅個人的內心世界與思想發生的全過程。如果從啟蒙主義的外部聯繫來看魯迅的棄醫從文，就必然是醫學與文學何者更為重要的問題，這樣的理解並沒有錯，而且，魯迅也是以是否「緊要」來解釋自己的啟蒙動機的：「我們的第一要著，是在改變他們的精神，而善於改變精神的是，我那時以為當然要推文藝，於是想提倡文藝運動了。」但問題是，推動啟蒙運動為什麼「當然要推文藝」，而非文藝之外的其他形式？這「當然」的依據又從何而來？如果說精神比肉體更為重要這個前提成立的話，魯迅不是也知道「日本維新是大半發端於西方醫學」，不是也認為醫學可以促進「國人對於維新的信仰」嗎？而且，在促進「信仰」與救治「疾苦」兩方面，醫學不是比文學更能讓「我的夢很美滿」嗎？更何況，魯迅的文學動機也不全然是「啟蒙主義」與「為人生」，否則，如何理解魯迅對夏目漱石「有餘裕的文學」與「不觸著」的欣賞？[77]如何理解詩人應「如黃鶯一樣，因為他自己要歌唱，所以他歌唱，不是要唱給人們聽得有趣，有益」[78]的說法？顯然，如果僅從何者更為重要的啟蒙意圖和理性認知來看問題，而不涉入主體的內心因素，棄醫從文的解釋就顯得漏洞

---

[77]　魯迅：《譯文序跋集》，《魯迅全集》第10卷，第221頁。
[78]　魯迅：《墳・娜拉走後怎樣》，《魯迅全集》第1卷，第159頁。

百出，不能圓滿。其實，是文學重要還是科學重要是一個言人人
殊、永遠無法達成共識的問題，每個人都可以提出自己的解釋，
每種解釋也都可以提出自己的理由。當一個人做出了合乎自己內
心需要的選擇，那麼這選擇在他自己看來也一定是非常重要的
了。魯迅在選擇學醫的時候提出了非常重要的理由，在放棄學醫
的時候同樣也提出了非常重要的理由，就是這個道理。所以，理
解一種選擇是否重要的關鍵問題在於，哪一種選擇更適合自己的
內心需要。很難想像，沒有一種內在的文學氣質，沒有一種原生
性的觸發點，魯迅會產生一種「當然要推文藝」的理所當然的想
法。從這方面說，忽視主體的內心因素，而將棄醫從文完全視為
一種理念先行的啟蒙規劃，必然會造成理解的「顛倒」問題。

　　從一個人的思想成長來看待棄醫從文的問題，其內涵就不
是一種擱置自我內部意識的純粹理性行為，而是一個在外部世界
的遮蔽中不斷敞開自己的自我覺醒的過程；其意義也不在於魯迅
選擇了文學作為終生的事業，而在於魯迅通過文學選擇回到了他
自己，獲得了他自己。我把魯迅的棄礦從醫與棄醫從文視為一種
思想成熟的表現，是因為在這樣的選擇過程中，魯迅逐漸走出了
他人的影子，而不斷走進了他自己。對有著強烈的中間物意識的
魯迅來說，思想是在不斷發展中形成的，不是在一次性選擇中完
成的。思想成熟的意義是一種獲得自我的機制性的東西，不是一
種將自我思想實體化的東西。在這一過程中，自我是一個基本原
點，是敞開的，不是封閉的，只有這樣，思想才可能體現為一
種不斷發展的過程。魯迅直到「五四」時期還把自己的文學稱
為「未熟的果實」[79]，就是因為沒有把自己的思想實體化、固定

---

[79]　魯迅：《墳‧寫在〈墳〉後面》，《魯迅全集》第1卷，第284頁。

化。在他看來，沒有什麼思想可以稱作最高真理，一旦追求所謂
「止境」，思想的僵化與死期也就不遠了。魯迅欣賞許多思想學
說，卻從來不崇拜一種主義，深層的根據也許就在這裡。同樣，
棄醫從文讓魯迅首先獲得的也是形成自我生命「根幹」與「原
理」的一種文學性自覺，其次才是一種具體化、外在化的文學實
踐活動。所謂魯迅棄醫從文，只是一個簡單而模糊的說法，並不
是我們通常所理解的在醫學與文學之間必須做出取捨的意思，醫
學與文學之間也並非一種絕然對立的關係。事實上，魯迅在「棄
醫」之後，仍從事過與醫學相關的工作，而「從文」之前，早就
開始了自己的文學活動。魯迅棄醫從文是對學醫過程的不滿，不
是對醫學本身的不滿，他放棄了學醫，並不意味著放棄醫學。魯
迅在回國後仍在中學教授過很長一段時期的生物學課程，直到他
去世的1936年，還與人合作編譯了《藥用植物及其他》一書，作
為《中學生自然研究叢書》的一種出版。至於文學，魯迅則很早
就發生了興趣。張協和在《憶魯迅在南京礦路學堂》一文中回憶
說：「魯迅在下課後從不複習課業，終日閱讀小說，過目不忘，
對《紅樓夢》幾能背誦。」魯迅這種「閱讀小說」遠超過「複
習課業」的文學興趣到日本後仍未放棄，還在初入弘文書院時就
購置了大量的日語文學書，「如拜倫的詩，尼采的傳，希臘神
話，羅馬神話等等」，其中還「夾著一本線裝的日本印行的《離
騷》」[80]。許壽裳所讚歎的這種「由於愛好而讀書，絲毫沒有名
利之念」[81]，也正顯露出魯迅內心不可抑制的文學天性與熱情。

---

[80] 許壽裳：《亡友魯迅印象記》，《魯迅回憶錄‧專著》（上冊），第
488頁。

[81] 許壽裳：《我所認識的魯迅》，《魯迅回憶錄‧專著》（上冊），第
489頁。

懷著這樣的性情與志趣，魯迅剛到日本就開始了文學翻譯和寫作；而此後緊張的醫學功課，也難以消磨其濃烈的文學興趣，即使被迫「中止」也始終沒有放棄閱讀與翻譯文學書的願望。由此可見，魯迅的棄醫從文是從學醫轉向學文，而非從醫學轉向文學；是現代知識與個人興趣發生衝突的結果，而非學科間的不能兩立。許壽裳指出魯迅從「決心學醫」轉而「學文學」[82]，是合乎事實的概括。

3、「誠與愛」：文學態度的發生

　　魯迅在棄醫從文之後，仍對包括醫學在內的各類科學保持了高度的關注，並繼續翻譯、編著相關的科學著作，這說明，文學在魯迅那裡首先不是一種可以外化的實體化的文學活動，而是一種內屬於自己的原理性的文學態度。因為這種文學態度是一種具有生命原理性的東西，所以它就成了魯迅理解與認知外部世界的基本原則與出發點，其內涵並不是局限於文學範圍的一種文學觀念，其結果也並不是要專門從事一種文藝運動。正是在這個意義上，竹內好把魯迅稱為「第一義的文學者」：

> 魯迅是文學者，而且是第一義的文學者。這就是說，他的文學不靠其他東西來支撐，一直不鬆懈地走在一條擺脫一切規範、擺脫過去的權威的道路上，從而否定地形成了他自身。雖然因中國文化的後進性而使他的文學沒能豐富地創造出新的價值，但他的非妥協的態度，卻被稱作魯迅精神，並且化為傳統，成為一塊基石，構築著中國文學之作

---

[82]　許壽裳：《回憶魯迅》，《魯迅回憶錄·專著》（上冊），第488頁。

　　　　為近代文學的自律性。魯迅的文學，是質詢文學本源的文
　　　　學，所以，人總是大於作品。[83]

　　竹內好敏銳地覺察到文學在魯迅那裡「不靠其他東西來支
撐」、「形成了他自身」的一種原理性的存在，但描述仍是模糊
的，並沒有真正觸及魯迅如何「質詢文學本源」的問題。同時，
由於他堅持認為S會館時期才是魯迅思想形成的唯一原點，魯迅
留學時期的文學態度就被完全忽略了。

　　如果說棄醫從文是魯迅的一種原理性的文學態度趨向明朗的
表現，那麼他此前的思想活動應該蘊含著這種文學態度的可能，
此後的文章也應該能夠體現這種文學態度。而且，無論魯迅思想
如何發生變化，這種態度作為一種基本原理，也應該是一以貫之
的。有意味的是，許壽裳在兩本回憶錄中都特別提及了一件事：
還在弘文學院讀書期間，魯迅經常與他討論國民性的問題，兩人
談到熱烈動情處，「每每忘了時刻」。許壽裳說，談些別的什
麼，早已記不清了，惟獨這樣的話題讓他終生難忘。正像日本學
者北岡正子所指出的，這個話題後來成了魯迅文學思想的核心，
「決定了他們往後的人生」[84]。如果說父親的病是魯迅選擇醫學
的「決定性事件」，國民性問題的對話就應該是魯迅選擇文學的
「決定性事件」。那麼，在這一具有「決定」意義的對話中，魯
迅文學的原理性態度也一定會隱伏其中。

　　據許壽裳回憶，他和魯迅經常談論的三個相聯的問題是：

---

[83]　竹內好：《近代的超克》，李冬木等譯，第146頁，北京：三聯書店
　　　2005年。
[84]　北岡正子：《我對〈我所認識的魯迅〉的異議》，《魯迅研究月刊》
　　　1997年第4期。

（一）怎樣才是理想的人性？

（二）中國民族中最缺乏的是什麼？

（三）它的病根何在？[85]

　　有意思的是，在兩個青年人雄心勃勃展開討論的三個大問題中，因為問題太大，「其說浩瀚」，只有第二個有相對明確與完整的解答。這就是，中國民族「最缺乏的東西是誠與愛，——換句話說，便是深中了詐偽無恥和猜疑相賊的毛病。口號只管很好聽，標語和宣言只管很好看，書本上只管說得冠冕堂皇，天花亂墜，但按之實際，卻完全不是這回事。」至於國民性中缺乏「誠與愛」的癥結所在，魯迅他們認為因緣很多，但「兩次奴於異族，是最大最深的病根。做奴隸的人還有什麼地方可以說誠說愛呢？」[86]反抗奴役的第三個問題是上承「誠與愛」的話題而來的，回答也是圍繞這個話題展開的。在這些問題中，「誠與愛」顯然是一個居於核心的論題。從許壽裳對魯迅在這些問題上表現出的「理想之高超，著眼點之遠大」而由衷「佩服」可以看出，許壽裳在對話中基本上扮演了一個聽眾的角色，「誠與愛」基本上是魯迅自己的思想。正如許壽裳所說，魯迅「後來所以決心學醫及毅然棄醫而學文學，都是由此出發的。」這就是說，指向國民性問題的「誠與愛」，構成了魯迅思想與文學的基本出發點。在魯迅留學的時代，梁啟超、嚴復等思想界前輩已開始注意到國民性問題的重要性，魯迅與好友談論這個問題，恐怕也是受了這種風氣的影響。但像魯迅這樣做出「誠與愛」的人性思考與解答，並將此問題引向「立人」的啟蒙理想，大概也只有魯迅自己。

---

[85] 許壽裳：《回憶魯迅》，《魯迅回憶錄・專著》（上冊），第487頁。

[86] 許壽裳：《回憶魯迅》，《魯迅回憶錄・專著》（上冊），第487-488頁。

　　之所以有「誠與愛」的獨特發現，除了民族奴役的更為理性的歷史認知，我想恐怕還帶有魯迅自己更多的個人體驗與心理因素。「父親的病」給魯迅的心理傷害與影響是一生無法擺脫的，直到人過中年，魯迅想起自己少年時代奔走在當鋪與藥店的櫃檯間所受的「侮蔑」和「被騙」，仍心有餘痛，難以釋懷。我想，魯迅在與許壽裳談論「誠與愛」的缺失問題時，內心一定纏繞著自己受辱與受騙的影子吧。從這個方面來理解魯迅在少年時代所經歷了「誠與愛」的缺失與心靈創痛，我們就會同樣理解「誠與愛」為何在魯迅內心會形成一種異乎常人的情結。也因此，魯迅被壓抑的內心才會對「誠與愛」產生無比強烈的渴望，對生命的死亡與流血才會有異常尖銳的敏感，對「瞞與騙」也才會有異常憤怒的憎惡。許壽裳說，自己最愛讀的魯迅小說並非《狂人日記》與《阿Q正傳》這樣的名篇，而是一篇並不出名的《兔和貓》。這篇小說描述了幾個小生命毫無聲息的死亡，結末發出「造物實在將生命造得太濫了，毀得太濫了」的感歎，許壽裳認為在這裡「很可以看出他的思想的偉大。」[87]這「思想的偉大」，就在於「誠與愛」的文學態度所表現出的一種深厚而博大的生命情懷吧。

　　據此可知，竹內好覺察到魯迅文學存在著一種「生命原理」而沒有說明的東西，就是「誠與愛」的文學態度。在魯迅這裡，「誠與愛」是緊密相關的一個問題，而不是相互並列的兩個問題。也就是說，「誠與愛」不是可以相互分割的「誠」與「愛」，而是「由誠而愛」或「由愛而誠」的一體兩面的關係。沒有真誠，難以言「愛」；「愛」缺乏「誠」，亦難想像。所以

---

[87] 許壽裳：《回憶魯迅》，《魯迅回憶錄‧專著》（上冊），第488頁。

說，「誠與愛」也不是「誠」聽從「愛」還是「愛」聽從「誠」
的問題，而是互相產生與互相映照的「誠」等於「愛」的問題。
在傳統儒學那裡，雖然也強調「正心誠意」，也強調仁愛之心，
但這是兩個方面的問題，前者是為「治國平天下」做修身準備
的，後者是以民本思想勸誡君王勤政愛民的，都是一種典型的士
大夫的思維模式，也都是為「治民眾者」考慮的。魯迅在民族
危亡的年代不可能擺脫救國救世情懷，但他從個人的人生體驗出
發，關注的是人精神本性的問題，所以才會將「誠與愛」視為一
個問題，以後也才會有「立人」觀念的相繼提出。如果說傳統儒
學的「誠」與「愛」是指向治國治民的兩個老問題，是一種服務
於帝王政治的手段，魯迅的「誠」與「愛」則是指向思想啟蒙的
基本目標，是他思考中國現代性問題的基本出發點。從魯迅此後
的文學與文學之外的活動中，我們處處可以尋索到這一貫穿魯迅
人生始終的基本態度與思想立場。在這個意義上，魯迅被竹內好
稱為「第一義的文人」，不是因為他首先有了文學作品，而是因
為他首先有了這樣一種原理性的文學態度。換言之，我們不是因
為他有了文學作品之後，才稱他為文人；而是因為他首先具備了
一種原理性的文學態度，才稱他為文人。正因為這樣，竹內好
即使不承認魯迅的雜文是一種文學創作，也仍把他稱為「第一義
的文人」。也正因為這樣，魯迅才如他自己所希望的那樣成為
「衝破一切傳統思想和手法的闖將」[88]，大膽質詢文學的虛構性
與種種「小說做法」，文字在雜文、小說、詩歌等不同的文體中
自由穿梭，思想往來於天地與古今之間，嬉笑怒罵，皆成文章。
的確，對內心深懷著「誠與愛」情結的魯迅來說，任何時候，

---

[88]　魯迅：《墳·論睜了眼看》，《魯迅全集》第1卷，第241頁。

「人」都是大於「作品」，文學態度都是大於「文學概論」、
「小說作法」之類的理論教條的。

正是因為內心隱伏著一種「誠與愛」的文學態度，魯迅在
1903年剛開始動筆寫文章的時候，文字與思想雖然還是幼稚的，
卻能在「圖富強」的時代主題中關注人的精神問題，能寫出斯巴
達武士「國以外不言愛」與「愛其妻」的人性衝突，能寫出「吾
廣漠美麗最可愛之中國兮」一類激情洋溢的文字。魯迅後來決心
學醫，是因為內心包含著「中醫不過是一種有益的或無意的騙
子」的誠的感悟，一種由「我很愛我的父親」而來的療救他人疾
苦的愛的情感。在學醫過程中藤野先生的真誠與愛護讓有過心靈
創傷的魯迅極為感動，以致多年後藤野先生看到魯迅將自己「景
仰為唯一的恩師」，竟然感到很驚奇，因為他自己覺得「僅僅給
他看看筆記」，並沒有特意為魯迅做過什麼。[89]一點點真誠與愛
護，就能讓魯迅如此感激，這只能說明，魯迅內心對於「誠與
愛」的態度是如何需要與饑渴。魯迅在學醫過程中不忍解剖婦女
兒童的屍體，不惜美化人體解剖圖的線條，倫理學的副科成績遠
優於解剖學之類的主科成績，也都說明了魯迅的文學本性並不適
合學醫；而漏題事件的欺詐與幻燈片事件的野蠻對「誠與愛」的
感覺的打破，最終使魯迅下定了棄醫從文的決心。至於棄醫從文
的發生，不過是將魯迅過去處於自發狀態、相對模糊的「誠與
愛」的文學態度自覺化，也明朗化了。

自1907年重新拿起筆後，魯迅一口氣寫出了《人之歷史》、
《摩羅詩力說》、《科學史教篇》、《文化偏至論》、《破惡聲
論》（未完）等五篇很有分量的文章。這是魯迅的文學態度在棄

---

[89] 藤野嚴九郎：《謹憶周樹人先生》，《魯迅回憶錄・散篇》（下冊），
第1510頁。

醫從文後的一種急劇釋放與徹底爆發。如前所述，一個值得注意的問題是：魯迅後來將全部完成的前四篇文章收入文集《墳》時，並沒有按照實際的發表時間，而是按照文章的論題類型進行編排的。這樣，《人之歷史》、《摩羅詩力說》、《科學史教篇》、《文化偏至論》的實際順序就被調整為《人之歷史》、《科學史教篇》、《文化偏至論》、《摩羅詩力說》。這樣調整，在魯迅那裡有一種自我總結與整理的意味，也更能清晰地顯示出其由科學而文學的思想線索。問題是，這種非常清晰的思想總結不符合魯迅思想發生的實際，也在一定程度上遮蔽了魯迅文學發生的原始情境與文學態度的原點價值。

在魯迅的這幾篇文章中，《人之歷史》是棄醫從文後的第一篇文章，仍以介紹生物學進化論為主要內容，但與1903年的同類文章相比，這篇科學論文帶有更多的魯迅色彩。生物學知識儘管是討論人類進化史的基礎，但不是魯迅真正關心的問題，其目的與著眼點都在人的精神態度方面。因此，文章開頭就對國人「喜新者憑以麗其辭，而篤故者則病儕人類於獼猴」的不能直面真理的態度提出了批評，隨後則特別強調了人在進化中「人類之能，超乎群動」的主觀能動精神。可以看出，「誠與愛」的文學態度在棄醫從文後有了更為自覺的體現。

相較而言，《人之歷史》還是一篇從科學到文學的過渡性文章，《摩羅詩力說》則具有奠基性的意義。這不只在於它是魯迅的第一篇文學論文，更在於魯迅的文學態度獲得了完整而充分的體現。現在的學者已經注意到「神思」在魯迅文學觀念中的核心意義，但「神思」的內涵與根源則尚未完全觸及。正是在這一點上，魯迅個人的文學態度被人們忽略了。其實，「神思」和《文心雕龍》所使用的概念如出一轍，和現在「文學是人學」的

觀念也無二致，從這種普遍的文學觀念幾乎看不出魯迅個人具有起源性意義的文學態度。但在對這一觀念的具體理解中，魯迅顯示出了自己的一種獨特的氣質與態度。對於「詩有主分，曰觀念之誠」的說法，魯迅在批評中有所認同。在他看來，「觀念之誠」體現出了一種具有「人類普遍性」的道德，詩的生命力即在於此，亦即：「詩與道德合，即為觀念之誠，生命在是，不朽在是。」[90]魯迅讚美在西方被稱為惡魔的摩羅詩人，固然是因為其詩其文「無不函剛健抗拒破壞挑戰之聲」，究其根源，則在於這些「種族有殊，外緣多別」的文人「無不剛健不撓，抱誠守真，不取媚於群，以隨順舊俗；發為雄聲，以起其國人之新生，而大其國於天下。」[91]其所反抗抨擊者，一則為「真理之匿耀」，「社會之偽善」；一則為「愛與正義自由」，力抗強權迫壓。從「誠與愛」的詩學態度出發，魯迅讚美拜倫援助希臘是「其戰復不如野獸，為獨立自由人道也」，同時也批評普希金「惟武力之恃而狼藉人之自由」的「愛國」思想為「獸愛」[92]。可以說，魯迅在不為世俗所理解的孤獨者、厭世者、好戰者那裡，能發現其「博愛」之心，「眷愛」之情，「作嬰兒之笑」的純真；能不為「愛國」觀念所限而尊重「人之自由」的「人類」情懷，皆是由「觀念之誠」而來的。因此，魯迅所大聲呼籲的是：「今索諸中國，為精神界之戰士者安在？有作至誠之聲，致吾人於善美剛健者乎？有作溫煦之聲，援吾人出於荒寒者乎？」[93]這是一種指向「誠與愛」的典型的啟蒙之聲，也是一種發自「誠與愛」的典型

---

[90]　魯迅：《墳・摩羅詩力說》，《魯迅全集》第1卷，第72頁。

[91]　魯迅：《墳・摩羅詩力說》，《魯迅全集》第1卷，第99頁。

[92]　魯迅：《墳・摩羅詩力說》，《魯迅全集》第1卷，第88-89頁。

[93]　魯迅：《墳・摩羅詩力說》，《魯迅全集》第1卷，第100頁。

的啟蒙之聲。魯迅在呼喚精神仍然沉睡著的國人，同時也在呼喚著內心開始蘇醒的自己。在魯迅文學態度的自我覺醒中，「誠與愛」作為一種機制性的文學原理也開始完全浮現出來。

　　如果沒有在《摩羅詩力說》中所爆發出的「誠與愛」的啟蒙之聲與文學熱情，很難想像魯迅能否在同一年又持續發表《科學史教篇》、《文化偏至論》、《破惡聲論》等一系列的文章；而如果沒有外部挫折，這樣一發不可收拾的旺盛勢頭與熱情想必還會持續燃燒與發展下去。正是在「誠與愛」的文學態度的自覺映照中，魯迅在《科學史教篇》中發現，如果在「感情」、「思想」、「道德」、「理想」、「精神」等人性方面的問題「所宅不堅」，科學就會等同於「無有」，「人生必大歸於枯寂」。而隨後的《文化偏至論》，則對主張新學的耳食之徒「兜牟深隱其面」、「圖富強之名，博志士之譽」的追名逐利、虛偽貪婪的種種「志行汙下」的問題展開了集中的批判。進而言之，魯迅與尼采等人主張個性意志的新神思宗相遇，根本原因也在於其與「誠與愛」的文學態度發生了共鳴，認為它可以解決十九世紀的文明「通弊」，亦即「一切詐偽罪惡，蔑弗承之而萌，使性靈之光，愈益就於黯淡」的問題。至於留日時期最後一篇未完成的《破惡聲論》，開首則直接提出了「內曜者，破黮暗者也；心聲者，破偽詐者也」，對「滅裂個性」的種種學說進行了反駁。其中所提出的「偽士當去，迷信可存」與「嗜殺戮攻奪，思廓其國威於天下者，獸性之愛國也」，也正是「誠與愛」的文學態度淋漓盡致的發揮。由此也可以明白，魯迅為何在介紹科學思想時選擇了先進的西方，在翻譯文學作品時卻選擇了弱小的東歐。這樣的矛盾在態度上其實是一致的：如果說前者是一種直面真理的「誠」，後者不正是一種同情弱小的「愛」嗎？

　　在「誠與愛」的「吶喊」中，魯迅開始了自己此後一生作為精神界之戰士的文學實踐。雖然熱血青年特有的英雄主義與道德理想主義在現實困境中註定會遭遇挫折，但情感上的「彷徨」，只是讓魯迅從英雄理想的反省中回到了人的真實生活，魯迅的文學態度不是改變了，而是堅實了。當蟄伏於S會館的魯迅擔憂是否「對得起」鐵屋子中被喚醒而「受無可挽救的臨終的苦楚」的人時[94]，當「五四」後的魯迅依然在呼籲「我們的作家取下假面，真誠地，深入地，大膽地看取人生」，引導國民走出「瞞和騙的大澤」時[95]，當魯迅在寂寞的深夜寫下「創作總根於愛」[96]等大量被排除在文學之外的「小雜感」時，當魯迅在病榻上依然想到「外面的進行著的夜，無窮的遠方，無數的人們，都和我有關」時[97]，誰又能否認，「誠與愛」的文學態度在魯迅生命中不可去除、無法割捨的原理性存在呢？

---

[94]　魯迅：《吶喊・自序》，《魯迅全集》第1卷，第419頁。

[95]　魯迅：《墳・論睜了眼看》，《魯迅全集》第1卷，第241頁。

[96]　魯迅：《而已集・小雜感》，《魯迅全集》第3卷，第532頁。

[97]　魯迅：《且介亭雜文末編・「這也是生活」》，《魯迅全集》第6卷，第601頁。

第三章
當青春碰撞革命
──左翼浪漫文人的青春理想與悲劇命運

　　在1928年前後的上海，曾經風行起一股聲勢浩大的「浪漫諦克」的「新興文學」思潮，這主要是以蔣光慈（1901-1931）、胡也頻（1903-1931）、洪靈菲（1902-1934）、殷夫（1910-1931）等左翼青年文人為代表的。從一定意義上說，它是中國現代文學史上最為怪異、也最為特殊的一種文學思潮與文化現象。這是因為：一、從歷史語境看，這股文學思潮正是在大革命失敗的低谷時期高漲起來並達於巔峰狀態的。二、從文學史層面看，它是在浪漫主義已被其領軍人物郭沫若宣判為「反革命」的沒落時期閃電般出現並轟動一時的。但不久，這種走在時代前面的所謂「先鋒」、「革命」的文學運動又被斥為「新興文學的障礙」[1]，復以「反革命」的面目宣告終結，走向夭亡。三、從文學品性、美學形態看，它是文學與政治締婚後的一個早產兒，現實環境未能給它充分發育與健康生長的條件。一方面，它割不斷浪漫主義精神母體的臍帶，一方面，它又必然留存著革命政治的遺傳基因。因此，在兩套尚未完全磨合的文化指令下，它常常處於一種複雜、矛盾的兩難狀態。四、從讀者反應看，同道們斥其為膚淺、簡單、幼稚，反對者又指責其過激、極端、狂熱。但從市民階層的閱讀市場來說，它又的確以自己的力量掀起了文壇的「紅色風暴」，創造了新文學史上一個輝煌的奇跡。從這個方面看，左翼浪漫主義文學思潮的複雜形態與乖戾命運，已不再是一個單純的文學問題，而是一種值得人們重新檢視與認真反思的文化現象。也許正是因為它承載了超越文學之外太多的思想文化資訊，使我們在慨歎其審美價值的失落的同時，有可能獲得更豐富的歷史認知價值。

---

[1] 易嘉（瞿秋白）：《革命的浪漫諦克》，《地泉》，上海：湖風書局1932年。

　　應該說，過去的研究並未忽視這股短暫的文學思潮，但由於歷史的限定，許多研究要麼從特殊的政治需要出發抬高誇大它，要麼根據某種文學立場貶低冷落它，都還存著不同程度的簡單化、片面化傾向。因此，這股曇花一現的文學思潮詭異、悖謬的存在與命運帶來的諸多歷史困惑，不僅沒有徹底打破，反而讓人們產生更多的疑慮。譬如，其一，這股在低谷中勃興的文學思潮是否就是「突變」的、無根的，其突然崛起的歷史表像與歷史本質真的一致嗎？如果不是，其崛起的內在歷史依據是什麼？蔣光慈這批左翼青年文人在自覺為一個普羅階級做「粗暴不平的歌手」時，他們嘶啞的喉嚨有無自我心靈的歌唱？我們又如何認識這些獻身於政治信仰的革命文人的人格內涵與精神歷程？其二，作為政治與文學自覺選擇、正式結合的產物，左翼浪漫主義文學是否就是人們所不屑的一種簡單化、政治化的東西？我們又如何認識左翼政治與浪漫主義文學之間的複雜關係，以及它們在互相適應的過程中產生的效應或問題？其三，左翼浪漫主義文學思潮奇怪的出場與收場，彗星一瞬的悲劇命運背後拖曳著一種怎樣的歷史邏輯，這是歷史的誤會，還是自身的缺陷？這諸多矛盾悖謬的現象又昭示著一種怎樣的歷史規律？

　　接下來的問題是，我們應該如何在重返歷史中重建新的可能性？換句話說，我們該尋求何種話語、何種立場、何種方法來重新解讀這段歷史？長期以來，左翼文學因為濃厚的意識形態性質，使得相應的文學研究往往淪為政治批判的運作，文學文本也成為革命與否的宣判憑證與發言材料。1980年代中後期湧現的「重寫文學史」的呼聲，正是對這種忽視文學本性的研究風氣的有意反撥。在這一思潮中，張愛玲（1920-1995）、沈從文（1902-1988）等一批相對疏離政治、追求文學獨立的作家浮出

海面，成為新的研究熱點；與此相對照的是，過去佔據中心位置的左翼文學研究則重複了張愛玲、沈從文等人曾經遭遇過的邊緣命運。文學史「重寫」熱的致命缺陷在這一方面被完全暴露了出來。它同樣忽視了左翼文學運動的歷史複雜性，與自己質疑的政治批判模式一樣，陷入了二元思維的陷阱。為此，左翼文學研究一面必須正視其政治特性，不能隨意剝離其意識形態色彩，一面又必須擺脫政治批判視角的遮蔽與纏繞，以更廣遠的思想視野來重新認知歷史。

　　需要說明的是，本章提出「左翼浪漫主義」概念是對上述文學現象的特定指稱。之所以沒有使用當時更為流行與普遍的提法，諸如「革命的浪漫諦克」、「革命的浪漫主義」之類，除了學術研究所必需的歷史同情原則，主要是基於以下兩個事實的考慮。首先，瞿秋白（1899-1935）提出的「革命的浪漫諦克」是一個貶義詞，主要是指這種文學思潮的缺陷與負面影響，顯然不能涵蓋其全部事實。換言之，這個概念指出了反面而遮掩了正面，是不周延的。其次，周揚（1907-1989）也曾提出「革命的浪漫主義」，雖然更客觀一些，但也存在問題。周揚認為浪漫主義和現實主義不是「對立」的，但也不認為是「並立」的，他指出：浪漫主義「是一個可以包括在『社會主義現實主義』裡面的，使『社會主義現實主義』更加豐富和發展的正當的必要的因素。」[2]這種看似為浪漫主義正名的說法實際上是為獨尊現實主義的立場辯護，而且在當時也僅僅是反對「唯物辯證法」的創作方法而已。基於此，以左翼浪漫主義文學思潮涵蓋複雜的歷史內容，揭示其政治傾向與文學特徵，相對合理，也更合乎實際。

---

[2]　周起應（周揚）：《關於「社會主義的現實主義與革命的浪漫主義」》，載《文學》1936年1月1日第6卷第1期。

一、左翼浪漫主義文學思潮：青春的激揚

　　1928年前後，在政治上是國共兩黨發生分裂衝突的大動盪時代；在文化上是英美自由主義與新興馬克思主義開始激烈碰撞的大轉折時代；在思想界則是知識份子在歧路彷徨中矛盾而又痛苦的大分化時代。在這個過渡時代「異軍突起」的左翼浪漫主義文學，既充滿了青春激揚的氣息，又留下了各種文化思想交戰的駁雜痕跡，這是一批富有青春人格精神的激進青年對大轉折時代歷史呼聲的積極應答。正是一種共同的精神追求，使他們在沒有明確、一致的理論宣導下出現了自發的歸趨，並最終引領了浪漫主義文學思潮在「五四」之後的復興。不必諱言，這些以拜倫式反抗精神走上革命之路的青年文人同時也是幼稚的。在為那個暴風驟雨的時代傾情歌唱的時候，他們也留下了混亂而又熱情、矛盾而又痛苦的心靈記錄。從這個方面說，左翼文人走向革命的「進步」史，其實也是一段值得反思的精神裂變史。

1、選擇與張揚：浪漫精神的追溯

　　歐洲啟蒙主義時期有一句名言：「懂得了起源，也就懂得了本質。」同樣，我們探尋左翼浪漫主義文學思潮的流變蹤跡，追溯它的精神歷史，也是為了重新思考這段既不被革命陣營承認為「革命」，也不被文學大家承認為「文學」的歷史。

　　左翼浪漫主義思潮燦然而來、頓然而去的慧星現象，總給人一種「突變」的感覺和印象。實際上，這股文學思潮不僅有著自己的精神源頭，而且有著自己的孕育與發展過程。李歐梵指出，「中國在十年之間（1920-1930）塞進了歐洲一個世紀的

浪漫主義」，「1930年以後，左翼文學抬頭，但仍然是從浪漫的模子裡套出來。」[3]這種看法有一定的道理。但左翼文學與浪漫主義思潮正式結合並不是在1930年以後，其標界是在1928年的革命文學論爭時期，而其孕育過程則更早，直接的源頭可以一直上溯到「五四」時期。這是因為，「五四」浪漫主義文學思潮從各個方面影響了1920年代後期「新興」浪漫主義文學思潮的發生與特徵。反過來說，「新興」文學思潮在新的歷史語境下雖然出現新的歸趨與異變，甚至發生表面的斷裂，但其精神品質、心理結構、思維方式仍然秉持著與「五四」浪漫主義文學思潮的同根性與同源性。

　　「五四」是一個充滿青春熱情與浪漫氣息的時代，也是一個以科學、民主來啟大眾之蒙的理性沉思的時代。新文化運動敲響了中華民族的「晨鐘」，也喚醒了無數的「新青年」。現代性的追求決定了這個時代存在著一種波德賴爾所說的「過渡」性，也決定了這個時代啟蒙主義與浪漫主義的共時性、互補性，這與西方文化思潮更替演變的歷時形態有明顯的區別。一方面，啟蒙運動在對舊體系的質問與懷疑中促進了人的覺醒與個性解放，使浪漫主義「真正受到了一次突變的鼓舞」[4]；另一方面，浪漫主義在情感解放與心靈宣洩中，加深了人對自身的認知，促進了現代自我意識的生成，又進而推進了啟蒙運動的內面延伸。

　　啟蒙主義與浪漫主義共時相生的特點，也決定了新文化運動的複雜性。啟蒙主義與浪漫主義雖然在方向與精神上有內在的一

---

[3]　李歐梵：《中國現代作家的浪漫一代》，王躍、高力克編：《五四：文化的闡釋與評價》，第183頁，太原：山西人民出版社1989年。
[4]　丹納・格蘭特：《現實主義・浪漫主義》，第127頁，西安：陝西人民出版社1989年。

致性、相通性，但二者在精神本質和文化形態上畢竟有所區別。從精神本質來說，啟蒙運動主要是一種思想啟蒙和文化啟蒙，關注公眾，渴望與公眾對話；而浪漫主義追求一種情感解放和審美解放，張揚個性，強化審美自覺，「真正的內容是絕對的內心生活」（黑格爾語）。從文化形態上講，啟蒙文化屬於中年文化，其本質特徵不在於啟蒙運動的發起者多是一批中年人，而在於它旨在解決民族危機與現實矛盾的具體性、目的性與實踐性。與此相對，浪漫主義的文化形態則屬於青年文化的範疇。這不僅是因為許多青年走向了浪漫主義，更在於理想性、情感性這樣一些本質特徵。從這種理論視角出發，王富仁先生敏銳地指出，「五四新文化運動標誌著中國現代中年文化已經以自己完全獨立的形態出現在中國文化的舞臺上」[5]。可能是限於論題，王富仁在強調個性解放的時代主題說和民族覺醒的主旋律說的相互區別時，也忽視了兩種思潮互補或兩種文化互滲的特點。事實上，如有學者所指出的，「幾乎每一個『五四』個性論宣導者都是社會改造思潮的積極關注者，他們自覺不自覺地把個性的發展和整個社會的前進聯繫在一起。」[6]兩種文化複合共生的特點，可以從被稱為「典型浪漫派」的創造社那裡找到典型的說明。

　　其實，早在創造社「異軍突起」之初，他們看似純正的浪漫主義文學觀念與創作精神就摻雜著許多「非浪漫」的東西，隱伏了許多矛盾，只不過在以後的「文化批判」時期，這種複雜性與矛盾性更加突出、更加偏至罷了。「五四」時期的郭沫若一方面

---

[5]　關於青年文化與中年文化的內涵差異與理論分析，參見王富仁：《創造社與青年文化特徵》，王曉明主編：《二十世紀中國文學史論》第1卷，上海：東方出版社中心1997年。

[6]　許志英、倪婷婷：《五四：人的文學》，第2頁，南京：南京大學出版社1992年。

帶著個性解放的熱情崇拜「我」，一方面又給「我」賦予「開闢鴻荒」的使命，「把自身的小己推廣成人類的大我」[7]。一方面推崇孔子「高唱精神之獨立自主與人格之自律」，另一方面又提出「表現自己」的最終目的是「以天下為己任」[8]。他既信奉「文藝是苦悶的象徵」[9]，又強調「反抗精神，革命，無論如何，是一切藝術之母。」[10]所以，從不願做留聲機到後來又號召做留聲機，並不是他自稱的「突然」「把方向轉變了」[11]，也不是許多學者因此推斷的「劇變」，而是符合其內裡的思想發展邏輯的。成仿吾（1897-1984）在寫於1923年的《新文學的使命》中提出了三重使命說，即新文學對於時代、國語和文學本身所擔負的使命。其混雜的文學觀不是不同時期理論基點的遊移，而是同一時期多重視點的共生。如果說浪漫主義是一種青年文化思潮，那麼創造社這個「典型的浪漫派」則代表著一種典型的中國青年文化。

在1928年前後出現於文壇的太陽社諸君，無論在人事上還是在文學精神上都與前期創造社有著直接的淵源關係。他們既秉承了創造社「自我表現」的浪漫個性、抒情主義的詩學原則、愛與美的理想追求，又吸納了其關注現實的功利傾向、英雄主義的使命意識、反抗黑暗的剛猛精神。而在激進思潮的帶動與革命文學論爭的刺激下，左翼浪漫文人以極端的形式張揚後者而抑制前者，從而把浪漫主義思潮隱含的多重矛盾暴露出來，並造成了人

---

[7]　郭沫若：《波斯詩人莪默伽亞謨》，《文藝論集》，上海：光華書局1925年。

[8]　郭沫若：《中國文化之傳統精神》，《文藝論集》，上海：光華書局1925年。

[9]　郭沫若：《〈西廂記〉藝術上的批判及其作者的性格》，《沫若文集》第10卷，第186頁，北京：人民文學出版社1959年。

[10]　郭沫若：《暗無天日的世界》，載《創造週報》1923年6月第7號。

[11]　郭沫若：《文學革命之回顧》，《文藝講座》第一冊，1930年。

為的對立和割裂。但同時，這些青年文人又顯然難以割斷它與前期創造社在詩學精神上的臍帶，被郭沫若宣稱為「反革命」的浪漫主義仍在影響著他們的藝術思維與人格精神。

2、青春時代：歷史的呼喚

在追溯左翼浪漫主義文學的精神源流中，我們也許注意到了一個富有戲劇性的歷史場景：在1920年代後半期，「現代中國浪漫詩學體系的幾乎所有構成要素均受到人們的批判和清算，而其中態度最決絕的恰恰是當年那些浪漫主義詩學體系的創建者。」[12]而更富戲劇性的是，在一片否定與懺悔聲中，與浪漫主義纏綿不絕的恰恰是那些背棄浪漫主義詩學者的精神承繼者。在郭沫若（1892-1978）宣告「浪漫主義的文學早已成為反革命的文學」後[13]，獨尊郭沫若為「現代中國唯一的詩人」的蔣光慈卻「在『浪漫』受著圍罵的時候」公開聲稱：「我自己便是浪漫派，凡是革命家也都是浪漫派，不浪漫誰個來革命呢。」[14]自然，這裡面有人們經常列舉的理由。比如，從人事上看，蔣光慈參加過後期創造社，與郭沫若有過交往，而郁達夫（1896-1945）也肯定過他的《鴨綠江》。洪靈菲是郁達夫的學生，他的成名作《流亡》受到郁達夫的提攜。從詩歌、小說文本看，他們的筆法、情調、精神明顯受了郭沫若的「自我表現」與郁達夫的「自敘傳」的影響。但是，這些事實顯然不能說明以下兩個問題：在浪漫主義詩學解體的低潮中，這股被郭沫若宣佈為「反革

---

[12] 羅成琰：《現代中國的浪漫文學思潮》，第43頁，長沙：湖南教育出版社1992年。
[13] 郭沫若：《革命與文學》，《創造月刊》1926年5月16日第1卷第3期。
[14] 郭沫若：《創造十年續編》，見方銘編：《蔣光慈研究資料》，第200頁，銀川：寧夏人民出版社1983年。

命」的浪漫主義文學思潮如何能夠復興？或者說，其崛起的內在歷史依據是什麼？如果說太陽社是前期創造社浪漫精神向「左」的發展，那麼，與太陽社、創造社都無實際聯繫的胡也頻等人又該如何解釋？從青春文化學的角度來考察這一時代與人格的動態關係，也許能夠讓我們重新認知這段歷史。

　　1928年前後，是政治社會格局極度動盪的一個歷史時期。魯迅在與一批文學青年發生的革命文學論爭中，已經預感到「不遠總有一個大時代要到來。」[15]用陽翰笙（華漢，1902-1993）的話來說：「中國的出路在哪裡？這是一個需要叫喊，需要回答時代的提問，需要給人指示光明之路的特定歷史時期。」[16]如果說充滿青春氣息的「五四」浪漫主義思潮給左翼文學提供了文化與精神資源，那麼，1928年的「大轉變時期」則給左翼浪漫主義思潮的勃興與激揚提供了一種必要，也提供了一種可能。

　　浪漫主義和「大轉變」時代往往具有一種同構性。舉凡新舊替變的過渡時代，既有舊肌體剝離、脫落的痛苦，也有新精神方生、將生的亢奮與喜悅。適於表現理想、宣洩激情的浪漫主義思潮應運而生，就是因為順應了時代情緒的內在需求。正如高爾基（Алексей Максимович Пешков，1868-1936）所說：「浪漫主義乃是一種情緒，它其實複雜地而且始終多少模糊地反映出籠罩著過渡時代社會的一切感覺和情緒的色彩。」[17]從文化形態來說，過渡時代的過程性、成長性、未完成性，也表現出這一時代的青春品格和浪漫氣質。青春勃發的浪漫主義因而成為「大轉變」時代的精神基調和思想主潮。大革命前後的動盪時代正是在這一方

---

[15] 魯迅：《三閑集·「醉眼」中的朦朧》，《魯迅全集》第4卷，第66頁。
[16] 陽翰笙：《兩個女性·小序》，石家莊：花山文藝出版社1986年。
[17] 高爾基：《俄國文學史》，第70頁，上海：上海文藝出版社1959年。

面與「五四」時代相近而同浪漫主義運動相契合。鄭伯奇回憶說，「在五四運動以後，浪漫主義的風潮的確有點風靡全國青年的形勢，『狂風暴雨』差不多成了一般青年常習的口號。」[18]而在1928年1月，創造社刊物《流沙》的發刊宣言中也出現了這樣的號召：「我們所處的時代是暴風驟雨的時代，我們的文學就應該是暴風驟雨的文學。」歷史驚人的相似。一方面，狂風暴雨的時代弄敏了青年人的思想與感覺；一方面，感覺明敏的青年人在時代的催逼下又匯入時代洪流中，成了暴風驟雨的一部分。不過，與「五四」時期相比，大革命時期的浪漫主義運動被意識形態化了，思想革命的鼓動也開始變異為政治思想的煽動。「五四」時期由反抗現實昇華而來的那種吞吐日月的自由精神下落為一種階級解放的紅色暴動，自由思想既得到了落實，又發生了萎縮。

具體來說，左翼浪漫主義文學思潮時代特性的形成有社會思潮、文化運動、文學自身等三個相互關聯的原因。

從社會思潮講，大革命失敗後，清黨運動在全國造成的白色恐怖產生了強烈的反沖作用，社會語境變得空前政治化了。這一時期，知識份子安居的塔開始傾斜，而且正如美國學者麥克杜哥所指出的：「大多數青年作家發現他們越來越向左移動，他們的作品中也摻和著不安、自憐和憤怒」。[19]在意識形態空前高漲的社會思潮的驅動下，許多「彷徨於無地」而又執著於理想追求的青年知識份子開始向左翼的政治激進主義靠攏，並出現某種自覺的歸趨。

從文化運動講，1928年的革命文學運動被瞿秋白稱為「無產

---

[18] 鄭伯奇：《中國新文學大系・小說三集導言》，上海：良友圖書公司1935年。

[19] 邦尼・麥克杜哥：《從傾斜的塔上瞭望》，《新文學史料》1981年第3期。

階級的五四」。[20]在對「舊五四」運動的文化思想譜系全面顛覆與清算中，「新五四」運動確立了自己的合理性與合法性。「唯物辯證法」、集體主義、階級性話語逐漸取代了「五四」時期的「為人生」、個人主義、人性話語。在前蘇聯「拉普」、日本「納普」文化運動與國內激進思潮的影響下，這場「啟蒙運動」一方面以新的言說方式建構了一個新的意識形態世界，一方面也把當時尚在探討中的馬克思主義學說作為絕對真理權威化與教義化了。革命文學運動以一種粗暴否決與極端肯定的形式宣告了「新興文學」的開始。

從文學自身發展來講，浪漫主義文學思潮的興起是對此前庸俗的寫實主義、自然主義的不滿和自覺反撥。他們「反對寫實，提倡宣傳」，「反對死的，冷靜的，呆板的事實，注意人類的將來。」[21]因為只有「暗示出路」，[22]革命文學才有活力。這固然是受日本福本和夫「進軍號主義」的影響，但最根本的原因還在於寫實主義、自然主義冷靜、客觀的審美觀念不適應這一急進狂熱的青春時代。

概言之，在社會思潮、文化運動與文學發展等不同層面而又互相牽動的歷史合力彙聚下，大革命時代呈現出與「五四」既相似又相異的青春品格。正是在這一青春時代的召喚下，浪漫主義文學思潮「逆流而上」，再度興起，同時又不可避免地沾染了左翼政治的激進色彩。當然，傾聽青春時代呼喚並與這個浪漫時代形成內在感應的，只能是那些具有青春人格與文化精神的人。

---

20 瞿秋白：《請脫棄「五四」的衣衫》，《文藝新聞》，1932年1月18日。
21 錢杏邨：《鴨綠江上》，原載《文學週報》第4卷第1期，方銘編：《蔣光慈研究資料》，第307頁。
22 芳孤：《革命文學與自然主義》，載《泰東月刊》1928年6月第1卷第10期。

3、青春人格：浪漫的迴響

　　在中外文學史上，浪漫主義文學思潮往往勃發於政治上動盪分裂、舊社會秩序解體崩潰的歷史時期。在社會、文化體制被震盪出裂縫與缺口的時代，往往充滿著混亂、血腥、矛盾與痛苦，卻又恰恰是情感與心靈最為解放、最富於浪漫色彩的時代。而浪漫主義文學思潮的引領者、參與者、推動者，也往往是一批富有青春人格與青春精神的青年文學者。

　　浪漫主義與青春人格同樣存在著一種內在的本質關聯。這是因為：一、從精神特徵上說，浪漫主義與青春人格都具有著過渡性的特點。根據青年「時間二重性」原理，青春人格本質上屬於一種處於成長期的人格類型，它追求生命的躍動與活力：熱情、衝動、感傷、亢奮，而浪漫主義往往是表達青春熱情、釋放生命活力的最佳形式，它之所以常常勃發於過渡時代，也說明了這一點。二、從文化功能上說，浪漫主義的功能觀是理想性、幻想性，尋求對現實的超越性。而對涉世未深的青年來說，支配他們人格的心理行為系統也往往表現出幻想性、夢想性這一特點。郭沫若在後來貶斥浪漫主義時，把「幻美的追尋、異鄉的情緒」稱之為「青春時期的殘骸」，[23]也從反面說明了浪漫主義與青春人格的內在契合性。三、從審美觀念上講，未有多少人生經驗和社會實感的青年只可能從表現自我心靈出發，迸發生命激情與夢想火花，而不可能「沉靜的觀察人生，觀察人生的冷酷」（阿諾德語），也難以認同冷靜、客觀的寫實主義。被以往評論家讚為「現實主義傑作」的《咆哮了的土地》顯得粗疏、抽象，明顯不

[23]　郭沫若：《塔・序言》，《塔》，上海：中華學藝社1930年。

如《少年漂泊者》等「浪漫諦克」的小說能打動人，原因即在於
蔣光慈在極左政治指令下，背離了與自己青春人格相契合的浪漫
主義精神與筆法。由此可以說，浪漫主義思潮的湧現是青春人格
在成長年代的精神迴響，浪漫主義本質上是一種青年文化思潮。

正如創造社與文學研究會風格相異，本質上是青年文化與
中年文化兩種文化形態存在差異一樣，太陽社受到魯迅等人的批
評以及與前輩郭沫若「貌合神離」的奇怪現象也可以由此得出解
釋。早在1908年，青年魯迅就力倡「摩羅詩力說」，稱讚「立意
在反抗，旨歸在動作」的惡魔詩人，其思想緣起與最終旨歸，就
是「為獨立自由人道」的浪漫理想，而不僅僅是我們過去理解的
「爭天拒俗」的反抗精神[24]。「五四」運動落潮後，人到中年的
魯迅總感到自己身上纏繞著「鬼氣」，雖然他在「走」中不斷地
「反抗絕望」，但再也沒有留日時期的青春熱情與浪漫心境了。
他在寫於1925年的《希望》裡感歎道：「我的心分外地寂寞……
我大概老了。」「這以前，我的心也曾充滿過血腥的歌聲：血和
鐵，火焰和毒，恢復和報仇。」而現在，空虛的暗夜「陸續地耗
盡了我的青春」。魯迅在經驗了「辛苦顛簸」的人生後獲得了
痛苦而深刻的沉思，反抗的熱情由亢奮激揚沉積為「極熾而至
冰點的火」，難免給人一種暮年心態的假像。創造社後期的青
年理論家把他稱為「文壇的老騎士」[25]、「社會變革期中的落伍
者」，[26]固然有生硬接受福本和夫的資本主義「激烈沒落論」、
「分裂組合論」等極左理論的影響，但同時也是青年文化與中年

[24] 魯迅：《墳‧摩羅詩力說》，《魯迅全集》第1卷，第66、82頁。
[25] 李初梨：《請看我們中國的Don Quixote的亂舞》，載《文化批判》1928
年4月15日第4號。
[26] 馮乃超：《藝術與社會生活》，載《文化批判》1928年1月創刊號。

文化、浪漫主義與現實主義兩種文化形態、文化觀念的本然對立。美國學者匹柯維茨把後期創造社、太陽社一代與魯迅、瞿秋白一代分別稱為「浪漫的馬克思主義者」和「現實的馬克思主義者」[27]，雖然不盡準確，但無疑抓住了二者文化觀念分歧的實質。反過來看，魯迅被瞿秋白稱為「浪漫諦克的革命家的諍友」，[28]一方面以他「最清醒的現實主義」表現出了超越青春崇拜的成熟與深刻，一方面又表現出兩種文化心態的碰撞與衝突。

　　對於蔣光慈、洪靈菲這些新進的左翼青年文人來說，他們雖然也開始關注社會，但畢竟剛剛開始體味苦澀的人生，還更多地保留著自我的個性。幻想性、情緒性、單純、浪漫等青春文化心態在他們的人格結構中還佔有主要空間。不過，在激進主義的文化氣候中，他們人格深處積澱的特有的「原任感」與使命意識被激化、催活了，這使他們的文化心態更為複雜。另外，這些青年文人在政治上是激進分子，而本性又是浪漫詩人。胡也頻雖然與太陽社沒有聯繫，但從他的《北風裡》、《到莫斯科去》等小說中表露出的喜愛雪萊、反感福樓拜（Gustave Flaubert，1821-1880）的傾向和濃厚的浪漫抒情色彩看，他也是一個在生活底層漂泊流浪、充滿憤怒與慘傷的浪漫文人。因而，浪漫主義在無自覺的理論宣導、甚至被貼上反動標籤去打倒時，卻出現了回應時代需求的回潮現象。同時，左翼青年文人的革命精神、反抗意志也在無意識之中牽動了浪漫主義思潮的自發崛起。這樣，在他們的前輩以趨近中年的文化心態表白要對浪漫主義「徹底反抗」

---

[27] P. C. 匹柯維茨：《瞿秋白對「五四」一代的批評》，賈植芳主編：《中國現代文學的主潮》，第187頁。

[28] 何凝（瞿秋白）：《魯迅雜感選集序言》，《魯迅雜感選集》，上海：青光書局1933年。

時，他們卻以前輩們丟棄的浪漫激情「異軍突起」，在不自覺中掀起了一場「新興文學」運動，給在彷徨、低迷中游走的「五四」後期文壇投下了紅色的霹靂和驚雷，既以新銳之氣抖落了籠罩於文藝界的沉悶、灰色的情緒，又在幼稚、狂熱的激情燃燒中給文壇留下了難以撫平的灼痛和傷痕。

左翼浪漫主義文學的湧動與高漲反映出青春文化精神的投射與青春人格的時代迴響。從文學史的層面來說，青春人格的意義是兩面性的。它以自己的青春銳氣與浪漫激情建立了一種新的文學範式，開闢了「普羅文學」這樣一個新的文學時代，給後來左翼主流文學的形成與發展醞釀了聲勢，奠定了基礎。然而，青春人格的幼稚與狂熱也給現代文學的發展帶來了很多弊害與負面效應。這不僅是指其文學形式的粗糙、簡單和標語口號化，更是指其對文學政教功能的偏重、對審美功能的輕視以及由此帶來的對文學相對獨立價值的簡單否決與粗暴取替。左翼浪漫主義文學一方面把文學引領入對現實的高度熱情與激烈碰撞中，一方面又將其帶進了思想的窄門和美學的歧途。左翼浪漫主義文學的歷史雖然短暫，但作為左翼文學的肇始，其雙重效應卻一直影響著主流文學的發展，意義與教訓同樣發人深思。

二、左翼浪漫主義文學世界：矛盾的追求

左翼浪漫主義文學是左翼政治與浪漫主義在特定歷史時期雜合而成的一種政治文學形態。因此，不能把這種複雜的文學思潮簡單理解為「左翼陣營的浪漫主義文學」，而應看作是「左翼浪漫主義文學」這樣一種文化交合物。這也意味著，左翼浪漫文人在他們所創造的文學世界裡，必然存在著種種矛盾與衝突。

1、矛盾的追求：個性與信仰的兩難

回顧魯迅所說的「在今天和明天之交發生，在誣衊和壓迫之中滋長」[29]的左翼文學，就不能不面對那些左翼文人用青春的熱血和生命寫就的篇章。面對那些為主義、信仰而獻身的真誠的殉道者，我始終懷著一種道德上的崇敬感。然而，在面對越來越模糊遙遠的歷史時，我們似乎沒有覺察到，正是這樣一種仰望式的感情潤飾，使得我們在把歷史中的人英雄化與神聖化時，恰恰忘記了他們在歷史中作為人的真實存在。歷史的神聖化本質上是黑格爾所批判的把意識提前於事實的「支離抽象」性，它忽視了人之為人的豐富性與多面性。這就使我們難以「面對事實本身」，還原歷史真實與人的真實。歌德（Johann Wolfgang Von Goethe，1749-1832）曾告誡研究者說：「要把拜倫作為一個人來看，又要把他作為一個英國人來看。」[30]同樣，我們在追思那些過早殞落的青春與生命時，不僅要把他們當作「一個人」來看，而且要把他們作為特定文化語境下的中國青年文人來看。

作為「此在」的人，總是不完滿和懸欠的。正是這種不完滿的存在，人總是在「被拋入」的世界和「被提升」的境界間尋求圓滿、追求絕對。因而，有了所謂終極意義，也有了「走在途中」的矛盾與困惑。對於以革命為信仰的左翼浪漫文人來說，他們所經歷的矛盾是一種個體信仰在「極端的年代」被割裂為個體與信仰的矛盾。這種個性與主義的兩難表現在：一方面，他們以青年人的真誠與熱情，追求自己所信奉的革命理想；另一方面，

---

[29]　魯迅：《二心集・中國無產階級革命文學和前驅的血》，《魯迅全集》第4卷，第282頁。

[30]　朱光潛譯：《歌德談話錄》，第64頁，北京：人民文學出版社1978年。

當抽象的政治理想在某種幼稚而激進的語境下僵化為一種道德主義時，浪漫個性與政治信仰之間就不能不發生衝突。別林斯基說：「一個人精神越崇高，他的分裂就越是可怕」，[31]就是這個道理。

「我自己深深地知道：我是矛盾的結晶。」在蔣光慈的《我本是一朵孤雲》這首小詩裡，這位左翼浪漫主義文學思潮的主將流露出了自己當時真實的心境。而其中年齡最小的殷夫在1930年《「孩兒塔」上剝蝕的題記》中也這樣寫道：「我的生命，和許多這時代中的智識者一樣，是一個矛盾和交戰的過程」。雖然他表示出要把「這些病弱的骸骨送進『孩兒塔』去」的樂觀和自信，但從另一個側面卻洩露出「矛盾」和「病弱」在其生命中的真實存在。其實，這種矛盾的心境並不是一個特例，也不僅僅是一種情緒，而是那一時代知識份子尤其是左翼知識份子普遍的心理現實和思想特徵。正像趙園所指出的：「大革命前後最流行的概念之一就是『矛盾』。」[32]從啟蒙到救亡，從個性解放到階級解放，從個人主義到集體主義……這種以此取彼、自我否定的歷史性轉折，勢必引發知識份子內心世界的動盪和分裂。從這個方面說，大革命前後是一個風起雲湧、洪波浩蕩的大轉折時代，也是知識份子在「艱難的選擇」中充滿矛盾與痛苦的大轉變時代。而對個性異常敏感的左翼浪漫文人來說，這種精神的磨難與苦刑就顯得更為殘酷。

在黑格爾看來，「浪漫型藝術的真正內容是絕對的內心生活，相應的形式是精神的主體性，亦即主體對自己的獨立自

---

[31] 滿濤譯：《別林斯基選集》第1卷，第496頁，上海：上海譯文出版社1979年。

[32] 趙園：《艱難的選擇》，第48頁，上海：上海文藝出版社1986年。

由的認識。」[33]浪漫主義的精神內涵是個性主義，它推崇個人的情感，關注自我的心靈，追求個性解放與自由發展。朱德發（1934- ）先生在論述「五四」文學時也發現了這一點，他指出：「政治上追求自由主義，思想上嚮往個性主義，往往在審美上傾向浪漫主義，這符合『五四』時期的歷史邏輯，也符合那一代作家的性格邏輯。」[34]其實，這種邏輯還不僅僅限於「五四」一代作家，它也一直延伸到深受「五四」新文化運動影響的後進的青年文人中，只不過這種邏輯在後來特殊的歷史情境下隱秘化了，不像「五四」時期那樣張揚和凸顯。而對蔣光慈、洪靈菲、胡也頻這些浪漫文人來說，追求個性自由、內心尊嚴的浪漫精神是他們走上政治革命的起點，也是他們最終陷入兩難境地的根因。

在1928年的《文學與革命》一文中，對浪漫主義與革命文學都抱有偏見的梁實秋卻以古典主義者的冷靜看到了二者的某些相同點：「浪漫運動根本上是一個感情的反抗，對於過分的禮教紀律條規傳統等等之反動，這種反抗精神若在事實方面政治或社會的活動裡表現出來，就是革命運動。浪漫運動與革命運動全是對於不合理的壓抑的反抗。」從實質上說，浪漫主義運動的確是一種「感情的反抗」，屬於個性主義的範疇。換言之，正是因為人的自我覺醒和自我發現引發的個性主義思潮，使醒來的「人之子」在追求情感自由與心靈解放中感到了壓抑和不滿，反抗精神也由此萌生。從這個方面說，個性主義正是一批激進青年在後來走上政治革命的思想根源與精神基礎。

---

[33] 黑格爾：《美學》第2卷，第277頁，北京：商務印書館1979年。

[34] 朱德發：《二十世紀文學流派論綱》，第261頁，濟南：山東教育出版社1992年。

在「五四」後期，一向有冷靜、深切風格的魯迅在《傷逝》中所流露出來的一種少見的憂傷情緒似乎隱喻了個人本位的浪漫主義出路的終結。但是，這種終結在暴露個性解放困境和分化的同時也意味著多種新的選擇。自稱「最後一個浪漫派」的沈從文回到了田園，在未被工業文明污染、帶有原始野性的湘西邊區，找尋「民族的童心」，構築「人性的神廟」。而深受歐美現代文明薰染的一些現代派作家則在以後走向了新浪漫主義，在宗教氛圍和抽象的玄思中探尋人的神性與命運的未可知性，充滿了神秘感、超然感與空靈感。這種傾向在1940年代的徐訏（1908-1980）、無名氏（卜寧，1917-2002）那裡達到高潮。而對左翼青年文人來說，他們直接承繼了「五四」時期創造社「樸直剛猛」（simple and strong）的精神傳統與「自我表現」的美學傳統，同時又深受蘇俄文學影響；東方古典主義的靜穆、和諧與西方現代主義的神秘、空靈無論在藝術修養還是審美觀念上顯然都不適合他們。而且，這些像魯迅當年讚美摩羅詩人一樣崇拜拜倫（George Gordon Byron，1788-1824）、裴多芬（Petőfi Sándor，1823-1849）的熱血青年，骨子裡積澱著革命與報國的英雄、俠義、建功立業情結，顯然也不願意退居於邊緣，在黑暗的棲息中做一隻雪萊所說的「夜鶯」，「用美妙歌喉唱歌來慰藉自己的寂寞」。因而，在大革命前後意識形態空前濃厚的歷史情境下，他們做出了第三種選擇，在「高喊狂呼」中走向了左翼浪漫主義，成為引領新思潮的弄潮兒。

加繆（Albert Camus，1913-1960）指出：「自由，『這個寫在風暴戰車上的可怕的字眼』屬於一切革命的原則」[35]。革命的

---

[35] 加繆：《置身于苦難與陽光之間》，第109頁，上海：上海三聯書店1989年。

自由原則滿足了浪漫文人的內在精神需求。當個體的浪漫反抗精神開始具化為一種現實的政治革命理念時，在起初應該是浪漫化、情緒化的。正因為這樣，蔣光慈讚美「革命是最偉大的羅曼諦克」，在革命中可以「尋出有趣的東西，聽出歡暢的音樂」[36]；洪靈菲在小說《流亡》裡把白色恐怖中的流亡看成是探險家的探險，越危險越「有趣」。在浪漫文人這裡，「革命」顯然浪漫化了。這種單純的熱情，一方面使他們堅定地把自己捆綁在革命這架紅色戰車上，另一方面又如「青年德意志」一樣，對革命「懷有一種宗教的感情」[37]，把革命理念變異為一種革命騎士的浪漫理想。一位美國學者在談到創造社的劇變時曾這樣指出：「郭沫若、成仿吾等浪漫主義者斷然決定走革命的道路，但他們受到自由主義理想的鼓舞，或許要多於學究式的研究馬克思主義文學理論。」[38]對於後起者太陽社來說，情形更是如此。

在「五四」時期眾多西方現代思潮中，馬克思主義學說的道德激情、理想訴求與社會科學相結合的現代批判理論吸引了很多思想激進的知識份子。馬克思主義的實踐品格和終極理想委實是陷入啟蒙困境的知識份子心目中一個現實而美麗的答案。從啟蒙的高蹈到革命的踐行，在中國的現實社會中的確有其發生、發展的內在邏輯。但如前所論，浪漫文人把「革命」作為實現他們終極理想的最有力的表達方式，是受到自由主義理想與烏托邦熱情的鼓舞，而非學理與知識的探究。換言之，他們與馬克思主義

---

[36]　蔣光慈：《十月革命與俄羅斯文學》，《蔣光慈文集》第4卷，第70、72頁，上海：上海文藝出版社1985年。

[37]　勃蘭兌斯：《十九世紀文學主流・青年德意志》，第30頁，人民文學出版社1997年。

[38]　P. C. 匹柯維茨：《瞿秋白對「五四」一代的批評》，賈植芳主編《中國現代文學的主潮》，第188頁，上海：復旦大學出版社1990年。

發生共鳴的是自由理想與道德激情的部分，而知識學方面的虛空
一方面由蘇俄十月革命的現實經驗來佐證，一方面從日、俄翻譯
過來的鱗鱗爪爪的馬列理論做填補。中共早期領導人瞿秋白在遇
害前，就坦率地表白自己的「一點馬克思主義理論的常識差不多
都是從報章雜誌上的零星論文和列寧幾本小冊子上得來的」，沒
有「真正用功」、「有系統的研究」[39]。在左翼浪漫文人那裡，
理想的鼓舞與浪漫的熱情使他們在宣導「革命文學」時，對自己
從日本、蘇俄那裡搬用的所謂馬克思主義的理論教條毫不懷疑，
而且「唯我獨革」、「唯我獨左」。這並不僅僅是人們通常所說
的宗派主義、關門主義，因為這些政治修辭不過是一種事後概
括，並沒有指出這種現象背後的精神根源與精神實質。進而言
之，左翼文藝運動史上盛行的教條主義、宗派主義雖被張聞天
（1900-1976）等人一再批評，但始終是久治不愈的頑疾。原因
固然很多，但文人的熱情過剩而學理匱乏，是一個基本的問題。
魯迅在1930年代文藝與革命的論戰中被「擠」著去讀普列漢諾夫
（1856-1918）等人的書，也是不滿於標語口號的虛空，這可以
算是一個反例。

　　1928年的「文化批判」運動被宣導者自稱為對「五四」新文
化運動「淺薄的啟蒙」進行再批判，[40]因而被研究者稱為「馬克
思主義的啟蒙運動」[41]。但實際上，這只是運動的初衷或者一部
分事實。康德將啟蒙運動定義為「人類脫離自己所加之於自己
的不成熟狀態」[42]。個性初醒卻要「再把自己否定一遍」，自身

---

[39] 瞿秋白：《多餘的話》，《多餘人心史》，上海：東方出版社1998年。

[40] 成仿吾：《從文學革命到革命文學》，載1928年2月1日《創造月刊》第1
　　卷第9期。

[41] 曠新年：《1928革命文學》，第47頁，濟南：山東教育出版社1998年。

[42] 康得：《答覆這個問題：「什麼是啟蒙運動？」》，《歷史理性批判文

尚不成熟的青年文人卻以單純的熱情與信念「啟蒙」別人，宣傳「真理」，其結果只能是幼稚與狂熱的蒙昧。把人的啟蒙這一思想主題與階級鬥爭這一政治主題混為一談，甚而以後者壓抑前者，其實質是偽啟蒙甚至反啟蒙的。雖然毛澤東在後來的《新民主主義論》中把「五四」運動肯定為現代革命的邏輯起點，力圖整合文化啟蒙與政治革命，為無產階級革命尋求道統依據的合理性與法統轉型的合法性。但在1920年代末的革命論爭時期，以顛覆「五四」知識譜系、割裂「五四」啟蒙傳統來顯示革命意義的偏激與狂熱是最為強勁的意識形態。「沒有理由停留在『五四』，中國的文化運動現在必須服從革命的需要。知識份子和學生必須脫去光耀一時的『五四』的衣衫！我們即將邁出的一步與『五四』無關。」[43]以「服從革命需要」來改造、跨越「五四」，是激進主義狂熱的一種典型的表徵。在革命的名義下，左翼浪漫文人把自己的「不成熟」膨脹為「成熟」，極端化地認同自己所理解的「革命真理」，並且把這種理解（曲解）神聖化、權威化了。

　　值得注意的是，在「紅色的三十年代」，大批知識份子的激進化與左翼化是在一片「打倒智識階級」的口號聲中拉開歷史序幕的。喊出這一口號的一些留日或留俄的左翼青年文人，受蘇俄、日本左翼激進思潮的影響與衝擊，要打倒自己，目的是為了革新自己的人格結構，從而引導一場「新興的階級革命」。但這種以顛覆知識階級的形式來完成革命性改造的現代動機，卻充滿了反理性、反智性的偏激與狂熱。他們堅持認為，知識份子的出身與本性就有一種「原罪」，即所謂的「小資產階級的劣根

集》，第22頁，北京：商務印書館1990年。
[43]　瞿秋白：《請脫棄「五四」的衣衫》，《文藝新聞》，1932年1月18日。

性」；而促使知識份子在「五四」時期覺醒、解放並走上革命道路的個性、個人主義，成為「一個『資產階級』的概念」。這正是瑪律庫塞（Herbert Marcuse，1898-1979）曾痛加批判的庸俗唯物主義：個體向「集體意識投降」，使「每一個個體的主體性」都「趨向於被消融在階級意識之中」[44]。流行於1928年前後的「從個人主義到集體主義」的口號正是這樣一種產物，並且被賦予了一種神聖的不可證明性。無獨有偶，自謙「對於唯物史觀是門外漢」的魯迅也很辛辣地指出：「但中國卻有此例。竟會將個性，共同的人性，個人主義即利己主義混為一談，來加以自以為唯物史觀底申斥，倘再有人據此來論唯物史觀，那真是糟糕透頂了。」[45]這些「翻著筋斗」去「突變」的浪漫諦克的知識英雄在「唯我獨尊」、「唯我獨左」後也喪失了知識份子最基本的理性立場。這樣，反對專制壓迫的自由理想主義者不得不走向自己設定的悖論中：在「五四」啟蒙自由主義、個性主義與「新啟蒙」的集體主義、階級主義的文化錯位中，曾經一體的個體信仰發生了斷裂，追求自由理想的反抗精神扭錯為個性解放與革命信仰的對立，促使他們人格覺醒並萌生反抗精神的個性主義在走向革命的途中也成了一種原罪。但另一方面，這些具有強烈的個性意識，懷抱自由理想走上革命道路的浪漫文人並不能割斷「五四」文化的精神臍帶。蔣光慈、洪靈菲、殷夫等人在同一時期的詩歌、書信中所流露出的「矛盾」，從反面證明了他們內心深處絕非情緒意義上的迷茫與焦灼。我們不懷疑他們政治信仰的真誠，又不得不看到他們對以狂熱意志改制的革命理念的迷信。進一步

---

[44] 瑪律庫塞：《審美之維》，見《西方二十世紀文論選》第4卷，第345-346頁，北京：中國社會科學出版社1989年。

[45] 魯迅：《三閑集·文學的階級性》，《魯迅全集》第4卷，第126-127頁。

說，日共的福本主義之所以引起了他們的共鳴，除了激進主義的時代語境，還在於它鼓吹知識份子的「先鋒」作用迎合了這些青年文人強烈的個性需求。因而，既要真誠地堅持以自我意志改制的革命信仰，又不能完全抑制浪漫文人天然的個性需求，就不能不陷入兩難的境地；同時，「新啟蒙」要表現革命意義而刻意與「五四」斷裂的文化錯位又必然帶來嚴重的心理失衡。

　　從某種意義上說，個性主義與革命信仰的兩難是這一時代的普遍傾向。知識份子的本性本來就有雙重性，「他們天生地有著追求群體（人類）平等的人道主義傾向，又本能地對個體精神自由、個性發展持有特殊的熱情與敏感。」[46]而在「極端的年代」，這種雙重性被簡單的否定、割裂，並錯位為一種絕對的對立。對「革命的浪漫諦克」批判最力的瞿秋白，卻在生命結束前說出了並非「多餘」的「最坦白的話」。他承認自己「生來就是一個浪漫派，時時想超越範圍，突進猛擊」，有著對精神自由本能追求的難以「戕賊」的「個人主義」和「始終戴著假面具」的「英雄主義」[47]。同樣，當魯迅在啟蒙和革命的糾葛甘願做一個清醒而痛苦的受難者時，左翼浪漫文人這些革命騎士在簡單、幼稚的反個人主義的理論口號後面何嘗沒有「豐富的痛苦」，他們為追求真理而燃燒的靈魂何嘗沒有背負著一個沉重的十字架呢？蔣光慈晚年的人生悲劇是這一時代左翼浪漫文人的一個複雜的隱喻，它正像一部《多餘的話》，袒露著左翼知識份子內心世界的矛盾與衝突，也袒露著他們人格精神的真實與真誠。

---

[46]　錢理群：《豐富的痛苦》，第98頁，瀋陽：時代文藝出版社1993年。
[47]　瞿秋白：《多餘的話》，《多餘人心史》，上海：東方出版社1998年。

2、悖謬的選擇：雙重身份與兩類文本

　　左翼浪漫主義文學因為偏執於政治理念的宣傳，許多創作往往陷入觀念化的泥淖，甚至淪為非文學的標語口號。因而，有學者把這種文學思潮稱為「準浪漫主義」[48]。這個否定性的結論其實又從另一面肯定了這種思潮的浪漫主義特徵。實際上，它概括的也僅僅是這些左翼青年文人的其中的一類文本而非全部文本。在他們短暫的創作生涯中，既有呼應暴風雨時代的粗暴叫喊，也有暴風雨時代下個人心靈的歌唱；既有思想「覺悟」的宣傳，又有生命「靈悟」的抒情。左翼浪漫主義文學因為強烈的政治煽動和黨派色彩，也因為意識形態濃厚的歷史語境特點，我們多年來的批評話語總是聚焦於一種二元性的政治判斷，而對於其相互依存的另一面的態度卻始終是曖昧、含混，甚至視而不見的。當我們過去一味用政治傾向理解左翼文人的文學創作時，都恰恰忘記了他們作為「詩人」的存在，也因此忽略了那些燃燒性的紅色語詞下隱藏的夢幻與憂傷。正像殷夫的譯文對裴多菲的評價一樣，左翼浪漫文人也是只「有鶯喉的鷙鳥」[49]：在抒發革命者政治理想的同時，他們也滿懷著愛與美的夢想。

　　「革命的詩人，人類的歌童」，是蔣光慈在《自題小照》一詩裡對個人身份和理想的自我認定。「革命的詩人」既強調了自己的革命者身份，又表露出自己的詩人稟性。既是革命戰士，又是浪漫詩人，這種特殊的雙重身份意味著他們人格結構存在著兩

[48]　溫儒敏：《新文學現實主義的流變》，第97頁，北京：北京大學出版社1988年。

[49]　白莽：《彼得菲・山陀兒行狀》，載《奔流》1929年12月20日第2卷第5期「譯文專號」。

栖性，亦即顯性人格、現實人格、社會人格與隱性人格、理想人格、個體人格的矛盾衝突。

　　從左翼浪漫主義文人的人生道路來看，他們多是先開始從事文學活動後參加革命的，而且都在很早的時候就嶄露出浪漫氣質與文學才華。雖然他們有的人在成為職業革命家後甚至否認自己的「出身」，不願讓別人稱自己為詩人，但其實又難以改變自己作為詩人的浪漫個性。相對來說，這種隱性人格比作為革命家的社會角色更真實些，也更少表演性。我們可以看到這樣一個有趣的現象：這些浪漫詩人在投奔革命後，敬仰的依然是拜倫之類的西方個人主義、自由主義的英雄與「摩羅詩人」。蔣光慈和殷夫都寫過《懷拜倫》的同名詩，洪靈菲乾脆把自己的名字改為「拜倫・阿洪」，同時又敬慕最早譯拜倫詩的蘇曼殊。可以說，拜倫始終是他們的精神父親。拜倫式的個人反抗精神與理想主義的浪漫追求，是引領他們追尋革命的思想起點，也是他們「左」轉後的精神依據。他們既崇拜拜倫俠義、英雄的一面，同時也與拜倫漂泊、放逐的命運產生了情感的共鳴，因為他們在內心情感中都有著英雄主義的衝動，而在現實生活中同樣是一個漂泊流浪的文人。蔣光慈等人自比「天才」的拜倫，既有英雄色彩，又難掩詩人稟性。李歐梵認為，「中國的拜倫在推崇拜倫的『叛逆精神』時，也疏忽了拜倫身上的許多維特型的因素。」[50]這種看法至少是不完全準確的。比如，左翼浪漫主義文學主將蔣光慈率先「跳出來作粗暴的叫喊」，在理論上樹起了「革命文學」的大旗；而在給女友宋若瑜的信中，他又這樣寫道：「我不願做一個政治家，或做一個出風頭的時髦客，所以我的交際是很少的。我

---

[50] 李歐梵：《浪漫思潮對現代中國作家的影響》，賈植芳主編：《中國現代文學的主潮》，第95頁。

想做一個偉大的文學家，但是這恐怕是一個妄想啊！」[51]洪靈菲在給妻子秦孟芳的信中也有「忍作落魄詞人」之類的語句。魯迅在評點文人的書信日記時說，「從作家的日記或尺牘上，往往能得到比看他的作品更其明晰的意見，也就是他自己的簡潔的注釋。」[52]就此而言，左翼浪漫青年的文人本性是更為真實的。

詩人的浪漫本性使得左翼青年在走上革命之路後產生了雙重效應。在政治層面上，自由理想與反抗精神一方面使他們在本能上、情感上親近革命；另一方面，又以浪漫主義的熱情把政治信仰神化與簡化了。「中國的革命文學家和批評家常在要求描寫美滿的革命，完全的革命人，意見固然是高超完善之極了，但他們也因此終於是烏托邦主義者。」[53]魯迅的批評可謂抓住了這類革命空想症與幼稚症者的要害。在文學層面上，浪漫主義聽從政治將令，噴瀉著政治熱情，直至熱情抽空為一種簡單粗糙、有力無美的口號；另一方面，浪漫主義又在潛意識中遵從著自己「回到內心」的詩學原則，無形中又對左翼文學的工具理論作了反撥與矯正。蔣光慈雖然提出了「革命文學應當是反個人的文學」，[54]但同時又主張「好好地做革命情緒的修養」，[55]這與後期創造社的李初梨、成仿吾等人提出從意識、理念出發的創作思維判然有別。強調「情緒的修養」是浪漫主義的典型特徵，而情緒往往是從個人內心出發，是一種個人化的產物，這在一定程度上維護了

---

[51] 蔣光慈：《紀念碑》，《蔣光慈文集》第3卷，第185頁。

[52] 魯迅：《且介亭雜文二集・孔另境編〈當代文人尺牘鈔〉序》，《魯迅全集》第6卷，第415頁。

[53] 魯迅：《譯文跋序集・〈潰滅〉第二部一至三章譯者附記》，《魯迅全集》第10卷，第336頁。

[54] 蔣光慈：《關於革命文學》，載《太陽月刊》1928年2月第2期。

[55] 蔣光慈：《現代中國文學與社會生活》，載《太陽月刊》1928年1月創刊號。

創作精神的主體性，抵消了工具論與宣傳論的惡性膨脹。

　　左翼浪漫文人身份的雙重性使他們不得不遵從兩套尚未完全磨合的文化指令，在顯層次上要認同「革命需要」，在潛層次上又要「回到內心」，由此帶來的理論上的雙重性，也直接影響到文本形態中。

　　左翼浪漫文學文本的雙重性首先表現為兩類文本形態。一類是完全「聽將令」的寫作，政治觀念取代了審美情感。所謂的「文學仲介」，其實是虛設的橋樑，審美觀念已被政治思維懸擱起來。這種文本形態的產生明顯受福本主義提倡的理念意欲寫作路線的影響。從閱讀效應上說，它並不能激起人情感的內熱，而是退化為一種感官的「震驚」。只能反復重複一些相同的標語、口號，「缺乏暗示感情的藝術魅力」[56]。在殷夫、蔣光慈等人的《五一歌》、《血花的爆裂》等一些紅色暴動詩裡，諸如「殺，殺，殺」、「幹，幹，幹」、「報仇」、「打倒」這樣一些紅色話語的膨脹，是對專制社會的暴動，也是對浪漫主義美學觀念的顛覆。蔣光慈說自己的一些詩是為光明而奮鬥的「鼓號」，而不能稱作「詩」，或許自己也深有體會。在這種文本形態裡，左翼政治理念與浪漫主義美學是斷裂的、脫節的，想像、情感的空洞完全為政治口號所替補。在另一類文本形態裡，左翼政治理念與浪漫主義美學觀雖然有時偏離，但又不完全背離，二者在矛盾中形成了一定的內在張力這類文本無論是時代情緒的高揚還是自我心靈的低吟，都沒有放逐抒情，左翼政治與浪漫主義因而具有了某種程度的不太完滿的融合。究其原因，當然不能簡單歸咎於政治題材的引入，因為關注政治是這些左翼文人的本然傾向。退一

---

[56] 丹尼爾・貝爾：《資本主義文化矛盾》，第193頁，北京：三聯書店1989年。

步說，就算是政治的原因，為什麼又會出現兩類互不相同的文本、兩種反差甚大的審美效果呢？所以，我們還應從以下幾個方面認識問題。

首先，從左翼浪漫文人的雙重身份上說，在戰時語境的催逼下，革命者的使命感使他們要急切地宣傳革命，在創作上以筆為武器，在理論上積極推行工具論，再加上政治題材的陌生（他們的寫作多是一種亭子間的寫作）以及必要的審美距離、時間距離、心理距離的缺失，很難把抽象的政治理念提升為一種審美情感，凝練為一種審美形態，這也是左翼浪漫文人時常受理念創作思維影響的一個內在原因。但同時，革命者的社會角色與浪漫詩人的個體人格不是始終斷裂的，在更多的時候二者又重新彌合，這使他們隱在的詩學原則能突破革命原則的單一規範和限制，舒展開豐富的靈性、情感與想像，透露出內心最深處的東西，表現出自己鮮明的個性特徵和浪漫色彩。

其次，從時代與文化承傳來說，左翼浪漫文人多數承繼的還是前期創造社郭沫若、郁達夫等人的浪漫主義美學觀與藝術思維方式。雖然受左翼政治文化思潮的影響，他們宣導「新寫實主義」或認同「文學是宣傳」的定義，但這種滲入骨子裡的浪漫稟性其實難以根除。所以，左翼浪漫文人以青年人好異求新的文化心態「指導」時代潮流，大力宣導「新興文學」與「新興理論」時，只不過給已然出現的浪漫主義思潮加重了紅色傾向而已。這種浪漫精神和文化遺傳便無疑使他們在某種程度上「消化」了越來越左的理論宣傳。

最後，從文學生產體制來說，作為左翼浪漫主義文學思潮發源地與聚集地的上海，在二1930年代已開始出現現代書業、稿酬制度與文學市場。同時，由於以計畫體制形式出現的「左聯」

此時尚未成立，企圖主導文壇發展趨勢的主流文學規範也尚未建立，這使當時的左翼文人不像後來，是完全以革命人的角色聽從紅色意識形態的絕對指示和領導。而他們在以賣文為生的職業文人身份面對文學市場時，也有了更多的個人領域和私人空間。這樣，當他們以革命為第一位的要求來規範自己的思想時，又不得不面對自己「波希米業」式的流浪文人的生存現實。

3、火與夢：兩重世界的交響

　　左翼浪漫主義文學文本形態的雙重性在第二類文本形態中又表現為兩重文本世界。歷史深處往往存在著異化的力量，「人們自以為做什麼，而實際上卻只是在為另一種東西服務的工具。」[57]從這個方面說，羅蘭・巴特（Roland Barthes，1915-1980）關於「本文始終是悖謬性（paradoxical）」[58]的說法是有一定道理的。正像人的心理結構存在著意識和無意識一樣，文學文本也可能存在著表層意識與深層無意識。表層文本往往是顯在的、透明的、敞開的，而潛層文本往往是隱在的、模糊的、遮蔽的。對書寫者來說，意識文本體現著他的主觀意願，而無意識文本則是不自覺和不自知的。左翼文人身份的雙重性也決定了兩重文本在和諧的表面下隱藏的悖謬與衝突。革命者的社會角色和使命意識促使他們自覺地去創作為「無產階級大眾」的普羅文學，而詩人的個體人格和浪漫本性又使他們本能地去表現自我心靈和私人情感。在激進主義的文化語境裡，「革命」是「現代性的最高形式」[59]，也佔

[57] 傑姆遜：《後現代主義與文化理論》，北京：北京大學出版社1997年。
[58] 羅蘭・巴特：《從作品到本文》，轉引自王一川：《中國現代卡里斯馬典型》，第118頁，昆明：雲南人民出版社1994年。
[59] 曠新年：《1928革命文學》，第12頁，濟南：山東教育出版社1998年。

據了意識形態的文化霸權，它導致了後一種形態的壓抑和沉默，但同時，後者又以壓抑、沉默的形式在文本的裂縫中始終存在和言說著。

左翼浪漫主義文學文本的複義性表現為相互游離又相互迎和的兩重世界。顯在文本是正義、暴力、理性的革命世界，潛在文本是安寧、愛意、情感的詩性世界。具體從其結構形態、人物形態、抒情形態、意象形態等幾個方面看：前一世界是革命政治的宏偉啟示錄，後一世界是個人情感的小敘事；前者的主人公皆是「奇理斯瑪」式的男性革命者，後一世界的棲居者多是不同類型的女性形象；前者是粗暴激情的燃燒與噴瀉，後者是豐富情感的細膩品味與描摹；前者是以太陽、男性等陽性符號為表徵，後者是以月光、女性等陰性意象為體系。

先從表層文本的結構形態看，左翼浪漫主義文學表現出明顯的浪漫烏托邦色彩和意識形態編碼痕跡。這種烏托邦色彩是按照浪漫主義模式把政治事件重新編碼為故事，在對歷史的一種「修辭想像」中完成的。因而，它的真實性只可能在敘事或話語中得以實現。對於發生在1928年前後的政治事件來說，白色恐怖、大清洗、大屠殺都是悲劇性的，而對施加了浪漫主義情節的革命故事來說，其最後的事件總是勝利、激情、笑聲，具有濃厚的革命喜劇色彩。蔣光慈的《短褲黨》雖然沒有回避工人暴動的失敗，但小說情節的最後是笑聲和國際歌。《少年漂泊者》中，汪中的犧牲是「悲不可仰的」，但從整個情節的重心來看，完成革命的轉變又是喜劇性的，所以小說結束還是有「光榮！光榮！無上的光榮！……」這樣一類樂觀情調的句子。胡也頻的《光明在我們的前面》以五卅慘案為原型，「大理石」般冷靜的革命青年劉希堅卻以一種近似病態的興奮「感到光明和勝利」，因為故事的整

個重心是在頌揚勝利，主人公最後必然「向著燦爛的陽光裡走去」。《到莫斯科去》中的革命者施洵白犧牲了，但「太貴族」的黨國要人的夫人素裳卻在向革命的轉變中獲得新生，所以小說的結束還是一顆「照耀一切的太陽」。這種化悲劇為喜劇的情節編織把「最後的事件施加以最終完整的闡釋力量」，就變成了「啟示錄式的歷史」[60]。這種「理想主義」模式是就情節的整體編排而言的，是由故事的整體基調生發出來的，並非有人所指摘的「光明的尾巴」。

　　在最為詬病的另一類「革命＋戀愛」的流行模式裡，革命同樣佔據了故事結構中最高端的優勢位置。無論是革命與戀愛的衝突，還是戀愛與革命的和諧，革命始終是最高的能指，最終的闡釋力量。在普羅小說中，革命通常都是神聖的、超驗的，有著上帝一般的力量。其一，革命可以拯救沉淪的愛情，而沉淪的愛情也在革命的聖水裡洗滌了肉身的罪惡，使自己得以救贖，重獲光明的新生。《衝出雲圍的月亮》是這類故事的一個典型。王曼英在未與革命者李尚志重逢以前，流落於上海，在肉慾的報復與沉淪中以為自己得了梅毒。在小說中，「梅毒」是一個象徵著資產階級頹廢沒落的政治修辭。但是，在革命者李尚志「一種偉大的力」的召喚下，王曼英投身於群眾運動，「洗淨了身體」，走上了革命，成了「衝出雲圍的月亮」。在小說《到莫斯科去》中，素裳與革命黨人施洵白的相愛是一種高潔的象徵。正是施洵白代表的革命力量，把素裳從舒適而苦悶的貴族生活中解放出來，使她獲得了「新的生活」，感覺到一種「春天的氣息」。其二，革命是提升愛情境界的神奇力量。小說《光明在我們的前面》的主

---

[60] 海頓・懷特：《作為文學虛構的歷史本文》，張京媛主編：《新歷史主義與文學批評》，第172頁，北京：北京大學出版社1993年。

人公劉希堅與白華因為政治立場的不同,使得他們的愛情隱伏著裂縫與衝突。當白華由信仰無政府主義的「他者」轉變為信仰馬克思主義的「同志」時,他們之間才有了「一種聯繫的歡樂」和「心的相印」。用劉希堅的話說,這正是「共主主義的勝利!」其三,革命是愛情與革命發生衝突的最後勝利者,是主人公在激烈的思想鬥爭之後的最終歸宿。在小說《韋護》中,韋護在革命與愛情之間的痛苦衝突後,最後還是拋別了麗嘉,一個人去了廣東。

次從表層文本的人物形態看,普羅文學的中心人物是一種「奇里斯瑪」式的人物。「奇里斯瑪」(charisma)一詞源於早期基督教,本義為神聖的天賦,指有神助的人物,在文學意義上,是指具有一種象徵性、中心性、神聖性、感召力的人物。在普羅小說中,具有這種神聖性與感召力的符號是陳季俠、江霞、李尚志、施洵白、劉希堅、沈之菲等這樣一些人物,而他們無一例外都是男性革命者。他們神奇的人格魅力,不僅是章淑君、菊芬、王曼英、素裳、黃曼曼這些女性情感的光源,也是她們投奔革命的指導和動力。在素裳看來,施洵白有一種「吸引人注意的神氣」,「好像從他身上的任何一部分都隱現著一種高尚的人格」。正是這樣一個「暗示她去發現她的真理」的「使者」形象,使這個新時代的娜拉終於找到了生存的意義,從而下定決心做一個最徹底的「康敏尼斯特」。

再從文本表層的抒情形態看,普羅文學的情感世界是粗獷、暴烈、亢奮的。《光明在我們的前面》中,情節的發展有多個地方處於延宕與懸置狀態,而直接替之以抒情詩的形式,噴瀉敘事人按捺不住的狂熱與激情。摘錄如下:

　　……口號：前進！

　　……群眾衝上去。

　　……空間在叫喊。火在奔流.血在耀。群眾在苦鬥。

　　……都市暴動。鄉村暴動。森林和曠野也在暴動。

　　……地球上的一切都在崩潰。全世界像一隻風車似的
在急遽轉變。

　　……帝國主義跟著世紀末沒落下去。

　　……殖民地站起來了。貧苦的群眾從血泊中站起來了。

　　……舉著鮮血一般的紅的旗子。

　　……歡呼：鬥爭的勝利！

　　這種詩與小說的文體雜糅顯示出革命者一種燃燒的激情，
也暴露出敘事人背後政治意識的焦灼。與此相應，普羅文學的表
層意象系統表現出了一種剛猛、熱烈的陽性世界的特徵。太陽是
普羅文學中反復出現的一個意象。太陽社同人在《太陽月刊》創
刊號卷頭語宣導：「向太陽，向著光明走！」把太陽作為自己理
想的一種「希望」和「象徵」。在小說《流亡》中，沈之菲被囚
入香港的監獄，他面對美麗的朝陽發出這樣熱情的禮贊：「你燦
爛的霞光，你透出黑夜的曙光，你在藏匿著的太陽之光，你燎原
大焚的火光，你令敵人膽怖，令同志迷戀的紺紅之光，燃罷！照
耀吧！大膽地放射罷！我這未來的生命，終願為你的美麗而犧
牲。」在《到莫斯科去》、《光明在我們的前面》等小說中，人
物無一不是在向著「太陽」走。自然，這裡的「太陽」不僅是一
種自然的意象，更是一種力量、光明、青春活力的文化符號，一
種勇敢、進取、獻身精神的象徵。這種意象和左翼青年文人的內
心意象是同構的，是他們人格理想的凝鑄與化身。正如殷夫在

《別了，哥哥》一詩中的「言志」：「想做個Prometheus，偷給人間以光明」，這是大革命時代左翼浪漫文人普遍的人格訴求。

佛吉尼亞・伍爾芙指出：「一部作品的意義，往往不在於發生了什麼事或說了什麼話，而是在於本身各不相同的事物與作者之間的某種聯繫，因此這意義就必然難以掌握。」[61]左翼青年在表達他們的信仰與追求時，創造了一個神性與血性的陽剛世界；而同時，文人出身與文人本性又使他們在審美衝動中尋求著人的自由本性的理想實現。於是，在被表層文本所遮蔽的潛層結構裡，我們可以發現一個與革命意志的陽性世界絕然不同、又相互關聯的生命情感的陰性世界。

在普羅小說裡，革命往往以它的勝利使小說結構形成一種神聖、完美的圓合與封閉。但這類小說最打動人心的卻不是它的結局，而是它的過程。儘管書寫者有意在宣傳革命，但在它簡單、粗糙的小說體式裡，相對精緻、細膩的還是推動過程發展的思想情感。《流亡》中的精彩書寫是革命者流亡生活中異鄉的詩意風情、與黃曼曼離離合合的悲歡愛情、父子衝突的倫理親情。沈之菲常常懊惱自己在墮落，但也只是在心裡默念幾句「前進，前進」的口號而已。正像小說裡所描述的，沈之菲這時連自己也覺得「似乎一點也不像一個赤色的革命家，而是一個銀灰色的詩人」了。相對於小說文本中愛情、親情、鄉情與異地風情的傳神描繪，革命活動的粗糙書寫的確顯得更少「詩意」與「有趣」。

在「革命＋戀愛」的小說模式裡，最終的歸趨都是革命，但在敘事過程中，佔據中心位置的卻是愛情。素裳這個新時代的娜拉在施洵白人格魅力的感召下，終於走出了家庭，投奔了革

---

[61] 佛吉尼亞・伍爾芙：《論小說與小說家》，第33頁，上海：上海譯文出版社1985年。

命。與《傷逝》相比，它的色調更為鮮亮、明快些，但同樣有一種情感世界的苦悶、分裂與焦灼。小說從整體上呈示其藝術魅力的也正是這種私人情感世界的豐富性。在小說《韋護》裡，描述的同樣是革命者的私人情感世界。韋護最後的決擇與其說是革命勝利，不如說是逃避愛情，它從反面折射出被浪漫文人宗教化了的革命理念壓抑正常人性的痛苦與失敗。在小說《光明在我們的前面》中，張鐵英是一個無產階級女性的理想形象，正像殷夫在《寫給一個新時代的姑娘》裡想像的那樣，「不是玫瑰」，「也不是茉莉」，而是「一株健美的英雄樹」。但這樣一個「戰士」和「同志」卻讓革命者劉希堅心裡厭煩，是因為她聲音粗大、臉上多肉。他喜歡的是政治立場不同的白華，因為她「嫵媚」，「比一切畫著少女的炭畫都美」。在這裡，私人情感壓倒了階級情感，人之本性戰勝了「階級覺悟」，革命者的「審美」前提還是他們自己所批判的「小資產階級」的人性觀。文本的這種不完美的裂縫，無意中暴露和消解了左翼浪漫主義完美的烏托邦神話。我們由此可以看出，在鼓動、宣傳的公共意識下面隱藏著尋求愛與美的私人情感，在「載道」下面存在著「言志」，在紅色革命口號背後折射著一個多原色的人性世界。革命理念與人道主義在基本原則與終極方向上都具有本質的同構性，但在左翼政治的極端主義思潮影響下，人道主義被視為一種「危險」的資產階級思潮。這種人為的扭曲與割裂，使得人性的情感世界一方面在革命的合法名義下被壓抑著，但卻又本能地在文本深處訴說著，以微弱而頑強的力量拆解著幼稚的政治理念強加給人性的種種禁錮與律令。而更大的悖謬是，深層文本又不得不以這種「裂縫」的形式，來彌合著革命與人性之間被簡化又被誇大的對立。

　　在普羅文學中，革命者往往都是具有神聖性、感召力的「使

者」。但在革命者神聖的光環裡，描述最生動、刻畫最深切的卻是那些被革命感染、召喚的女性形象。這些美麗鮮活、情感豐富、富有生命氣息的女性在無形中構成了敘事、抒情的動力與焦點。在小說文本中，她們往往成為革命者情感世界的中心，甚至成為革命者敬仰的物件，人物、角色之間的位置關係從而發生了一種戲劇性的倒錯與逆轉。在《野祭》裡，文本重心是革命者陳季俠與章淑君曲折、複雜的情愛關係。陳季俠曾是章淑君仰慕的物件，章淑君卻始終是陳季俠內心世界遊移不定的中心點。章淑君在犧牲後，甚至成了陳季俠心中的英雄。「唉！我的姑娘！我望你魂靈兒與我以助力」。在這裡，革命偶像卻要從他的崇拜者那裡尋求精神的助力。

在另一類小說裡，女性甚至直接佔據了主人公的位置，男性革命者的力量是通過她們豐富的情感世界、內心活動來表現的。《到莫斯科去》中的施洵白與素裳相比，只是一個簡單蒼白的革命符號。他的人格魅力是在素裳的內心想像與情感中完成或實現的。從另外一方面講，革命者的符號性、神聖性因為這些美麗女性的存在，才恢復、還原了人的本質性、實在性與豐富性。同樣，劉希堅被刻意塑造為一個「大理石」的頭腦冷靜的革命者，也顯然是一個幻想中的鏡像英雄。革命者上帝般的完美在場恰恰反證出他的虛構性與不在場。「任情而嫵媚」的白華戳穿了劉希堅這種單面人的假像，而在與白華的感情糾葛與波折中，劉希堅的生命世界與情感世界才得以完整呈現。

在抒情形態與意象形態方面，普羅文學在無意識文本中表現出一種細膩、柔美、真切的抒情特徵，打開了一個富有愛意、安寧、和諧的月光世界。俄國哲學家索洛維尤認為：「真正的人，具有充沛理想人格的人，顯然不能只是男人或女人，而是應具有

兩種性別崇高統一的人。」[62]人有追求真理的思想，也有釋放心靈的夢想，這是人類自具自足的天性。對具有革命狂熱症的左翼青年文人來說，詩人氣質同時也使他們具有更多的人性敏感。蔣光慈不滿於人們「沈醉於什麼花呀、月呀」的低迷，「率先跳出來做粗暴的叫喊」，但隨後又這樣表白：「我愛美的心或者也許比別人更甚一點；我也愛幻遊於美的國度裡」[63]。所以說，他們對革命的認同，「反抗糞堆裡的生活」，目的還是為了「尋一條走到花月愛美的道路！」[64]如果說在政治層面上，左翼青年文人著意表現紅色暴動，並且把熱烈、焦灼、亢奮的革命激情宣洩於文學中，那麼在審美層次上，人的心靈與夢想便以潛隱的方式流露出來。

　　普羅小說對個人世界的壓抑主要通過文本形式自行呈現出來，因而其雙重性徵更多還表現為一種無意識，而普羅詩歌奇怪的「刪詩」現象則將左翼浪漫文學的矛盾傾向直接暴露出來。蔣光慈在《戰鼓》中刪去了自己的部分詩作，殷夫則要把一部分詩送到「孩兒塔」，即死孩子的墳墓裡去。原因正如他在《「孩兒塔」上剝蝕的題記》中所說，這是他「陰面的果實」。這些詩歌的共同特徵是傾訴青年詩人的漂泊、孤苦與寂寞，以及愛的懷戀與故園的思念。殷夫的《幻象》與寫於同年的《一九二九年的五月一日》相比，是兩個完全不同的世界的聲響。後者這樣吶喊：「這五一節是『我們』的早晨，這五一節是『我們』的太陽！」「我已不是我／我的心合著大群燃燒。」與這種「狂叫，狂叫」的鼓動詩不同，《幻象》寫出了一個詩人自我心靈的寂寞、空幻

[62]　加斯東·巴什拉：《夢想的詩學》，第109頁，北京：三聯書店1996年。
[63]　蔣光慈：《少年漂泊者·自序》，《蔣光慈文集》第1卷，第3頁。
[64]　蔣光慈：《現代中國的文學界》，《蔣光慈文集》第4卷，第147頁。

與憂傷，一個現代青年在精神的曠野上對「心的家鄉」的尋找。「冰樣，雪樣，淚樣」的月光，是詩人渴求和諧與愛的心像，也是漂泊者「如萍兒樣無邊地蕩漾」的靈魂庇所。這是與「我們」、「燃燒」、「太陽」截然不同的別一世界：「我」、「孤涼」、「月輝」。雖然這不是同一首詩歌，但作為同一時期的詩歌，我們仍可以借助文本的雙重性視角進入這類詩歌的雙重世界。殷夫在幼稚的革命理念下試圖要埋葬一些一直未曾公佈的「陰性的果實」。這種「純潔」的意識似乎是清醒的，但恰恰又是不自知的。

人們過去似乎一直沒有注意到，魯迅給《孩兒塔》所做的序與殷夫自己所寫的題記是相互矛盾的。殷夫的想法是「埋葬病骨」，而魯迅卻給《孩兒塔》以極高的評價，稱它「有別一種意義在」，讚美它「是東方的微光，是林中的響箭，是冬末的萌芽，是進軍的第一步，是對於前驅者的愛的大纛，也是對於摧殘者的憎的豐碑。」[65]應該說，過去很多學者也注意到魯迅評價的意義，但他們從某種抽象的政治立場出發，把魯迅對殷夫前期詩歌的具體評價硬扯到《別了，哥哥》、《血字》等這樣一些後期的政治鼓動詩上，這種違心之論是對魯迅初衷的明顯誤讀。在1990年代，曾經有人發現了這一點，但囿於傳統的批評觀念與思維方式，仍不能正視殷夫前期愛情詩與抒情詩的真正價值[66]。革命詩人的愛情詩誠然與革命鬥爭有一定關聯，但也有相對獨立的個人世界。無視這一點，自然看不出魯迅評價的「別一種意義」

---

[65] 魯迅：《且介亭雜文末編·白莽作〈孩兒塔〉序》，《魯迅全集》第6卷，第494頁。

[66] 參見徐舟漢：《殷夫前期詩歌評價的幾個問題》，《長沙水電師院學報》1994年第3期。

來。同一部詩集，一個說是「病骨」，一個指出其「意義」，我認為，這種相互矛盾應該是批評立場不同所致。以《孩兒塔》中的《呵，我愛的》一詩為例。詩中結尾這樣寫道：「呵，我的愛是一朵玫瑰。／五月的蓓蕾開放於自然的胸懷。」這首詩很容易讓人聯想起魯迅在讀到一位不相識的少年寄來的愛情詩時的高聲禮贊：「人之子醒了」[67]。可以這樣說，始終堅持人的啟蒙立場的魯迅在敬佩青年詩人純真的政治信仰與熱情時，也敏銳地發現了「陰性」文本裡愛情湧動的新鮮與健朗，感受到了現代人生命氣象的萌發與覺醒。殷夫卻以幼稚的革命理念把「開放於自然的胸懷」的「愛」批判為「病骨」，因而使得具有現代人性意義的詩篇以「埋葬」的形式隱存於詩集中。

三、左翼浪漫主義文學命運：悲劇的歸途

　　1931年8月31日，左翼浪漫主義文學思潮的主將蔣光慈在貧病和寂寞中死去。在此前一年，《紅旗日報》發佈了對蔣光慈這位最早與劉少奇（1898-1969）等人赴蘇聯學習的中共黨員開除黨籍的消息，文中稱他「已然不能克服他小資產階級浪漫性」[68]。錢杏邨（阿英，1900-1977）在追悼蔣光慈的專號裡說他「在發展的浪潮中生長，在發展的浪潮中死亡」[69]，是對蔣光慈文學活動的概括，也是左翼浪漫文人悲劇命運的整體寫照。朱自

---

[67]　魯迅：《熱風・隨感錄四十》，《魯迅全集》第1卷，第321頁。

[68]　《沒落的小資產階級蔣光赤被共產黨開除黨籍》，原載《紅旗日報》1930年1月23日第三版，方銘編：《蔣光慈研究資料》，第183頁。

[69]　方英（錢杏邨）：《在發展的浪潮中生長，在發展的浪潮中死亡》，原載《文藝新聞》第27期，1931年9月15日「追悼蔣光慈專號」，見方銘編：《蔣光慈研究資料》，第103頁。

清在談到1928年的文學形勢時感歎說：「幾年前，『浪漫』是一個好名字，現在它的意義卻只剩下了諷刺與詛咒。」[70]在浪漫主義最受到批判與否定的這個時期，恰恰卻是左翼浪漫主義文學的高峰時期。從1928年到1931年，它一度成為當時最流行、最先鋒的文學思潮。連丁玲也驚呼自己不自覺地「陷入戀愛與革命衝突的光赤的阱裡去了」[71]。而到了1932年，這種曾被錢杏邨稱為「始終是站在時代前面」的文學思潮，卻遭到全面的、有組織的否決與清算。布魯姆（Harold Bloom，1930- ）曾諷刺西方文學的浪漫主義批評說：「我們身處浪漫派之中，要否定浪漫派本身正是浪漫派式的行為。」[72]左翼文學在上世紀二、三十年代的兩難境地是浪漫主義詩學在中國的一個辛辣的注腳。從文學運動的「先鋒」到「障礙」，從時代的弄潮兒到棄兒，從文學的神壇到歷史的祭壇，無論是命運的播弄還是時代的選擇，都是我們不得不面對的歷史真實。

1、三種觀念：外部批評的問題

概括地說，對左翼浪漫主義文學的批評在1930年代主要有三種趨向：一是「唯物辯證法」的現實主義批評觀，二是浪漫主義歷史過程論的批評觀，三是「小資產階級」的思想立場批評觀。在特定的歷史時期，應當看到這三種批評觀的歷史合理性與積極性，也應當看到三種批評觀的歷史限定性與褊狹性。很長時期以來，我們的研究基本上是在這三種批評觀的影子下做著類似「以

---

[70] 朱自清：《那裡走》，《朱自清全集》第4卷，第231頁，南京：江蘇教育出版社1996年。
[71] 丁玲：《我的創作生活》，《創作的經驗》，上海：天馬書店1933年。
[72] 柄谷行人：《日本現代文學的起源》，趙京華譯，第22頁，北京：三聯書店2003年。

六經注六經」的重複闡釋的工作。要超越左翼文學研究積滯不前的現實，就不能不首先跨越這段批評的歷史。

「唯物辯證法」的現實主義批評觀的代表人物是茅盾（1896-1981）與瞿秋白，但二人的側重點又有所不同。茅盾作為一個作家，主要從文藝的創作實踐方面指出左翼浪漫主義文學的「臉譜主義」和「方程式」描寫「不合於實際的生活」的問題，因而他提出「作家們還當更刻苦地去儲備社會科學的基本智識，更刻苦地去經驗複雜的多方面的人生，更刻苦地去磨練藝術手腕的精進與圓熟」。[73]茅盾的眼光無疑是敏銳的，他準確地抓住了左翼青年作家「有革命熱情而忽略於文藝的本質」[74]的問題。但同時，我們也會發現，茅盾所操持的批評武器與思維方式完全是源於現實主義理論的。比如他強調的「社會科學」，基本上是對泰納實證主義與福樓拜科學自然主義理論的融合。用現實主義理論去要求另一類型的浪漫主義文學，自然會得出「差不多公認是失敗的結論」，這顯然是不合適的。他在指出這類文學的缺點時，恰恰在用現實主義理論的優勢遮蔽浪漫主義文學的優勢。如果強調浪漫主義「照原有的描寫出來」，「不把個人的主觀混進去」，[75]那麼浪漫主義文學也就失去了其本質規定性，也就不屬於浪漫主義文學的範疇了。因而，這種批評理論的錯位毋寧是一種「強加」。以蔣光慈的小說閱讀體驗為例，《麗莎的哀怨》以豐富的內心獨白敞開了一個豐富的情感世界、人性世界，看不出有什麼「臉譜化」的痕跡。相反，因為傾向於現實主義而被稱為

---

[73] 茅盾：《序文・地泉讀後感》，《地泉》，第19頁，上海：湖風書局 1932年。
[74] 茅盾：《從牯嶺到東京》，《小說月報》1928年10月10日。
[75] 茅盾：《從牯嶺到東京》，《小說月報》1928年10月10日。

「成熟之作」的《咆哮了的土地》，藝術處理的粗疏化、概念化痕跡卻比比皆是，非常明顯。之所以出現敗筆，正是因為作家違背了自己的浪漫個性和美學原則，盲目遵從了自己所不熟悉或不擅長的現實主義理論指導的緣故。

與茅盾強調文學創作相比，瞿秋白主要從理論上清算了「革命的浪漫諦克」，提出了新的「路線」問題：「應當走上唯物辯證法的現實主義的路線，應當深刻的認識客觀的現實，應當拋棄一切自欺欺人的浪漫諦克，而正確反映偉大的鬥爭只有這樣方才能夠真正幫助改造世界的事業」。[76]作為左翼政黨領導人的瞿秋白，對左翼浪漫主義文學膚淺的歷史意識、政治觀念做了坦率、尖銳的批評。但瞿秋白所倚借的理論資源同樣是一種值得反思的機械論。他的理論觀念完全是前蘇聯「拉普」理論的照搬，強調「唯物辯證法」，反對所謂的唯心主義「觀念論」。這種把藝術方法和哲學觀念混為一談的提法本身就缺乏「辯證法」。因而，它在廓清左翼浪漫主義文學的浮泛之風時，也助長了另一種機械論的風氣，給文學的發展帶來了新的缺陷與問題。比如，概念化問題是左翼文學普遍存在的一個痼疾，但現實主義批評觀又把概念化與浪漫主義簡單等同起來，很容易產生病源與病根全在於浪漫主義的誤識。這樣，「唯物辯證法」不僅沒有使概念化的通病得以消除，反而在以世界觀代替創作方法的理論宣導中，導致概念化問題更加膨脹。

浪漫主義歷史過程論的批評觀以鄭伯奇等人為代表。鄭伯奇（1895-1979）肯定了左翼浪漫主義文學思潮的歷史合理性，他指出，「普洛革命文學的第一期，確實是一個浪漫主義的時代；

---

[76] 易嘉（瞿秋白）：《序文・革命的浪漫諦克》，《地泉》，第7頁。

因之，第一期的作品，也充滿了浪漫主義的色彩。」但在「大膽地肯定了這歷史的過程」後，他又得出這樣的結論：「普洛寫實主義的文學，只有這樣才可以產生；唯物辯證法的文學方法，也只有這樣才可以獲得」。[77]這種看似合乎歷史辯證法的結論雖然肯定了浪漫主義文學思潮，但這種肯定背後隱伏著一種人為的否定，即浪漫主義已經過時，它只是現實主義文學的前奏。這種批評觀實質上還是一種簡單的進化論思想在文學研究中的折射，未擺脫新文化運動時期陳獨秀在《現代歐洲文藝史譚》所樹立的話語模式。以浪漫主義的犧牲為「合理」，客觀上也造成了現實主義獨尊的「必然」。馮雪峰對《水》的評價也說明了這種問題的普遍性。他把「從浪漫諦克走到現實主義」視為「新的作家」、「新的小說」的「路標」。言外之意，浪漫主義不合時宜，甚至是「新的作品的誕生」的「阻礙」。[78]

　　「小資產階級」思想立場批評觀的代表人物是華漢、錢杏邨等人。與茅盾的文藝批評相比，華漢、錢杏邨等人強調的是作品的思想內容。錢杏邨在《地泉序》中認為，初期普羅文學「包含了許多不正確的傾向」，如「個人主義的英雄主義的傾向」、「浪漫主義的傾向」、「才子佳人英雄兒女的傾向」、「幻滅動搖的傾向」。這也是我們後來許多文學史沿襲的一種說法，即使在以比較寬容的態度肯定其正面意義時，也沒有對其「不正確」的定論表示懷疑。我們不懷疑錢杏邨指出的這幾種傾向，問題是，這幾種傾向是否就是「不正確」的，又為何「不正確」？即使「不正確」，是否又是在青年人那裡普遍存在的一種現實傾向

---

[77] 鄭伯奇：《序文・地泉序》，《地泉》，第10-11頁。
[78] 丹仁（馮雪峰）：《關於新的小說的誕生》，載《北斗》1932年1月20日第2卷第1期。

呢？左翼浪漫主義文學本質上是一種青年文化思潮在激進時代的
反映。青年人強烈的個性意識與使命感的歷史聚合必然產生拯世
救民的英雄主義理想。他們崇拜拜倫，就是因為英雄精神的內在
相通。這種叛逆的撒旦精神背後，是對人類苦難的同情與愛，從
這些青年人的詩作中我們能感受到這種無處不在的人類精神。
「才子佳人」從一個側面反映出這些左翼青年的文人本性，其實
這也是青年人的天性，或者說是一種美好的人生設計和生活理
想。如果一味把它視為封建餘毒之類的東西予以簡單否定，批評
家也可能成為自己所批評的衛道士了。再說「幻滅動搖」傾向，
這自然是一種灰色的情緒，但問題是，這是不是歷史真實，是不
是大轉折時期追求進步的青年人普遍的心理真實呢？茅盾的同名
小說證實了這種情緒的非「空想」性，而茅盾所批評的革命加戀
愛在他自己的小說中也比比皆是，甚至有過之而無不及。退一步
說，左翼文人作為人的一面也應該有生命的顫慄、感情的波動，
如果只許他們帶血的吶喊而不準帶淚的「哭訴」，並據此斥之以
「幻滅動搖」，就成了一種明顯的「唯理論」了。

　　與錢杏邨相比，華漢以政治批評代替文學批評的傾向更為
明顯，也更走極端。華漢對茅盾就文藝談文藝直接表示不滿，認
為這是「片面」和「形式」的。他從瞿秋白提出的「革命的浪漫
諦克」路線問題出發，進一步挖掘階級根源，認為之所以有「革
命的浪漫諦克」的路線，「正因為我們的作家的生活觀點和立
場都是小資產階級的」。[79]為適應革命文學發展的現實需要，這
種批評觀做出了積極的反省，後果卻是消極的：一是把「理想
化、高尚化」的人性要求簡單歸之於小資產階級劣根性的政治幼

---

[79] 華漢：《序文・「地泉」重版自序》，《地泉》，第33頁。

稚；二是以政治批評取代文學批評，忽視文藝本質。給浪漫主義
文學以政治定性，不是解決左翼浪漫主義遺留的觀念論等問題，
而是在用新的觀念論取代舊的觀念論，同樣不利於文學的「健
康」發展。周揚後來雖然也肯定了「英雄主義」與「積極浪漫主
義」[80]，但用「積極」與「消極」的二元對立來判斷浪漫主義，
實際上也是政治批評與道德批評觀念的延續。而周揚看似合理的
二分法也未被警覺，至今仍為現在的文學史所沿用。

　　以上三種批評觀雖然是針對左翼浪漫主義文學思潮的總清
算，但它們的影響又不限於1928年前後的浪漫主義文學思潮，其
話語模式波及整個主流文學，時間甚至延伸到當下的左翼文學研
究。要鑒別、清理這幾種批評觀的負面影響，研究者首先必須打
破這些批評觀帶來的思維定勢，走出這些批評觀的現實陰影。

2、三種根源：自身存在的問題

　　左翼浪漫主義文學思潮曾以輝煌的流行營造了紅色喜劇的
神話，卻以悲劇的沉默結束了一段陷入黑色命運的歷史。內在的
問題往往來自本身，對左翼浪漫主義文學來說，外部的激烈批評
是導致其悲劇命運發生的直接原因，但不是根本原因。相較而
言，左翼浪漫主義文學置身其中的尷尬的歷史語境、自身的矛盾
品格、創作主體的兩難境遇，構成了最本質的問題。也就是說，
左翼浪漫主義文學思潮的湮滅，不是因為左翼文學選擇了浪漫主
義，而是因為極左政治文化語境與創作主體精神的壓抑導致了浪
漫主義生長過程中的矛盾與脆弱。

　　1928年前後，是大革命處於低潮的時期，卻是左翼意識形態

---

[80] 周起應（周揚）：《關於「社會主義的現實主義與革命的浪漫主
義」》，載《文學》1936年1月1日第6卷第1期。

高漲的年代。在這段時期「異軍突起」的左翼浪漫主義文學思潮遭遇到兩種極左思潮的夾擊。首先是日本的福本和夫的「進軍號主義」。由於認同知識份子的先鋒作用，強調從意欲理念出發去「煽動」，去「宣傳」，因此與喜歡領導新潮的激進青年一拍即合。在這種思潮影響下，他們創造了大量政治熱情過剩、文學審美匱乏的標語口號文學。其次是前蘇聯「拉普」文學的影響。「拉普」受左傾機械論與庸俗社會學的影響，卻一直以無產階級文學的正統自居。「唯物辯證法」在1930年代成為流行的口號，而攻擊左翼浪漫主義的理論資源也幾乎全部來自「拉普」。把浪漫主義與現實主義相對立，並進而與革命、唯物主義、世界觀對立，以致把浪漫主義等同於「主觀唯心論」、「小資產階級意識」，等同於「反革命」，一步步上綱上線，是這種左傾機械論的直接後果。從這個方面說，左翼浪漫主義文學的悲劇命運根源不在於浪漫主義的文學觀念、創作方法，而在於浪漫主義背後糾合的複雜的政治文化衝突。其夭亡的罪責也不在於浪漫主義，而在於視其為罪責的政治觀念。

　　從左翼浪漫主義文學思潮自身來說，它的文學生命一開始就是不健全的，潛伏著矛盾與悖論的因數。如果說郭沫若在「五四」時期還願做一隻吞吐日月的天狗，還能在宇宙、大海間馳騁其高遠的想像力，充分展露自我與個性精神的話；那麼在暴風驟雨的大革命年代，蔣光慈們只能馱著一雙沉重的翅膀，在沉悶的大地上滑翔，用「我們」的聲音為一個勞苦的階級發出「戰叫」和嘶喊。左翼浪漫主義文學雖然從一種虛空高蹈回到了人間塵世，但也付出了審美想像與個性萎縮的代價。「五四」時期的浪漫主義便隱含著「為人生」與「為藝術」的雙重性，而到了左翼浪漫主義時期，這種隱含的雙重性已成為一種顯在的矛盾。

　　對左翼浪漫主義來說，自覺認同政治領導成為它最高的原則。在這種意識形態威下，文學被重新定義為一種「武器」或「宣傳」。這樣，文學與政治兩種範疇在表面的親和中發生了實質性的游離，文學被消解為工具器物，淪為意識形態父權下「第二性」的角色。而更大的悖論是，文學一旦認同了意識形態權威，就必須聽從它的指令，服從它的判決，即使它本身也存在著各種各樣的問題。當政治選擇了現實主義為利器去批判、暴露社會的黑暗與腐朽時，張揚個性與夢想的浪漫主義就成為一種不合時宜的選擇。作為左翼浪漫主義文學主力軍的太陽社，它的出現卻是打著有名無實的「新寫實主義」旗號，在理論上標榜自己「為無產階級」的政治立場，在實踐上從事著浪漫主義風格的寫作。這種沒有「正名」的出場一開始就決定了左翼浪漫主義文學理論品格的矛盾與脆弱。蔣光慈晚年寫的一部並不成熟的現實主義小說《咆哮了的土地》，是在革命政治的壓力下要求「進步」和「成熟」的努力，也是違背自己浪漫個性的放棄和退讓。

　　不同於沈從文的田園出路和無名氏的宗教出路，左翼浪漫主義文學以強烈的叛逆個性與青春熱情找尋到了一條政治出路，並積極靠近政治、干預政治。激進的熱情與敏銳的天性使他們自覺成為時代精神的唇舌，但同時也因此擺脫不了時代的限制。尤其是在意識形態的文化霸權下，這種帶有特別色彩的文學就必然出現由文學干預政治發展為政治干預文學的悖論。正像美國學者丹尼爾・貝爾（Daniel Bell）評價蘇俄文學中被稱為「藝術革命先導」的立體主義和未來主義時所說的：「三十年代這一潮流結束了。剩下的只有黨所規定的社會主義現實主義冷布丁……很明顯，其中的問題是……藝術家和作家的獨立性或漂動總向是否會

導致同黨的指導方向的分歧」[81]。而在文化體制與文藝思想完全
橫移蘇俄的「紅色三十年代」，左翼浪漫主義文學所罹受的厄運
與磨難也就毫不奇怪了。

　　激進主義是上世紀二、三十年代一個鮮明的政治文化標記。
以功利主義為前提的左翼浪漫主義正是在這種文化語境催生下的
一種特殊樣態的文學思潮。在激進主義思潮的鼓動和影響下，現
代文學開始出現一種奇怪的回躍，但這種回躍卻不是一種傳統意
義上的復古，因為它的價值承擔主體是經過「五四」思潮洗禮、
個性已開始覺醒的現代青年。可以說，「五四」浪漫主義向左翼
浪漫主義的轉變正是由一批具有強烈的個性意識、追慕拜倫精神
的青年完成的。這些浪漫文人因為「企望找到一種意識形態的公
式得到立即解放，」[82]把革命當作自我的信仰與追求。康德說，
把一種外在律令轉化為一種內在信仰或「絕對律令」的人是自
由的，問題是，當「絕對律令」被異化為一種意識形態霸權，
它就成了一種否定個性的「外在壓迫」了。就像瑪律庫塞曾擔憂
的那樣，「馬克思主義理論恰好被屈從於它在社會整體中所揭露
並與之鬥爭的那種物化之下[83]。這樣，精神本質上是一種個性主
義、自由主義的浪漫主義與左翼政治之間必然發生抵牾，而其中
既追求進步又具有強烈個性的左翼知識份子不能不陷入兩難的
境地。對於文學尤其是具有強烈個性與感情色彩的浪漫主義文
學來說，創作主體精神的壓抑與扭曲無疑是其生命力萎頓的本質
根源。

[81]　丹尼爾・貝爾：《資本主義文化矛盾》，第64頁，北京：三聯書店
　　　1989年。
[82]　黃仁宇：《中國大歷史》，第272頁，北京：三聯書店1997年。
[83]　瑪律庫塞：《審美之維》，《西方二十世紀文論選》第4卷，第345-346
　　　頁，北京：中國社會科學出版社1989年。

　　和當時的許多知識份子一樣，朱自清在1928年也經歷了一種個性自由與革命政治發生強烈衝突的苦惱與迷茫。他指出，「在這革命的時期」，「一切權力屬於黨」。「在理論上，不獨政治，軍事是黨所該管；你一切的生活，也都該黨化。黨的律是鐵律，除遵守與服從外，不能不說半個『不』字，個人——自我——是渺小的；在黨的範圍內發展，是認可的，在黨的範圍外，便是所謂『浪漫』了。這足以妨礙工作，為黨所不能容忍。」[84] 如果說，自由知識份子在1928年還為「個性」與「黨」的兩難選擇處於一種往「那裡走」的彷徨，左翼浪漫文人則以「盜火煮肉」的殉道精神顯示出了革命者慷慨赴義的氣魄。然而，這種大無畏的殉道精神是以壓抑、犧牲個性為代價的。更令人深思的是，首先宣導、回應「從個人主義到群體主義」，並進而把個人主義與個性自由兩種不同的概念相等同的左傾幼稚病者，正是這些以強烈的個性與反抗精神皈依革命的人。殷夫把自己個人世界的詩歌稱為「陰性的果實」與「病骨」，既顯露出這些左翼青年革命覺悟的「自覺」，又暴露出他們壓抑個性其實又難以簡單否決自我的焦慮與隱痛。蔣光慈曾經以樂觀的口氣嘲笑詩人海涅（Christian Johann Heinrich Heine，1797-1856）對革命風暴又喜又懼的兩難心態：「多情的海涅啊！你為什麼多慮而哭泣呢？」[85] 但他自己最終也因堅執的個性和公開反對黨內冒險路線的行為，與雨果（Victor Hugo，1802-1885）評判「浪漫主義天才的命運」一樣，「成為一個放逐者」。[86] 普實克在評價中國的浪漫主義

---

[84] 朱自清：《那裡走》，《朱自清全集》第4卷，第231頁，南京：江蘇教育出版社1996年。
[85] 蔣光慈：《無產階級革命與文化》，《蔣光慈文集》第4卷，第135頁。
[86] 李歐梵：《浪漫思潮對現代中國作家的影響》，賈植芳主編：《中國現代文學的主潮》，第88頁。

文學運動時指出：「歐洲浪漫主義的發展最後導致極端個人主義的唯我主義，而中國浪漫主義的發展最後卻是回到現實與群眾。」[87]這是一種合乎事實的總結，只是，已經沒有多少人可以感受到其中的複雜與沉重，生命的流逝與掙扎了。

---

[87] 轉引自尹慧珉：《普實克和他對我國現代文學的論述》，《文學評論》1983年第3期。

第四章
當啟蒙遭遇救亡
──周作人的道德文章與「淪陷」悲劇

　　自從李澤厚（1930- ）提出「啟蒙與救亡的雙重變奏」[1]之說以來，困擾中國學界的啟蒙問題似乎因此找到了「根本解決」的答案，而其高屋建瓴的概括也的確打開了新文學研究的一條新思路。但反諷的是，當一種思考陷入思考者自己也質疑的「根本解決」的方式時，就有可能偏離事實真相。實際上，任何一種宏觀的解釋都是為了描述方便而止於大體概括，不可能窮盡所有的事實與細節。正如一位學者所指出的：「我們對於思想史『傳統』的敬仰要求我們重構一個完整有序的思想體系，但對完整性的偏愛會使我們忽略理論思維中的失敗和缺省之處，這些表達的失敗和盲點，可能比完美的整體更富於啟發性。」[2]就本議題而言，至少在周氏兄弟那裡，他們個人所堅持的啟蒙理想與救亡意圖並沒有因為突出哪一方面而刻意「壓倒」另一方面。如前所論，在魯迅那裡，「立人」的啟蒙話語與「富強」的救亡話語同屬一種「現代」觀念，不是互相否定與排斥的關係，而是孰為根本與枝葉的問題。魯迅的「立人」思考指向「個人尊嚴」與「人生意義」，但並不以「人國」的放棄為代價；他反對狹隘的民族主義與國家主義思想，痛斥「崇侵略」思想為「獸性的愛國」；但也認識到消弭國家存在的「戰爭絕跡，平和永存」[3]只是一種不切實際的幻想。事實上，國家意識反倒使魯迅確立了一種「比較既周，爰生自覺」的主體意識，並由此建構出了一種獨特的啟蒙詩學。從一開始，魯迅就遭遇了「欲揚宗邦之真大」的救亡問題，

---

[1]　李澤厚：《啟蒙與救亡的雙重變奏》，許紀霖編：《二十世紀中國思想史論》上卷，第71頁，上海：東方出版中心2000年。

[2]　王斑：《全球化陰影下的歷史與記憶》，第32頁，南京：南京大學出版社2003年。

[3]　魯迅：《集外集拾遺補編・破惡聲論》，《魯迅全集》第8卷，第32頁，北京：人民文學出版社1981年。

而他也在一開始就在本末之辨中以「效不顯於頃刻」[4]的啓蒙詩學做了解答。直到晚年加入左聯，魯迅所想到的還是如何以大眾語、圖畫之類的啓蒙方式促進民眾的覺醒問題，並沒有因為革命話語的炙手可熱而放棄基本的啓蒙立場。可以說，魯迅的啓蒙理想儘管不以救亡目的為滿足，也不以政治鬥爭為手段，但也是為了救亡，或者說包含了救亡。

如果說魯迅在開始思考如何「大其國於天下」[5]的問題時，救亡還停留在「圖富強」的階段，那麼隨著全面抗戰的爆發，救亡則就真的成了必須「救亡」的現實問題。而在這一時期，魯迅已辭別人世，他所無法經歷的啓蒙命運由他的弟子胡風（1902-1985）做了一種悲壯的承擔，也由他的弟弟周作人（1885-1967）做了一種難堪的說明。曾經同氣相求的同胞兄弟因家事而分裂，從此經歷了兩種不同的人生選擇，一個為道德光環所籠罩，一個被道德陰影所糾纏，不能不讓人扼腕嘆惜。然而，以人事之間的決絕來說明周氏兄弟精神世界的隔膜，我總覺得是不可想像的事情。當兩個人在各自的晚年文字中相互提到對方，語言中有不滿，卻也有同情，而從出於自尊而相互壓抑的文字聯繫中，不也可以看到一種思想上依然可以相互說明與溝通的可能嗎？面對淪陷的北平，儘管可以想像周氏兄弟在選擇去留問題上的大不同，但在二人相互堅持的啓蒙問題上，周作人所經歷的那種「失敗主義式的抵抗」[6]命運，與魯迅又何嘗沒有一種隱秘而深刻的精神聯繫呢？

4　魯迅：《墳・摩羅詩力說》，《魯迅全集》第1卷，第69頁。
5　魯迅：《墳・摩羅詩力說》，《魯迅全集》第1卷，第99頁。
6　木山英雄：《北京苦住庵記：日中戰爭時代的周作人・致中文版讀者》，第3頁，北京：三聯書店2008年。

一、「真的科學精神」：「重知」與「重倫理」之辨

在中國，像日本學者木山英雄（1934-）那樣希望「能夠以更為自由的心境來閱讀周作人」[7]，恐怕是很困難的事情。由漢奸污名帶來的道德「原罪」，是閱讀周作人的中國學者無法繞過的難題。理直氣壯的道德批判成為一種無法深入閱讀的知識障礙，似乎是一種悖論，然而事實又的確如此。圍繞周作人在淪陷時期的「失節」行為，研究者之間的爭議甚至不是如何研究，而是該不該研究的問題。這似乎是個案現象，但實際上也觸及了一個更深層、也更普遍的問題：如何看待文學史研究中的知識與道德關係？不釐清這個前提問題，就無法解決長期以來一些糾纏不休的老問題。首先，在學術態度上，道德與知識的相互關係應該是怎樣的，如何理解「道德高於知識」的學術原則？其次，周作人作為一個「五四」時期以反禮教聞名的啟蒙思想者，能否因為行為方面的道德淪喪問題忽視其知識方面的道德學說價值，或者因為知識方面的道德學說價值回避其行為方面的道德問題？再次，能否如目前一種看似客觀、辯證的流行做法那樣，將周作人的文學與道德問題一分為二來論述？如果就此分割，一個完整的周作人勢必會成為兩個完全相反的形象：一個是完美的道德說教者，一個是醜惡的道德背逆者。進一步說，周作人的思想與行為即使存在分裂的兩面性傾向，這也是一個人的整體表現，只能放在整體的視野中來考察。否則，自相矛盾、相互分裂的研究是否還屬於周作人自己，是否還具有合乎實際的認知價值？

---

[7]　木山英雄：《北京苦住庵記：日中戰爭時代的周作人・致中文版讀者》，第1頁。

　　在社會角色與責任意識上，知識份子無論是知識的創造者還是傳播者，無論是道德的立法者還是闡釋者，也無論思想信仰前後發生了怎樣的變化，之間又有怎樣的分歧，知識與道德作為精神生活的一體兩面，始終是他們關注的基本問題。對「五四」以來的現代中國知識份子來說，知識與道德的啟蒙使命是他們承擔的基本職責，二者互有分際而不可分割。對於試圖將知識與道德強行分割的做法，魯迅在留日時期就曾著文批判說：「人有謂知識的事業，當與道德力分者，此其說為不真，使誠脫是力之鞭策而惟知識之依，則所營為，特可憫耳。」[8]自晚清以降，中國儒家的天理世界觀逐漸為科學的公理世界觀所取替，在知識上逐漸形成了相對完整的科學知識譜系，而道德也被納入了這一知識譜系之中。在這個意義上，汪暉指出：「『五四』新文化運動也是一個科學話語共同體的運動，即一個將科學的信念、方法和知識建構為『公理世界』的努力。」[9]周作人在總結自己的啟蒙理念時便集中在科學知識與道德思想這兩個方面。他反覆強調的「常識」就是「人情與物理」：「前者可以說是健全的道德，後者是正確的智識」；而要求也是這兩點：「其一，道德上是人道，或為人的思想，其二，知識上是唯理思想。」[10]對周作人來說，知識與道德是他關注的兩個基本問題，是其啟蒙思想的一體兩面。儘管對傳統的載道文學心存反感，周作人還是發現，「自己一篇篇的文章，裡邊都含著道德的色彩與光芒」。他由此反省說：「我原來乃是道德家，雖然我竭力想擺脫一切的家數，如什麼文

8　魯迅：《墳・科學史教篇》，《魯迅全集》第1卷，第29頁。
9　汪暉：《作為科學話語共同體的新文化運動》，《現代中國思想的興起》
　　第二部（下卷），第1208頁，北京：三聯書店2004年。
10　周作人：《一簣軒筆記・序》，陳子善、張鐵榮編：《周作人集外文》
　　（下集），第575頁，海南：國際新聞中心出版社1995年。

學家批評家，更不必說道學家。我平素最討厭的是道學家（或照
新式稱為法利賽人），豈知這正因為自己是一個道德家的緣故；
我想破壞他們的偽道德不道德的道德，其實卻同時非意識地想建
設起自己所信的新的道德來。」[11]在這裡，「新的道德」即「人
道」，是建立在理性思想與科學知識的基礎上的，它反對虛偽的
道學，不反對道德本身。周作人後來在梳理自己「思想徑路的簡
略地圖」時，就盛讚荷蘭人威思忒瑪克教授的「大著《道德觀念
起源發達史》兩冊，於我影響也很深」，因為「闡明這道德流動
的專著，使我們確實明瞭的知道了道德的真相，因此也不免打碎
了些五色玻璃似的假道學的擺設」[12]。周作人推崇這部書，是希
望以科學的方式認知道德的真相，兼具道德與知識教育的雙重目
的。在1925年著名的「青年必讀書」事件中，周作人為青年人開
列了十部書，其中就有威思忒瑪克的這部道德學著作，用心可謂
良苦。

在知識與道德的學術關係上，強調「道德高於知識」或「良
知先於理論」的學術原則在中西方並無不同，但具體的學術態度
與理解又存在很大差異。如果說蘇格拉底的「知識即美德」更
崇尚知識的力量，孔子的「有德者必有言」則更強調道德倫理
的重要性。在學術原則的理解方面，康德指出，「學問的本性
似應要求隨時把經驗的部分和理性部分謹慎分開」，「在實踐
人學之前，再加一個道德形而上學」[13]。而道德形而上學之所以
成為「真正的最高道德原則」，首先是因為它「無不超於一切

[11] 周作人：《雨天的書・自序二》，《周作人自編文集・雨天的書》，第
　　 2-3頁，石家莊：河北教育出版社2002年。
[12] 周作人：《我的雜學》，《周作人自編文集・苦口甘口》，第71-72頁。
[13] 康得：《道德形而上學原理》，苗力田譯，第3頁，上海：上海人民出版
　　 社2005年。

經驗」，「都是先於經驗而存在的，並必然具有普遍性或抽象性」；其次是因為它「完全以純粹理性為根據」[14]。孔子的一部《論語》反復闡釋的也是「道德高於知識」的理念，但儒家的道德規範完全不同於康德的道德形而上學，它混雜著宗教、政治、倫理等不同經驗層次的東西，具有鮮明的功利主義和實用主義傾向，因而常常為統治者所操縱和利用[15]。在實用主義的思維模式下，學術研究的道德原則很容易被不同時期道德化的主流意識形態所取替，成為一種道德霸權。從表面上看，意識形態化的道德話語似乎佔有高高在上的絕對統治地位，但實際上已下降為一種可以隨意主宰知識解釋權的工具性的東西，與道德不涉功利的「普遍性」和「純粹理性」原理是相違背的。熟諳東西兩種文明的周作人對此有著非常清楚的認識。一方面，他讚賞希臘「為知識而求知識的態度甚可尊重，為純粹的學問之根源」，是一種「真的科學精神」[16]；一方面也感歎「中國儒家重倫理」而「持之太過」[17]，以致求知態度「在中國又正是缺少」[18]。

　　具體而言，道德實用主義會給學術研究帶來如下問題：其一，將道德與知識混為一談以致混亂莫辨。道德與知識在學術研究中相互制衡而互有分際，二者不可分割但也互有分別。而儒家「尊德性」的特殊要求，使得知識研習本身即是邁向一種君子理想的道德實踐，知識是為道德服務的知識，道德是作為知識傳授

14　康得：《道德的形而上學基礎》，《西方倫理學名著選輯》下卷，第360-361頁，北京：商務印書館1987年。
15　參見劉士林：《新道德主義》，第122-123頁，天津：百花洲文藝出版社2002年。
16　周作人：《希臘的餘光》，《周作人自編文集・苦口甘口》，第52頁。
17　周作人：《論小說教育》，《周作人自編文集・苦口甘口》，第27頁。
18　周作人：《希臘的餘光》，《周作人自編文集・苦口甘口》，第52頁。

的道德。這種德智混淆、漫無分際的教育模式實質上是一種道德本位主義，不可能產生純粹的求知態度。具有東方伏爾泰之稱的日本思想家福澤諭吉就此指出，「文明的進步是與社會總的智德發展有關」，但必須像「西洋」那樣將智、德區分開來[19]。其二，容易將「道德高於知識」置換為「道德取代知識」，出現惟道德主義的傾向。梁漱溟（1893-1988）指出，「中國自有孔子以來，便走上了以道德代宗教之路」[20]。在政教合一的君主專制體制中，如果能夠「以道德代宗教」，那麼道德就可以取代道德以外的一切東西了，包括知識與學術。歷史學家黃仁宇（Ray Huang，1918-2000）就曾批評中國過去的史書，都「以傳統官僚政治的目光進行編撰」，用道德意識形態來替代事實的瞭解，為此他特別提倡一種強調技術數位與知識態度的大歷史觀察法[21]。學術態度沒有道德原則是不行的，不過只有道德批評也是大有問題的。當道德批評取代與否定了知識自身的獨特功能後，知識就必然淪為實用性的工具。其三，學術研究道德原則的至上性有可能變異為個人的道德傲慢，而個人的道德傲慢又必然產生知識的偏見。道德優越感本身並沒有錯，問題是它用錯了地方。以居高臨下的道德審判姿態面對研究物件，不可能產生「歷史的同情」態度，也不可能產生「真的科學精神」。

對道德實用主義所產生的問題，周作人深知其弊。他發現，即使是文字獄，中西方也有很大的不同。西方教會敵視科學，燒死布魯諾等人，「總稱之曰非聖無法」，而「中國歷史上有過許多文字思想的冤獄，罪名大抵是大逆不道，即是對於主權者的不

[19] 福澤諭吉：《文明論概略》，第73頁，北京：商務印書館1959年。
[20] 梁漱溟：《中國文化要義》，第61頁，上海：學林出版社1987年。
[21] 轉引自龔鵬程：《近代思潮與人物》，第19頁，北京：中華書局2007年。

敬，若非聖無法的例案倒不大多，如孔融嵇康李贄等是，在西歐宗教審判裡則全是此一類」[22]。西方宗教審判製造出的是知識悲劇，中國禮教的「以理殺人」則完全是道德性質的。因此，道德教化思維在中國歷史上培養出了無數像伯夷、叔齊那樣為君王殉節的道德榜樣，而很少出現像蘇格拉底、布魯諾這樣為真理獻身的知識英雄。也因此，周作人不對中國傳統的道德人物表佩服，而向西方「超越利害，純粹求知」的科學精神致敬禮。出於「科學教育」不發達的歷史認知和補偏救弊的現實目的，周作人呼籲國人在學術態度上應該好好學習希臘「那樣的超越利害，純粹求知而非為實用」的求真精神[23]。即使在致力於以西學重新解釋儒學的後期，周作人仍試圖在中國學術思想傳統中發掘可能被道學家所遮蔽的「科學精神」，他堅持認為，「重知的態度是中國最好的思想，也與蘇格拉底可以相比，是科學精神的源泉。」[24]但同時也感歎說：「愛真理的態度是最可寶貴，學術思想的前進就靠此力量，只可惜在中國歷史上不大多見耳。」[25]在這個意義上，我們也許可以理解周作人在上下幾千年的歷史長河中，為什麼只找到王充、李贄、俞理初這三個讓自己真心佩服的人；而這三人能入其法眼，也是因為在他看來，他們皆有「疾虛妄，愛真理」的求知態度，他甚至把自己的這種發現，以顯得有些矛盾的方式稱為「現代化的中國固有精神」，並極力贊許[26]。

　　出於對中國學界問題的認知，周作人對那些總是「一臉凶相」與「傲慢」的偽君子、假道學極為憎惡，他斥責這些人「不

---

[22]　周作人：《妖術史》，《周作人自編文集·書房一角》，第17頁。
[23]　周作人：《希臘人的好學》，《周作人自編文集·瓜豆集》，第85頁。
[24]　周作人：《情理》，《周作人自編文集·苦竹雜記》，第197頁。
[25]　周作人：《我的雜學》，《周作人自編文集·苦口甘口》，第64頁。
[26]　周作人：《藥味集·序》，《周作人自編文集·藥味集》，第1頁。

知道自己也有弱點，只因或種機緣所以未曾發露，自信有足以凌駕眾人的德性」，「幸災樂禍，苛刻的吹求」，「是怎樣可憐憫可嫌惡的東西！」[27]不消說，周作人說這些話時也是充滿了道德義憤的。這表明，他所強調的求知態度並不排斥道德原則，所反感的只是一種高高在上的道德傲慢罷了。從這樣的考慮出發，周作人特別重視被道學家視為禁區的女性貞節問題，反復強調要「多作學術的研究，既得知識，也未始不能從中求得實際的受用」[28]。出於對求知態度的強調，他甚至說：「對於『不道德的』文人，我們同聖人一樣的尊敬他。他的『教訓』在群眾中也是沒有人聽的，雖然有人對他投石，或袖著他的書，——但是我們不妨聽他說自己的故事。」[29]對「不道德的文人」表示「尊敬」大可不必，但「不妨聽他說自己的故事」，保持寬容與理性的知識態度，卻是值得注意的。

似乎一語成讖，當十多年後周作人出任偽教育督辦時，他大概不會想到自己也會成為民眾眼裡「不道德的文人」。雖然多少有些反諷，但周作人提醒國人的求知態度和科學精神並不能因為後來的道德問題被一併遺棄。周作人的失足已是一種道德悲劇，如果我們還口口聲聲以道德的名義拒絕他的一切，不過是又增添一層求知精神的悲劇而已。相較而言，日本學者木山英雄的周作人研究是一個很好的啟示。對日本「逼使周作人走到絕境」，木山也有深深的道德負罪感，不過他也指出：對於周作人與日軍所謂「『合作』的主觀方面以及『合作』中的抵抗等等，

---

[27] 周作人：《抱犢穀通信》，《周作人自編文集‧談虎集》，第283-284頁。
[28] 周作人：《北溝沿通信》，《周作人自編文集‧談虎集》，第279頁。
[29] 周作人：《教訓之無用》，《周作人自編文集‧雨天的書》，第114頁。

也只能視為『酌情』範圍之內的問題。」[30]在這裡，「酌情」並沒有特殊內涵，不過是為了探究歷史問題而儘量保持一種純粹求知的態度罷了。所以，「與其說為了酌情的根據為了他的名譽，不如說為了作為直接親切的理解所不可缺少的具體細節而追究那些事實。」[31]木山的研究之所以沒有國內學者所說的那種「隔絕感」，就是因為他對「戰爭期間曾吹捧一時而戰後則默殺，其懸隔之大，實在是很勢利眼的」[32]現象表示反感，而堅持了自己所期待的「複雜關係之體驗而獲得證實」[33]的求知態度。在這個方面，如果說「回到魯迅」已成為魯迅研究的一種共識，那麼作為一種基本的方法論，「回到周作人」也是必需的。

　　其實，反觀整個現代文學史研究，何嘗不需要周作人所提醒的那種求知態度。周作人研究中的「以道德代知識」傾向，不過是其中一個比較突出的側面而已。儘管現在的學人更喜歡使用「客觀」、「辯證」、「科學」、「理性」這樣一些知識分析性質的現代語詞，但「博學於文，約之於禮」的道德宣教恐怕還紮根在很多人無意識心理的深處吧。在這樣的思維模式中，文學史的知識秩序就是道德秩序，文學史觀也很容易淪為一種輕視知識且等級森嚴的道德排序。如果作者有某種不合乎意識形態道德要求的問題，他們的文學就會受到牽累；即使有很優秀的創作，也不應該排在所謂「進步作家」、「革命作家」的前面，甚至不允許進入文學史的研究視野。從過去沈從文、張愛玲、穆旦等優秀作家的埋沒，到後來鬧著要為淪陷區文學研究「降溫」的爭議，

---

[30]　木山英雄：《北京苦住庵記：日中戰爭時代的周作人》，趙京華譯，第5頁。
[31]　木山英雄：《北京苦住庵記：日中戰爭時代的周作人》，趙京華譯，第5-6頁。
[32]　木山英雄：《北京苦住庵記：日中戰爭時代的周作人》，趙京華譯，第7頁。
[33]　木山英雄：《北京苦住庵記：日中戰爭時代的周作人》，趙京華譯，第7頁。

這樣的事情不是一直在發生嗎？當埋沒於地下的優秀文學被人們重新認知，文學史的權力秩序勢必會發生動搖，既有的意識形態與道德規範也勢必會受到挑戰，重寫文學史所觸動的敏感神經其實就在這裡。從這方面說，要求文學重寫史實質上是求真精神對道德主義的抵抗，其癥結也不在於「以何為本位」的觀念轉變，而在於「為何為本位」的道德分界。周作人並不否認文學與道德存在聯繫，但並不認為它們存在一一對應的直接聯繫。他給「人的文學」下過「當以人的道德為本」的定義，但同時援引靄理斯的話說：「這是一個很古的觀察，那最不貞節的詩是最貞節的詩人所寫，那些寫得最清淨的人卻生活得最不清淨。」[34]文學與道德之間所存在的複雜聯繫，也再次提醒人們：歷史書寫註定是一個永無休止的求知過程，而非一勞永逸的道德形象工程。在我們這個喜歡以絕對正確的道德面目和居高臨下的權威姿態來理所當然地給歷史下結論的國度裡，道德實用主義的教訓已彌足深重。

二、反「氣節的八股」：民族危機與氣節批判

回頭再看周作人的「失節」問題，因為觸犯了基本的道德底線，就更需要以知識的態度來檢討與面對。周作人事敵的道德問題不可否認，但並不意味著其道德學說的價值可以被完全否認。就像保羅·約翰遜的《知識份子》一書揭露盧梭（Jean-Jacques Rousseau，1712-1778）、雪萊（Percy Bysshe Shelley，1792-1822）等人的道德問題一樣，我們不能根據他的道德學說來認定他的道德行為，也不能根據他的道德行為否定他的道德學說。亞里斯多

---

[34] 周作人：《文藝與道德》，《周作人自編文集·自己的園地》，第89頁。

德指出，「善的知識」不等於「善的行為」，有了善的觀念，未必會有善的行為。因為道德不僅是認識的問題，更是選擇的問題。正如一位主教回答別人質詢時說：「當有人打我的左臉時，我知道應該做什麼，但是我不知道我將會做什麼。」[35]在應然和實然之間，其實有很多道德之外的因素，是不能僅用道德問題來解釋的。道德責難是應該的，但一味責難或止於責難，也無助於問題的深化與解析。

　　要對周作人的氣節觀念進行歷史分析，首先需要對氣節概念的歷史進行分析。在先秦文獻中，並沒有「氣節」一詞，「氣」和「節」都是意思各自獨立的單音詞。「氣」和「節」所代表的兩種思想也各有源流，差異很大。相較而言，孟子（前372-前289）喜言「正氣」，「吾善養吾浩然之氣」[36]是為其征；而荀子（約西元前313-西元前238）喜講「禮節」，「行禮要節」[37]可謂代表。孟子論「氣」意在弘揚士氣「至大至剛」的一面，培養「富貴不能淫，貧賤不能移，威武不能屈」的「大丈夫」人格，這與其主張「君有過則諫」[38]、道尊於勢的思想是一致的。而到了荀子那裡，「處士橫議」的戰國時代已近尾聲，與荀子「非諫諍」、「尊君統」思想相應的禮節觀，強調的是對君權秩序和綱常倫理的認同。朱自清（1898-1948）據此指出，「氣」與「節」是相互對立的，應該分開來理解，比如：「氣是敢作敢為，節是有所不為」；氣是「動」的，節是「靜」的；氣是

---

[35]　佘碧平：《知識份子的背叛・譯者的話》，第3頁，上海：上海人民出版社2005年。

[36]　《孟子・公孫醜章句上》。

[37]　《荀子・儒效篇第八》。

[38]　《孟子・滕文公章句下》，《孟子・萬章章句下》。

「積極」的，節是「消極」的[39]。隨著秦漢以來君權秩序的不斷強化，氣節概念在此後逐漸化合為士人共同遵奉的一種道德律令的東西，而這是以「氣」的不斷弱化為代價的。氣節內涵在後來演化為有「節」無「氣」的名節、志節、士節；士人的道德理想不是入世的「忠節之臣」，便是避世的「高節之士」，都絕不是偶然的。譚嗣同（1864-1898）曾為此痛斥說，二千年來之秦政與二千年來之荀學，是「大盜」與「鄉愿」的苟合，它們製造了「數萬而未已」的為「一姓之興亡」的「死節者」，實乃「本末倒置」[40]的道德悲劇。譚嗣同遇難後，梁啟超在《仁學序》中將其譽為「中國為國流血第一烈士」，而非報清帝之恩的「死節者」，也是突出了其「正氣」的一面，不失為一種知見。

　　儘管對傳統氣節有過猛烈的批評，譚嗣同的思想基本還停留在民貴君輕的傳統儒學階段，不可能實現道德觀念的現代轉化。周作人也認同民本觀念，但這只是他整個道德學說中的一部分，並且是經過了現代思想的重新過濾與整合的。在這一點上，他無疑超越了自己的前人。憑藉自己所欣賞的那種希臘式的純粹求知態度，和自己所接受的「生物學人類學以及性的心理」等一些「現代科學常識」[41]，周作人對包括氣節在內的傳統道德學說，始終保持了一種相對理性的批判精神。在新文化運動初期，他是其中最早由文學問題自覺轉向道德問題的一個，即使在1930年代國難日峻而忠孝氣節「喊聲甚高」的時候，他仍堅持這樣的批判態度。儘管動盪不安的現實常常給他「質樸、明朗」的信仰帶來

[39] 朱自清：《論氣節》，《朱自清全集》第3卷，第152頁，南京：江蘇教育出版社1988年。
[40] 蔡尚思等編：《譚嗣同全集‧仁學》，第337、340頁，北京：中華書局1981年。
[41] 周作人：《我的雜學》，《周作人自編文集‧苦口甘口》，第76頁。

「陰暗的影子」[42]，他也從未放棄過自己的這種理性堅持。在這一點上，他無疑也超越了自己同時代的許多人。

對於周作人，人們一般多喜談他格調沖淡、境界平和的小品文，這不能說是錯誤，但至少有一些誤解。其實，周作人的著眼點始終在「思想革命」和「人的問題」，他自己也更看重「反禮教」的啟蒙工作。如果仔細閱讀《人的文學》這篇綱領性的名文，就會發現，周作人從一開始關注的重點就不是文學的形式問題，而是人的道德問題。他的目的很明確，就是「希望從文學上起首，提倡一點人道主義思想」。因為是要「提倡一點人道主義思想」，文章開頭就由「歐洲關於『人』的真理發見」說起，批評「違反人性不自然的習慣制度」，以及婦女殉節等一些「畸形的所謂道德」，結論是「人的文學，當以人的道德為本」。很明顯，文章通篇談論的都是人的「道德」問題，而非人的「文學」問題。所以，將「人的文學」理解為文藝主張固然不錯，理解為道德學說也未嘗不可。以周作人這樣的問題意識和理論興趣，隨後便明確提出「思想革命」的主張是必然的趨勢。他後來回憶時就說：「當我起頭寫文章的那時，『文學革命』正鬧得很起勁，但是我的興趣卻是在於『思想革命』的方面，這便拉扯到道德方面去，與禮教吃人的問題發生永遠的糾葛。」[43]

發表於1918年的《人的文學》與《平民文學》兩篇文章，一開始就借文學問題，批評「愚忠愚孝」一類的道德禮法問題「不合理，不應提倡」。而從1919年連續發表《思想革命》、《祖先崇拜》以來，周作人就明確「由文學而轉向道德思想的問題」，對「忠孝節烈」的「荒謬思想」與「三綱」理論展開了持續的攻

---

[42]　周作人：《凡人的信仰》，《周作人自編文集・過去的工作》，第54頁。
[43]　周作人：《周作人自編文集・知堂回想錄》（下），第649頁。

擊與批評[44]。在這一時期，周作人對道德問題的關注，一部分是像《薩滿教的禮教思想》所說的那樣「研究禮教」，屬於理論方面的檢討；一部分指向現實生活中的婦女與兒童問題。至於文人的氣節問題，似乎還沒有明確的指向與專門的討論。隨著1930年代民族救亡形勢的變化，氣節問題的討論就顯得極為迫切了，而周作人此時也有了更為切己的體驗，問題意識就逐漸由婦女兒童延伸到文人的氣節方面。周作人的氣節觀念，在思想上發端於他以「反禮教」為目標的個性主義與人道主義，在理論上來源於生物學、人類學等方面的「現代科學常識」。由此出發，他的氣節觀念與道德批判在理論層面上主要指向以下幾個方面：

其一，不具有道德原則的普遍性。周作人在《平民文學》一文中指出：「真的道德，一定普遍，決不偏枯。」而魯迅在《我之節烈觀》中也說過這樣的話：「道德這事，必須普遍，人人應做，人人能行，又於自他兩利，才有存在的價值。」周氏兄弟的道德觀和康德所講的道德形而上學在這裡是同一意義。周作人並不否定「忠孝貞節」，而且認為「此三者本亦不壞」，但也指出，所謂「臣罪當誅，天王聖明，曰天下無不是的父母，曰餓死事小，失節事大」，只是「對君父與夫的服役」，「專為權威張目」，「容易有威福的傾向」。其精神是狹隘、自私和「利己」的，與「知己之外有人，而己亦在人中，利他利己即是一事」[45]的仁愛精神、人道思想是相違背的。

其二，有違「人情物理」，不是「健全的道德」。在周作人那裡，一切可以稱作「經典」和「名言」的，都是因為合乎

44　周作人：《過去的工作》，《周作人自編文集·過去的工作》，第83頁。
45　周作人：《道德漫談》，《周作人自編文集·藥堂雜文》，第56、57頁。

人情物理[46]。在他看來，人情是合乎「自然」的人性，物理只是「普通的常識」罷了[47]。可惜的是，「言文人多喜載道主義，又不能虛心體察，以致人情物理都不瞭解，只會閉目誦經，張口罵賊，以為衛道」[48]。對於道學家不懂常識而自以為是，不通人情而妄談性理，周作人極為厭惡。比如，對一向被視為氣節典範的齊人「不食嗟來之食」，李卓吾（李贄，1527-1602）點評為「道學可厭，非夫子語」，周作人就贊其批得「不錯」，認為這是「真的儒家通達人情物理」之語[49]。而他之所以佩服藹理斯，也在於其「參透了人情物理，知識變了智慧，成就一種明淨的觀照」。[50]因此，他對中國思想問題的一個總評語就是：「中國有頂好的事情，便是講情理，其極壞的地方便是不講情理。」[51]

其三，缺乏科學態度和知識基礎。周作人的道德觀是建立「現代科學證明的普通之常識」的基礎上的。他稱讚生物學為「最有益的青年必讀書」，認為「讀一本《昆蟲記》，勝過一堆聖經賢傳遠矣」[52]；「觀察生物的生活，拿來與人生比勘」，「是比講道學還要切實的修身功夫，是有新的道德的意義的事」[53]。1935年的查禁風波中，呂思勉（1884-1957）因在所著《自修適用白話本國史》一書中貶岳飛而贊秦檜，引起爭議。周作人的反應首先也是一種尊重歷史的科學態度，他問的是：有沒有知識根據？結果他發現，前人已有此論，有書可以查證。「至

---

[46] 周作人：《我的雜學》，《周作人自編文集・苦口甘口》，第73頁。

[47] 周作人：《俞理初的詼諧》，《周作人自編文集・秉燭後談》，第34頁。

[48] 周作人：《畫蛇閒話》，《周作人自編文集・夜讀抄》，第185頁。

[49] 周作人：《讀初潭集》，《周作人自編文集・藥堂雜文》，第132頁。

[50] 周作人：《〈性的心理〉》，《周作人自編文集・夜讀抄》，第32頁。

[51] 周作人：《情理》，《周作人自編文集・苦竹雜記》，第197頁。

[52] 周作人：《蠕范》，《周作人自編文集・夜讀抄》，第40頁。

[53] 周作人：《百廿蟲吟》，《周作人自編文集・夜讀抄》，第146頁。

於現今崇拜岳飛唾罵秦檜的風氣我想還是受了《精忠岳傳》的影
響，正與民間對於桃園三義的關公與水泊英雄的武二哥之尊敬有
點情形相同。」[54]他後來也多次說，民間的道德教育多來源於小
說演義、說書與唱戲之類，知識並不可靠，思想也多含謬誤。雖
然大罵秦檜是「人情之常」，但「極致顛倒，則為無理矣。」他
由此在《論小說教育》一文中批評說，中國學人讀小說與讀史不
分，「把許多事都弄顛倒了，史書只當作寫史論的題目資料」，
「而演義說部則視若正史」，要救治此弊，周作人認為「最先應
做的乃是把中上級的知識提高」。周作人後來在寫作具有回顧性
的《過去的工作》一文時，又將自己的道德理論進一步概括為兩
個「反對」，兩個「夢想」：反對的是「三綱式的思想，八股式
的論調」；夢想的是「倫理之自然化，道義之事功化」。前者著
眼於傳統道德問題的批判，後者著眼於現代道德學說的建設。周
作人的道德批判是從「健全的道德，正確的智識」出發的，周作
人的道德建設也是朝這個目標而去的。雖然他的道德思想在不同
時期各有側重，但理論基礎卻是系統而穩固的，態度觀念也是始
終如一的。對於在1930年代成為核心問題的氣節觀念，周作人也
延續了這樣的思考方式與批判態度。即使在背棄了要做蘇武的道
德承諾的時候，他的道德觀念與態度也沒有發生什麼改變。我們
也許無法完全理解周作人在事敵之後，還要把《關於朱舜水》這
樣讚美「學問氣節」的文章收入文集是怎樣的心態；但可以確認
的是，周作人在行為層面上背叛了自己的道德理想，在理論層面
上仍忠實於自己的道德學說，並沒有因為自己行為上的錯誤選擇
而放棄自己理論上沒有錯誤的道德學說。也許，在一個人言行不

---

[54] 周作人：《岳飛與秦檜》，《周作人自編文集·苦茶隨筆》，第175-
176頁。

能相顧而自知行事之醜的時候，理論學說的堅持是其脆弱人格的一種最大的精神安慰與心理補償吧。

　　從發生「思想革命」的興趣以來，周作人就與道德禮教問題「發生了永遠的糾葛」，而到了1930年代，這種道德糾葛又遭遇了啟蒙與救亡的現實問題。在這樣的理論糾葛和現實糾纏中，周作人的氣節觀念顯示了自己獨特的問題指向。在許多文人熱情鼓吹氣節的時候，周作人的態度更為理性與複雜。和大家一樣，他也極力呼籲國人要以「真氣節」承擔起救國的責任；但和大家不一樣的是，他並沒有因此放棄批判氣節的啟蒙責任。與救亡相糾纏的氣節話語在國運維艱之時的「中興」是有歷史合理性的，但愈是不加批判與反思的宣揚，也愈會暴露出其荒唐與迂腐的一面。魯迅此時看到教授學者們大談「為復興民族之立場言，教育部應統令設法標榜岳武穆，文天祥，方孝孺等有氣節之名臣勇將，俾一般高官戎將有所法式云」，嘲諷其為「尋開心」[55]。周作人從自己的道德理論出發，也敏銳地覺察到了「氣節的八股化」問題。他擔心，被政府大肆宣傳的氣節話語會在愛國主義、民族主義旗號下出現「封建時代遺物之復活」的後果。而作為國家領袖的蔣介石，在當時的《中國的命運》中所極力鼓吹的正是這樣一套要求「為國家盡全忠，為民族盡大孝」的封建倫理道德。而一些文人對氣節話語隨聲附和、變本加厲的張揚，也讓他看到了自己所厭惡的一種八股腔調。在他看來，「因為考試取士，千餘年來文人養成了一套油腔滑調」與「八股策論的做法」，它培養了文人「熱心仕進」、「給強權幫忙」的奴性心理，結果使三綱理論中「本來相對的關係變為絕對，倫理大見

---

[55]　魯迅：《且介亭雜文二集・「尋開心」》，《魯迅全集》第6卷，第271頁。

歪曲，於是在國與家裡歷來發生許多不幸的事」[56]。他為此痛斥說：八股是封建帝王「治天下愚黔首的法子」，其惡毒遠甚於讀經與焚書坑儒[57]。

　　周作人借氣節八股化的思想問題來批判現實問題，還有一個被人們忽略的物件就是同樣有「東方道德」「特色」的日本。他指出，「現時」日本的軍國主義，就是深受「偏激的氣節說」這「一大害」的影響。「偏激」在於其強化了日本武士道精神中絕對服從君權的「愚忠愚孝」一面，結果是在內「欲用暴烈手段建立法西派政權」，在外「不惜與世界為敵，欲吞噬亞東」。周作人警告說，「此種東方道德在政治上如占勢力，世界便受其害，不得安寧，假如世上有黃禍，吾欲以此當之。」[58]周作人對日本法西斯主義及其思想根源的批評，同時也隱含著對正在大肆宣傳忠孝氣節的國民政府的警惕。他擔心中國會由此走上與日本同樣的道路，害人害己，為禍世界。事實上，蔣介石當時鼓吹的強國之路，正是以日本武士道「忠君愛國」的精神為模範的。如果說，同時代的許多人是在以鼓吹氣節的方式來抵抗日本對中國的侵略，周作人則是以批判氣節的方式揭露日本對世界的危害，同時也未放棄對本國政府鼓吹忠君愛國的批評。區別之處還在於，作為一個在日本學者眼裡「通曉日、英、希臘三國語的誠實的文學啟蒙主義者」[59]，周作人關注的物件，除了「中國」，還有「世界」；除了「民族」，還有「人類」。

---

[56]　周作人：《過去的工作》，《周作人自編文集·過去的工作》，第84頁。
[57]　周作人：《關於焚書坑儒》，《周作人自編文集·苦竹雜記》，第24、25頁。
[58]　周作人：《顏氏學記》，《周作人自編文集·夜讀抄》，第26頁。
[59]　木山英雄：《北京苦住庵記：日中戰爭時代的周作人》，第3頁。

　　周作人批評氣節的八股化，一方面是注意到氣節由「俠義這一路，自是男子漢的立場」墮落為「臣子為君死節」的「妾婦之道」[60]；一方面是因為文人向來高談闊論、不重事功的陋習。有感於明亡之痛，顏習齋反對道學家空談性理而力倡實行思想，對道學家素無好感的周作人對此也深有共鳴。他多次引用「愧無半策匡時難，惟餘一死報君恩」的詩句，批評死節者「什麼事都只以一死塞責，雖誤國殃民亦屬可恕，一己之性命為重，萬民之生死為輕，不能不說是極大的謬誤。」同時，他也看到許多高喊氣節的人只是「唱高調」，所以感歎「何嘗有真氣節，今所大唱而特唱者只是氣節的八股罷了」[61]。嚴峻的民族危機需要所有國人來回應救亡的時代籲求，但歷史教訓與現實問題也使周作人在提倡「真氣節」的時候，不得不做出謹慎的分析。雖然沒有像朱自清那樣將氣的積極性和節的消極性區分開來，但他也意識到其中存在的消極性問題，從而提出了「道義事功化」的主張。所謂「道義事功化」，強調的就是將道義轉換為行動，落實到一點一滴的做事上來，真正承擔起責任。周作人引用顧炎武「天下興亡，匹夫有責」的話說，「保存一姓的尊榮，乃是朝廷貴人們的事情，若守禮法重氣節，使國家勿為外族所乘，則是人人皆應有的責任。」周作人首先把「一姓的尊榮」與「國家」，「朝廷貴人」與「人人」區分開來，指出朝廷與國家、臣民與國民的不同，是警惕有些人把愚忠愚孝的封建道德與公民的國家責任趁機混為一談。同時他也指出：「大家的責任就是大家要負責任」，

---

[60]　周作人：《〈虎牢吟嘯〉後序》，陳子善、張鐵榮編：《周作人集外文》（下集），第661頁。
[61]　周作人：《顏氏學記》，《周作人自編文集·夜讀抄》，第26頁。

「需要的是實行，不是空言，是行動，不是議論」[62]。學者陳登原（1900-1975）對此也深有同感。他在這一時期發憤完成《顏習齋哲學思想述》一書，並附錄梁啟超的《顏李學派與現代教育思潮》、章太炎的《正顏》、周作人的《顏氏學記》等三人的論顏學之文，就是有感於「雄關半坼，遼沈新亡；江南《燕子》之曲，海上門戶之爭，有懷往昔，殊不能不太息於明季也」，希望能「明源尋流」，以「崇實篤行」的思想挽救時弊。

周作人批評氣節，指向的是八股化問題，不是否定氣節本身。他希望通過合理的「修正」，使其更適應現代人的道德需求，並能在現實中發揮更積極的效用。他指出：「我不希望中國再出文天祥，自然這並不是說還是出張弘范或吳三桂好，乃是希望中國另外出些人才，是積極的，成功的，而不是消極的，失敗的，以一死了事的英雄。」[63]魯迅沒有周作人這樣的理論自覺，但看法是一致的。他發現，「印給少年們看的刊物上，現在往往見有描寫岳飛呀，文天祥呀的故事文章」，魯迅斥責這不是「登錯」，就是「低能」。在他看來，雖然「這兩位，是給中國人掙面子的，但做現在的少年們的模範，卻似乎迂遠一點。」因為「武的呢」，「被十二金牌召還，死在牢獄裡；文的呢，起兵失敗，死在蒙古人的手中。」[64]二者皆以失敗而告終，本質上也都是一種為禮法所困的道德悲劇。

周作人對氣節八股化的批判是從其「倫理自然化，道義事功化」的道德理論出發的。「倫理自然化」是「根據現代人類的知

---

[62]　周作人：《責任》，《周作人自編文集‧苦竹雜記》，第201-202頁。
[63]　周作人：《論英雄崇拜》，《周作人自編文集‧苦茶隨筆》，第182頁。
[64]　魯迅：《且介亭雜文末編‧登錯的文章》，《魯迅全集》第6卷，第571頁。

識調整中國固有的思想」，「道義事功化」則是「實踐自己所有的理想適應中國現在的需要」[65]。這樣的態度是批判的，也是建設的；目的是為了救亡，也是為了啟蒙。在民族主義熱情高漲的年代，像周作人這樣一面呼籲要從行動上承擔起救亡的責任，一面還試圖以冷靜的理性態度承擔啟蒙責任的，終究是少數。因為是少數，周作人的氣節觀念表現出了其獨特的理論思考與價值；也因為是少數，這種觀念未必會被人們充分理解與接受。尤其是後來的變節事敵，更使他在淪陷之前的所有氣節批判，都不可避免地蒙上了一層道德陰影，種種猜想與誤解也就隨之而生。諸如為秦檜翻案、和比戰難的說法等等，就往往被視作日後要做漢奸的鐵證而屢屢提及。實際上，這些發表在1933年前後的言論是周作人讀陸游、朱熹等人的宋人筆記和大量史書而來的知識經驗，未必全是他個人的想法[66]。而且，即使有了這些僅僅停留在學理層面上的想法，未必就意味著要在行為層面上理直氣壯地投敵了。如果這是他在淪陷後的言論，倒還有責可究，有因可循；而如果讓淪陷前的他替古人來背負罪責，則就倒果為因，無理可講了。

相較而言，陳思和的「超越氣節」說顯得更為學理一些，但也未脫因果聯想的窠臼。休謨指出，因果聯繫是人類的一種「想像力上的習慣」，但「事實上的經常相連，並不是說它們之間有某種必然的關聯」[67]。周作人的氣節批判，也很容易讓人對他後來的「失節」產生類似聯想。陳文認為，「超越氣節」是周作人失節的「重要原因構成」，並引《左傳》「聖達節，次

[65] 周作人：《我的雜學》，《周作人自編文集·苦口甘口》，第97頁。
[66] 事實上，歷史學家至今對於紹興和議還存在著爭論，意見不一，有人甚至提出了「秦檜再造南宋」的說法。可參考王曾瑜：《紹興和議與士人氣節》，《中國史研究》2001年第3期。
[67] 羅素：《西方哲學史》下卷，第202、203頁，商務印書館1976年。

守節，下死節」的話說，周作人對腐敗殘忍的政府和黑暗落後
的現實已經絕望，是不屑以「死節」相報的[68]。這看起來很有道
理，但也存在問題：其一，能否因為不滿意政府，就可以「超越
氣節」？其二，氣節有無道德底線，能否被「超越」？文中還指
出，「在周作人的道德觀念裡，氣節的概念根本不存在」，這
多少有些武斷，也不合乎事實。首先，氣節在周作人的道德觀念
裡，並非「根本不存在」，而是一個很重要的存在。事實上，周
作人從未停止過對這一問題的關注。其次，周作人在觀念上並未
「超越氣節」，相反，他是認同的。周作人反禮教，並不反氣
節。氣節作為一種道德規範，有需要批判的不合理成分，也有必
須堅守的基本底線，只能批判，不能超越。幾千年來的君主專制
社會使士人的氣節觀念嚴重扭曲變形，其精義幾乎剝喪殆盡，而
「五四」以來知識份子所做的啟蒙工作之一，就是對包括氣節在
內的傳統道德資源進行清理與批判。對於傳統氣節，周作人批評
為「八股化」，魯迅批評為「迂遠」，朱自清批評為「消極」，
都是從批判和建設的意義出發的，沒有誰對氣節是完全否定的。
對氣節違背人性一面的批評，正如氣節底線不可違逆一樣，是一
個道理。從「合乎物理人情」的觀念出發，周作人很欣賞「節有
所不敢虧，而亦不敢苦其節」[69]的說法。由此，他一面批評「氣
節的八股」是「極大的謬誤」，一面也指出「人能捨生取義是難
能可貴的事」[70]。周作人「苦住」北平的起初，在致《宇宙風》
編輯陶亢德的信中稱：「請勿視留北諸人為李陵，卻當作蘇武看

---

[68] 陳思和：《關於周作人的傳記》，《中國現代文學研究叢刊》1991年第3期。
[69] 周作人：《樸麗子》，《周作人自編文集・秉燭談》，第39頁。
[70] 周作人：《顏氏學記》，《周作人自編文集・夜讀抄》，第26頁。

為宜」，實際上是很看重氣節，也是很想保持氣節的。至於最後「晚節不終」，那是另外一個問題，不是單憑氣節理論就能解釋清楚的。周作人在事實上喪失了氣節，不等於他在理論上完全拋棄了氣節，將周作人逆時風而為的批判氣節的思想勇氣，等同於冒天下之大不韙的喪失氣節的道德背叛，不合情理，也不合邏輯。

三、「文人不談武」：「正經文章」與救亡「責任」

　　周作人的道德學說中的啓蒙思想與科學價值一度不能被人們正面接受，其中有「失節」污點帶來的連鎖反應。對未能承擔道德責任的啓蒙者來說，這是個人的道德悲劇；對因此未能接受其道德學說的民眾來說，這也是啓蒙運動的悲劇。在這場周作人自己所釀造的悲劇中，他所傷害的，和因此受傷害的，遠不是他一個人。無論如何，知識態度與啓蒙思想總是被一種個人的道德陰影所籠罩，至少也是讓人遺憾的事情吧。事實上，周作人自己在出任偽職之後，也從未擺脫掉那一次錯誤選擇給自己終生帶來的道德陰影。儘管一再強辯自己「殉道而不殉節」，但「失節」的道德焦慮並未而因此擺脫。越到後來，周作人越傾向在枯燥的讀書與抄書中尋找話題，談論的題目越來越「正經」，文字也越來越沉重，那種平和可感的閒適風幾乎消失了。在抗戰勝利後以遺書的意味寫下的《兩個鬼的文章》中，他反復告訴人們的是這樣的話：

　　　　我的確寫了些閒適文章，但同時也寫正經文章，而這正經文章裡面更多的含有我的思想和意見，在自己更覺得有意義。

我自己相信，我的反禮教思想是集合中外新舊思想
而成的東西，是自己誠實的表現，也是對於本國真心的報
謝，有如道士或狐所修煉得來的內丹，心想獻出來，人家
收受與否那是別一問題，總之在我是最貴重的貢獻了。

在這裡，周作人念念不忘自己發動「思想革命」以來的啟蒙
思想者的身份，念念不忘自己發動「思想革命」以來「反禮教思
想」的「貢獻」，有著精神救贖和自我辯解的複雜意味。在付出
慘痛的人生代價後，他更願意把記憶拉回到「五四」時期，更願
意把「反禮教」看作「主要的工作」，不就是希望借此擺脫道德
陰影的糾纏，來讓「人家」重新認知自己的啟蒙工作嗎？然而，
即使擺脫了不可能擺脫的道德陰影，「集合中外新舊思想而成」
的啟蒙理念是否就會像他所希望的那樣被「人家收受」？周作人
對此無法樂觀。他也知道，「人家收受與否，那是別一問題」，
自己無法把握。在新文化運動落潮的時期，周作人就體驗了一種
有如「在荒野上叫喊」的孤獨感與悲涼感，而現在伴隨著「老而
為吏」的荒唐鬧劇的落幕，這種感受無疑更強烈，也更複雜了。
　　「人家」多看重他的閒適小品，周作人卻認為自己的「正
經文章」更重要。自己喜歡的「人家」未必喜歡，但既然如此看
重自己的「正經文章」，又何必去寫「人家」所看重的「閒適文
章」呢？周作人解釋說：「我寫閒適文章，確是吃茶喝酒似的，
正經文章則彷彿是饅頭或大米飯」；「至於閒適的小品我未嘗不
寫，卻不是我主要的工作，如上文說過，只是為消遣或調劑之
用，偶爾涉筆而已。」[71]對他而言，「閒適文章」不過是「消遣

---

[71] 周作人：《兩個鬼的文章》，《周作人自編文集‧過去的工作》，第
87、88頁。

或調劑」，「正經文章」才是鄭重其事的「工作」。周作人看重文章的「思想和意見」，而「人家」欣賞的卻是文學情趣，基本的分歧與誤解就在這裡。

周作人看重啓蒙工作而非文學成績，也是他的「天性」和「興趣」所在。他多次表示：「我的興趣所在是關於生物學人類學兒童學與性的心理」，[72]「我的興趣卻是在於『思想革命』的方面」[73]。周作人對科學知識與思想問題的特殊愛好與興趣，其實從最初開始討論文學問題的時候就已經顯現出來了。《論文章之使命暨其意義因及中國近時論文之失》是周作人最早的一篇文學論文，與魯迅的《摩羅詩力說》一同發表於1908年的《河南》雜誌，都旨在闡發文學的藝術特性與精神使命，所使用的許多概念如「靈明」、「神思」、「伏耀」也都是相同的。兩文相互呼應，各有所長。魯迅論「詩力」，是通過詩人行跡的描述來呼喚「精神界之戰士」，文字昂揚，情感激越，表現出的是一種詩性風格；周作人談「文章」，則是從定義、使命等幾方面展開理論闡釋，條分縷析，細密周全，完全是一種理性風格。二人意見相近，表述各異，根本還在於天性有別。相較而言，魯迅身上情感化的文人氣息更濃厚一些，周作人理性化的學者色彩更鮮明一些，前者長於文學創作，後者長於理論辨析。所以，周氏兄弟在「五四」時期同是以文名世，同是批判禮教吃人問題，魯迅以《狂人日記》的小說形式拉開了現代文學的創作序幕，周作人則以《人的文學》的論文形式奠定了現代文學的理論基石。當周作人此後宣佈文學小店關門，轉而關注「文化與思想問題」時，他作為學者的態度與本色就完全暴露出來了。周作人說自己「不大

---

[72]　周作人：《瓜豆集・題記》，《周作人自編文集・瓜豆集》，第3頁。
[73]　周作人：《周作人自編文集・知堂回想錄》（下），第649頁。

懂得文學」，其實不如說他的志趣不在於文學；即使談文學，也
只是對其中思想與道德問題的關注，對詩學問題反而不大涉及。
如他所說：「我讀小說大抵是當作文章去看」[74]，談文學也只是
關心「中國的事情」[75]。後來寫《〈吶喊〉衍義》與《〈彷徨〉
衍義》，周作人明知是小說，含有詩的成分，但仍是把它當作事
實的影射來談，以至於許多不明就裡的學者對此大加批評。

除了「人的文學」，周作人在「五四」時期提出的「美文」
概念至今也還為人津津樂道，但其特殊內涵並未獲得真正體察。
周作人的「美文」其實是就「好的論文」而言，並非一般人所理
解的「美的文學」之意。他指出，「有許多思想，既不能作為小
說，又不適合於做詩，便可以用論文式去表他」，而「美文」
即是與「學術性」相區別的一種「藝術性」的「論文」[76]。在這
裡，思想與說理是「美文」的核心問題，藝術性是其兼顧的形
式，這是周作人喜歡的一種文體樣式，也是此後的寫作方向。他
在為自己的論文集《藝術與生活》作序時表示，「說這本書是我
唯一的長篇的論文集亦未始不可。我以後想只作隨筆了。」「隨
筆」是他告別長篇論文風格，將美文思想轉化為寫作實踐的告
白。但學術性也好，藝術性也好，思想啟蒙的基本理念並沒有發
生任何變化。他後來解釋自己的隨筆時就說：「我寫的不是詩，
普通稱作隨筆，據我自己想也就只是從前白話報的那種論文，因
為年代不同，文筆與意見當然也有些殊異，但是同在啟蒙運動的
空氣中則是毫無疑義的」[77]。在周作人看來，隨筆是發生「在啟

---

[74] 周作人：《明治文學之追憶》，《周作人自編文集・立春以前》，第
72頁。
[75] 周作人：《周作人自編文集・知堂回想錄》（下），第567頁。
[76] 周作人：《美文》，《周作人自編文集・談虎集》，第29頁。
[77] 周作人：《文壇之外》，《周作人自編文集・立春以前》，第166頁。

蒙運動的空氣中」的「論文」，不是嚴格意義上的文學。事實上，周作人也從未把隨筆看作是「純文學」，並明確說自己「是不會做所謂純文學的，我寫文章總是有所為」，「如或偶有可取，那麼所可取者也當在於思想而不是文章」[78]。越到後來，周作人越注意將寬泛的「文章」概念和狹義的「文學」概念區別開來，也更願意用「文章」來說明自己的寫作，所以常常是這樣的表述：「我不是文人，但是文章我卻是時常寫的」[79]；「我不懂文學，但知道文章的好壞」。[80]顯然，狹義的「文學」概念難以涵蓋他所關注的各類「雜學」問題，也無法滿足他推動思想革命的興趣和需要。隨著「文章」與「文學」之別的意識趨向自覺，周作人關於「載道」與「言志」的立場也在不斷調整與改變。過去那種揚此抑彼、褒貶分明的態度沒有了：抒發個人性情不一定就好，談道德問題不一定就不好，唯一的區分只剩下「誠與不誠」的態度問題了。與此相對應的是，周作人「很怕被人家稱為文人」，反復說明「自己不是寫文章而是講道理的人」[81]。以這樣的志趣，把啟蒙文章視為「主要的工作」也是當然的事情。

對自己的小品文，周作人非但不看重，也從來沒有看好過，這當然不是文學方面的問題，也不是「興趣轉移」一類的話可以輕易遮掩過去的。他屢次感歎說：「閑適不是一件容易學的事情，不佞安得混冒，自己查看文章，即流連光景且不易得，文章底下的焦躁總要露出頭來」[82]；「不料總是不夠消極，在風吹月

---

[78]　周作人：《苦口甘口‧自序》，《周作人自編文集‧苦口甘口》，第2頁。
[79]　周作人：《雜文的路》，《周作人自編文集‧立春以前》，第107頁。
[80]　周作人：《自己所能做的的》，《周作人自編文集‧秉燭後談》，第4頁。
[81]　周作人：《苦口甘口‧自序》，《周作人自編文集‧苦口甘口》，第2頁。
[82]　周作人：《自己的文章》，《周作人自編文集‧瓜豆集》，第173頁。

照之中還是要呵佛罵祖，這正是我的毛病，我也無可如何。」[83]「閒適」即使通過後天的「學」也「不易得」，說明這非其天性，而「在風吹月照之中還是要呵佛罵祖」的「毛病」，才是真性情的流露，要強行改造自己，當然是「無可如何」了。一個以思想革命自任的啟蒙者，到了竟要違拗自己天性的地步，也只能說明生存環境的萬分險惡吧。事實上，包括魯迅在內的啟蒙思想者，都普遍遭遇了只準「多談風月」的言說困境。但魯迅表示不會為題目限制，風月談中仍要見「風雲」[84]；周作人雖表示要專談風月，亦未「真能專談風月講趣味」[85]，二者在根底上都屬於一種風月其表、風雲其內的「準風月談」。相較於魯迅「苦鬥」中的不改本色，周作人在「苦住」期間試圖掩蓋鋒芒，則更顯露出思想者的苦悶與掙扎。其實，一個人又如何能真正違拗自己的天性？他自己也承認：「天性不能改變」[86]。刻意的閒適和《碰傷》那種「彆扭的寫法」一樣，其實都掩藏不住思想興趣的「羊腳」，周作人感歎閒適的不「容易學」，實際上是承認了小品文寫作的無奈與失敗的。即使在讀者那裡獲得無心插柳的效果，在作者這裡並不引以為榮，而且更容易產生一種不被理解的苦澀與寂寞吧。他在《藥味集》的自序中說：「拙文貌似閒適，往往誤人，唯一二舊友知其苦味」，就是對那些只知閒適其表而不知苦味其內者的一種委婉諷勸。他一再提醒那些以閒適情調來謬托知己的人說，「假如這裡邊有一點好處，我想只可以說在於未能平

[83] 周作人：《瓜豆集·題記》，《周作人自編文集·瓜豆集》，第3頁。

[84] 魯迅：《準風月談·前記》，《魯迅全集》第5卷，第189頁。

[85] 周作人：《苦竹雜記·後記》，《周作人自編文集·苦竹雜記》，第221頁。

[86] 周作人：《兩個鬼的文章》，《周作人自編文集·過去的工作》，第88頁。

淡閒適處，即其文字多是道德的。」[87]否認閒適而強調道德，這幾乎是要求人們把自己的閒適小品當思想隨筆來讀，而苦衷與用意仍在於他所心繫的思想啟蒙問題。從這方面說，周作人的小品文是逼出來的思想苦果，何嘗有真閒適。至於有文學史家將其與專講性靈幽默的林語堂相提並論，是沒有看到二者在閒適問題上的根本分歧處，而誇大周氏兄弟失和後的思想分歧，則是沒有看到二者在啟蒙問題上的根本相通處。

即便是閒適小品，也難以割捨周作人的啟蒙心結，亦可見啟蒙在他心中的位置是如何之高了。王曉明在「重評『五四』文學傳統」的研究中敏銳地發現：「《新青年》同人所以提倡文學革命，本來就不是出於對文學的虔敬，他們不過是想從這裡打開缺口，為新思想鑿通一條傳播的管道。」[88]如果說，「不屑於談論文學本身的意義」而強調思想啟蒙的價值是《新青年》同人的共同點，那麼周作人志不在文學的思想啟蒙興趣則表現得尤為強烈與明顯。在淪陷時期的文章中，特別喜歡抄錄、引用自己「五四」時期的文字，他自我評價說：「文章尚無成就，思想則可云已定。」[89]這「已定」的思想是其「嘗用心於此」的「嘉孺子而哀婦人」，基點就是「五四」時期「人的文學」與「反禮教」。在過去的研究中，人們關注的問題多是周作人在人生態度與思想形式等方面發生了哪些變化，其實，他精神深層的「已定」和啟蒙理念的未變才是真正值得注意之處。現代中國動盪不安而充滿變數，追逐不同時代的中心話語以適應時代需求，在很多「與時

---

[87]　周作人：《自己的文章》，《周作人自編文集・瓜豆集》，第173頁。

[88]　王曉明：《一份雜誌和一個社團》，《刺叢裡的求索》，第283頁，上海遠東出版社1995年。

[89]　周作人：《幾篇題跋》，《周作人自編文集・立春以前》，第174頁。

俱進」的人那裡就成為追求進步的象徵。和同時代人的多變相
比，周作人是很少「否定舊我」和被局勢左右思想的一個人。在
嚴酷的生存壓力下，他也會被迫改變自己，甚至嚴重扭曲自己，
但不是自覺緊跟時代而是被時代緊逼的；他的人生形式由此會發
生可怕的斷裂，但啟蒙理念卻從未輕易否定和丟棄過。如他所
說：「我從民國八年在《每週評論》上寫《祖先崇拜》和《思想
革命》兩篇文章以來，意見一直沒有甚麼改變，所主張的是革除
三綱主義的倫理以及附屬的舊禮教舊氣節舊風化等等」[90]。現代
文人多是以超越自己為榮的，很少有像周作人這樣不以重複自己
為恥的，這從另一面可以看出他思想的固執：既然認為「五四」
思想革命的道德理念是健全的，又何必要超越呢？這是他被那些
超越「五四」的進步論者斥為「落後」的地方，也是他所堅守的
一個地方。

　　在革命話語開始流行蔓延的1927年，堅持不說「時髦話」的
周作人已隱隱感覺到一種不安與威脅。他擔心「五四」以來所接
受的西方啟蒙思想，會迅速淪為一種「不合時宜」的舊物：「我
的頭腦恐怕不是現代的，不知是儒家氣呢還是古典氣太重了一
些，壓根兒與現代的濃郁的空氣有點不合，老實說我多看琵亞詞
侶的畫也生厭倦，誠恐難免有落伍之慮，大約像我這樣的本來也
只有十八世紀人才略有相像，只是沒有那樣樂觀，因為究竟生
在達爾文茀來則之後，哲人的思想從空中落到地上，變為凡人
了。」[91]對這個在思想問題上固執己見的人來說，他擔憂的並不

---

[90] 周作人：《兩個鬼的文章》，《周作人自編文集・過去的工作》，第
88頁。
[91] 周作人：《談虎集・後記》，《周作人自編文集・談虎集》，第393、
394頁。

是自己「落伍」，而是時勢不容自己「樂觀」。新文化運動深受十八世紀西方啟蒙運動的影響，但十八世紀的西方哲人不必顧忌也不會遭遇太多「地上」的問題，而中國的啟蒙運動在二十世紀還面臨著右翼政府「以思想殺人」的「思想罪」問題。與此同時，左翼領袖也以強硬的語氣宣稱：「沒有理由停留在『五四』，中國的文化運動現在必須服從革命的需要。知識份子和學生必須脫去光耀一時的『五四』的衣襟」[92]。在兩種對立的勢力之間，周作人看到了自己所擔心的一種「反動運動」終於「來了」，這就是「統一思想的棒喝主義」；這也意味著，他所嚮往的「各新派均得自由地思想與言論」的啟蒙時代可能一去不復返了[93]。面對這樣的啟蒙困境，思想者又有什麼理由表示樂觀呢？對於周作人的悲觀論，至今仍聞指責之聲。其實，周作人「平常對於一切事不輕易樂觀」[94]是一種個人的思想方式，也是一種真實的時代感受，並不意味著對現實的認同和理想的放棄。正像周作人所說，悲觀論「也只是論而已，假如真是悲觀，這論亦何必有」，所以他同時也呼籲「匣子裡的希望不可拋棄」[95]。如果這可以稱作「悲觀」，那麼也是不拋棄希望的「悲觀」。

到了1930年代，除了革命話語的爭奪，民族危機也日趨嚴重。在救亡熱情高漲的年代，像郭沫若那樣歌頌氣節而又情緒激揚的文學，很容易受到民眾歡迎，也很容易贏得掌聲。在其筆下，「五四」時期還是「個性解放」象徵的屈原，在此時又成了

---

[92] 瞿秋白：《請脫棄「五四」的衣衫》，《文藝新聞》，1932年1月18日。
[93] 周作人：《談虎集·後記》，《周作人自編文集·談虎集》，第393頁。
[94] 周作人：《中國的思想問題》，《周作人自編文集·藥堂雜文》，第12頁。
[95] 周作人：《十堂筆談》，《周作人自編文集·立春以前》，第146、147頁。

忠貞義勇的愛國志士。多變的人物形象在多變的作者那裡，似乎沒有什麼矛盾與不妥之處。但對思想固執的周作人來說，儘管自知「不合時」，「不討好」，他也無法為眼前的形勢需要否定自己過去的基本理念，為宣揚救亡熱情放棄自己的啟蒙理性。對於這一時代的精神狀況，李澤厚曾提出「救亡壓倒啟蒙」的雙重變奏說，並獲得了多數人的認同。這種宏觀描述大體上是對的，但在不同的個體那裡卻未必如此。在周作人的觀念中，啟蒙是目的，救亡也是目的，不存在誰壓倒誰的問題；啟蒙是他救亡時期仍堅持的「主要的工作」，也不存在誰被誰壓倒的問題。周作人在留日時期就是一個民族主義信徒，但和魯迅一樣，都更關注國民精神的問題，認為啟蒙才是救亡的根本之道。他在1907年的《中國人之愛國》公開批評「盲從野愛，以血劍之數，為祖國光榮」是「獸性之愛國」，隨後的《論文章之使命暨其意義因及中國近時論文之失》則明確提出了「文章或革，思想得舒，國民精神進於美大」的啟蒙要求。而「五四」時期「人的文學」體現出的人類意識，又進一步超越了過去相對狹隘的「國民」觀念。「人」的思想不是對民族救亡的否定，而是站在更高的思想基點上思考這一問題。從這一理念出發，周作人在1930年代反復強調的就是：啟蒙也是一種救亡，而文人的責任，就是做好自己的啟蒙工作。

周作人坦言：「國家衰亡，自當負一份責任」[96]。他同時也指出，「天下興亡，匹夫有責」是讀書人常說的一句話，卻很少有人思考相關的問題，比如，什麼是讀書人的責任，讀書人應該怎樣承擔責任？每到民族危亡時刻，投筆從戎往往是中國文人發出的一種最為響亮的聲音，也似乎成為義不容辭的惟一選擇。周

---

[96] 周作人：《苦竹雜記・後記》，《周作人自編文集・苦竹雜記》，第220頁。

作人對此並不認同，他指出：「武人不談文，文人不談武，中國才會好起來」。這並非與主流聲音唱反調，而是認為，「文人之外的人各有責任」[97]。亦即：文人有文人的責任，武人有武人的責任，文人切實做好自己的啟蒙工作，這才是真正「負責任」的行為。至於「捏筆桿寫文章的人應該怎樣來負責任」，周作人認為一要「自知」，二要「盡心」，三要「言行相顧」。「自知」是要繼續持守「知之為知之，不知為不知」的求知態度，反對「不知妄說，誤人子弟」；「盡心」是要以著眼於「遠功」而非「實用」的態度，發揮啟蒙者強韌的主體精神：「文字無靈，言論多難，計較成績，難免灰心，但當盡其在我，鍥而不捨，歲計不足，以五年十年計之」；「言行相顧」則是不滿於思想界的空言虛蹈，主張「應該更樸實的做」。所謂「樸實的做」，周作人以北大精神為例說：「走自己的路，去做人家所不做的而不做人家所做的事。北大的學風寧可迂闊一點，不要太漂亮，太聰明。」因此，他反感「政客式的反覆的打倒擁護之類」，而希望能「不問收穫但問耕耘的幹一下」[98]。周作人在這裡談責任問題，目的很明確，就是希望讀書人能重新回到被時代熱情所遮蔽的啟蒙理性的道路上來。

　　周作人提出讀書人「應該怎樣來負責任」的問題，同時也回答了讀書人「應該負怎樣的責任」的問題。在他看來，思想啟蒙是讀書人「主要的工作」，讀書人切實做好自己的啟蒙工作，即是對民族救亡的最大貢獻。他在1930年曾引蔡元培（1868-1940）「讀書不忘救國，救國不忘讀書」的話說，救國是「一半的事

---

[97]　周作人：《責任》，《周作人自編文集・苦竹雜記》，第202頁。

[98]　周作人：《北大的支路》，《周作人自編文集・苦竹雜記》，第216、217頁。

情」，讀書也是「一半的事情」，青年人不能因為救國而忘記讀書[99]。事變前夕，周作人預感到啟蒙可能成為一種幻想，但仍堅持說，「自己所能做的」和「自己想做的工作就是寫筆記」：「涉獵前人言論，加以辨別，披沙揀金，磨杵成針，雖勞而無功，於世道人心卻當有益，亦是值得做的工作。」周作人堅信，文化梳理的啟蒙工作「值得做」，而且「還須得清醒切實的做下去」[100]。在救亡的年代，像郭沫若那樣處在時代中心的風雲人物很容易成為英雄，而梳理文化源流的啟蒙工作則需要周作人所希望的「忍坐冷板凳」和「耐得寂寞」。在主流話語覆蓋一切而啟蒙精神不能被充分尊重的情勢下，沒有人會真正重視啟蒙工作的價值。如果說「文章下鄉，文章入伍」的救亡熱情代表的是一種「進步」，那麼「讀書」與「寫筆記」的啟蒙工作姑且可以稱為「退步」吧。在人們的感覺中，「進步」無論如何總是好的，「退步」無論如何總是不好的。其實，「進步」有它不可否認的意義，「退步」也有它不可替代的價值。當進步論者聲稱「即將邁出的一步與『五四』無關」時[101]，退守「五四」倒是周作人值得稱揚的地方。對他來說，退是避禍的形式，守才是真正的目的。周作人強調讀書，並不是不問世事的死讀書，所以也從來不認為讀書就是消極的，走出書齋才是積極的。即便是備受爭議的「閉戶讀書論」，也不過是對迫害思想自由的一種嘲諷，所以才會有這樣不減辛辣的話：「『此刻現在』，無論在相信唯物或是有鬼論者都是一個危險時期。除非你是在做官，你對於現時的中國一

---

[99] 周作人：《北大的支路》，《周作人自編文集‧苦竹雜記》，第218頁。

[100] 周作人：《自己所能做的》，《周作人自編文集‧秉燭後談》，第1、2、5頁。

[101] 瞿秋白：《請脫棄「五四」的衣衫》，《文藝新聞》，1932年1月18日。

定會有好些不滿或是不平。」其所謂「閉戶」，不過是「聊以形容，言其專一耳」；而「讀書論」意在勸人讀史，和魯迅一樣主張多讀「更充足地保存真相」的「野史」，希望「與活人對照，死書就變成活書」[102]，有著強烈的現實關懷。這說明，周作人避禍而不避世，並沒有像乃師章太炎那樣「退居於寧靜的學者，用自己所手造的和別人所幫造的牆，和時代隔絕了」[103]。讀書人基本的讀書權利與學術工作的正當性一直備受質疑，最常見的理由便是國難當頭，應該走出書齋云云。科學精神與愛國心互不妨礙、不可混淆的問題，魯迅早在百年前的《科學史教篇》中就辨析過了。不去質疑剝奪學術工作合法性的暴力與強權，而去指責學術工作合法性被剝奪的讀書人；不對堅持學術工作的科學精神表示尊重，而對讀書人的愛國心百端指摘，也是殊為奇怪和荒謬的事情。

　　文人在廢科舉之後切斷了與官僚集團的依附關係，他們沒有權力，也沒有武力，手中只有魯迅所說的一支「金不換」的筆。因此，寫文章就成了他們表達獨立思想、介入社會的主要方式。從這個意義不妨說，思想革命首先是發生在書齋裡的革命。《新青年》同人解散後，周作人沒有像陳獨秀那樣走上街頭從事政黨運動，也沒有像胡適號召的那樣去研究室「整理國故」，而選擇「在十字街頭造塔」。這並不是「不問世事而縮入塔裡」，而是希望「出在街頭說道工作的人也仍有他們的塔」，能「依著自己的意見說一兩句話」[104]，保持獨立的啓蒙理性。他同樣重視文化整理的啓蒙工作，主張應該「溯流尋源，切實的做去」[105]；但不

[102] 周作人：《閉戶讀書論》，《周作人自編文集・知堂文集》，第21頁。
[103] 魯迅：《且介亭雜文末編・關於太炎先生二三事》，《魯迅全集》第6卷，第545頁。
[104] 周作人：《十字街頭的塔》，《周作人自編文集・雨天的書》，第72頁。
[105] 周作人：《大乘的啓蒙書》，《周作人自編文集・立春以前》，第105頁。

是像胡適那樣以中國哲學史、文學史為物件去完成一部部鴻篇巨
著，而特別關注對中國啟蒙運動具有源流意義的希臘與日本文
化，文章也以短篇的思想隨筆為主，具有很強的現實感。

　　對於希臘文明，周作人一直心存嚮往，譯介希臘文學也是
他畢生的心願。直到晚年，念茲在茲的還是希臘的翻譯工作。他
在最後的遺囑中說：「餘一生文字無足稱道，唯暮年所譯希臘對
話，是五十年來的心願，識者當自識之」。周作人如此看重希臘
文化，是從西方文藝復興運動那裡得來的啟示。他注意到：「凡
中國所最早接受到的泰西文物，無論是形而上下，那時從義大利
日爾曼拿來的東西，殆無一不是文藝復興之所賜也」；而文藝復
興能夠「在各方面都有人，而且又是巨人，都有不朽的業績」，
又正是希臘的「法力」所致。周作人由此認識到，中國要像歐洲
那樣實現「整個的復興」，就應該對外國文化的影響「溯流尋
源，不僅以現代為足，直尋求其古典的根源而接受之」[106]。從被
稱為「文明之源」的希臘文化那裡，周作人發掘出了許多可資中
國啟蒙運動借鑒的思想資源，而他自己也從中受惠良多，比如超
越利益的純粹求知態度，超越實用的科學精神，「人間本位主
義」，理性觀念，美的藝術，神話文學，幾乎涵蓋了真、善、美
的所有方面。事變之後，周作人曾計畫以翻譯希臘文學為生，也
嘗試這樣做了，無奈形格勢禁，自己的道德人格最後也破碎於侵
略者的鐵蹄踐踏之下。不過，譯介希臘文明的啟蒙工作並未因此
中止。對被迫放棄了道德承諾的啟蒙者來說，堅持不放棄自己的
知識理念，也許是他再也不能逾越的最後一道底線。

---

[106] 周作人：《文藝復興之夢》，《周作人自編文集・苦口甘口》，第19、
　　20、22頁。

　　與言必稱希臘相對照的是日本研究小店在淪陷時期的宣告
關門與儒家研究的從新開張。出於對日本軍國主義的憎惡，周作
人「五四」時期就寫下了《排日平議》等大量文章，揭露日本侵
略行徑的「野性」與「醜惡」。不過，作為崇仰希臘科學精神的
啟蒙者，周作人也一直在親日和排日之間尋求「第三的取研究態
度的獨立派的餘地」[107]。他批評國人看待問題過於情緒化，要麼
「愛屋及烏」，要麼「把腳盆裡的孩子連水一起潑了出去」[108]。
為此，他希望「學問藝術的研究是應該超越政治的，所以中國的
智識階級一面畢生──不，至少在日本有軍人內閣，以出兵及扶
植反動勢力為對華方針的時代，努力鼓吹排日，一面也仍致力
於日本文化之探討，實現真正的中日共榮，這是沒有偏頗的辦
法。」這就是說，在政治上要排日，在文化上要溝通，救亡與啟
蒙均不可放棄。他由此擔心說：「人終是感情的動物，我恐怕理
性有時會被感情所勝，學術研究難免受政治外交的影響而發生停
頓，像歐戰時中國輕蔑德文一樣，那真是中國文化進步上的一
個損失。」[109]周作人明知「日本是中國最危險的敵人」，但和魯
迅一樣，也主張「屈尊學學槍擊我們的洋鬼子」[110]：其一是日本
有「小希臘」之稱，在「美之愛好」等方面「與古希臘有點相
近」[111]；其二是明治維新可與西方文藝復興運動相媲美，值得借
鑒；其三是中日文化淵源深厚，可以借日本這面鏡子更好地認知
中國的思想文化問題。周作人在戰前寫下了《日本管窺》等系列

[107] 周作人：《日本與中國》，《周作人自編文集・談虎集》，第319頁。
[108] 周作人：《談日本文化書（其二）》，《周作人自編文集・瓜豆集》，
　　第57頁。
[109] 周作人：《排日平議》，《周作人自編文集・談虎集》，第331頁。
[110] 魯迅：《華蓋集・忽然想到十》，《魯迅全集》第3卷，第96頁。
[111] 周作人：《日本管窺》，《周作人自編文集・苦茶隨筆》，第140頁。

隨筆雜感，內容涉及日本的浮世繪、武士道、神道教、衣食住、國民精神等不同方面。對於日本文化反差極大的現象，周作人認為是受了「兩個師傅」的壞影響：一是中國的封建「禮教」，一是德國的法西斯「強權」[112]。日本文化從「根本」上說是建築在大化革新和明治維新時期所接受的中西兩種文化基礎上的，其中有「仁恕」觀念、「人間本位」思想等好的薰陶，也有「禮教」、「強權」等壞的影響[113]。周作人指出，前者是一種「人的文化」，是「高級的」，其「行為顧慮及別人，至少要利己而不損人，又或人己俱利，以致損人利己」；後者是一種「物的文化」，是「低級的」，其「根據生物的本能，利用器械使技能發展，便於爭存」，「其效止於損人利己」[114]。「人的文化」是「人的文學」在道德理念上的延伸，而「物的文化」意在批評日本的軍事侵略政策。周作人此後中止日本研究而著重介紹希臘與中國文化，目的就在於正本清源，抵制「物的文化」，闡揚「人的文化」精神。

相較而言，周作人在淪陷時期對儒家文化的再闡釋更讓人費解，也更有爭議。但如果從其啟蒙即是救亡的邏輯出發，這一問題其實並不難解。周作人一直把「溯流尋源」視作「切實的工作」，如他在《中國新文學的源流》所做的一樣，在「世界共通文化」視野下探尋傳統儒學的「真精神」與「真來源」，也正是其啟蒙工作規劃中重要的一部分。其一，周作人對儒家思想的闡釋是有選擇、也是有原則的。他的理論準則是「五四」的「人文

---

[112] 周作人：《遊日本雜感》，《周作人自編文集・藝術與生活》，第243頁。
[113] 周作人：《日本管窺之四》，《周作人自編文集・知堂乙酉文編》，第121、122頁。
[114] 周作人：《日本管窺之三》，《周作人自編文集・風雨談》，第183頁。

主義」，所闡發的是儒家的「仁恕」觀念，所持的態度仍是一貫
的「反禮教」。他指出：「中國人能保有此精神，自己固然也站
得住，一面也就與世界共通文化血脈相連，有生存於世界上的堅
強的根據」[115]。這樣的「整理國故」，既有文化救亡的背景，也
有世界主義的眼光。同時，他也一再提醒國人，要注意區分「強
鄰列國」的「文化侵略」與「國際公產」，不能因為「文化侵
略」放棄「國際公產」；學習外國文化要注意「不僅以一國為
足，多學習數種外國語，適宜的加以採擇，務深務廣」[116]。這與
國粹家的抱殘守缺、盲目排外是完全兩樣的。其二，用西方人文
精神來闡釋儒家倫理觀念，用儒家倫理觀念來揭示啓蒙思想的人
文內涵，是周作人推動啓蒙運動本土化的一種努力，這是啓蒙的
深化，而非退化。周作人在《人的文學》等「五四」文章中，就
曾用儒學概念解釋過人道主義思想；這一時期所持觀念也仍是希
臘的「人間本位主義」，而非十教授之流的「中國本位的文化建
設」，所以也不存在態度轉變與思想倒退的問題。其三，周作人
在淪陷時期自覺向儒家文化「尋根」，明確表達了「中國人的立
場」。對他來說，找到可以「培養下去」的「根本基礎」，就意
味著中國的思想問題「前途是很有希望的」[117]。因為「儒家思想
既為我們所自有，有如樹根深存於地下，即使暫時衰微，也還可
以生長起來」[118]。這樣的文化尋根，既有抵抗「文化侵略」的動
機，也有尋求民族重生的意圖。

---

[115] 周作人：《漢文學的傳統》，《周作人自編文集・藥堂雜文》，第8頁。
[116] 周作人：《文藝復興之夢》，《周作人自編文集・苦口甘口》，第21、
　　　22頁。
[117] 周作人：《中國的思想問題》，《周作人自編文集・藥堂雜文》，第
　　　12頁。
[118] 周作人：《漢文學的傳統》，《周作人自編文集・藥堂雜文》，第8頁。

　　其實，周作人自己也知道，一味從原始儒家的道德理想中尋找與世界文化相通的根脈，並不現實，也不能「自圓其說」。他在這一時期的《道德漫談》中寫道：「我平常是頗喜歡儒家，卻又同時不很喜歡儒家的。從前與老朋友談天，講到古來哲人諸子，總多恕周秦而非漢，或又恕漢而非宋，非敢開倒車而復古也，不知怎的總看出些儒家的矛盾，以為這大概是被後人弄壞的，世間常說孔孟是純淨的儒家，一誤於漢而增加荒誕分子，再誤於宋而轉益嚴酷，我們也便是這樣看法，雖然事實上並不很對，因為在孔孟書中那些矛盾也並不是沒有。」「照這樣看來，我們把一切都歸咎於後儒，未免是很有點冤枉的。我想，這個毛病還是在於儒家本身裡」。儘管自己也知道儒家思想的「純淨」不是事實，但他寧願相信這是事實；儘管儒家自身的「矛盾」與「毛病」並不合乎他追求健全的民族之根的理想，他也寧願在自己的理想中「創造」出這樣一個健全的民族之根。而這種理想創造，其實也是「五四」思想在民族文化救亡背景中的一種再造。然而，啟蒙思想者可以在理想再造中消除傳統思想的「矛盾」，卻未必能消除個人思想的現實「矛盾」。在尋求「純淨」處，恰恰可以照見周作人不得「純淨」處。啟蒙者所居的苦雨齋與北平一同淪陷的悲劇，放大了一切，也縮小了一切。

四、「思想革命尚未成功」：啟蒙理想與「淪陷」悲劇

　　如果不注意周作人在淪陷時期出任偽職的事實，從被其視為「主要的工作」的啟蒙文章中，是幾乎感覺不到那種「淪陷」的色彩的。不過，問題的複雜性正在於，周作人向來以啟蒙面目示人的完美形象此時已完全破碎，在侵略者蠻橫無理的槍炮面前，

喜歡「講道理」的啟蒙思想者暴露出了人性深處隱伏的幽暗與脆弱。新文化運動落潮之後，深有感觸的周作人曾用巴斯卡的「人是一根會思想的蘆葦」之喻，來說明自己當時那種「高貴」而「脆弱」、「偉大」而「虛空」的複雜心境。

> 人只是一根蘆葦，世上最脆弱的東西，但他是一根會思想的蘆葦，這不必要世間武裝起來，才能毀壞他。只須一陣風，一滴水，便足以弄死他了。但即使宇宙害了他，人總比他的加害者還要高貴，因為他知道他是將要死了，知道宇宙的優勝，宇宙卻一點不知道這些[119]。

「會思想的蘆葦」讓周作人如此感同身受，是因為「五四」後的思想境遇已讓他切實體味到了其中的含義。如果說在西方，這句格言讓人體會到的是思想的「高貴」可以改變人的「脆弱」；那麼在中國，思想的「高貴」則是讓思想者更痛苦地「知道」人是如何之「脆弱」。一方面，他們認定自己所從事的啟蒙運動是「偉大的事業」，一方面卻又感覺到啟蒙理想有如「捕風」一般「虛空」。思想者的個人命運，其實也是他們所從事的啟蒙運動的命運寫照。也許是冥冥中的不幸預言吧，這也成了他此後人生命運的真實寫照：思想的「高貴」，改變不了思想者作為凡人的「脆弱」本性與生存現實。周作人作為啟蒙者的個人命運，其實也是他所從事的啟蒙運動的命運縮影。在淪陷區「苦住」生涯的不齒與難堪，不過是為這悲劇命運增添了一種更加荒誕的色彩。

---

[119] 周作人：《偉大的捕風》，《周作人自編文集・知堂文集》，第20頁。

　　周作人在淪陷時期有大量直接談啟蒙問題的文章，如《啟蒙思想》、《大乘的啟蒙書》、《新文字蒙求》、《文藝復興之夢》等，基本理念仍是「五四」時期的，啟蒙熱情似乎也無稍減。在「言論不大自由」的國民政府時期，周作人曾計畫以「三年五年十年」的時間來傳播「常識」[120]，到了言論更不自由的淪陷時期，傳播「常識」就成為他在落水後唯一所能做的。其用意在於，「我們沒有力量來改正道德，可是不可沒有正當的認識與判斷，我們應當根據了生物學人類學與文化史的知識，對於這類事情隨時加以檢討，務要使得我們道德的理論與實際都保持在水線上的位置」[121]。為此，他反復強調啟蒙的「要緊」性，呼籲「弄學問的人」不要做「小乘的自了漢」，只躲在書齋裡寫藏之名山的專著，而要發揚一種兼愛的大乘精神，不計「事倍功半，而且無名少利」，多寫一些「啟蒙用的入門書」，以便後輩的青年人「增進知識，修養情意，對於民族與人生多得理解，於持身涉世可以有用」[122]。從傳播「常識」的啟蒙意圖出發，他甚至說，「天下多好思想好文章，何必盡由己出」[123]，這與迷戀獨創性價值的學者思維是大相徑庭的。在學者與啟蒙者之間，他顯然更欣賞後者。人們多不理解周作人何以熱衷文抄公的作文方式，何以將翻譯視為「更為有益」的「勝業」[124]，而思想隨筆也何以遠多於學術專著，是沒有注意到他的啟蒙用意與考慮。對於為什麼一方面感歎「教訓之無用，文字之無力」，一方面還要不懈餘

---

[120] 周作人：《常識》，《周作人自編文集‧苦竹雜記》，第200頁。

[121] 周作人：《夢想之一》，《周作人自編文集‧苦口甘口》，第16頁。

[122] 周作人：《大乘的啟蒙書》，《周作人自編文集‧立春以前》，第102、105頁。

[123] 周作人：《苦口甘口‧自序》，《周作人自編文集‧苦口甘口》，第2頁。

[124] 周作人：《勝業》，《周作人自編文集‧談虎集》，第49頁。

力地大寫「正經文章」，周作人後來解釋說，「那時候覺得在水面上也只有這一條稻草可抓了」[125]。這是實情，但非實質。根本的問題是，啓蒙在周作人心中始終具有非常重要的位置，才使得他把知識傳播而非別的方式視為挽救民族危亡的最後希望。

　　然而，在本國的法西斯政權面前尚遭處處壓迫的啓蒙運動，在更加暴虐的異族侵略者面前，又如何可能實現呢？雖然抱定「鍥而不捨」的態度，周作人最後還是發現：啓蒙理想不是越來越近，而是漸行漸遠。這位當年在「五四」時期率先提出「思想革命」號召的思想啓蒙者，在回顧大半生的啓蒙工作時卻說：「思想革命尚未成功」，[126]話語間充滿了失望與悲涼。對於這一問題，只究責於個人或環境都是不公平的。如果沒有過於嚴酷的環境，有著啓蒙心結的周作人一定還會努力維持自己完美的道德理想與人格尊嚴；但一粒暗殺的子彈，就讓他急忙匍匐於侵略者的權力之下來尋求庇護，也的確暴露出一種精神本性的內在怯弱。從某種意義上說，中國知識份子是最為不幸的一群。他們缺乏俄羅斯、西歐知識份子那樣強韌的宗教力量與深厚的自由傳統，卻經歷著更為漫長與黑暗的中世紀歷史。思想啓蒙在魯迅這樣的啓蒙者心中當然是「第一要著」[127]，但問題是，啓蒙的「要緊」性不可能被所有人意識到。恰恰相反，在有著幾千年專制文化與帝國歷史的中國社會中，啓蒙的現代訴求往往是被排斥、拒絕、輕忽以致迫害打壓的。在思想者心目中位置崇高的啓蒙工作，在現實社會中並不具有相應的位置，甚至沒有什麼位置。從整體的啓蒙歷史來看，啓蒙思想在「五四」能夠形成一種運動，

---

[125] 周作人：《周作人自編文集・知堂回想錄》（下），第647頁。
[126] 周作人：《過去的工作》，《周作人自編文集・過去的工作》，第85頁。
[127] 魯迅：《吶喊・自序》，《魯迅全集》第1卷，第417頁。

實在是一種奇跡。按理說，啟蒙不需要最高權力的庇護，只需要基本權利的保障。但在政教合一的極權體制中，以科學、民主、自由、人權為基本理念的啟蒙要求不僅不可能得到權利保障，反而時時籠罩著被權力絞殺的陰影。借用魯迅的話說，「五四」的幸運，不過是魔鬼手掌中露出的一縷陽光而已。它產生於軍閥們「爭奪地獄統治權」的混戰夾縫中，空間並不寬廣，時間也不久長。當大一統的政權重新建立，「五四」短暫的歷史便輝煌不再。啟蒙精神即使還被分化後的一部分啟蒙思想者所堅持，但作為一支獨立自由的思想力量，一種聲勢浩大的運動思潮已經結束了。此後，啟蒙在不同派別的政治勢力中左衝右突，被革命、救亡等不同時期的政治運動所裹挾，始終處於一種「雖合理而難得勢」[128]的位置。在這樣的情勢下，啟蒙即使獲得一定的承認，也不可能獲得真正的尊重，它要麼被視為「俟河之清，人壽幾何」的不急之務，要麼被視為服務現實政治的宣傳工具。這就意味著：在兩種對立的勢力之間，要堅持啟蒙的獨立思想，只能成為邊緣性的「第三」選擇。周作人提出「別尋第三個師傅」，「建造『第三國土』」[129]的啟蒙理想，與魯迅提出「創造這中國歷史上未曾有過的第三樣時代」[130]，四十年代知識份子關於「第三條道路」的討論，有著耐人尋味的相似性。

啟蒙者的社會位置，其實也正是啟蒙位置的一種現實反映。相對於有形的權力，無形的民間社會更為沉默，也更為廣大。「到民間去」曾是「五四」知識份子對啟蒙廣場的一種美麗幻想，但他們始終沒有得到民間力量的正面回應與支持。中西方思

[128] 周作人：《苦口甘口·自序》，《周作人自編文集·苦口甘口》，第2頁。
[129] 周作人：《遊日本雜感》，《周作人自編文集·藝術與生活》，第243頁。
[130] 魯迅：《墳·燈下漫筆》，《魯迅全集》第1卷，第213頁。

想者有相同的啟蒙理念，但面對的是不同的社會群落。在中國，臣民社會歷史漫長而公民社會異常稚弱，這樣的民間社會長期被統治者的意識形態所教化，不可能形成真正獨立的思想空間。它即使成為啟蒙運動的群眾基礎，也不可能是強固的，甚至有可能成為權力的幫兇。魯迅在留日時期也曾寄希望於沒有被教化污染的「樸素之民」，但這種民粹主義的道德想像在回國後很快就破滅了。他發現，「暴君治下的臣民，大抵比暴君更暴」[131]，啟蒙者的吶喊「如置身於毫無邊際的荒原」，「而生人並無反應」[132]。越到後來，魯迅對於民眾的失望與啟蒙的「無聊」感也越來越強烈。他在一封公開信中說：「民眾的罰惡之心，並不下於學者和軍閥。近來我悟到凡帶一點改革性的主張，倘於社會無涉，才可以作為『廢話』而存留，萬一見效，提倡者即大概不免吃苦或殺身之禍。」[133]周作人在「五四」後也意識到，民眾並沒有像啟蒙運動起初所設想的那樣成為對話者，反而成了對立者，甚至「加害者」：「中國現在政治不統一，而思想道德卻是統一的，你想去動他一動，便要預備被那老老小小，男男女女，南南北北的人齊起作對，變成名教罪人。」[134]在權力與民間高度一體化的社會中，啟蒙思想既然得不到權力的肯定與支持，同樣也不會被民眾信任和承認。在認同強權的社會面前，啟蒙思想者即便是少數知識青年所敬仰、所愛戴的導師和精英，也不能改變他們作為弱勢群體的現實：他們有思想，有知識，卻沒有自己相應的社會位置。魯迅筆下的「孤獨者」、郁達夫筆下「零餘者」，是

131　魯迅：《熱風・暴君的臣民》，《魯迅全集》第1卷，第366頁。
132　魯迅：《吶喊・自序》，《魯迅全集》第1卷，第417頁。
133　魯迅：《而已集・答有恆先生》，《魯迅全集》第1卷，第457頁。
134　周作人：《不討好的思想革命》，《周作人自編文集・談虎集》，第93-94頁。

他們生存環境的真實寫照。在權力主導一切的社會中，讀書人的知識與道德不會被真正理解與尊重，民眾所認同的，只在於知識與道德能否轉化為現實的權勢與利益。在小說《孤獨者》中，投射著魯迅精神面影的魏連殳留過洋，好發議論，對老人孩子富有愛心，在知識和道德方面都是很優秀的，但這無法讓他贏得身邊人哪怕是房東老太太的同情。他自覺放棄了唾手可得的權力，卻被認同權勢的民眾視為「迂」；當他為生所迫做了「魏大人」後，身邊才又「熱鬧」起來。然而，他卻無法認同背叛了獨立人格的自己，最終「在不妥帖的衣冠中」冷笑著死去了。對於這「孤獨的悲哀」，周作人也深有同感，他在同時期的隨筆中寫道：「思想革命的鼓吹者是個孤獨的行人，至多有三個五個的旅伴；在荒野上叫喊，不是白叫，便是驚動了熟睡的人們，吃一陣臭打。」[135]陰差陽錯的刺殺事件發生後，周作人也經歷了魏連殳式的命運輪回。他在恐慌中迅速倒向了日偽政權，白天在台上演官僚的醜戲，晚上在燈下寫啟蒙的文章，人格嚴重地撕裂了。周氏兄弟都明白，思想革命在現代中國是一條寂寞荒僻的路，但魯迅敢於直面內心強烈的精神衝突，性情剛烈，周作人卻一直在掩飾內心的苦悶與不安，性情柔弱。也因此，前者終於是無情解剖自己而「苦鬥」不息的戰士，後者終於是努力維護形象而「苦住」不得的紳士。周氏兄弟文學品性最大的相同點在這裡，最大的分歧點也在這裡。

　　儘管如此，未放棄啟蒙理想的周作人仍不失為啟蒙理念的堅執者。經歷了淪亡之痛的周作人此時也在反思啟蒙運動在中國未能成功的問題。他認識到，僅有文人孤獨的努力而沒有「各方

---

[135] 周作人：《不討好的思想革命》，《周作人自編文集・談虎集》，第93頁。

面的合作」，即使胸懷大志，信仰堅定，「在事實上卻總是徒然
也。」他注意到，西方文藝復興與日本明治維新能夠取得成功，
在於其運動「是整個而不是局部的」，而「中國近年的新文化
運動可以說是有了做起講之意，卻是並不做得完篇，其原因便
是這運動偏於局部，只有若干文人出來嚷嚷，別的各方面沒有
什麼動靜，完全是孤立偏枯的狀態，即使不轉入政治或社會運
動方面去，也是難得希望充分發達成功的。」[136]文人是新文化運
動的發起者，但也只是運動中的一部分；運動有始無終，文人
有自己的責任，但也不可能承擔全部的責任。用周作人評價蔡
元培的話說，思想者的價值「著重在思想」[137]，至於思想的聲音
能否被民眾傾聽到，能否形成一種社會運動並最終實現目標，
則是他們力量之外的事情，無法由自己把握。他們可以獨立提出
解決問題的方案，並不意味著能夠獨自解決問題。「知識就是
力量」的西諺並沒有錯，但知識的力量也只能發生在真正尊重知
識的社會語境中。美國的胡適研究者格里德講得好：西方啓蒙
哲學家「所進入的是一個與他們的目標十分相宜的環境，而他們
的中國模仿者卻沒有這麼好的命運。」他引用彼得・蓋伊在《啓
蒙運動：一項解釋，現代異教的興起》中的話說，啓蒙哲學家
「向之講道的歐洲，是一個已做好了一半準備來聽他們講道的歐
洲……他們所在進行的戰爭是一場在他們參戰之前已取得了一半
勝利的戰爭」[138]。因此，周作人首先面對的問題是西方啓蒙者很

---

[136] 周作人：《文藝復興之夢》，《周作人自編文集・苦口甘口》，第20頁。
[137] 周作人：《記蔡子民先生的事》，《周作人自編文集・藥味集》，第
　　 32頁。
[138] 格里德：《胡適與中國的文藝復興》，第343頁，南京：江蘇人民出版社
　　 1996年。

少遇到的，這就是：「怎樣能夠使他們曉得？」[139]周作人從「五四」以來就宣導思想革命，但後來終於發現：「啟蒙糾謬，文字之力亦終有所限」[140]；「我的力量極是薄弱，所能做的也只是稍有議論而已。」[141]周作人明白，文人孤立的啟蒙工作是一種「秀才薄紙」、「苦口婆心」、「野人獻芹」，只能談談而已。他因此說：「在亂離之世，感情思想一時凌亂莫可收拾，啟蒙運動無從實現，今亦如漁洋山人言，故妄言之故聽之可也。」[142]明知「啟蒙運動無從實現」，還要「故妄言之故聽之」，周作人將此比作「姜太公釣魚」，並自勉說，「在這似有希望似無希望的中間，言行得無失其指歸，有所動搖乎，其實不然，從消極中出來的積極，有如姜太公釣魚，比有目的有希望的做事或者更可持久也說不定」[143]。看不到任何希望，但又不能放棄「做」，是因為只有不抱希望地「做下去」，希望才不至於完全斷絕；而如果不「做」，就意味著希望的徹底淪沒。這種心態與表達，像極了魯迅筆下那個單知道「走下去」而不問前途的黑衣過客，也像極了西方神話中那個不斷推著石頭上山的西西弗斯，其中有著絕望與宿命，也有著抵抗與掙扎。

就像魯迅的「反抗絕望」終究也是一種絕望，周作人的不甘失敗其實也是一種失敗。對於「五四」理想的未能實現，魯迅在《墳》的後記中寫道：「失望無論大小，是一種苦味」；周作人在《燈下讀書論》中也留下了「知識也就是苦，至少知識總是

---

[139] 周作人：《宣傳》，《周作人自編文集·談虎集》，第38頁。
[140] 周作人：《過去的工作》，《周作人自編文集·過去的工作》，第85頁。
[141] 周作人：《立春以前·後記》，《周作人自編文集·立春以前》，第190頁。
[142] 周作人：《啟蒙思想》，《周作人自編文集·藥堂雜文》，第47頁。
[143] 周作人：《凡人的信仰》，《周作人自編文集·過去的工作》，第55頁。

有點苦味」的感喟。伴隨著啟蒙運動的落潮，啟蒙思想者普遍經歷了從英雄到凡人的精神失落與認知蛻變。魯迅在「寂寞」的反省中「看見自己了：就是我決不是一個振臂一呼應者雲集的英雄」[144]。周作人在《麻醉禮贊》中也發出了同樣的歎息：「我們的生活恐怕還是醉生夢死最好罷。──所苦者我只會喝幾口酒，而又不能麻醉，還是清醒地都看見聽見，又無力高聲大喊，此乃是凡人之悲哀，實為無可如何者耳。」「清醒」地認識到自己是「無力高聲大喊」的凡人，不過是回到真實的現實中來，根本的問題還在於：認知到這種現實，思想者如何做？是繼續，還是放棄？是固守，還是轉向？正是在這一點上，啟蒙者內部出現了分化，也暴露出了更為內在的問題。魯迅後來感歎說：「《新青年》的團體散掉了，有的高升，有的退隱，有的前進，我又經驗了一回同一戰陣中的夥伴還是會這麼變化」[145]。沒有多少人願意像魯迅那樣繼續「獨戰多數」，或者像周作人那樣不抱希望地「做下去」。他們紛紛組黨，或積極入閣；或是像瞿秋白那樣宣佈「服從革命的需要」，或是像胡適那樣宣導「好人政府」；他們開始變身為黨魁、革命者，或是政府幕僚、技術官員。這些曾經的啟蒙者開始加入不同的政治勢力，也被不同的政治潮流所左右。停留在文章與紙頁上的獨立思想與自由意志，在現實的政治運動中顯得脆弱不堪。對這些人來說，他們不會產生「在荒野上叫喊」的孤獨感與荒謬感，因為啟蒙在他們心中已失去了往日的崇高位置，成了必須要「跨越」的物件。儘管在經歷了一次次政治風雨後，其中一些人覺悟到要重新「回到五四」，並為過去的

---

[144] 魯迅：《吶喊·自序》，《魯迅全集》第1卷，第417-418頁。
[145] 魯迅：《南腔北調集·〈自選集〉自序》，《魯迅全集》第4卷，第456頁。

背棄而懺悔；但仍不失為人生的成功者，而且至今也還享有權力所賦予的種種榮耀與光環。總體上看，他們是「忠而獲咎」的屈原，而非「爭天拒俗」的摩羅，他們的悲劇與權力鬥爭有關，與啟蒙思想無關。唯其如此，他們背棄「五四」的悲劇命運更為隱蔽，也更引人深思。

　　和那些當年為追求革命而自覺「跨越」五四精神的成功者相比，周作人的人生是完全失敗的。如果說前者的悲劇表明知識份子在思想理性方面普遍不夠成熟與強大，後者的悲劇則暴露出知識份子個人在世俗人生方面的全部軟弱與醜陋。一個至少在態度上仍然堅持啟蒙理念的思想者，卻在全民抗戰時期出任偽職，言行如此不一，讓人深為不齒，也深為不解。持批評態度的，或是以周作人說過中國沒有強大的海軍之類的話，認定他一向有民族悲觀心理；或是以周作人強烈的「個人主義」和「自由主義」傾向，指出他與時代相脫離。持同情態度的，或是認為周作人「不能克服文化傳統中的消極核心而失敗，一切文章學問、功績成就同歸於盡」，而將其歸結為「中國文化傳統的悲劇」[146]；或是認為周作人文化上愛國而政治上叛國：是「對『政府國家』的背叛與對『文化國家』的固守相衝突的悲劇，是作為一個國民喪失其完整性的悲劇。」[147]這些因果推論各有依據與道理，但也未免過於抽象，與周作人的落水附逆沒有必然聯繫，也均未觸及核心問題。首先，有民族悲觀心理，思想消極，並不至於要做漢奸。早在日本以戰爭威脅中國政府接受二十一條的時候，胡適就發表過「我們壓根兒沒有海軍」、「對日作戰，簡直是發瘋」一類的談

---

[146] 舒蕪：《周作人概觀》，第101、102頁，長沙：湖南人民出版社1986年。
[147] 董炳月：《周作人的「國家」與「文化」》，《中國現代文學研究叢刊》2000年第3期。

話，但後來還是毅然承擔起了抗戰宣傳的責任。其次，個人主義與自由主義是知識份子追求獨立人格與自由思想的基本精神，與抗戰精神並無衝突，與出任偽職也毫無聯繫。恰恰相反，主張全民族抗戰是包括自由知識份子在內的主流聲音，而周作人出任偽職正是因為背叛了其個人主義與自由主義的道德理想。再次，反對政府，也不意味著要背叛「政府國家」。周作人的政府認同出現問題，不等於說他的國家認同出現了問題。反觀「城頭變幻大王旗」的中國現代歷史，有哪一個政府真正擺脫了獨裁腐敗的歷史怪圈，又有哪一個政府是自由知識份子所真正滿意和信任的？然而，這也沒有妨礙他們加入中華全國文藝界抗敵協會之類救亡組織與救亡活動的積極性。

　　如果對進步論者來說所應檢討的是啓蒙思想與態度變化的問題，對思想固執的周作人來說則完全是另外一個問題：既然在啓蒙思想與態度上始終不渝，為什麼在自己的現實人生中卻沒有真正做到？其實，這也不僅是一個知識份子的問題，而是所有人都可能面對的問題。對於民族生存與個人生存同時遭遇威脅的周作人來說，生還是死已不是一個哈姆雷特式的抽象命題，而是一個實實在在的現實問題。知識份子往往以社會的良知自許，社會對他們也是凡事都以良知的標準來要求，有著非常崇高的道德期待。人們恰恰忘了，擁有思想與知識的人也是現實中的凡人，也具有凡人所可能有的全部弱點與缺陷。借用恩格斯（Friedrich Von Engels，1820-1895）評價歌德的話說：知識份子「有時候非常偉大，有時候極為渺小；有時候是叛逆的、愛嘲笑的、鄙視世界的天才，有時候則是謹小慎微、事事知足、胸襟狹隘的庸人。」[148]

---

[148] 恩格斯：《詩歌和散文中的社會主義》，《馬克思恩格斯論藝術》第2卷，第369-370頁，北京：人民文學出版社1963年。

「有時候」其實只是一種外在的言行表現，根本的問題在於，文人和所有的人一樣，也具有自己的兩面性。在有限的現實世界中，完整的從來不會完美，完美的也從來不會完整。如果說「五四」時期的周作人表現出的是完美而理想的一面，淪陷時期的周作人則暴露出了完整而真實的一面。自號「知堂」的周作人的確擁有比常人更豐富的知識，更敏銳的思想，更崇高的道德感，但這並不意味著他在現實生活中就能比常人做得更好。用他自己的話說：「老百姓的行為也總未必不及士大夫，或者有人說還要勝過士大夫亦未可知」[149]。

實際上，是我們自己把一些本來平常與簡單的問題複雜化與深奧化了。也許是因為周作人曾經眩目的思想者身份限制了我們思考問題的方式，我們大家普遍忽略了他亦是「凡人」，亦有「凡人之悲哀」，亦有他懦弱與庸俗的一面。從思想問題上一味探尋思想者的「思想罪」，這種思考習慣貌似合理，實則荒謬不倫：如果思想者在思想上有種種不及常人的問題，又如何可以稱作一個思想者？如果思想者的行為問題處處都可以在思想那裡找到根據，這樣的思想者就不可能是活生生的思想主體，而是受制於思想理念的機械工具。如果我們的思考能回歸到人的日常生活中來，就會發現，人的思想與行為雖不可分割，但也不是簡單等同的。換言之，人的行為應該為他的思想負責，但人的思想未必能為他的行為負責。淪陷時期的周作人儘管有種種道德醜行，但其富有啟蒙意義與科學價值的道德學說未必就是其道德醜行的思想依據。恰恰相反，周作人的問題不在於他的道德思想，而在於他未能履行自己的道德思想。或者說，他在理論層面上忠實於自

---

[149] 周作人：《大乘的啟蒙書》，《周作人自編文集·立春以前》，第106頁。

己的道德學說，在行為層面上卻未能忠實於自己的道德學說，思想與行為出現了嚴重的分裂：在思想上體現出了思想者的深刻性，在處世行為上卻暴露除了許多連凡人也不及之處。

　　周作人曾將自己的道德理想歸納為「倫理自然化，道義事功化」，前者反禮教道德，後者反空談道德，這兩方面他最後都沒有完全做到，或者說根本沒有做到。在「倫理自然化」的學說中，周作人嚴詞抨擊文人的應舉心理與八股文做法，但自己最終也陷入了權力鬥爭的泥潭中。從出任偽職時的奢華鋪張，到丟官後的咬牙切齒，不復有往日的清高自守。這期間他在思想上仍表現出了一定的獨立性，比如反對學生參加政治表演活動，警惕文化奴役而主張「思想宜雜」；但這些潛藏的反對意圖只具有魯迅所說的「心理抵抗」的效果，一經主子申斥，周作人不是噤若寒蟬，言聽計從，便是不敢承認，百般辯解。同樣，周作人也明白，「道義事功化」強調事功只能以道義為前提，不能以犧牲道德為代價，也不能只以成敗論英雄。他雖然覺得「事功與道德具備的英雄」中國歷史上「沒有一個可以當選」，但也稱讚說：「就是不成功而身死的人，如斯巴達守溫泉峽的三百人與其首領勒阿尼達思，我也是非常喜歡，他們抵抗波斯大軍而死，『依照他們的規矩躺在此地』，如墓誌銘所說，這是何等中正的精神，毫無東方那些君恩臣節其他作用等等的混濁空氣」[150]。周作人所嚮往的這種不問成敗、張揚血性的斯巴達精神，也是魯迅在《斯巴達之魂》中所極力頌揚的。周作人淪陷時期的文章如《上墳船》、《炒栗子》等，亦多有麥秀黍離之悲。他在1938年1月30日的舊曆除夕日記中寫道：「今晚爆竹聲甚多，確信中國民族之

_____

[150] 周作人：《論英雄崇拜》，《周作人自編文集·苦茶隨筆》，第183頁。

墮落，可謂無心肝也」，斥責國民不知國土淪亡之痛。但到了2月9日，周作人就出席了日本更生文化座談會，走向了自己所批判的「墮落」之路。這說明，周作人並非沒有血戰思想和報國情懷，但在最需要做抉擇的時刻，他有就義之心，卻無就義之勇，以致有了背義之為。

司馬遷在《報任安書》中說：「夫人情莫不貪生惡死，念父母，顧妻子；至激於義理者不然，乃有所不得已也。」「貪生惡死」、眷戀家人是人情之常，我們也絕無理由逼人犧牲。從這方面說，周作人「家累重」一類的解釋，也是出於人情之常，並非全是託辭，真正的問題是他為此付出的慘重的道德代價。周作人在出任偽職期間經常發表一些反共與中日親善的講話，抗戰後卻一度想去自己並不信任的共產黨統治區謀職，解放後又給中共領導人寫了一份充滿違心頌揚與自我辯解的檢討信，這些言行無非是為了逃避責任與苟全性命而已，全無道德立場可言。不過，作為啟蒙思想者，喪失了氣節的周作人卻不可能喪失道德恥辱感，他是自知其醜的，並非某些學者所說的「泰然自若」。對於自己所發表的《治安強化運動與教育之關係》、《東亞解放之證明》一類的官僚講話與訓令文字，周作人一律隱去，不收入自編文集，就是內心虛怯、欲蓋彌彰的一種表現；而聲稱「一說便俗」的所謂「不辯解主義」，其實是不可辯解，隱隱約約的一類詭辯文章其實也還不少。比如，把自己比作地中海上脫衣救人而不顧道德名聲的看護婦、救苦救難的大乘菩薩、無鳥村中收拾殘局的蝙蝠等等，而且自我頌揚「有為人類服務而犧牲自己的熱情」[151]。後來在審判漢奸的法庭上，周作人含蓄的「不辯解」不

---

[151] 周作人：《道義之事功化》，《周作人自編文集·知堂乙酉文編》，第77頁。

僅成了赤裸裸的自我辯護，還召來故友和律師為自己保護校產之類的功績做公開證明。而在1949年7月寫給中共領導人的那封信中，他也再次為自己的「有關思想與行為」做了煞費苦心的辯解。信中說：自己和日本「不是合作得來」，有過「明的暗的抗爭」，「我不相信守節失節的話，只覺得做點於人有益的事總好，名分上的順逆是非不能一定」，這無非是再次標榜自己做漢奸的「道理」[152]。直到晚年，周作人仍然說，自己經過考慮後答應出任偽教育督辦是「因為自己相信比較可靠，對於教育，可以比別個人出來，少一點反動的行為也。」[153]「道義事功化」在這裡被它的提出者扭曲為一種「道義犧牲論」，與日偽政權的「合作」也便成了一種有功無過的自賣自誇。而越是掩飾羞恥與誇耀光榮，越是深刻地暴露出其內心的怯弱與陰暗一面。未能實踐自己的道德理念固然是一種悲劇，未能實踐而又不肯直面內心的幽暗與缺失，這才是周作人在啓蒙悲劇中的最大悲劇。康德在回答「什麼是啓蒙」時的著名格言是：「敢於認知！要有勇氣運用你自己的理智！」一個連認知自我都沒有勇氣做到的啓蒙思想者，又何談啓蒙他人呢？

周作人在1920年代的一封通信中曾寫道：「我最厭惡那些自以為毫無過失，潔白如鴿子，以攻擊別人為天職的人們，我寧可與有過失的人為伍，只要他們能夠自知過失，因為我也並不是全無過失的人。」[154]如此理性和寬容，說明周作人是「能夠自知過失」的，但他同樣沒有勇氣做到。從這方面說，周作人真正的悲

---

[152] 周作人：《周作人的一封信》，《新文學史料》1987年第2期。

[153] 周作人：《致鮑耀明書》，轉引自錢理群：《周作人傳》，第445頁，北京：十月文藝出版社1990年。

[154] 周作人：《一封反對新文化的信》，《周作人自編文集·談虎集》，第107頁。

哀就在於，作為一個啟蒙思想者，他幾乎把一切問題都想到了；作為一個現實生活中的凡人，卻幾乎一點也未能做到。

第五章
當「新詩」捲入「運動」

——九葉詩派的詩學理想與命運浮沉

　　1922年末，魯迅在為自己的小說集《吶喊》作序時，他的小說創作已以「顯示了『文學革命』的實績」[1]而聞名。然而奇怪的是，魯迅似乎並沒有因此獲得真正的寬慰，如其所言，「精神的絲縷還牽著已逝的寂寞的時光」。在提到自己在青年時候曾經做過而「偏苦於不能全忘卻」的夢，亦即為「改變精神」而「提倡文藝運動」時，魯迅依然「未能忘懷於當日自己的寂寞的悲哀」[2]。一個人在創作獲得成功的時候想到的竟然是夢想的失敗，內心一定有他不願明說的苦衷吧。這樣看來，序言結尾的「究竟也仍然是高興」也像極了其小說中所用的如墳上加花環一類的「曲筆」，這樣做，只是為了顧及運動主將「不主張消極」的將令，而自己「也並不願將自以為苦的寂寞，再來傳染給也如我那年青時候似的正做著好夢的青年」[3]。這「不願」傳染的「寂寞」，對滿懷熱情鼓吹文學革命的人來說的確是不合適的。魯迅在五四運動之後稱《吶喊》的序言為「故意的隱瞞」[4]，揭示了他當時無法言說的內心最真實的一部分。在日本經歷了「背時」的失敗後，魯迅回到國內的最大收穫就是加深了「荒原」和「鐵屋子」的深切體驗。在這樣「寂寞」的語境和心境中，魯迅把早年提倡摩羅詩力說的文藝運動與五四文學革命一起稱為「好夢」，有著一種失敗的自覺，也有著一種宿命的預感。然而，魯迅的不能忘懷，還是希望以文藝運動來破除「寂寞」，他說服自己來「聽將令」，何嘗不是在反抗絕望中尋找一種新希望的

[1]　魯迅：《且介亭雜文二集・〈中國新文學大系〉小說二集序》，《魯迅全集》第6卷，第238頁，人民文學出版社1981年。

[2]　魯迅：《吶喊・自序》，《魯迅全集》第1卷，第419-420頁。

[3]　魯迅：《吶喊・自序》，《魯迅全集》第1卷，第419-420頁。

[4]　魯迅：《南腔北調集・〈自選集〉自序》，《魯迅全集》第4卷，第456頁。

努力？而在「《新青年》的團體散掉」後，「又經驗了一回」的魯迅追問「新的戰友在那裡」[5]，一度希望和創作社聯合，和太陽社聯合，以至加入左翼作家聯盟，而最後又不甘心讓這團體解散，不也是為了他自己稱作「夢」而始終不能忘懷的「文藝運動」嗎？

在留日時期提倡文藝運動的失敗讓魯迅認識到自己「決不是一個振臂一呼應者雲集的英雄」[6]，而文藝運動也絕不是個人可以孤立完成的事業，他不斷尋求新的「文學團體」而希望「戰線應該擴大」，「應當造出大群的新的戰士」[7]，就是出於這樣的考慮。魯迅希望文藝運動能獲得社會支持，當然不是以文藝的放棄為代價的，這可以從他在革命文學的論爭中對文藝審美本性的張揚中看得出來。然而，現代中國的文藝運動難以克服的一個兩難問題是，在魯迅稱作「沙漠」的中國語境中，獨立的文藝運動往往是孤立的，也往往會消失於其所感歎的「寂寞」與「無聲」中；而如果尋求文藝之外的運動力量，文藝運動就會有被一種外在的運動力量所控制的危險，而文藝自身就會發生質變，成為宣傳品、武器一類的東西，同樣會消失於「寂寞」與「無聲」中。這其中的區別是：理想的「文藝運動」是由「文藝」而內生為「運動」，具有內在的圓滿與自主性；而現實的「文藝運動」則往往是「文藝」捲入「運動」，具有受支配的被動性與工具性。前者首在「文藝」，以文藝為本位，運動是出於文藝的需要，由文藝而生；後者則旨在「運動」，以運動為目標，文藝是出於運

---

[5] 魯迅：《南腔北調集‧〈自選集〉自序》，《魯迅全集》第4卷，第456頁。

[6] 魯迅：《吶喊‧自序》，《魯迅全集》第1卷，第417-418頁。

[7] 魯迅：《二心集‧對於左翼作家聯盟的意見》，《魯迅全集》第4卷，第236頁。

動的需要，為運動服務。如果說五四文學革命具有一種自發而自覺的文藝性質，那麼此後的革命文學、工農兵文學思潮，就往往為政治運動的外在力量所左右。文藝相對於其他社會人文科學更為敏感、可讀與易於普及的特點，使它在屢次的政治運動中都不可避免地充當了「先鋒軍」或「馬前卒」的角色。從這個意義上說，「文藝運動」之所以在以往為革命史觀所規限的新文學史研究中，成為決定歷史書寫能否貫穿下去的綱領與支柱性的東西，首先不在於它的「文藝」屬性，而在於它的「運動」屬性。

顯然，在意識形態力量主宰一切的現實語境中，純粹的文藝運動不僅是難以發生的問題，更是難以生存的問題。從早年創辦文藝刊物遭遇流產，到被左聯尊為旗幟後不得不「橫站」，魯迅的命運其實也是他所提倡的文藝運動的命運。文藝運動在中國的複雜性，意味著無論怎樣的詩學選擇，目的是為道德理想還是革命政治，態度是介入還是疏離，都會成為一個無法超然的意識形態問題。在這個意義上，「九葉」詩派對詩與政治之間「任何從屬關係」的「絕對否定」[8]，從一開始就註定了它的悲劇結局。而它與承繼了魯迅詩學精神的七月詩派在相互論爭中殊途同歸的命運遭際，也再次說明了文藝運動在中國無法避免的沉重宿命。

「文藝運動」在中國語境的特殊性與複雜性，意味著如果僅從詩學問題來理解「九葉」詩派被埋沒數十年的詩學探索，是難以充分說明其艱難的現代詩學追求所存含的豐富意義的。「九葉」詩派的歷史意義並不局限於詩學問題，而詩學意義亦難說明其全部問題。從這個方面反思現代詩人堅守詩學理想而遭遇精神磨難的問題，也許是更有意義的。

---

[8]　袁可嘉：《新詩現代化》，載1947年3月30日天津《大公報・星期文藝》。

一、「在痛苦的掙扎裡守候」：「九葉」詩派的分化與 聚合

> 天空的雲、地上的海洋
> 在大風暴來到之前
> 有著可怕的寂靜
>
> 全人類的熱情匯合交融
> 在痛苦的掙扎裡守候
> 一個共同的黎明
>
> ——陳敬容《力的前奏》

　　這是被後來文學史家稱為「九葉」詩派之一的陳敬容（1917-1989）寫於1947年4月的一首題為《力的前奏》的詩。在半個多世紀之後的今天，重新翻撿有些發黃的詩頁，女詩人「在大風暴來到之前」的敏銳詩思與預言仍然讓人驚歎不已。1940年代綿延不絕的戰火「炸死了抒情」[9]，撕碎了詩心深處愛與美的溫情夢幻，一方面卻淬礪出一種獨特、冷硬的現代詩句與思索。在這個意義上，「九葉」詩集所呈現出的痛苦而深刻的智性品格，正是在戰爭語境追逼下的一種近乎悖謬的承受與選擇，而其對「中國式現代主義」詩學的自覺追求，也成為非自然狀態下（戰爭）的一種「自然而然」的選擇。

---

[9]　徐遲：《抒情的放逐》，載《頂點》第1期，1939年7月10日。

在中國的現代化進程被戰爭阻隔的特殊語境裡，生長出「詩的新生代」，生發出「自然的與自覺的現代化運動」[10]，是有著鮮明的前衛色彩與先鋒意義的，這註定了現代主義詩學在中國大地上備嘗艱辛的「早產」命運。穆旦（1918-1977）的同窗好友周玨良（1916-1992）在1947年的時候就意識到這些現代主義的前衛詩人在中國的「受苦」與「兩難」處境：「現代中國知識階級的最進退兩難的地位就是他們。雖然在實際生活上未見得得到現代文明的享受，在精神上卻情不自禁地踏進了現代文化的『荒原』。」[11]作為生存於戰亂年代的中國詩人，「九葉」詩人同樣承受著民族的苦難，呼喚「一個共同的黎明」是一種共同的心聲；而作為自覺追求詩學現代化的詩人，他們在無地自由中的自由求索，也不可避免地要承受現實內外的一種精神陣痛。

對出現於1940年代後期的現代主義詩歌運動來說，以1981年集結出版《九葉集》而獲得命名的「九葉」詩派是一個遲到的命名。命名的遲至性與追認性一方面說明詩學的現代化探求不可能被永遠抑制，一方面也暴露出詩學探求者所遭遇的種種現實艱難。鄭敏（1920- ）在後來回憶《九葉集》的編選時曾這樣說：「到1979年的時候，有一天唐祈通過不知道誰來告訴我跟杜運燮、袁可嘉，就說我們應該重新碰頭，把我們過去未完成的事業再繼續下去。後來我們就在曹辛之家，辛笛也從上海來了，說江蘇願意再出我們1940年代的詩，但是起什麼名字？王辛笛說我們九個人就叫九葉吧。因為事實上我們不能成為花，我們只能襯托革命的花，我們就當九葉吧。所以在那時我們自己就把自己放在

[10] 唐湜：《詩的新生代》，載《詩創造》1948年第8期。

[11] 周玨良：《讀穆旦的詩》，王聖思編：《「九葉詩人」評論資料選》，第319頁，上海：華東師範大學出版社1996年。

邊緣，自認為苟存就行了。……我也不爭是到中心還是邊緣，我覺得用不著去爭這個，自己按照自己的藝術良心寫就行了。」[12]在乍暖還寒的解凍時節，「九葉」詩人自認「邊緣」雖有些無奈，但也至少說明了他們對自己的詩學選擇及所處位置的自知與自覺。然而，堅守「藝術良心」的艱難也可想而知。穆旦詩裡充滿「豐富，和豐富的痛苦」，杭約赫發出「無法進一步沿著自己的藝術道路發展下去」[13]的感歎，何嘗不是那一代人的思想鏡像與精神面影呢？

　　1946年前後，隨著抗戰結束，大批文化人從重慶、昆明等後方城市開始返回，「東部城市恢復了文藝活動的中心地位，重慶出版的雜誌遷到了上海或者北平。新的報刊創刊，老的報刊復刊。」[14]1947年7月創辦於上海的《詩創造》從刊正是在這一文化重建的時期下出現的。而在此前後，僅與詩歌有關的刊物就有方然（朱聲，1919-1966）、阿壠（陳亦門，1907-1967）創辦的《呼吸》（1946.11），沙鷗（王世達，1922-1994）、李凌、薛汕（黃谷隆，1915-1999）合編的《新詩歌》（1947.2），朱懷谷等人創辦的《泥土》（1947.4），化鐵（劉德馨，1925-2013）、歐陽莊（1929-2012）等人創辦的《螞蟻小集》（1948）等刊物。戰爭烽煙的一時消散以及由此產生的文人遷徙現象似乎給文學的復興帶來了契機與希望。《詩創造》「從舊的走向新的，從未死的廢墟上建立方生」的召喚表露出知識份子在艱難時世中承擔文化重建任務的自信與樂觀。然而，外部環境的逼仄與內部思想

---

[12] 徐麗松整理：《讀鄭敏組詩〈詩人與死〉》，《詩探索》1993年第3期。
[13] 曹辛之：《面對嚴肅的時辰》，《讀書》1983年第11期。
[14] 費正清、費惟愷主編：《劍橋中華民國史》（下卷），第557頁，中國社會科學出版社1994年。

的分歧很快就使《詩創造》詩人群發生了分化。1948年6月，一直主持《詩創造》編輯工作的杭約赫（曹辛之，1917-1995）退出了刊物，另行創辦《中國新詩》叢刊，正是在種種壓力下的一種不得已的選擇。不過，《中國新詩》的創刊卻反而促成了後來被稱為「九葉詩派」的詩人群的最終集結，昌明了這一詩派堅持「詩歌現代化」的詩學宗旨與文化立場。但同時，「九葉」詩派越來越鮮明的美學旨趣與思想傾向又招致了更多的指責與非難。

與同年出現的其他幾類刊物相比，《詩創造》應該說是晚出的一種刊物。但經過長期醞釀與籌畫的《詩創造》從一開始就顯露出先鋒的銳氣與開闊的眼光，表現出了「在大方向一致下相容並蓄」的多元開放特色。然而，在「迫切需要爭取民主」的時代爭取「寫詩的民主」，不過是詩人們一個天真的夢想。儘管希望「大的目標一致」[15]，都共同期待著和平民主的實現，但作為深受西方文明薰染的現代詩人，「九葉派」的民主理念顯然不同於政治黨派所遵循的各種主義或模式。他們的要求很具體，也很切實：思想言說與文藝求索的自由而已；而在內戰頻仍的語境下，這點微末的要求也是不可能的。

外部的壓力首先來自執政的國民政府。國民黨在抗戰之後挑起內戰、鎮壓民主的行徑讓曾經一度寄予希望的知識界越來越失望，政府與學界由此產生的互不信任造成了政統與道統的嚴重分裂。知識界對自由、民主的普遍呼聲使得國民政府陷入了更大的恐慌，採取了更為嚴苛的制裁措施。在《詩創造》第6輯的《編餘小記》裡，編者這樣寫道：「有些帶刺激性的作品，雖內容充

---

[15] 杭約赫：《編餘小記》，《詩創造》1947年7月創刊號。

實，技巧也佳，也只有忍痛割愛。假如讀者為此而責備我們，我們只有請求體諒。在我們自己，壓抑住自己的情感，也是一種莫大的苦楚。」這種含蓄、隱藏的言述方式，本身就傳達出現代詩人在強權政治擠壓下的「壓抑」與「苦悶」。如果說《詩創造》因為「兼收並蓄」的方針容納了許多「被課以神聖的戰鬥任務」[16]、鋒芒外露的現實主義詩歌而顯出某些左派的激進色彩的話；那麼，後出的《中國新詩》則呈現出一種自覺疏離任何意識形態、專心致力於詩藝現代化建設的傾向。然而它在剛剛出到第5集時，就與《詩創造》同時被查禁。政治權勢對現代詩學的遏制與禁殺，暴露出了嚴酷的生存環境下文學者返歸自由獨立的文學本位立場的艱難與困厄。陳敬容在《中國新詩》第1集的《編輯室》中說：「在這個時代裡，我們有我們份內的苦難，也有我們堅持的決心。」所表達的正是現代詩人堅守苦難的一種「真誠的聲音」。

在1940年代後期，思想左轉已成為一種歷史趨向。即便如此，左翼文人與自由文人也不可能從根本上實現「合流」，二者的思想差異、詩學分歧以及由此產生的抵牾、爭鳴依然會繼續存在。雖然《詩創造》試圖「兼收並蓄」，相互包容，但這種努力一開始就受到以七月派為代表的左翼詩人的攻訐與非難。

七月詩派強調文藝與革命政治相結合的詩學立場與九葉詩派堅持「詩必須是詩」的現代詩學原則發生碰撞並非偶然。《詩創造》創刊伊始，就立即受到七月派的《泥土》等刊物的攻擊。初犢在《文藝騙子沈從文和他的集團》一文中甚至把沈從文和袁可嘉、鄭敏等人分別稱為「有意無意將靈魂和藝術出賣給統治

---

[16] 潔泯：《勇於面對現實》，《詩創造》1948年第2輯。

階級，製造大批的謊話和毒藥去麻痺和毒害他人的精神的文藝騙子」，「樂意在大糞坑裡做哼哼唧唧的蚊子和蒼蠅」。[17]「我們」與「敵人」涇渭分明的稱謂，要「掃除」、「剪斷」、「打擊」的置敵於死地的對陣架勢與鬥爭姿態，在顯示出這些青年人澎湃激昂的熱情與直率鮮明的銳氣的同時，卻也暴露出其思維方式的簡單與褊狹。

與此相反，《詩創造》保持了容忍的態度。直到第5輯的《編餘小記》裡，編者才在忍無可忍中做了辨駁，再次申明了自己的態度：「只是想在這些人的頭上豎起自己這一宗這一派的旗子，叫天底下所有寫小說的、寫劇本的、寫詩的和搞理論的向他看齊，都變成他所規定的那一個模樣。這種惡劣的風氣，倒是大家應該來克服的。假使我們大家的血液裡或多或少地還存在這一細菌，讓我們趕快把它清除掉；這樣，自己的陣營擴大和鞏固，對友人的團結始能無間。……大家在爭取民主，在這民主運動中（它應該不是僅屬於某一階層或某一集團的運動吧），我們起碼也該讓一個寫詩的人有他自己抒闡自己感情的民主。」在這裡，《詩創造》的編者不僅嚴肅地指出了小宗派、小集團傾向如血液中的細菌一樣損害民主的危害性，也挖掘出了走向偏頗、狹隘、極端的宗派現象要求「看齊」、「一個模樣」的思維根源，這在以往對宗派問題的檢討中是至為深刻的。而這種深刻與其說是一種對惡劣習氣的自覺抵抗，無如說是現代詩人對日益稀薄的民主氛圍的敏感與痛心。從《詩創造》的辯白與語氣中，可以感知到他們被「友人」樹為「敵人」的無奈、並未放棄「團結」初衷與和解希望的良苦用心。

---

[17] 初犢：《文藝騙子沈從文和他的集團》，載《泥土》第3輯，1947年7月25日。

　　七月詩派與《詩創造》的論爭現象界分出兩種不同的詩學選擇，也從一個側面透露出知識份子現代轉型的痛苦與艱難。中國知識份子在近代社會第一次與大一統政治實現決裂，贏得了以創造知識文化為標記的獨立社會身份後，才在真正意義上完成了傳統士大夫向近代知識者的歷史轉換。但正像有學者所指出的，在民族救亡語境的刺激下，「中國的知識份子這『學術自我』的一重機能被喚醒的同時，那古老的『政治自我』一重機能不僅沒有淡化，反而在民族危機的刺激下顯得空前的敏感和強化」[18]。救亡語境的外在逼迫與士大夫拯時救世情結的內在暗應使知識者的選擇常常處於悖謬之中。這種選擇越是自覺，越是清醒，也越是需要付出痛苦的犧牲和代價。七月派代表的左翼詩人自然沒有忘記文學本身的建設。胡風也猛烈抨擊「非詩」與「假詩」，反對「概念的傾向」、「標語口號」與「不經過作者的情緒的溫暖」，「非常冷淡地瑣碎地寫一件事件」[19]。但在左翼文人那裡，被革命意義合理化的文藝工具論使得文藝建設又往往滑落為政治理念規約下的一個支系或子題。因而，《詩創造》企圖以文藝探討來解決問題的方式一開始就是錯位的，兩種不同層面的對話自然無法溝通。真正的問題還在於，粗暴的政治批判往往遮蔽了左翼文人基本的理性思考，如李澤厚所言，他們「人生道路上的確取得了巨大的成功，也付出了沉重的代價，其中便包括了付出沒能自由地及時地在學術上繼續深入思考和討論問題的代價。」[20]

---

[18]　許紀霖：《無窮的困惑》，第262頁，上海三聯書店1998年。

[19]　胡風：《略觀戰爭以來的詩》，《胡風評論集》（中），第54頁，北京：人民文學出版社1984年。

[20]　李澤厚：《記中國現代三次學術論戰》，《中國思想史論》（下），第905頁，合肥：安徽文藝出版社1999年。

　　對《詩創造》中的一類現代詩人來說，與意識形態的疏離
使他們能自覺堅守詩學的多元探求，左翼文人的迷誤與代價恰恰
是他們清醒與所得。但這種清醒在無地自由的生存困境中，擁有
的「豐富」都只是「豐富的痛苦」。這種痛苦除了作為「社會的
良心」去承受民族的苦難以及向內守護學術事業與向外承擔救世
使命的兩難外，更多的是在一元政治語境下試圖自由尋索詩學之
路的孤獨與困擾。在英國學者雅賽看來，嚴峻的意識形態總是設
法平息多種非工具性的價值追求與政治社會秩序的衝突，其辦法
就是排斥、壓制之類的政治迫害手段。「而反之，自由主義則是
多元主義的。它的本質就是對多種多樣的目的、善的觀念予以
容忍，而不問這些目的彼此是否相容。」[21]在威權文化語境制
約下，現代詩人「學習堅韌的掙扎」[22]無疑還是苦痛與無奈。
《詩創造》標舉「在大方向一致下相容並蓄」的氣概常常讓人
遙想起「五四」時期創造社吞吐日月、狂飆突進的雄風。同樣標
舉「創造」，《詩創造》中的現代詩人也具有抗爭與創新的勇
氣，但顯然缺乏那個青春浪漫時代的狂放與豪情，而多了一種
在歷史的重重障壁前的痛心與焦灼。因此，「相容並蓄」的「五
四」理想在峻急的時代語境下，不僅很快就遭到了外部打擊，而
且也在內部發生了分裂。最終，他們自己也不得不把這一理想暫
時懸擱起來，而亮出更鮮明的詩學現代化旗幟與詩學實驗的先鋒
取向。

　　分裂的痛苦無疑是沉重的，但在痛苦的分裂中，一個更為純
然鮮亮的現代新詩派誕生了。

---

[21] 安東尼・德・雅賽：《重申自由主義》，第17頁，北京：中國社會科學
　　 出版社1997年。
[22] 唐湜：《我們呼喚》，《中國新詩》第1集，1948年6月。

　　1948年6月，從《詩創造》分化出來的《中國新詩》開始創刊。「為了分散國民黨反動派的注意力，改用森林出版社的名義出版。」[23]森林與星群其實是同一個出版社，但《中國新詩》與《詩創造》卻是兩種性質完全不同的刊物。這樣，就出現了出版社相同而刊物相異的奇怪現象。細究其因，《詩創造》與《中國新詩》的分化其實也非偶然。

　　《詩創造》是由臧克家（1905-2004）、林宏、沈明、郝天航和杭約赫等人集資發起的，刊物所集結的詩人群基本上是兩類詩人的聯合體。一類是與臧克家聯繫密切的勞辛、黎先曜等人，另一類如陳敬容、唐湜（1920-2005）、唐祈（1920-1990）等校園詩人則是通過主編杭約赫的關係結成詩友的[24]。《詩創造》在初期因為「民主、和平」的「大方向一致」，也的確做到了「相容並蓄」，但一開始就潛在的分歧也是深刻的。雖然兩類詩人都「熱愛詩藝」，但詩學觀念的不同又決定了二者文化取向的歧異性。臧克家一類的詩人注重詩歌觀念的現實功利價值，強調它的戰鬥作用，所以他們的文化選擇更傾向於政治層面，「進步」與「落後」往往成為其先行的價值準則；而杭約赫一類的青年詩人更注重詩歌的本體建設與詩藝的現代求索。雖然他們同樣是「人民生活裡的一員」，聽從「歷史巨雷似的呼喚：到曠野裡去，到人民的搏鬥裡去，到誠摯的生活裡去」，[25]但他們顯然更貼近學者型知識份子的自由立場。這種致力於詩藝建設的學者型取向與熱衷於現實鬥爭的戰士型取向勢必會出現錯位，並繼而

---

[23]　曹辛之：《面對嚴肅的時辰》，《讀書》1983年第11期。

[24]　參見錢理群：《1948：天地玄黃》，第101-102頁，濟南：山東教育出版社1998年。

[25]　唐湜：《我們呼喚》，《中國新詩》第1集，1948年6月版。

發生對立。唐湜後來回憶說：「就為我們的詩的流派風格與這些有現代觀點的評論，臧克家先生要『收回』這個由他領銜發起的詩刊。」[26] 這樣，當杭約赫、唐湜、唐祈、陳敬容的「四人核心」形成並開始刊登袁可嘉（1921-2008）、穆旦、鄭敏、杜運燮（1915-2002）等人的詩論詩作，表現出熱烈的現代詩歌實驗傾向時，刊物的支持者與主編者的矛盾就越來越突出了。

在兩種文化取向的決裂與分流成為事實的過程中，作為前期《詩創造》與《中國新詩》同一主編的杭約赫內心經歷了極為深重的矛盾、隱痛，這種複雜心態恐怕也是那一時代知識份子精神影像的真實縮寫與象徵。這不僅是因為他在兩個發生斷裂的期刊間的主編身份，也不僅是因為他在國共兩個政區間的特殊經歷。杭約赫在1938年去過延安，先後在陝北公學與魯迅藝術學院學習，1939年又隨李公樸（1900-1946）去晉察冀邊區工作。事實上，《詩創造》與《中國新詩》也一直與身為中共地下黨的蔣天佐（1913-1987）等人有密切聯繫。但作為詩人與畫家，他又酷愛畢卡索等為代表的西方現代主義藝術。政治自我與學術自我的矛盾交錯一直使他在苦心調和這兩重使命的衝突：既要守護文化崗位，又想影響現實變革；既要救世，又要自救。《詩創造》既「進步」又「現代」的折中正是這種苦心均衡的結果。

在內外壓力下，《中國新詩》的創刊既是被動推出，又是主動回應。1948年6月，杭約赫退出了《詩創造》，把編輯權轉給了林宏、康地、沈明、田地等人，自己「另與友人編刊《中國新詩》」[27]。應該說，《中國新詩》更好地實現了自由知識份子在《詩創造》初期的願望，《中國新詩》在獨立出來後成功地實現

26　唐湜：《九葉在閃光》，《新文學史料》1989年第4期。
27　杭約赫：《編餘小記》，《詩創造》第7輯，1948年1月版。

了與西南聯大詩人群的聚合與重組，進而促成了「九葉」詩派的
最終形成。在此前「想擬一個新的計畫都不可能，連一點可憐的
希望也只能默藏在心裡」的「百感交集」似乎過去了。而這些思
想極為深刻理想卻過於單純的自由知識份子所未想到的是，重新
鼓起的「希望」在未有改善的冰冷現實面前，換來的只可能是冰
冷的失望，等待「黎明」的結束仍然是痛苦的守候與再守候：對
堅守現代詩學理想的誤讀依然存在，對承傳「五四」現代詩學傳
統的非難依然存在，在「黑色的翅膀時時都在我們旁邊閃動著」
的險惡的生存環境下，堅持現代詩學原則所引致的精神困境與
「掙扎的苦痛」[28]依然存在。

　　1948年11月，星群出版社遭到國民黨特務搜查，杭約赫被迫
離開上海。「在上海白色恐怖中苦撐了三年的星群出版社，就此
結束。」[29]而在此後革命話語佔據一切文學領域的年代，現代主
義詩學即使甘居邊緣，也不會被意識形態所允許。在經歷了被遺
忘、被壓抑的沉默的三十年後，「九葉」之一的唐湜與另一位詩
人穆旦在「嚴酷的冬天」快過去的時候幾乎同時蘇醒，他在1975
年流放於故鄉「最孤獨的歲月裡」想起了詩人朋友們，寫下了一
首感念現實的懷舊詩：

　　　　呵，我親愛的夥伴，
　　　　這忽兒可都在哪兒飛翔？
　　　　絳紅色的黎明在慢慢兒開朗，
　　　　湖上的晨星早悄悄兒暗淡，

28　《編餘小記》，《詩創造》第5輯，1947年11月版。
29　曹辛之：《面對嚴肅的時辰》，《讀書》1983年第11期。

　　我瞅見玫瑰色的陽光在峰頂

　　閃動了，可你們在哪兒行吟？[30]

　　當漫長而痛苦的守候行將結束，當「絳紅色的黎明」終於來臨，我們在老詩人欣喜的詩句中，卻體味出「晨星早悄悄兒暗淡」的無盡蒼涼。

二、「新詩現代化」：袁可嘉的詩學理想與選擇

　　凝視遠方恰如凝視悲劇——

　　浪漫得美麗，你決心獻身奇跡

——袁可嘉《走近你》

　　1948年6月，從《詩創造》分化出來的《中國新詩》開始創刊。雖係分化，但《中國新詩》與《詩創造》卻是兩種性質完全不同的刊物。從思潮意義上講，《詩創造》決裂式的分化演變是現實主義與現代主義兩種詩潮的分流過程，新生的《中國新詩》充分顯示了現代主義詩學探索的先鋒性、創造性、多元性與豐富性。從詩人構成上講，《中國新詩》在獨立出來後又成功地實現了與西南聯大詩人群的聚合，促成了後來被稱為「九葉詩派」的詩人群的最終集結。辛笛（1912-2004）回憶說：「《中國新詩》更有意識地探索新詩現代化審美理想，企圖找尋新詩發展的一條新路：即把現實主義和現代主義和諧地統一的可能途徑。……以上思路也構成了近年來所通稱的九葉詩人共同的詩

---

[30]　唐湜：《憶詩人穆旦》，《一個民族已經起來》，第151頁。

學基礎。」[31]共同的詩學追求，不僅實現了現代派詩人的南北合作，而且使早期自發的現代詩學探索發展為自覺的詩歌運動。在這其中，最早從理論上構建現代詩學基礎，並形成詩學體系的是袁可嘉。

至於何為現代性，馬丁・卡里內斯庫（Matei Calinescu）在其經典著作《現代性的五副面孔》中指出，歐洲在19世紀下半期後分裂出兩種「現代」潮流。一種是啟蒙主義經過工業革命後產生的「布爾喬亞的現代性」，它偏重科技發展，對理性進步保持樂觀態度，一種是美學的現代性，亦即現代主義，同樣求新、求變，但更注重藝術與現實的距離，以及藝術世界的內在真諦。現代主義並沒有放棄啟蒙這一未完成的現代性方案，但它同時亦對啟蒙主義的時間神話與樂觀幻想保持著一種理性反思的態度，其文化內涵顯得更加豐富與複雜。對於現代文化的這種世界動向，袁可嘉在1940年代後期就形成了一種非常自覺與清醒的認識，他從現代詩與現代文化關係的正反兩反面指出，「現代詩否定了工業文化的機械性而強調有機性；在肯定的方面，現代詩接受了現代文化底複雜性，豐富性而表現了同樣的豐富與複雜」，並提醒中國詩人說：「如果想與世界上的現代國家在各方面並駕齊驅，詩的現代化怕是必須採取的途徑。」「文化進展的壓力將逼迫我們放棄單純的願望，而大踏步走向現代」[32]。

從前一種現代性講，中國的現代化只具有一種言說意義，在本質上是缺席的，但袁可嘉在大學課堂所接受的西方現代詩學

---

[31] 辛笛：《懷念「九葉」詩友杭約赫》，載1998年5月2日《文匯讀書週報》。

[32] 袁可嘉：《詩與民主》，載1948年10月30日天津《大公報・星期文藝》。

訓練，卻直接促成了他的現代主義詩學觀念在中國的「超前」萌
生。抗戰初期，袁可嘉像許多熱血青年一樣，眼看著國土淪陷
而毅然決定「投筆從戎，走上抗日前線」，「但國軍內部的腐
敗，沿途強拉民伕，敲詐勒索的惡習和人民群眾的困苦」，使
袁可嘉非常失望，又「重起求學之心」，「立志做一位作家兼
學者」[33]。袁可嘉從「投筆從戎」到「學劍不成學書」的回環轉
折，正像九葉詩派的另一位詩人唐湜一樣，「從奔赴於北方大風
沙的幻夢裡醒來」，轉而「以詩探索求作自己的精神支柱」[34]。
腐敗的社會現實使袁可嘉從早年的政治熱情與幻夢中清醒過來，
也促成了他的人生轉向與詩人認同。

在戰爭時代的炮火硝煙與流離動盪中，由北大、清華、南
開三所大學合併而成的西南聯大因為民主氣氛與名士彙集，使大
後方這塊寧靜的校園成了青年學生們心儀的聖地。袁可嘉當年不
願去近在身邊的中央大學和重慶大學讀書，而「捨近求遠」，不
顧川黔之間路途的艱險與遙遠，甚至不惜沿途告貸，執意奔赴昆
明，就是為「西南聯大的民主學術氣氛和它在文科方面的盛名」
所吸引[35]。在西南聯大，校長梅貽琦所奉行的「教授治校」方
針，使學校擺脫了國民黨當局的意識形態控制，學校的民主自治
氣氛非常濃厚。因而，戰爭環境造成的文化隔絕與封鎖，非但沒
有在這塊僻居西南邊陲的校園裡發生，反而出現一派多元繁榮的
文化景象。在這種民主、開放、多元的文化背景下，西南聯大除
了彙集著如朱自清、聞一多、沈從文、李廣田（1906~1968）、
葉公超（1904-1981）、馮至（1905-1993）、卞之琳（1910-

[33] 袁可嘉：《自傳：七十年來的腳印》，《新文學史料》1993年第3期。
[34] 唐湜：《我的詩藝探索》，《香港文學》1986年第13期。
[35] 袁可嘉：《自傳：七十年來的腳印》，《新文學史料》1993年第3期。

2000）等一批著名的詩人、學者外，還有英國現代派理論家與詩人威廉‧燕卜蓀（William Empson，1906-1969）、奧登（Wystan Hugh Auden，1907-1973）等人帶來的「一股強勁的現代風」。西方現代詩學觀念的直接輸入與馮至、卞之琳等現代新詩前輩的教育薰陶，使袁可嘉的「興趣逐漸轉向現代主義」[36]。他在1946年畢業時所寫的論文《論葉芝的詩》，就是以西方現代派詩人為研究物件的。袁可嘉回憶說：「西南聯大對我的影響是重要的，可以說基本上決定了我後來要走的道路。我有幸在這裡遇見了許多好老師，沈從文、馮至和卞之琳等先生都對我有過許多幫助」[37]。對不幸時代的「有幸」感慨，可以想見西南聯大對袁可嘉詩學選擇與學術道路的決定性影響。

　　袁可嘉的現代詩學體系也是「五四」以來現代新詩傳統的一種承續與發展。袁可嘉說：「我和一些詩友們當時想發動一個與西方現代派不同的中國式的現代主義詩歌運動。事實上，這一運動在1930年代戴望舒、卞之琳等人手裡已經萌發。」[38]隨著全民族抗戰爆發，1930年代現代主義詩歌的試驗與探索運動也在救亡熱情中被暫時擱淺。現代主義詩歌的中堅人物卞之琳在抗戰初期放棄了《魚目集》的智性風格，轉而寫鼓動民族抗戰熱情的《慰勞信集》，是詩風變化的一種時代象徵。抗戰結束後，現代主義詩歌運動又重新孕育了新的生機。其一，世界性的戰爭創傷使中國現代詩人同樣面對著兵燹之後的文明廢墟與人性異化的反思問題。如果說，此前的現代派詩人對波德賴爾詩中「不真實的城」還只是一種單純的好奇和形式上的摹寫的話；那麼，暴露了現代

---

[36]　袁可嘉：《自傳：七十年來的腳印》，《新文學史料》1993年第3期。
[37]　袁可嘉：《自傳：七十年來的腳印》，《新文學史料》1993年第3期。
[38]　袁可嘉：《自傳：七十年來的腳印》，《新文學史料》1993年第3期。

文明與人性另一面的戰爭則使他們真正體驗到了艾略特（Thomas Stearns Eliot，1888-1965）的「荒原」景象。其二，抗戰後的文化遷徙現象使知識份子得以重返北京、上海這些文化中心與現代都市。英國學者瑪律科姆‧佈雷德伯里（Malcolm Bradbury，1932-2000）指出，城市「是新藝術產生的環境，知識界活動的中心，的確也是思想激烈衝突的主要地點。它們大多具有確定的人本主義作用，傳統的文化藝術中心，以及藝術、學術和思想的活動場所。但它們也往往是新的環境，帶有現代城市複雜而緊張的生活氣息，這乃是現代意識和現代創作的深刻基礎。」[39]九葉詩派的現代詩歌試驗運動最後聚結於北京與上海兩座城市，也不是偶然的。

「1946年5月，西南聯大完成了抗戰八年育人三千的光榮任務，宣告解散，原北大、清華和南開三校的師生紛紛返回北平和天津。」[40]正是在這一文化遷徙的特殊背景下，袁可嘉在這年10月回到北京大學，任西語系助教。就是在這一時期，袁可嘉進入了研究與創作的旺盛期。從1947年到1948年短短的兩年時間裡，袁可嘉先後在沈從文、朱光潛（1897-1986）、楊振聲（1890-1956）和馮至等人主編的天津《大公報》、《益世報》、北平《經世日報》、上海《詩創造》與《中國新詩》等報刊上發表了《新詩現代化》等數十篇評論文章。從重建現代詩學的立場出發，袁可嘉對此前詩歌的「說教」、「感傷」、「浪漫」等弊病，一一作了清理。在檢討以往詩歌所存在的種種「迷信」的基礎上，袁可嘉打出了「詩歌現代化」的理論旗幟。在「現代化」

---

[39] 瑪律科姆‧佈雷德伯里：《現代主義的城市》，《現代主義》，第76頁，上海外語教育出版社1992年。

[40] 袁可嘉：《自傳：七十年來的腳印》，《新文學史料》1993年第3期。

的總命題下，對詩與政治、詩與現實、詩與民主、詩與主題、詩與意義等問題作了系統的反思與探討。袁可嘉的現代化探索著力於詩學建設，但在1940年代後期的戰爭語境與動亂時代中，袁可嘉的選擇具有一種特殊的文化意義。

在種種可能性的因緣聚合中，袁可嘉的現代詩學理論經歷了從孕育、發生而逐漸成熟的過程。西南聯大讀書時所培育的深厚的西學根基與修養，不僅使他從西方現代派那裡直接汲取了豐富、新鮮的文本資料與理論資源，而且也由此獲取了有益、深刻的精神資源與文化資源。袁可嘉的詩學體系在理論上受艾略特、瑞恰茲（Ivor Armstrong Richards，1893-1979）等人的直接影響，在方法論上也有對「以心理學與文字學作分析工具」的「新形式主義」，亦即英美新批評的明顯借鑒。但同時，袁可嘉的現代化理論是建基於本土詩歌的實際考察之上的，他的「詩歌現代化」有著切合中國實情、融合本土文化精神的獨特理解。他明確指出：「我所說的新詩『現代化』並不與新詩『西洋化』同義：新詩一開始就接受西洋詩的影響，使它現代化的要求更與我們研習現代西洋詩及現代西洋文學批評有密切聯繫，我們卻絕無理由把『現代化』與『西洋化』混而為一。從最表面的意義說，『現代化』指時間上的成長，『西洋化』指空間上的變易；新詩之可以或必須現代化，正如一件有機生長的事物已接近某一蛻變的自然程式，是向前發展而非連根拔起。」[41]到1980年代，袁可嘉進一步把自己的詩學體系稱之為「中國式現代主義」，「原因就在思想傾向和藝術方法兩個方面，它與西方現代主義有同更有異，具有中國自己的特色。」[42]

---

[41] 袁可嘉：《新詩戲劇化》，載1948年6月《詩創造》第12期。
[42] 袁可嘉：《袁可嘉詩文選·自序》，北京：人民文學出版社1994年。

　　從詩學觀念看，袁可嘉的現代詩學理論主要有兩重內涵：
「新詩現代化」的理論原則與「新詩戲劇化」的美學策略。「新
詩現代化」的理論原則主要有詩與政治、現實、經驗、個體、語
言、觀念、綜合等七項主張。「新詩戲劇化」則是實現新詩現代
化原則的具體策略，主要有強調內在的經驗表現、反對內容形式
二元論、強調矛盾中統一的張力結構等幾個方面。從文化意義
看，這兩重理論內涵又包含著「詩本位」與「人本位」兩種互為
一體的基本觀念。這兩種基本觀念既是詩人對被戰火一度阻隔的
「五四」啟蒙精神的承繼，又是在新的文化語境下的一種新的闡
釋與發揚。

　　詩本位強調詩歌藝術的本體特性，是袁可嘉現代詩學體系首
要而核心的內容。他在清算詩歌種種「迷信」的初期就曾語帶焦
灼地呼喚：「詩必須被拯救，一如我們的生命必須被拯救，而明
晰地擺在我們眼前的拯救途徑仍包含於說過多少遍的老話裡；把
生命看成生命，把詩看作詩，把詩與生命，都看作綜合的有機整
體。」[43]這種「把詩看作詩」的觀念固然受蘭色姆等新批評派把
「本體」作為「詩歌存在現實」的影響，但又絕不是一種新的形
式主義。實際上，袁可嘉在擺正了詩歌的地位後，又從這種觀念
出發，提出了諸如「詩與政治」、「詩與民主」、「詩與現實」
等一系列現代文化命題。

　　首先是對「詩與政治」的辯證理解。在1940年代峻急的意識
形態氛圍中，袁可嘉強調詩的本體地位，只是為了「拯救」詩歌
藝術在政治熱情下的淪落與喪失，並不簡單否定詩與政治的關
係。袁可嘉「絕對肯定詩與政治的平行密切聯繫，但絕對否定二

---

[43]　袁可嘉：《漫談感傷》，1947年9月21日天津《大公報・星期文藝》。

者之間有任何從屬關係。」他注意到現代人生與現代政治「變態地密切相關」的客觀現實，並由此認為，「今日詩作者如果還有擺脫任何政治生活影響的意念，則他不僅自陷於池魚離水的虛幻祈求，及遭遇一旦實現後必隨之而來窒息的威脅，且實無異於縮小自己的感性半徑，減少生活的意義，降低生命的價值」[44]。所不同的是，他只是反對「詩是政治的武器或宣傳的工具」這樣一類主張。正是因為看到這種革命詩學的偏失，袁可嘉提出了「感性革命」的現代化主張。疏離政治又不逃避政治，堅持與政治「平行」的藝術本位觀念，應該說更為辯證、科學，也全面兼顧了社會改造與文化創新兩種現代性的要求。但在1940年代意識形態空前濃厚的特殊語境下，歷史無情的必然性顯然難以顧及這一超前的應然要求。

　　同「詩與政治」命題緊密相關的是「詩與民主」的命題。「民主」與「科學」曾經是「五四」時期最為鮮亮、也最有感召力的兩面旗幟。雖然現代知識份子從未放棄對這一基本目標的啟蒙努力，但直到抗戰結束後的1940年代，壓抑日久的民主思想才重新成為全民的聲音，並釀成全國性的運動風潮。袁可嘉認為，中國現代詩學的現代本性決定了它也必須分擔民主的現實責任，所以，「詩的革新正是創建民主文化的一個重要部分」，「民主文化是現代的文化，民主的詩也必須是現代的詩。」從詩的現代化觀念出發，袁可嘉指出了當時知識界對民主的一種普遍誤讀：「最普遍的誤解是將民主只看作是狹隘的一種政治制度，而非全面的一種文化模式或內在的一種意識狀態；將詩只看作是推動政治運動的工具而非創造民主文化和認識的有機部分」，這

---

[44]　袁可嘉：《新詩現代化》，1947年3月30日天津《大公報‧星期文藝》。

樣的結果是「除了政治的宣傳詩之外，應該舉國無詩」[45]。袁可
嘉不將民主的希望寄託於一種政治制度的具體落實，多少有魯迅
當年抨擊民主體制「以眾虐獨」的摩羅詩人的精神面影。同樣是
意識到人的主體精神比政治制度更重要，魯迅旨在「尊個性而張
精神」，袁可嘉則是看到了種種欲「統一思想」的文化霸權的
弊害。他因此強調，民主文化的「特質」是「從不同中求得和
諧」，「『不同』是民主文化必需的起點，『和諧』是民主文化
理想的完成」，如果沒有「不同」，沒有「殊異存在」，「而是
一個清一式的某因素或某階層的獨裁局面，和諧自更無從談起，
所得到的顯然不是協調而是單調，這樣的文化形態或意識形態也
只是變相的極權而非民主」[46]。據此，他指出了某些革命詩學的
悖論所在：「一方面要求政治上的現代化、民主化，一方面在文
學上堅持原始化，不民主化」[47]。此前，《詩創造》的主編杭約
赫也有同樣的感歎：「大家都在爭取民主，在這民主運動中（它
應該不是僅屬於某一集團或某一階層的運動吧），我們起碼也該
讓一個寫詩的人有他抒闡自己感情的民主」[48]。從這種據理力爭
中，我們可以感受到現代詩學在狹隘的革命政治語境下所承受的
精神壓力。

　　「詩與現實」關係的思考也是袁可嘉詩本位觀念的一個重要
方面。從藝術本位立場出發，袁可嘉提出了自己的「平衡」說，
呼籲「在藝術與現實間求得平衡」：「不許現實淹沒了詩，也不
許詩逃離現實，要詩在反映現實之餘還享有獨立的藝術生命，還

---

[45]　袁可嘉：《詩與民主》，1948年10月30日天津《大公報·星期文藝》。
[46]　袁可嘉：《詩與民主》，1948年10月30日天津《大公報·星期文藝》。
[47]　袁可嘉：《詩與民主》，1948年10月30日天津《大公報·星期文藝》。
[48]　杭約赫：《編餘記》，1947年7月《詩創造》第5輯。

成為詩，而且是好詩」[49]。這種相對理性與辯證的思考在1940年代的特殊語境裡是難能可貴的。一方面，詩人與時代主潮相應和，並沒有逃遁到瓦雷里「純詩」的藍色夢幻中而不敢直面內戰、獨裁、饑餓的血色現實；另一方面，詩人清醒地看到浮囂、膨脹的現實熱情「淹沒」藝術生命的流弊。但在非常態的文化語境裡，「正常」的詩學要求反而會遭遇「不正常」的命運。袁可嘉以「強烈的現代化的傾向」來確定「詩的新方向」[50]，與憑藉政治意志將延安文藝樹為唯一正確的「文藝新方向」相比，只是詩人自己的一個模糊、渺遠的路標而已。

「人本位」是袁可嘉現代詩學體系的另一核心觀念。從這種觀念出發，袁可嘉將「五四」以來的新文學運動概括為「人的文學」與「人民的文學」兩種潮流的「相激相撞」[51]。在袁可嘉看來，「人的文學」立足於「人本位或生命本位」與「文學本位或藝術本位」，因而具有「廣泛性」、「普遍性」與「永恆性」這「最高的三個品質」。與之相對的是，「人民的文學」則堅持「人民本位或階級本位」與「工具本位或宣傳本位（或鬥爭本位）」。袁可嘉贊同「人的文學」，所包含的「人本位」與「詩本位」兩個觀念也是內在契合而互為一體的。周作人在「五四」時期提出「人的文學」觀念，主要是以人道主義反對禮教道德。這種啟蒙話語在前後經歷了與革命話語、救亡話語的複雜糾葛後，袁可嘉在1940年代重新提出這一觀念，顯然有著更為具體的所指與更為豐富的意義。在袁可嘉這裡，「人本位」與「詩本

---

[49] 袁可嘉：《詩的新方向》，載1947年5月18日天津《大公報‧星期文藝》。
[50] 袁可嘉：《詩的新方向》，載1947年5月18日天津《大公報‧星期文藝》。
[51] 袁可嘉：《「人的文學」與「人民的文學」》，載1947年7月6日天津《大公報‧星期文藝》。

位」兩位一體的認識，是從自己所主張的「全體，有機，綜合等為生命與藝術所分擔的諸般性質中推演出來的」，他所主張的「人的文學」因而既「肯定了文學對人生的積極性，也肯定了文學的藝術性」，沒有走向兩個分裂的極端。也就是說，文學既要承擔一種現實責任，也要堅持獨立的藝術立場。這種「綜合」觀念是對「五四」文學啟蒙傳統的一種新的繼續與發展，也是對周作人富有道德色彩的學說在詩學方面的補充與修正。因此，袁可嘉看到了兩種文學思潮在「基本精神」上的「矛盾衝突」，但同時也注意到可以「調協」與「包容」的一面，並沒有將二者視為水火不容的東西。從強調「全體」、「綜合」的態度出發，他一方面指出「人民的文學」弊病在於抽空、壓縮、簡化了「人」與「文學」的豐富內涵，「以『人民』否定了人，以『政治』否定了生命，到最後被簡化為一部大的政治機器中的小齒輪，只許這樣配合轉動，文學也被簡化為一個觀念的幾千萬次的翻版說明，改頭換面的公式運用」；一方面也指出，「人民的文學」只要「在基本原則上守住一個合理的限制，不走極端，」就可以消除其中的流弊。袁可嘉還具體提出了五點建議：「放棄統一文學的野心」，「應用上保持適度」，「適度地尊重文學作為藝術的本質」，不自視為「決定一切文學作品的唯一標準」，認知自己的「歷史任務」與「歷史角色」[52]。在袁可嘉這裡，「人的文學」是一切文學的基本出發點，也是文學發展的最終歸宿地。「人的文學」之所以不排斥「人民的文學」，就是因為袁可嘉將後者視為前者的一個發展「階段」與「支流」。

袁可嘉將「人的文學」視為文學發展的基本原理與終極目

---

[52] 袁可嘉：《「人的文學」與「人民的文學」》，載1947年7月6日天津《大公報・星期文藝》。

標，在此基礎上承認「人民的文學」的歷史合理性，是著眼於現實，也是著眼於將來的，同時也有著將革命話語納入啟蒙話語的「協調」意圖。袁可嘉接受現代主義詩學的出發點是基於「詩歌現代化」的總命題。正是從這個命題出發，袁可嘉提出了「人本位」與「文學本位」兩種核心觀念，從而接續了失落於歷史斷層中的「五四」啟蒙傳統與文學精神。同時，袁可嘉又把啟蒙話語與「人民」、「政治」這些新語境中的新概念做了創造性的整合。因此，袁可嘉所闡明的「一個根本的中心觀念」是：「在服役於人民的原則下我們必須堅持人的立場，生命的立場，在不歧視政治的作用下我們必須堅持文學的立場，藝術的立場。」[53]袁可嘉的基本立場是「人」與「文學」的啟蒙話語，並以此來容納革命話語中的「服役於人民的原則」與「政治的作用」，力圖調和啟蒙話語與革命話語的矛盾，以求達到「真誠合作」與「全面和諧」[54]的結果。這一設想是面向現實的，但也暴露出詩人的天真。在政治那裡，革命話語是要佔據最高地位與絕對領導權的，豈容啟蒙話語來「修正」自己？如果說容納與調和，那也是革命話語容納與調和啟蒙話語，而不是啟蒙話語來收編革命話語；更何況，革命話語對啟蒙話語一直是要以「跨越」的姿態進行排斥和否定的，相互並存尚且不許，何談「相容相成」？從這方面說，袁可嘉在詩學理論上是成熟與深刻的，在政治方面則是幼稚與可愛的。後來的事實證明，文學在越來越強勢的政治面前，並不是詩人所預想的那樣文學融合了政治，而是政治改造了文

---

[53]　袁可嘉：《「人的文學」與「人民的文學」》，載1947年7月6日天津《大公報‧星期文藝》。

[54]　袁可嘉：《「人的文學」與「人民的文學」》，載1947年7月6日天津《大公報‧星期文藝》。

學。1949年後，袁可嘉已經感到：「過去那種詩和評論是不能寫了」[55]。隨後，時在北大西語系研究西方現代派詩歌的袁可嘉被選中，先是調往中宣部《毛澤東選集》英譯室，以翻譯現代派詩歌的才華翻譯「不合自己的志趣」而完全陌生的政治檔與講話，隨後便是沒完沒了的批判與改造運動，或者忙於到偏遠的農村接受「勞動鍛煉」，或者忙於「寫交代，做檢討，不是整人，就是挨整」[56]。在被詩人稱為「噩夢」的年代裡，九葉詩派的現代詩學理想成了一種不合時宜、無處可說的奢侈夢想。

九葉詩派的文學本位與人本位觀念，實際上都可以歸結為「詩歌現代化」這一基本理念。作為詩人，他總是從詩歌藝術方面來思考詩歌本身的一些問題；但作為中國的詩人，他又不能只在詩學範圍內專心討論詩歌的問題。在袁可嘉的時代，談詩，也意味著必須要談詩之外的相關生存語境的問題，因此，袁可嘉的思考常常逸出詩學的界限，涉及政治、文化、民主、啟蒙等一系列與詩歌語境共生的現代化論題。從他的詩論中，我們能發現西方現代詩學的理論痕跡，更能感覺到其中所承載的許多中國特質的東西。比如，他提出的「現實、象徵、玄學的綜合」觀念[57]，有著西方現代主義的理論與技術因素，同時也分明融注著中國知識份子感時憂世的現實關懷。在這個意義上，與九葉詩派具體主張不盡相同而發生過激烈論爭的七月詩派在詩學精神上表現出了深刻的一致性。在這其中，魯迅的現代詩學原理構成了兩大對立的詩派尋求精神溝通的橋樑。從創刊伊始，九葉詩派就以魯迅的

[55] 袁可嘉：《自序》，《半個世紀的腳印：袁可嘉詩文選》，第3頁，北京：人民文學出版社1994年。
[56] 袁可嘉：《袁可嘉自傳》，《半個世紀的腳印：袁可嘉詩文選》，第579頁。
[57] 袁可嘉：《新詩現代化》，載1947年3月30日天津《大公報・星期文藝》。

「標新立異，也並不可怕」來鞭策自己[58]，而在發生論戰的過程中，九葉詩派仍對七月詩派給予了高度評價。唐湜將穆旦、杜運燮所代表的「一群自覺的現代主義者」與「不自覺地走向了詩的現代化」的「綠原他們」稱為「詩的新生代」中「兩個高高的浪峰」：

> 一個浪峰該是由穆旦、杜運燮們的辛勤工作組成的，一群自覺的現代主義者，Ｔ·Ｓ·艾略特與奧登、史班德該是他們的私淑者。……另一個浪峰該是由綠原他們的果敢的進擊組成的。不自覺地走向了詩的現代化的道路，由生活到詩，一種自然的昇華，他們私淑著魯迅先生的，尼采主義的精神風格，崇高、果敢、孤傲，在生活裡自覺地走向了戰鬥。[59]

在「詩歌現代化」這一詩學理想的基礎上，九葉詩派認為「兩方正可以相互補充，相互救助又相互滲透」，他們最後發出召喚：「讓這些鋼鐵似的骨幹與柔光的手指，擁抱在一起吧，讓崇高的山與深沉的河來一次『交鑄』吧，讓大家以自覺的歡欣來組織一個大合唱吧。」[60]其實，對以魯迅為精神資源的七月詩派來說，他們思想的激變同魯迅向左轉的動因一樣，主要是出於道德理想而非政治鬥爭，這意味著他們本質上是道德使命感強烈的進步詩人，而非政黨意識強烈的職業革命者。胡風的最終命運是

---

[58] 蔣登科：《九葉詩派的合璧藝術》，第87頁，重慶：西南師範大學出版社2002年。

[59] 唐湜：《詩的新生代》，《詩創造》第8輯，1948年。

[60] 唐湜：《詩的新生代》，《詩創造》第8輯，1948年。

一個殉道者，而非一個權力者，根因即在於此。也因此，胡風的詩學充滿了強烈的道德色彩，往往是從作家的「真誠」、「戰鬥道德」、「主觀精神」等方面討論問題[61]，也猛烈抨擊「非詩」與「假詩」，反對「概念的傾向」與「標語口號」[62]。儘管七月詩派本身所沾染的一些左翼陣營的粗暴與狹隘作風使得「合流」的要求在當時不可能實現，但富有意味的是，恰恰是兩個看似水火不容的詩派，卻以殊途同歸的思想磨難，在一次次的政治運動中完成了無法「歡欣」的「大合唱」。

九葉詩派的詩學理想與命運，可想而知是失敗的，但這並不能表明詩人的理想錯了。對於袁可嘉這批現代詩人來說，錯的不是理想，而是理想所生存的年代。這一點，袁可嘉在第一篇談論詩歌現代化問題時對種種阻力與詩學命運似乎就有所預感。在他看來，真正現代化詩歌的產生「有待於這一傾向作者的自覺地努力，擔當偉大的寂寞與嚴肅的工作」，「我們似已親切感覺反抗阻力的來源與性質，多少人贏得世界而失去靈魂，願這些作者寧可失去世界而誓必拯救靈魂」[63]。在選擇拯救靈魂還是贏得世界之間，詩人對拯救靈魂的啟蒙命運已經做了「寧可失去」的悲壯預告。此後，啟蒙與革命話語長時期的倒錯惡果終於在「文革」中來了一個總爆發，而袁可嘉張揚人本位、詩本位的詩學理想也終於顯露出了它的合理性。然而，這證明的代價也委實過於慘重了。張愛玲在1940年代的小說《傾城之戀》中寫道，為了成全一

---

[61] 胡風：《置身在為民主的鬥爭裡面》，《胡風評論集》（下），第20頁，北京：人民文學出版社1984年。
[62] 胡風：《略觀戰爭以來的詩》，《胡風評論集》（中），第54頁，北京：人民文學出版社1984年。
[63] 袁可嘉：《新詩現代化》，載1947年3月30日天津《大公報·星期文藝》。

個女人的愛情，「一個大都市傾覆了，成千上萬的人死去，成千
上萬的人痛苦著，跟著是驚天動地的大改革……」張愛玲的小說
背景是日軍侵佔香港的那場戰爭，隔著幾十年的人生辛苦路來重
讀歷史，冥冥之中又有一種閱讀預言的感覺。儘管詩人的理想是
完全善良的，毫不刻毒，但在一個詩人的預言與一個時代的文明
毀滅之間，我寧願說，是詩人錯了。不幸的是，詩人沒有真實而
可怕的權杖，卻往往有真實而可怕的預言。

三、「受難的形象」：穆旦的詩學氣質與宿命

> 但唯有一棵智慧之樹不凋，
> 我知道它以我的苦汁為營養
>
> ——穆旦《智慧之歌》

　　還是在1907年，當魯迅發表《摩羅詩力說》的詩學理想時，
他就為「先覺之聲，乃又不來破中國之蕭條」[64]而心生感歎。
而在四十年後，九葉詩群也以自覺的詩學選擇承擔了他們自己
所感知到的「寂寞的詩運」[65]，這是「一個先覺者不能不有的痛
苦」[66]。穆旦，是袁可嘉所預言的「這一代的詩人中最有能量
的、可能走得最遠的人才之一」，[67]也是最具有異質性、叛逆性
因而「最痛苦」的「一個人」。[68]穆旦詩中所凝聚、所蘊結、所

---

[64]　魯迅：《墳・摩羅詩力說》，《魯迅全集》第1卷，第100頁。
[65]　《編餘小記》，《詩創造》，1948年5月第11輯。
[66]　唐湜：《論〈中國新詩〉》，《華美晚報》1948年9月13日。
[67]　袁可嘉：《詩的新方向》，《論新詩現代化》，第221頁，北京：三聯書
　　　店1988年。
[68]　王佐良：《一個中國的新詩人》，《文學雜誌》1947年第2期。

糾合、所纏繞的「豐富，和豐富的痛苦」，讓人感覺不到任何虛浮與矯飾，柔弱與感傷，而處處體驗著一種真誠的撕裂與掙扎，冷硬的理性與質疑。這種品格所昇華、呈現出來的，正是一個在「形而上的焦慮的追索」（赫伯特‧里德語）與形而下的現實苦難間行吟、奔突的「受難的形象」。

從穆旦青年時期的照像看，他身材瘦長，臉上總掛有一絲沉思的憂鬱。這副文弱、多思的樣子讓人容易聯想起奧地利的現代主義大師卡夫卡（Franz Kafka，1883-1924）。穆旦是一個早慧而早熟的詩人，他的詩歌在中學時期就表現出一種理性而沉思的品質，正如好友杜運燮所說：與同時代的年輕人相比，「穆旦在寫詩時則像一個中年人，有時甚至還像一個飽經滄桑的老年人。」[69]這種與年齡不相稱的成熟奠定了他作為詩人的一種特殊的天性與氣質。在全民抗戰的年代，民族的危亡與苦難激勵了穆旦去投筆從戎，但在經歷戰火的洗禮之後，他最後還是選擇了重新回到自己所心儀的詩人生活中來。

當穆旦從戰場回歸詩歌時，不是遠離了現實的戰爭與苦難，而是讓現實的戰爭與苦難深入了自己的內心。時代的苦難、民族的苦難、生命的苦難，在詩人敏感而尖銳的現實體驗中，轉化為詩人獨自承擔與默默領受的全部的思想磨難。當一個戰士選擇了告別耀眼的權杖與刀劍，除了能夠成就一個真正地領受著命運召喚的詩人，又還能成為什麼呢？魯迅在黑暗的年代領受到了時代深處的黑暗與荒涼，寫出了他無比黑暗與荒涼的「野草」，這是那些希望文學寫作能給自己帶來鮮花與榮耀的人所無法理解的。魯迅的文字狂野而又荒涼，是因為他生存在一個遍佈野草的荒原

---

[69] 杜運燮：《穆旦著譯的背後》，《一個民族已經起來》，第112頁。

年代，他忠實於這個時代，他無法違背良知去虛構一個根本不存在的花鳥世界。「生命的泥委棄在地面上，不生喬木，只生野草。這是我的罪過。」[70]「不生喬木」，是魯迅對於中國大地的真切感知；「只生野草」，是魯迅作為時代良心的見證。而在戰亂、災難、饑餓、腐敗的1940年代，穆旦的詩歌能夠給人們留下「一種無比的豐富，豐富到痛苦的印象」[71]，也只是因為他拒絕虛構，選擇良知。同為九葉詩人的鄭敏在穆旦的詩歌中感受到了這一點：「穆旦的詩充滿了他的時代，主要是1940年代，一個有良心的知識份子所嘗到的各種矛盾和苦惱的滋味，惆悵和迷茫，感情的繁複和強烈形成詩的語言的纏扭，緊結。」在這樣的意義上，她評價穆旦是「一個真正的詩人，真誠的詩人，痛苦的詩人，一個不懂得說謊的詩人，一個抹去了『詩』和『生命』界線的詩人。」對一個真正而真誠的詩人來說，苦難不是一種外在於己的物件，而是一種源自內心的承擔。在這樣的意義上，穆旦詩中所反復出現的「受難的形象」，是那一時代的，也是他自己的。

正像穆旦的朋友王佐良（1916-1995）所說：「一種受難的品質使穆旦顯得與眾不同」[72]。一方面，穆旦以自我內心不斷撕裂與持續質疑的寫作方式，在詩的精神煉獄裡穿行；一方面，受難的精神氣質使他的詩思穿透了現實生活的虛浮表象，突入到了生存世界的深層真實。這種「全人格」的詩學表現與精神氣質，使穆旦在對現實的深切感受中獲得了一種「虔誠的先知的風度與一個深沉的思想家的能力。」[73]

---

[70] 魯迅：《野草·題辭》，《魯迅全集》第2卷，第159頁。

[71] 唐湜：《穆旦論》，王聖思選編：《「九葉詩人」評論資料選》，第351頁。

[72] 王佐良：《一個中國新詩人》，《文學雜誌》1947年第2卷第2期。

[73] 唐湜：《穆旦論》，王聖思選編：《「九葉詩人」評論資料選》，第354頁。

　　戰亂年代讓穆旦尖銳地體認到現實生存中的種種陰暗與苦難，而苦難也給了詩人思想的權利與精神昇華的力量。「我們談談吧，生命的意義與苦難。」對一個經歷了「戰亂，災難，未知的疑慮，險惡的社會環境」[74]的青年人來說，言說「苦難」的早熟與坦然是一種殘酷的真實。它讓當時只有23歲的穆旦很早就進入了一種存在主義者所描畫的「極端情境」：饑餓、災難、瘟疫、炮火、恐怖、追殺、死亡……王佐良回憶說：穆旦所在的抗日遠征軍在1942年緬甸撤退時，「他從事自殺性的殿後戰。日本人窮追。他的馬倒了地。傳令兵死了。不知多少天，他給死去戰友的直瞪的眼睛追趕著。在熱帶的豪雨裡，他的腿腫了，疲倦得從來沒有人想到人能夠這樣疲倦，放逐在時間──幾乎還在空間──之外，阿薩密的森林的陰暗和寂靜一天比一天沉重了，更不能支持了，帶著一種致命的痢疾，讓螞蟥和大得可怕的蚊子咬著，而在這一切之上，是叫人發瘋的饑餓。」[75]經歷了這種向死而生的極端體驗與雅斯貝斯所說的「邊緣狀態」，穆旦看見了被常態世界所遮掩、所閃避的非常態的真實，發現了現實社會背後深藏不露的種種偽飾、荒誕與陰謀，也更深切地感知到人性與生存世界的另一種黑色的風景。「對著漆黑的槍口，你就會看見／從歷史的扭轉的彈道裡，／我是得到了二次的誕生。」（《五月》）「二次誕生」不是澆滅年輕人內心的熱情，而是讓單純的熱情成熟為一種深沉的思想。從死亡的邊緣走回以後，這個23歲的青年人「從此變了一個人」[76]。

　　穆旦詩歌深處的那種敏銳的思想力，成熟的理性與深刻的

---

[74] 唐祈：《現代傑出的詩人穆旦》，《一個民族已經起來》，第58頁。

[75] 王佐良：《一個中國新詩人》，《文學雜誌》1947年第2卷第2期。

[76] 王佐良：《一個中國新詩人》，《文學雜誌》1947年第2卷第2期。

懷疑精神，也與他在西南聯大所受的現代詩學教育有關。對於西方二十世紀的詩風由「腦神經的運用代替了血液的激蕩」，以理智代替了熱情，他有著自覺的認識：「這一個變動並非偶然，它是有著英美的社會背景做基地的。我們知道，在英美資本主義社會發展的現階段中，詩人們是不得不抱怨他們所處的土壤的貧瘠的，因為不平衡的社會發展，物質享受的瘋狂的激進，已經逼使著那些中產階級掉進一個沒有精神理想的深淵裡了。在這種情形下，詩人們並沒有什麼可以加速自己血液的激蕩，自然不得不以鋒利的機智，在一片『荒原』上苦苦地墾殖。」[77]如果說現代派詩歌的興起是因為「土壤的貧瘠」，那麼在物質尚為貧困的中國，精神的貧瘠恐怕更為嚴重吧。艾略特的「荒原」世界儘管引起中國詩人的共鳴，但畢竟是一種來自陌生世界的抽象影響，只有在穆旦自己所親歷的生存困境中，這種詩學精神才會得到具體的落實與切實的回應。從讀書時期隨校大遷徙、跨越湘黔滇三省的三千里步行，到後來的參加中國遠征軍作戰，穆旦親身體驗到了中國大地深處苦難的存在與黑暗的顫慄，其詩歌也在這底層世界的行走中彙聚為一種精神的「探險」。在這個意義上，詩人完成了一種自我的蛻變與轉換：從「抽象的思想家」走向「存在的思想家」（凱爾克郭爾語），從單純而樂觀的理想主義走向豐富而深刻的現代主義。

「重新發現自己，在毀滅的火焰之中。」（《三十誕辰有感》）穆旦的自我覺醒是從自我反省，把自己投入「毀滅的火焰之中」不斷煎煮開始的。這種受難者的自審意識讓詩人「重新發現自己」，在主體性的覺醒中獲得一種正視自我、直面生存的思

---

[77] 穆旦：《〈慰勞信集〉：從〈魚目集〉說起》，載1940年4月28日香港《大公報・綜合版》。

想勇氣，一種懷疑與反思一切權威的詩學精神。正如湯瑪斯・曼（Thomas Mann，1875-1955）所指出的：「現代主義剝奪了人們的信仰和理想追求體系，而向他們提出了一種獨特的拯救方式，即依靠自我，對於自我和為了自我的拯救。」[78]不過，穆旦自我意識的覺醒，不是在「剝奪」形而上的信仰與理想追求中走向虛無，而是在質疑人造的迷信與神話中走向理性。

　　穆旦詩歌最鮮明的現代表徵是理性敘事個體──「我」的誕生與出現。「五四」文學無論是小說還是詩歌，都出現了大量以「我」為中心的抒情主人公，順應了個性解放的時代要求。而在此後的普羅文學與抗戰文學中，個體抒情又匯入到以所謂「群眾」、「人民」之名義為抒情主體的時代洪流中。抗戰結束後，隨著救亡語境的淡化，知識份子開始從群體救亡的熱情中返歸個體啟蒙的現代文化立場。但與「五四」時期的感性抒情、「五四」之後的群體抒情不同的是，戰爭的「創傷情境」蒸騰出一種理性反思的力量，因而又出現了一種以理性個體為中心的新的文學樣式。這種理性個體的出現，在尊重個性的意義上是「五四」文學的回歸，在理性沉潛的意義上是「五四」文學的成熟。這一點，穆旦在評價卞之琳的《魚目集》時就清楚地指出來了：「自『五四』以來的抒情成分，到《魚目集》作者的手下才真正消失了，因為我們所生活著的土地本不是草長花開牧歌飄散的原野。」[79]

　　在1940年代分裂與動亂的環境中，穆旦的這種理性自覺卻是一種痛苦的早熟。穆旦詩中的「我」在忽然發現了「地獄」、

---

[78] 轉引自解志熙：《生的執著》，第41-42頁，北京：人民文學出版社1999年。

[79] 穆旦：《〈慰勞信集〉：從〈魚目集〉說起》，載1940年4月28日香港《大公報・綜合版》。

「荒原」、「殘缺」、「血」與「謊」之後，也陷入了「不斷分裂」的「矛盾張力」中。「流不盡的血磨亮了我的眼睛」，但「我」卻始終找不到「我的一些可憐的化身」。「我」在不斷的交錯、撕裂中幻化為「你」、「他」、「我們」，卻永遠「難以完成他自己」。在《我》這首詩裡，詩人在撕裂與尋找中充滿著失去整體和諧後的絕望與焦慮：「幻化的形象，是更深的絕望，／永遠是自己，鎖在荒野裡，／仇恨著母親給分出了夢境。」「我」流放於荒野的形象，正如那個認清了自己的出身後在痛苦絕望中自我放逐的俄狄浦斯王。這是現代人認知自我的一個複雜的悲劇原型。杜夫海納（Mikel Dufrenne，1910-1995）在談到那些具有理性反思精神的創造者時這樣說：「他使自己背離表象的安全性而回到此在，接近了人與世界不可分離的本原。……這就是詩中的詩。」[80]背離表象的安全性，突破現存文化的奴役，結果必然是無形有形的權威對於「不斷分裂的個體」放逐荒原的懲罰。穆旦，正是在一種自我質疑與分裂性的重新審視，回到了人類長久被壓抑的真實的生命本性中。人的成長本來就是一個不斷分裂、走向自己的過程，而成熟的代價意味著要失去「母體」的庇護，失去「溫暖」；失去「群體」的依賴，失去「夢」；在孤獨的荒野中獨自尋找自己，獨自面對生存的種種本相：孤獨、狂喜、迷茫與絕望。穆旦的青春時期儘管短暫，也曾有過單純而快樂的理想：「我將永遠凝視著目標／追求，前進──」（《前夕》）。但很快，現實的殘酷就碾碎了單薄的夢想。當個人的「幻覺漸漸往裡縮小，直到立定在現實的冷刺上顯現」（《打出去》），他發現「真的、善的、美的」理想探求只是

---

[80]　轉引自周憲：《超越文學》，第50頁，上海：三聯書店1997年。

「一付毒劑」，身邊處處是「冷酷」的面孔包圍而成的「無物之陣」：「他們諂媚我，耳語我，諷笑我，／鬼臉，陰謀，和紙糊的假人，／使我的一拳落空，使我想起／老年人將怎樣枉然的歎息。」（《夜晚的告別》）抗戰給我們帶來了希望，然而在希望之後，現實仍然是「再受辱，痛苦，掙扎，死亡」；「在我們明亮的血裡奔流著勇敢，／可是在勇敢的中心：茫然。」詩人希望兌現戰後的承諾，等來的卻是無比的失望，「當多年的苦難為沉默的死結束，／我們期望的只是一句諾言，／然而只有虛空，我們才知道我夢仍舊不過是／幸福到來前的人類的祖先。」（《時感》）一切都沒有發生改變，也不會有什麼幸福。現實的殘酷使詩人的理想走向了幻滅，而理想的幻滅更使詩人深刻地感受到現實的荒謬：「告訴我們和平又必須殺戮，／而那可厭的我們先得去歡喜。／知道了『人』不夠，我們再學習／蹂躪它的方法。」「給我們善感的心靈又要它歌唱／僵硬的聲音。個人的哀喜／被大量製造又該被蔑視／被否定，被僵化，是人生的意義。」（《出發》）在這裡，我們可看到現代詩人雙重受難者的形象：形而上的思想焦慮與形而下的現實關懷相互交織，相互纏繞。

「我們為了補救，自動的流放，／什麼也不做，因為什麼也不信仰。」（《控訴》）詩人不是不需要精神信仰，而是在強烈懷念「那充滿了濃郁信仰的空氣」。但在沒有真正精神信仰的現實世界裡，詩人寧可選擇「自動的流放」，也不願「在苦難裡，渴尋安樂的陷阱」。穆旦的詩歌有一種受難的精神，卻不給人沮喪的感覺，原因就在這裡。如果說「五四」新文化運動促生了中國知識份子現代意識的覺醒，那麼在穆旦為代表的「新生代」這裡，以獨立思想與懷疑精神為標示的現代意識則開始走向成熟。

　　和國統區所有思想激進的知識份子一樣，穆旦在當時都被看作是左派，「但是穆旦並不依附任何政治意識」[81]。這種自覺擺脫任何依附的獨立意識不是以遠離現實政治為代價的，也不是吳宓（1894-1978）所說的「二馬之喻」，即在「以圖事功」與「恬然退隱」之間「奈何哉」的傳統兩難[82]。事實上，九葉詩派並不是「膽小怕事的知識份子」，穆旦的詩中充滿了動的搏鬥與尖銳的批判，陳敬容等人的詩中甚至還出現了像《鬥士、英雄》、《跨出門去的》這樣一些直接歌頌民主鬥士聞一多、李公樸的詩篇。然而，在左右兩種政治勢力互相鬥爭的內戰時期，是不會形成真正獨立的思想空間的，獨立的詩學本位立場也得不到任何一方的理解。袁可嘉提出「寧可失去世界而誓必拯救靈魂」的自救願望，是「偉大」的、「嚴肅」的，卻也是「寂寞」的[83]。穆旦把自己和朋友稱作「被圍的一群」，也是源自現實生存困境的深切感受。

　　穆旦詩歌現代意識的成熟在某種意義上也是理性的成熟。在現代意識初醒的「五四」時期，知識份子既以理性啟蒙標舉科學、民主，又以浪漫抒情張揚個性解放。在這種理性與浪漫的共生交合中，這一時期的理性意識明顯地被浪漫化、情緒化了。用羅素的話來說，這是一種「浪漫的理性」。而在隨後越來越緊迫的革命與救亡語境中，「幾乎所有的知識份子在思想上都沾染了一種爆炸性的情感意義」[84]。熱情帶來了一種衝擊，也帶來了一種虛浮。還是在1940年的時候，穆旦就注意到詩歌中熱情膨脹的

[81] 王佐良：《一個中國新詩人》，《文學雜誌》1947年第2卷第2期。
[82] 吳宓：《雨僧日記》，引自吳學昭：《吳宓與陳寅恪》，第47頁，北京：清華大學出版社1992年。
[83] 袁可嘉：《新詩現代化》，載1947年3月30日天津《大公報·星期文藝》。
[84] 葉維廉：《中國詩學》，第199頁，北京：三聯書店1992年。

弊害:「我們今日的詩壇上,有過多的熱情的詩行,在理智深處
沒有任何基點,似乎只出於作者一時的歇斯底里」。因此,他提
出了「新的抒情」的說法,旨在著重強調「有理性」[85]。我們從
穆旦的詩歌中感受不到郭沫若的那種情感爆炸的東西,不是因為
沒有情感,而是情感以理性相依託,變得深沉與堅實了。穆旦的
詩歌痛苦多於歡樂,卻不流於憂傷,相反倒是有一種思想的洞察
與堅韌的力量在支撐,也就在於他所說的「有理性」。

　　理性的自覺給穆旦的詩歌帶來了豐富而複雜的思想內涵。
在中國這個禮教治國的古老國度裡,道德教義非常發達,理性思
維卻極為貧乏。唐湜諷刺中國士大夫「習慣於直覺的動物式的思
考與絕對主義的思想」[86],稱讚穆旦「也許是中國詩人裡最少絕
對意識又最多辯證觀念的一個」[87]。這並不誇張,穆旦的詩歌在
意象、結構間充滿了一種矛盾與張力,是以往的中國詩歌中很少
見到的。穆旦的詩歌常常是在一種反覆質疑中發生的,相互對立
的意象又相互糾纏,否定中蘊含著肯定,絕望中又孕育希望,穆
旦思想高度的複雜性與哲理的深刻性,在詩歌高度濃縮的語言那
裡找到了自己最適合的棲居之所。在這個意義上,穆旦思想的複
雜性只有在詩歌那裡才能得到真正容納。很難想像,除了做一個
真正的詩人,穆旦還能用什麼別的方式來承載他豐富到撐破紙頁
的思想容量。鄭敏僅從八首愛情詩中,就已感知到了一種「思維
的複雜化,情感的線團化」[88]在穆旦那裡所達到的無與倫比的高
度。這是那些把辯證法當道德教條的主義信仰者所無法想像的。

85　穆旦:《〈慰勞信集〉:從〈魚目集〉說起》,載1940年4月28日香港
　　《大公報・綜合版》。
86　唐湜:《論中國新詩》,《華美晚報》1948年9月13日。
87　唐湜:《穆旦論》,王聖思編:《「九葉詩人」評論資料選》,第339頁。
88　鄭敏:《詩人與矛盾》,《一個民族已經起來》,第39頁。

「無盡的陰謀；生產的痛楚是你們的／是你們教了我魯迅的雜文。」（《五月》）以自身來承擔時代黑暗的「受難」體驗，由強烈的自我質詢而來懷疑一切的精神，讓穆旦在精神深處親近了魯迅與他的雜文。雜文，也許至今還被許多學者拋出在文學的殿堂之外吧，但它卻是魯迅內心的「詩」，是「野草」中的「野草」。詩人穆旦不但感受到了這「詩」無比狂野、無比黑暗的精神，而且讓它走進了自己的詩歌，成為詩中的詩。在很多年後，經歷了道德狂熱運動的王小波（1952-1997）忽然從噩夢中醒來，終於意識到獨立思想與自由意志的重要性：「對於知識份子來說，成為思維的精英，比成為道德的精英更重要。」[89]而穆旦的詩歌與翻譯，在王小波那裡就成為一種必須閱讀的「責任」。

　　穆旦詩歌思想的豐富性與深刻性，首先表現為中國詩人所罕見的一種自審精神。「一個平凡的人，裡面蘊藏著無數的暗殺，無數的誕生。」（《控訴》）走出白骨累累的野人山后，穆旦沒有把自己作為戰爭英雄，在沉默中他回到了作為「一個平凡的人」的生活本身。正是因為沒有把自己作為英雄，穆旦作為「一個平凡的人」走進了「防空洞」，走進了「曠野」，走進了「不幸的人們」，在日常生活的自我審視中，反而獲得了一種先知般的思想力量。穆旦評價惠特曼的詩是「帶電的肉體」，其實他自己的詩歌也充滿了一種肉身化的語言。穆旦的詩歌在痛苦的分裂中有一種真誠的力量，是因為他把自己的思想血肉化了。當思想的掙扎在自我意識的覺醒中達到一種極致狀態，抽象的語言就失去了效用，肉身化的語言就出場了。就像魯迅的《野草》中那個站在荒原上全身赤裸的老婦一樣，最真切的思想表達無需外衣包

---

[89]　王小波：《思維的樂趣》，《沉默的大多數》，第29頁，北京：中國青年出版社1997年。

裏，語言一經包裹也即失去了真實。在思想的極致處，顫抖的身體就是一種達到極致的語言。

「重新發現自己，在毀滅的火焰之中。」（《三十誕辰有感》）這如同尼采書中先知的言說：「如果有誰為了自己的學說而走向烈火——這證明什麼呢？真正重要的是為了讓自己的學說在自己的靈魂中誕生。」[90]「有誰敢叫出不同的聲音？／不甘於恐懼，他終要被放逐了。」（《鼠穴》）穆旦詩歌的先知意義不在於他對在如「鼠穴」一樣逼狹、黑暗的生存困境的認知，而在於他有了這樣的認知仍甘願「被放逐」的受難精神。像同為九葉詩人的唐湜所指出的，穆旦詩歌的確有一種「好反省」的哈姆雷特的氣質，但這還不夠。詩人是有著哈姆雷特的痛苦與憂鬱的，但哈姆雷特在生與死的歎息中無法有這樣拋棄了感傷而無比堅韌的詩句：「希望，幻滅，希望，再活下去／在無盡的波濤的淹沒中」。（《活下去》）在這個方面，與其說穆旦是化身為詩人的哈姆雷特，不如說是把自己捆鎖於電閃雷鳴的高加索懸崖上的普羅米修士：釋放著思想的火焰，同時也燃燒著盜火者的自己，是一種痛苦，也是一種幸福。

從燃燒著的思想體驗出發，穆旦擺脫了「觀念的叢林纏繞」，發現了人間種種精神偶像、思想信仰的盲目性與虛妄性。他看到「愚昧不斷地在迫害裡伸展」，「莊嚴的神殿原不過是一種猜想」，「自由」的觀念緊握在「謀害者」手裡，「真理」不過是「句句的紊亂」，「理想」同樣是「一個奴隸制度的附帶」。因而宣佈：「推倒一切尊敬」，「什麼也不信仰」。質疑一切權威偶像的叛逆精神始自「五四」的狂飆突進運動，但到穆

---

[90] 尼采：《查拉圖斯特拉如是說》，轉引自弗蘭克：《俄國知識人與精神偶像》，第44頁，上海：學林出版社1999年。

且這裡，更多了一種理性的沉潛與成熟。用穆旦本人在《甘地》中的一句詩來說，他的「無信仰」是「無信仰的信仰」，不是走向虛無，而是直面虛無。

　　穆旦從不以文化英雄的身份來號召什麼、傳諭什麼，他的叛逆與反抗全部來自一種「平凡」的生存體驗。也正是在這一點上，穆旦袪除了那個時代「反傳統」口號的空洞性與抽象性，從「平凡」而「幾乎無事」的現實生活中觸摸到了舊文化的幽靈：「他追求而跌進黑暗，／四壁是傳統，是有力的／白天，扶持一切它勝利的習慣。／新生的希望被壓制，被扭轉，／等粉碎了他才能安全；／年輕的學得聰明，年老的／因此也繼續他們的愚蠢，／誰顧惜未來？沒有人心痛：／那改變明天的已為今天所改變。」（《裂紋》）從現實世界的「裂紋」中，穆旦看到了無數面包圍著現代人的「傳統」之「牆」。在這種「被圍者」的壓抑中，穆旦發出了「控訴」：「這是死，歷史的矛盾壓著我們，／平衡，毒戕著我們每一個衝動。」（《控訴》）雅斯貝斯曾指出：在中國傳統的文明世界中，「世界的運行沒有恐怖、拒絕或辯護──沒有控訴，只有哀歎。人們不會因為絕望而精神分裂；他們安祥寧靜地忍受折磨，甚至對死亡也毫無恐懼；沒有無望的鬱結，沒有陰鬱的受挫感，一切基本上是明朗的、美好的和真實的。」[91]無思想，無自覺，也就無抵抗，無掙扎。平安是因為平庸，美好是因為忍耐。聞一多曾用「死水」描述這個自我感覺不錯而其實無比醜惡的世界，而聞一多極為欣賞的學生穆旦則以中國詩歌中罕見的「控訴」方式，向埋伏著奴性毒害的「死水」世界投下了詩人打破虛假與沉默的石頭。

---

[91] 卡爾・雅斯貝爾斯：《悲劇的超越》，第13頁，北京：工人出版社1988年。

　　穆旦的青春時代是在和民族的苦難中一起度過的，不幸，
卻不可憐；痛苦，卻也豐富。受難的品質讓詩人憎惡醜惡，也讚
美善良。在靜夜的燈下，他「聽見在周身起伏的／那痛苦的，人
世的喧聲」（《童年》）；在苦難的大地上，他看到農夫「粗糙
的身軀移動在田野中」，「是同樣的受難的形象凝固在路旁」。
（《讚美》）在對土地、人民的讚美中，穆旦的詩歌在憂鬱中表
現出了一種少見的淨朗與聖潔：

> 走不盡的山巒的起伏，河流和草原，
> 數不盡的密密的村莊，雞鳴和狗吠，
> 接連在原是荒涼的亞洲的土地上，
> 在野草的茫茫中呼嘯著乾燥的風，
> 在低壓的暗雲下唱著單調的東流的水，
> 在憂鬱的森林裡有無數埋藏的年代。
> 它們靜靜地和我擁抱：
> ……
> 我有太多的話語，太悠久的感情，
> 我要以荒涼的沙漠，坎坷的小路，騾子車，
> 我要以槽子船，漫山的野花，陰雨的天氣，
> 我要以一切擁抱你，你，
> 我到處看見的人民呵，
> 在恥辱裡生活的人民，佝僂的人民，
> 我要以帶血的手和你們一一擁抱。
>
> ──《讚美》

　　「我」與「人民」、苦難與擁抱、絕望與希望、荒涼與熱

愛……詩人的受難與民族的受難在精神深處心心相印，血肉交融。「這裡，我們可以窺見那是怎樣一種博大深厚的感情，怎樣一顆火熱的心在消溶著犧牲和痛苦的經驗，而維繫著詩人的向上的力量。」[92]這是穆旦對艾青詩歌的評價，而這評價，也屬於穆旦與他自己的詩歌。

　　當民族的苦難遠未結束，受難註定成為一個有著真誠與良知的詩人終生的宿命。自1953年衝破阻力留美歸來後，滿懷著希望與熱情的詩人卻遭遇了「人生最嚴酷的冬天」。穆旦夫人周與良博士（1923-2002）說：「他日以繼夜地埋頭苦幹，直到他離世前，得到的只是污蔑和陷害。」[93]在「史無前例」的文化大革命運動行將結束的前夜，在經受著黑暗迫害的詩人和他詛咒的黑暗時代即將同歸於盡的1976年，穆旦這個連平日通信也要被迫焚燒避禍的詩人突然復活，以先知般的敏感留下了最後的天鵝絕唱，留下了理想的緬懷與荒原的詛咒，留下了詩人與時代、民族一起受難的精神自語：

> 我已走到了幻想底盡頭，
> 這是一片落葉飄零的樹林，
> 每一片葉子標記著一種歡喜，
> 現在都枯黃地堆積在內心。
> ……
> 另一種歡喜是迷人的理想，
> 它使我在荊棘之途走得夠遠，
> 為理想而痛苦並不可怕，

---

[92] 穆旦：《他死在第二次》，載1940年3月3日香港《大公報‧綜合版》。
[93] 周與良：《懷念良錚》，《一個民族已經起來》，第133頁。

可怕的是看它終於成笑談。

只有痛苦還在，它是日常生活
每天在懲罰自己過去的傲慢，
那絢爛的天空都受到譴責，
還有什麼彩色留在這片荒原？

但唯有一棵智慧之樹不凋，
我知道它以我的苦汁為營養，
它的碧綠是對我無情的嘲弄，
我咒詛它每一片葉的滋長。

──《智慧之歌》

四、算是結語：詩人之死與魯迅的革命之痛

在我自己，覺得中國現在是一個進向大時代的時代。但這
所謂大，並不一定指可以由此得生，而也可以由此得死。
──魯迅：《而已集‧〈塵影〉題辭》

1927年，魯迅尚在被稱為「革命策源地」的廣州的時候，看
到了身邊一大群「發了革命熱」的青年，也看到了一篇引起他對
革命問題進行重新思考的文章。這篇文章題為《無家可歸的藝術
家》，是蘇俄政論家拉狄克（Радек Карл Бернгардович，1885-
1939）所寫，文中對蘇俄詩人葉賽寧（Сергей Александрович
Есенин，1895-1925）和作家梭波里（1888-1926）在十月革命後
相繼自殺的事件做了評論。這一事件讓身處革命中心的魯迅極為

注意，並記下了開頭的兩句話：「在一個最大的社會改變的時代，文學家不能做旁觀者。」[94]從魯迅此後反復提及葉賽寧的自殺事件可以看出，詩人在革命後頻頻自殺的事件給魯迅內心帶來了很大的刺激和震撼。詩人、作家在十月革命後反而活不下去的命運，似乎是魯迅此前所完全沒有想到過的。早在留學日本時期，魯迅從「為自由人道正義」出發，就讚美過法國大革命風潮給歐洲世界帶來的巨大影響[95]。在大革命的年代，早就認識到自己在革命之後仍是「奴隸」的魯迅當然是希望革命的，而且還在孫中山（1866-1925）的紀念日提出了「革命無止境」[96]的主張。但是，對另一個所謂革命已經勝利了的蘇俄世界，他是通過文學作品與報刊宣傳來理解的，沒有任何切身體驗，但又心存希望與嚮往。因此，贊同革命的魯迅即使知道事實不合乎理想，他也不可能因此否定自己內心的理想。也因此，他一直在試圖給文人在革命後活不下的悲劇命運尋找一個合理的說法，這樣的說法與其說是解釋給青年學生們聽的，不如說是給自己一個相信蘇俄革命的理由。

　　當一個人對自己國家的黑暗現實早已充滿絕望的時候，來自異域的革命想像也許是他最重要的精神支撐。熟悉蘇俄兩位文人的魯迅知道葉賽寧和梭波里「是無可厚非的」，知道「他們有真實」[97]。既然如此，詩人自殺的責任是否應該由魯迅相對陌生的革命政治來承擔？按理說可以得出這樣的結論，但魯迅沒有這樣做，也不願意這樣做。對蘇俄革命政權的陌生造成的距離可以產

---

[94]　魯迅：《三閒集·在鐘樓上》，《魯迅全集》第4卷，第36頁。
[95]　魯迅：《墳·摩羅詩力說》，《魯迅全集》第1卷，第73頁。
[96]　魯迅：《而已集·黃華節的雜感》，《魯迅全集》第3卷，第410頁。
[97]　魯迅：《三閒集·在鐘樓上》，《魯迅全集》第4卷，第36頁。

生兩種結果：一種是質疑與不信任，一種是保留完美的想像。理想屢遭挫折的魯迅實在不忍破壞自己心中的革命形象，他選擇了寧願信其有的態度。這種態度，與其說是在維護蘇俄革命現實，不如說是守護自己內心的理想。但是，魯迅又不願維護革命理想而回避詩人自殺的現實，在經過一番「思索」後，他解釋說：「我因此知道凡有革命以前的幻想或理想的革命詩人，很可有碰死在自己所謳歌希望的現實上的運命：而現實的革命倘不粉碎了這類詩人的幻想或理想，則這革命也還是佈告上的空談。」[98]這樣為革命辯護的解釋充滿矛盾，也煞費苦心：當理想與現實發生衝突的時候，是應該指責詩人的革命理想，還是批評不合乎理想的革命現實？魯迅同情詩人，也同情革命，只好用詩人的殉道來說明革命的正義。對本國現實有著嚴厲的解剖態度的魯迅，對遙遠的蘇俄現實卻選擇了一種善良與容忍的態度，這樣的矛盾，只能說明，以戰士形象示人的魯迅還是太善良了。儘管心存疑問，也並不完全相信蘇俄革命，但他寧願相信這理想是真的。這就是魯迅：寧願讓自己受騙，也不願讓理想蒙羞。當他後來用犧牲論、「反宣傳」之類的理由一次次為自己心中的革命聖地辯護時，殘酷的現實只會讓他的理想受到更大的打擊和傷害。魯迅在進入左聯後有了更為切己、痛楚的發現與體驗，但依然固執地為自己的理想而辯護，即使心力交瘁，腹背守敵，也從未為自己的選擇而後悔過。

當蘇俄革命的殘酷現實完全暴露到中國知識份子面前的時候，一生反對「瞞和騙」的魯迅在「瞞和騙」的宣傳包圍中早已度過了他備受爭議的最後十年，成為了革命的新偶像。直到他閉

---

[98] 魯迅：《三閑集・在鐘樓上》，《魯迅全集》第4卷，第36頁。

上一直睜著看世界的眼睛，心存革命幻想的他雖然始終沒有放棄懷疑，但也始終沒有看清遙遠的蘇俄大地上到底發生了什麼。他在生命的最後歲月留下《我要騙人》的文章，有著辛辣的反諷，也有著無奈的自嘲。

富有意味的是，就在魯迅去世的1936年，一篇悼念魯迅的文章中提到了那位曾引起魯迅內心震動的拉狄克，文中這樣描述說：

> 記得是前年吧，蘇聯作家第一次全體大會聽取了拉狄克關於世界的藝術文學的報告之後，到會的作家們作了一個重要的決議，在這決議的末尾的一段中，首先指認了魯迅是和羅曼‧羅蘭，安德雷‧紀德，亨利‧巴比塞，伯納‧蕭，希奧德爾‧德萊塞，歐普東‧辛克萊，亨里希‧曼一樣地「英勇地執行了自己的正確的義務的」，一樣地是「勞動人類的最好的朋友」，並且因此，蘇聯的作家們向他「致送了兄弟的祝問」。[99]

向魯迅致以「兄弟的祝問」的「蘇聯的作家們」，當然包括在大會上作報告的拉狄克。但魯迅永遠不會知道，這位在詩人自殺事件中為革命政權辯護過的拉狄克，在魯迅去世後的下一年，就被蘇聯當局以「陰謀顛覆蘇聯」、「間諜」之類的罪名逮捕審判，在1939年被處決了，成了那場大清洗運動中的無數冤魂之一。

作為一個人間的思想者，魯迅對拉狄克的命運當然不可能未卜先知，但其敏感的內心還是發生了對史達林肅反政策的懷疑。

---

[99] 黃峰：《魯迅：蘇聯的一個好朋友》，劉運峰編：《魯迅先生紀念集》，第198頁，天津：天津人民出版社2007年。

嚴家炎（1933- ）教授在其所著《東西方現代化的不同模式和魯迅思想的超越》一文中，曾抄引胡愈之（1896-1986）在1972年12月接受採訪的一段談話。胡愈之在勸魯迅去蘇聯療養時，魯迅表示了「堅決不去」的意思，其中有這樣的話：「蘇聯國內情況怎麼樣，我也有些擔心，是不是也是自己人發生問題？」胡愈之明白，魯迅此話是指「當時史達林擴大肅反，西方報紙大事宣傳，他有些不放心。」[100]據嚴先生考證說，這段話在發表時被編者刪去了，他抄引的是經胡愈之校訂過的原始記錄稿，是比較可靠的。[101]

在魯迅生活的時代，他曾親眼看到了中國大地上血腥遍佈的屠殺與死亡，他們多是青年詩人與學生。這其中，有他喜歡的殷夫，也有他不喜歡的蔣光慈；有他熟悉的柔石，也有他不熟悉的胡也頻。他知道自己身邊的世界，「夜正長，路也正長」[102]；但他無法知道自己身後的世界，詩人的悲劇命運何處是開始，何處是結束？

1949年後，留在大陸的詩人們最終主動或被動地聚集到了以「新民主主義革命」為號召的左翼旗幟之下，在此起彼伏的政治運動中接受一次次殘酷的思想清洗與改造。在胡風為「新中國」誕生而作的「時間開始了」的激情歌唱中，許多和他一樣的詩人都沉浸在開創歷史新紀元的「勝利」的歡樂與陶醉中。對於「革命的第二天」即將發生的更大的政治災難，除了沈從文等少數保持精神敏感而一度走向自殺的文人，大多數人毫無心理準備與知

---

[100] 嚴家炎：《論魯迅的複調小說》，第252頁，上海：上海教育出版社2002年。
[101] 嚴家炎：《論魯迅的複調小說》，第253頁。
[102] 魯迅：《南腔北調集·為了忘卻的記念》，《魯迅全集》第5卷，第488頁。

覺。當更猛烈的風暴到來時，魯迅已經長眠於他所感歎的「並非人間」[103]的中國大地下。而他倖存下來的幾位學生如胡風、蕭軍（1907-1988）、馮雪峰、聶紺弩者，以及在精神上逼近其摩羅詩學理想的聞一多、穆旦等更多有名無名的現代詩人，則有幸看到了時代浮沉的這一幕，也不幸親歷了黑白顛倒的這一幕。詩人們死去了，詩歌的聲音卻並不苟活。用魯迅在看到拉狄克文章後的話來說，在「革命的前行」中，他們也終於「不是旁觀者」[104]。

---

[103] 魯迅：《華蓋集續編・記念劉和珍君》，《魯迅全集》第3卷，第273頁。
[104] 魯迅：《三閑集・在鐘樓上》，《魯迅全集》第4卷，第36頁。

參考書目

刊物：

《創造月刊》（上海）

《創造週報》（上海）

《大公報‧星期文藝》（天津）

《河南》（東京），影印本

《江蘇》（東京），影印本

《抗戰文藝》（重慶）

《民報》（東京），影印本

《文藝報》（北京）

《女子世界》（上海）

《女學報》（上海）

《七月》（漢口－重慶）

《詩創造》（上海）

《希望》（重慶）

《現代》（上海）

《現代評論》（北京），影印本

《新小說》（東京），影印本

《新青年》（上海－北京），影印本

《新潮》（北京）

《新文學史料》（北京）

《語絲》（北京），影印本

《浙江潮》（東京），影印本

《中國新詩》（上海）

中文著作：

阿英：《小說四談》，上海：上海古籍出版社1981年。

阿英：《晚清小說史》，北京：作家出版社1955年。

阿英：《晚清文學叢鈔》，北京：中華書局1960年。

愛德華‧W‧薩義德：《知識份子論》，單德興譯，北京：三聯書店
　　2002年。

安東尼奧‧葛蘭西：《獄中箚記》，北京：中國社會科學出版社2000年。

安東尼‧德‧雅賽：《重申自由主義》，北京：中國社會科學出版社
　　1997年版。

巴金：《巴金全集》，北京：人民文學出版社1993年。

保羅‧約翰遜：《知識份子》，楊正潤等譯，南京：江蘇人民出版社
　　1999年。

北岡正子：《摩羅詩力說材源考》，何乃英譯，北京：北京師範大學出
　　版社1983年。

北京大學等主編：《文學運動史料選》，上海：上海教育出版社1979年。

北京魯迅博物館編：《魯迅年譜》，北京：人民文學出版社2000年。

彼得‧畢爾格：《主體的退隱》，陳良梅、夏清譯，南京：南京大學出
　　版社2004年。

柄谷行人：《日本現代文學的起源》，趙京華譯，北京：三聯書店
　　2003年。

勃蘭兌斯：《十九世紀文學主流》，北京：人民文學出版社1997年。

蔡尚思主編：《中國現代思想史資料簡編》，杭州：浙江人民出版社
　　1982年。

曹聚仁：《魯迅評傳》，上海：東方出版中心1999年。

陳登原：《顏習齋哲學思想述》，上海：東方出版中心1989年。

陳獨秀：《獨秀文存》，合肥：安徽人民出版社1987年。

陳鳴樹主編：《二十世紀中國文學大典》，上海：上海教育出版社
　　1994年。

陳平原：《中國小說敘事模式的轉變》，北京：北京大學出版社2003年。

陳平原：《觸摸歷史與進入五四》，北京：北京大學出版社2005年。

陳平原、夏曉虹編：《二十世紀中國小說理論資料》第1卷，北京：北京大學出版社1997年。

陳三井主編：《近代中國婦女運動史》，臺北：近代中國出版社2000年。

陳思和：《中國新文學整體觀》，上海：上海文藝出版社2001年。

陳子善編：《周作人集外文》，海口：海南國際新聞中心出版社1995年。

程光煒編：《周作人評說八十年》，北京：中國華僑出版公司2000年。

大衛‧米勒編：《開放的思想和社會：波普爾思想精粹》，南京：江蘇人民出版社2000年。

丹尼爾‧貝爾：《資本主義文化矛盾》，北京：三聯書店1989年。

丁帆：《重回「五四」起跑線》，北京：人民文學出版社2004年。

丁玲：《丁玲全集》，石家莊：河北人民出版社2001年。

杜運燮等編：《一個民族已經起來：懷念詩人、翻譯家穆旦》，南京：江蘇人民出版社1987年。

方銘編：《蔣光慈研究資料》，銀川：寧夏人民出版社1983年。

費正清、費惟愷主編：《劍橋中華民國史》，北京：中國社會科學出版社1994年。

弗蘭克：《俄國知識人與精神偶像》，上海：學林出版社1999年。

福澤諭吉：《文明論概略》，北京：商務印書館1959年。

福澤諭吉：《勸學篇》，北京：商務印書館1984年。

佛吉尼亞‧伍爾夫：《一間自己的房間》，賈輝生譯，北京：人民文學出版社2003年。

郜元寶：《魯迅六講》，北京：北京大學出版社2007年。

格里德：《胡適與中國的文藝復興：中國革命中的自由主義》，魯奇譯，南京：江蘇人民出版社1996年。

龔鵬程：《近代思潮與人物》，北京：中華書局2007年。

郭沫若：《沫若文集》，北京：人民文學出版社1959年。

郭沫若：《文藝論集》，上海：光華書局1925年。

郭延禮編：《秋瑾研究資料》，濟南：山東教育出版社1987年。

哈貝馬斯：《現代性的哲學話語》，南京：譯林出版社2004年。

哈迎飛：《半是儒家半釋家：周作人思想研究》，北京：人民文學出版
　　社2007年。

海德格爾：《林中路》，孫周興譯，上海：上海譯文出版社1997年。

海倫・福斯特・斯諾編著：《中國新女性》，北京：中國新聞出版社
　　1985年。

黑格爾：《法哲學原理》，范揚，張企泰譯，北京：商務印書館1961年。

洪靈菲：《洪靈菲選集》，上海：開明書店1952年。

胡風：《胡風回憶錄》，北京：人民文學出版社1984年。

胡風：《胡風評論集》，北京：人民文學出版社1984年。

胡適：《胡適全集》，合肥：安徽教育出版社2003年。

胡素珊：《中國的內戰：1945-1949年的政治鬥爭》，北京：中國青年
　　出版社1997年。

胡曉真：《才女徹夜未眠：近代中國女性敘事文學的興起》，臺北：麥
　　田出版公司2003年。

胡也頻：《胡也頻小說選集》，人北京：民文學出版社1954年。

胡纓：《翻譯的傳說：中國新女性的形成（1898-1918）》，龍瑜宬、
　　彭珊珊譯，南京：江蘇人民出版社2009年。

黃昌勇主編：《新氣象　新開拓：第十次丁玲國際學術研討會文集》，
　　上海：同濟大學出版社2009年。

賈植芳主編：《中國現代文學的主潮》，上海：復旦大學出版社1990年。

蔣光慈：《蔣光慈文集》，上海：上海文藝出版社1985年。

蔣登科：《九葉詩派的合璧藝術》，西南師範大學出版社2002年。

卡爾・雅斯貝爾斯：《悲劇的超越》，亦春譯，工人出版社1988年。

康德：《道德形而上學原理》，苗力田譯，上海人民出版社2005年。

康德：《歷史理性批判文集》，何兆武譯，商務印書館1990年。

柯慧玲：《近代中國革命運動中的婦女（1900-1920）》，太原：山西
　　教育出版社2012年。

曠新年：《1928：革命文學》，濟南：山東教育出版社1998年。

季家珍：《歷史寶筏：過去、西方與中國婦女問題》，楊可譯，南京：
　　江蘇人民出版社2011年。

拉康：《拉康選集》，褚孝泉譯，上海：上海三聯書店2001年。

雷蒙・威廉斯：《關鍵字：文化與社會的詞彙》，北京：三聯書店
　　2005年。

雷金慶：《男性特質論：中國的社會與性別》，劉婷譯，南京：江蘇人
　　民出版社2012年。

李歐梵：《現代中國作家的浪漫一代》，北京：新星出版社2005年。

李新宇：《魯迅的選擇》，鄭州：河南人民出版社2003年。

李又寧、張玉法主編：《近代中國女權運動史料　1842-1911》，臺北：
　　龍文股份出版公司1995年。

李澤厚：《中國思想史論》，合肥：安徽文藝出版社1999年。

梁啟超：《飲冰室文集點校》，昆明：雲南教育出版社2001年。

梁漱溟：《中國文化要義》，上海：學林出版社1987年。

林賢治：《五四之魂》，南寧：廣西師範大學出版社2008年。

劉人鵬：《近代中國女權論述》，臺北：臺灣學生書局2000年。

劉劍梅：《革命與情愛：二十世紀中國小說史中的女性身體與主題重
　　複》，郭冰茹譯，上海：三聯書店2009年。

劉納：《嬗變：辛亥革命時期至五四時期的中國文學》，北京：中國社
　　會科學出版社1998年

劉士林：《新道德主義》，南昌：百花洲文藝出版社2002年。

劉小楓：《現代性社會理論緒論》，上海：三聯書店1998年。

劉運峰編：《魯迅先生紀念集》，天津：天津人民出版社2007年。

羅成琰：《現代中國的浪漫文學思潮》，長沙：湖南教育出版社1992年。

羅志田：《亂世潛流：民族主義與民國政治》，上海：上海古籍出版社
　　2001年。

魯迅：《魯迅全集》，北京：人民文學出版社1981年。

魯迅：《魯迅譯文全集》，福建教育出版社2008年。

馬・佈雷德伯里、詹・麥克法蘭編：《現代主義》，上海：上海外語教
　　育出版社1992年。

馬克斯・韋伯：《學術與政治》，北京：三聯書店1998年。

梅儀慈：《丁玲的小說》，沈昭鏗、嚴鏘譯，廈門：廈門大學出版社
　　1992年。

孟悅、戴錦華：《浮出歷史地表：現代婦女文學研究》，北京：中國人民大學出版社2004年。

穆旦：《穆旦詩文集》，北京：人民文學出版社2006年。

木山英雄：《文學復古與文學革命》，趙京華譯，北京：北京大學出版社2004年。

木山英雄：《北京苦住庵記：日中戰爭時代的周作人》，趙京華譯，北京：三聯書店2008年。

尼姆・威爾斯：《續西行漫記》，陶宜、徐復譯，北京：解放軍文藝出版社2002年。

歐陽哲生編：《胡適文集》，北京：北京大學出版社1998年。

錢理群：《豐富的痛苦》，瀋陽：時代文藝出版社1993年。

錢理群：《1948：天地玄黃》，濟南：山東教育出版社1998年。

錢理群：《與魯迅相遇》，北京：三聯書店2003年。

錢理群：《周作人傳》，北京：十月文藝出版社1990年。

秋瑾：《秋瑾集》，上海：上海古籍出版社1979年。

上海書店編：《中國近代文學大系：1840-1919》，上海：上海書店1990年。

趙家璧主編：《中國新文學大系》，上海：上海良友圖書公司1935年。

上海文藝出版社編：《中國新文學大系：1927-1937》，上海：上海文藝出版社1987-1989年。

上海文藝出版社編：《中國新文學大系：1937-1949》，上海：上海文藝出版社1990-1994年。

沈從文：《記丁玲》，《沈從文全集》，太原：北岳文藝出版社2002年。

沈衛威：《自由守望：胡適派文人引論》，上海：上海文藝出版社1997年。

史書美：《現代的誘惑：書寫半殖民地中國的現代主義（1917-1937）》，何恬譯，南京：江蘇人民出版社2007年。

實藤惠秀：《中國人留學日本史》，北京：三聯書店1983年。

舒蕪：《周作人概觀》，長沙：湖南人民出版社1986年。

斯提凡・博爾曼（Stefan Bollmann）：《寫作的女人》，張蓓瑜譯，臺北：五南圖書出版公司2009年。

斯蒂芬・茨威格：《異端的權利》，長春：吉林人民出版社2000年。

孫郁、黃喬生主編：《回望魯迅》，石家莊：河北教育出版社2000年。

孫郁、黃喬生主編：《回望周作人》，鄭州：河南大學出版社2004年。

唐湜：《九葉詩人：「中國新詩」的中興》，上海：上海教育出版社2003年。

唐欣玉：《被建構的西方女傑》，成都：四川大學出版社2013年。

特里・伊格爾頓：《二十世紀西方文學理論》，伍曉明譯，北京：北京大學出版社2007年。

特里・伊格爾頓：《美學意識形態》，王傑等譯，南寧：廣西師範大學出版社1997年版。

王斑：《全球化陰影下的歷史與記憶》，南京：南京大學出版社2003年。

王彬彬：《風高放火與振翅灑水》，北京：人民文學出版社2004年。

王德威：《被壓抑的現代性：晚清小說新論》，北京：北京大學出版社2005年。

王德威：《想像中國的方法》，北京：三聯書店1998年。

王富仁：《中國文化的守夜人：魯迅》，北京：人民文學出版社2002年。

汪暉：《死火重溫》，北京：人民文學出版社2000年。

汪暉：《現代中國思想的興起》，北京：三聯書店2004年。

汪暉、陳燕谷主編：《文化與公共性》，北京：三聯書店1998年。

王世家等編：《魯迅回憶錄》，北京：北京出版社1999年。

王聖思編：《「九葉詩人」評論資料選》，上海：華東師範大學出版社1996年。

王曉明：《無法直面的人生：魯迅傳》，上海：上海文藝出版社2001年。

王曉明主編：《二十世紀中國文學史論》，上海：東方出版社中心1997年。

王一川：《中國現代性體驗的發生》，北京：北京師範大學出版社2001年。

王躍、高力克編：《五四：文化的闡釋與評價》，太原：山西人民出版社1989年版

王中忱編：《丁玲研究在國外》，長沙：湖南人民出版社1985年。

王子光、王康編：《聞一多紀念文集》，北京：三聯書店1980年。

維塞爾：《萊辛思想再釋：對啟蒙運動內在問題的探討》，賀志剛譯，
　　北京：華夏出版社2002年。
溫儒敏：《新文學現實主義的流變》，北京：北京大學出版社1988年。
聞一多：《聞一多全集》，北京：人民文學出版社1981年。
文藝報編輯部編：《再批判》，北京：作家出版社1958年。
吳虞：《吳虞集》，成都：四川人民出版社1985年。
西蒙娜・德・波伏娃：《第二性》，陶鐵柱譯，北京：中國書籍出版社
　　1998年。
夏志清：《中國現代小說史》，香港：香港中文大學出版社2001年。
謝泳編：《胡適還是魯迅》，北京：中國工人出版社2003年。
謝泳：《逝去的年代：中國自由知識份子的命運》，北京：文化藝術出
　　版社1999年。
薛綏之、張俊才編：《林紓研究資料》，北京：智慧財產權出版社
　　2010年。
辛蒂編：《九葉集：四十年代九人詩選》，南京：江蘇人民出版社
　　1981年。
許慧琦：《娜拉在中國：新女性的形象與塑造》，臺北：稻香出版社
　　2003年。
許紀霖編：《二十世紀中國思想史論》（上下卷），上海：東方出版中
　　心2000年。
許紀霖、陳達凱主編：《中國現代化史》第1卷，上海：三聯書店1995年。
徐慶全：《革命吞噬它的兒女》，香港：香港中文大學出版社2008年。
許志英、倪婷婷：《五四：人的文學》，南京：南京大學出版社1992年。
亞羅斯拉夫・普實克：《抒情與史詩：現代中國文學論集》，郭建玲
　　譯，上海：三聯書店2010年。
顏海平：《中國現代女性作家與中國革命（1905-1948）》，北京：北
　　京大學出版社2011年。
嚴家炎：《論魯迅的複調小說》，上海：上海教育出版社2002年。
姚平主編：《當代西方漢學研究集萃》（婦女史卷），上海：上海古籍
　　出版社2012年。
葉維廉：《中國詩學》，北京：三聯書店1992年。

伊藤虎丸：《魯迅、創造社與日本文學》，孫猛等譯，北京：北京大學
　　出版社2005年。

伊藤虎丸：《魯迅與日本人》，李冬木譯，石家莊：河北教育出版社
　　2001年。

殷夫：《殷夫選集》，北京：人民文學出版社1959年。

游鑒明、胡纓、季家珍主編：《重讀中國女性生命故事》，臺北：五南
　　圖書公司2011年。

郁達夫：《郁達夫全集》，杭州：浙江大學出版社2007年。

袁可嘉：《論新詩現代化》，北京：三聯書店1988年。

袁可嘉：《半個世紀的腳印：袁可嘉詩文選》，北京：人民文學出版社
　　1994年。

袁良駿編：《丁玲研究資料》，天津：天津人民出版社1982年。

樂黛雲主編：《國外魯迅研究論集1960-1981》，北京：北京大學出版
　　社1981年。

樂黛雲主編：《當代英語世界的魯迅研究》，南昌：江西人民出版社
　　1993年。

詹姆斯・施密特編：《啟蒙運動與現代性》，上海：上海人民出版社
　　2005年。

張宏生主編：《明清文學與性別研究》，南京：江蘇古籍出版社2002年。

張京媛主編：《新歷史主義與文學批評》，北京：北京大學出版社
　　1997年。

張京媛主編：《當代女性主義文學批評》，北京：北京大學出版社
　　1992年。

張菊香、張鐵榮編著：《周作人年譜》，天津：天津人民出版社2000年。

張夢陽編：《魯迅研究學術資料論著彙編》，北京：中國文聯出版公司
　　1984年。

張汝倫：《現代西方哲學十五講》，北京：北京大學出版社2003年。

張曉編著：《近代漢譯西學書目提要：明末至1919》，北京：北京大學
　　出版社2012年。

張勇、蔡樂蘇主編：《中國思想史參考資料集》（晚清至民國卷），北
　　京：清華大學出版社2005年。

張新穎：《20世紀上半期中國文學的現代意識》，北京：三聯書店
　　2001年。

趙園：《艱難的選擇》，上海：上海文藝出版社1986年。

趙稀方：《翻譯現代性：晚清到五四的翻譯研究》，天津：南開大學出
　　版社2012年。

中國社會科學院近代史研究所中華民國史組編：《胡適來往書信選》，
　　北京：中華書局1979年。

趙家璧主編：《中國新文學大系》影印本，上海：上海文藝出版社
　　1980-1981年。

趙瑞蕻：《魯迅〈摩羅詩力說〉注釋・今譯・解說》，天津：天津人民
　　出版社1982年。

朱德發：《朱德發文集》，濟南：山東人民出版社2014年。

朱利安・班達：《知識份子的背叛》，佘碧平譯，上海：上海人民出版
　　社2005年。

朱自清：《朱自清全集》，南京：江蘇教育出版社1988年。

周輔成編：《西方倫理學名著選輯》，北京：商務印書館1987年。

周蕾：《婦女與中國現代性》，蔡青松譯，上海：三聯書店2008年。

周蕾：《原初的激情》，臺北：遠流出版社2001年。

周憲：《超越文學》，上海：三聯書店1997年。

周憲：《審美現代性批判》，北京：商務印書館2005年。

朱學勤：《道德理想國的覆滅》，上海：三聯書店2003年。

周作人：《周作人自編文集》，石家莊：河北教育出版社2002年。

周作人：《關於魯迅》，止庵編，烏魯木齊：新疆人民出版社1997年。

竹內好：《近代的超克》，孫歌編，李冬木、趙京華等譯，北京：三聯
　　書店2005年。

竹內好：《魯迅》，杭州：浙江文藝出版社1986年。

朱正：《一個人的吶喊：魯迅傳》，北京：十月文藝出版社2007年。

朱自清：《朱自清全集》，南京：江蘇教育出版社1990年。

中華全國婦女聯合會婦女運動歷史研究室編：《中國近代婦女運動歷史
　　資料（1840-1918）》，北京：中國婦女出版社1991年。

英文著作：

Ellen Widmer and David Der-wei Wang, eds., From May Fourth to June Fourth: Fiction and Film in Twentieth-Century China, Cambridge, Massachusetts: Harvard University Press, 1993.

Hanan, P., Chinese Fiction of the Nineteenth and Early Twentieth Centuries, New York: Columbia University Press, 2004.

Hsia T. A. The Gate of Darkness: Studies on the Leftist Literary Movement in China, Seattle and London: University of Washington Press, 1968.

Leo Ou-fan Lee, Voices from the Iron House: A Study of Lu Xun, Bloomington: Indiana University Press, 1987.

Leo Ou-fan Lee, Lu Xun and His Legacy, Berkeley: University of California Press, 1985.

Lin Yü-sheng, The Crisis of Chinese Consciousness: Radical Antitraditionalism in the May Fourth Era, Madison: University of Wisconsin Press, 1979.

Lydia H. Liu, Translingual Practice: Literature, National Culture, and Translated Modernity, China, 1900-1937, Stanford: Stanford University Press, 1995.

Marston Anderson, The Limits of Realism: Chinese Fiction in the Revolutionary Period, Berkeley: University of California Press, 1990.

Milena Doleželová-Velingerová, The Chinese Novel at the Turn of the Century, Toronto: University of Toronto press, 1980.

Tani E. Barlow, eds., Gender Politics in Modern China: Writing and Feminism, Durham and London: Duke University Press, 1993.

Yi-tsi Mei Feuerwerker, Ideology, Power, Text: Self-Representation and Peasant 「Other」 in Modern Chinese Literature, Stanford: Stanford University Press, 1998.

Yi-tsi Mei Feuerwerker, Ding Ling's Fiction: Ideology and Narrative in Modern Chinese Literature, Cambridge, Massachusetts: Harvard University Press, 1982.

後記

　　本書的大部分章節基本上是我在南京大學做博士後研究時的課題成果。課題計畫在研究和寫作中得到中國博士後科學基金專案的資助，借此深表敬意。能順利完成課題計畫，獲得優秀，很感謝沈衛威、張光芒諸多師友的關心與幫助，很感謝南京大學所提供的優厚的研究條件和圖書館所提供的豐富的圖書資料。

　　書中第一章關於近現代中國性別政治與跨文化研究的文章，是新近完成的。在臺灣中央研究院做訪問學者一年多的時間裡，有幸從李歐梵、彭小妍諸多老師那裡獲得教益，他們的研究思路與成果，對本課題後續寫作亦有很多啟發。這也是要深深感謝的。

　　書中部分章節在《文學評論》、《齊魯學刊》、《比較文學》、《東岳論叢》、《魯迅研究月刊》《東西比較文學》等國內外一些重要學術刊物上發表過，或在一些國內國際的學術會議上宣讀過，在這裡，我要對那些為此付出辛勞的編輯先生們深表謝忱。

符杰祥

2014年10月

上海交大魯迅書屋

秀威經典　　　　　語言文學類　PG1399　新視野03

國族迷思
——現代中國的道德理想與文學命運

作　　　者／符杰祥
責任編輯／陳思佑
圖文排版／楊家齊
封面設計／王嵩賀

出版策劃／秀威經典
發 行 人／宋政坤
法律顧問／毛國樑　律師
印製發行／秀威資訊科技股份有限公司
　　　　　114台北市內湖區瑞光路76巷65號1樓
　　　　　電話：+886-2-2796-3638　傳真：+886-2-2796-1377
　　　　　http://www.showwe.com.tw
劃撥帳號／19563868　戶名：秀威資訊科技股份有限公司
　　　　　讀者服務信箱：service@showwe.com.tw
展售門市／國家書店（松江門市）
　　　　　104台北市中山區松江路209號1樓
　　　　　電話：+886-2-2518-0207　傳真：+886-2-2518-0778
網路訂購／秀威網路書店：http://www.bodbooks.com.tw
　　　　　國家網路書店：http://www.govbooks.com.tw

2015年8月　BOD一版
定價：380元
版權所有　翻印必究
本書如有缺頁、破損或裝訂錯誤，請寄回更換

國家圖書館出版品預行編目

國族迷思：現代中國的道德理想與文學命運 / 符杰祥著.--
　一版. -- 臺北市：秀威經典, 2015. 08
　　面；　公分. -- (語言文學類 ; PG1399)(新視野 ; 3)
　BOD版
　ISBN 978-986-91819-6-9(平裝)

　1. 中國文學　2. 現代文學　3. 文學評論

820.7　　　　　　　　　　　　　　　104011413

讀者回函卡

感謝您購買本書,為提升服務品質,請填妥以下資料,將讀者回函卡直接寄回或傳真本公司,收到您的寶貴意見後,我們會收藏記錄及檢討,謝謝!
如您需要了解本公司最新出版書目、購書優惠或企劃活動,歡迎您上網查詢或下載相關資料:http:// www.showwe.com.tw

您購買的書名:＿＿＿＿＿＿＿＿＿＿＿＿＿＿＿＿＿＿＿＿＿＿

出生日期:＿＿＿＿＿年＿＿＿＿＿月＿＿＿＿＿日

學歷:□高中 (含) 以下　　□大專　　□研究所 (含) 以上

職業:□製造業　□金融業　□資訊業　□軍警　□傳播業　□自由業
　　　□服務業　□公務員　□教職　　□學生　□家管　　□其它＿＿＿＿

購書地點:□網路書店　□實體書店　□書展　□郵購　□贈閱　□其他

您從何得知本書的消息?

　□網路書店　□實體書店　□網路搜尋　□電子報　□書訊　□雜誌

　□傳播媒體　□親友推薦　□網站推薦　□部落格　□其他＿＿＿＿＿＿

您對本書的評價:(請填代號　1.非常滿意　2.滿意　3.尚可　4.再改進)

　封面設計＿＿＿　版面編排＿＿＿　內容＿＿＿　文／譯筆＿＿＿　價格＿＿＿

讀完書後您覺得:

　□很有收穫　□有收穫　□收穫不多　□沒收穫

對我們的建議:＿＿＿＿＿＿＿＿＿＿＿＿＿＿＿＿＿＿＿＿＿＿＿

＿＿＿＿＿＿＿＿＿＿＿＿＿＿＿＿＿＿＿＿＿＿＿＿＿＿＿＿＿＿＿＿＿

＿＿＿＿＿＿＿＿＿＿＿＿＿＿＿＿＿＿＿＿＿＿＿＿＿＿＿＿＿＿＿＿＿

＿＿＿＿＿＿＿＿＿＿＿＿＿＿＿＿＿＿＿＿＿＿＿＿＿＿＿＿＿＿＿＿＿

11466
台北市內湖區瑞光路 76 巷 65 號 1 樓
秀威資訊科技股份有限公司 　　收
BOD 數位出版事業部

....
（請沿線對折寄回，謝謝！）

姓　　名：_____　年齡：_____　性別：□女　□男

郵遞區號：□□□□□

地　　址：_____

聯絡電話：(日) _____ (夜) _____

E-mail：_____